KB068205

하명희 대본집

2

청춘기록

기억하고
함께해줘

하명희 대본집

2

청춘기록

알에이치코리아

〈청춘기록〉 대본집을 출간하며

인간은 보이는 것만으로 그 인간을 알 수 없습니다.

내면에 풀 수 없는 문제를 안고 살아가는 사람들이 있습니다.

누구에게도 털어놓을 수 없고 안고 가야 하는 문제들.

드라마는 결국 인간입니다.

풀 수 없는 내면을 가진 인간들을 만나

위로하는 것과 동시에 시대와 호흡해야 한다고 생각합니다.

계층 간의 차이가 심화되고 분열이 강화되는 요즈음

〈청춘기록〉은 계층 간 위화감, 분열과 반목의 해결을

'존중'에 놓고 시작했습니다.

이 드라마가 존중의 시작이 되었으면 했습니다.

일을 하면 할수록 삶을 살아가면 갈수록

겸손해질 수밖에 없습니다.

〈청춘기록〉에 관심을 가지고 지켜봐주시고

사랑해주신 모든 분께 감사드립니다.

하명희

용어 정리

씬	Scene. 장면이라는 의미로, 동일 시간 동일 장소에서 이뤄지는 행동, 대사가 하나의 씬으로 구성된다.
E	Effect. 효과음. 주로 화면 밖에서의 소리를 장면에 넣을 때 사용한다.
F	Filter. 전화 수화기를 통해 들려오는 소리
F.I	Fade In. 페이드인. 어두웠던 화면이 서서히 밝아지는 기법.
F.O	Fade Out. 페이드아웃. 화면이 서서히 어두워지는 기법.
O.L	Overlap. 오버랩. 현재 화면이 흐릿하게 사라지면서 다음 화면이 서서히 등장해 겹치게 하는 기법. 소리나 장면이 맞물린다.
N	Narration. 해당 화면 속의 소리와 별도로 밖에서 들려오는 등장인물의 설명체 대사.
점프	Jump. 장면을 연속하지 않고 같은 장소에서 다른 시간으로 이동하는 것.
인서트	Insert. 화면 삽입. 무언가에 집중시키거나 자세히 설명하기 위한 장면을 삽입하는 것으로 특정 부분을 확대하는 클로즈업을 통해 이뤄지는 경우가 많다.
Flash Back	플래시백. 과거에 나왔던 씬을 불러오는 것. 주로 회상하는 장면이나 인과를 설명하기 위해 넣는다.
화이트인	White In. 흰색 화면에서부터 장면이 등장하는 장면 전환 방법.
화이트아웃	White Out. 장면이 사라지면서 흰색 화면으로 전환하는 장면 전환 방법.
몽타주	각기 다른 시간과 장소의 컷들을 이어붙인 장면.

차 례

일러두기

• 이 책은 하명희 작가의 대본 집필 형식을 최대한 살려 편집했습니다.

• 대사는 어감을 살리는 데 비중을 두어, 한글 맞춤법 규정과 맞지 않는 부분이라도
  유지하였습니다.

• 대사의 강약을 표현하기 위한 의도로 대사 중간에 /를 삽입하였습니다.

• 대사 중간에 말이 끊기는 것을 표현하기 위해 마침표를 생략한 부분이 있습니다.

• 대사 중간의 말줄임표는 대사 사이 호흡의 길이를 표현하기 위한 것으로,
  온점 두 개, 세 개, 네 개 등으로 다양하게 표기되어 있습니다.

• 이 책에는 최종 대본을 담았습니다. 따라서 방송되지 않은 부분이 포함되어 있거나
  방송과 다를 수 있습니다.

9부

씬1. 남양성모성지 일각 (해 질 녘)

8부 씬77에 이어
비 내리고 있다. 비 내리는데 정하와 혜준, 비 맞으며 장난치고 있다.
(flash back 3부 씬27) 혜준, 비 오는 날은 왜 싫어? 정하, 세상에 나 혼자 있는 거 같아. 정하, 혜준과 비 맞으며 어린아이처럼 놀고 있다.

정 하 (N) 어린아이에게 비오는 날 우산은 어른의 보호를 상징한다.

씬2. 피아노 학원 입구 (낮) (정하 어린 시절)

비 오고 있다. 정하(9세), 피아노 학원 가방 들고 비 그치기를 기다린다. 거리에 사람들은 우산 쓰고 걸어가고 있다. 정하, 안 되겠다 학원 가방 머리에 올리고 빗속 거리를 뛰어간다. 뛰어가다 다시 건물 입구로 들어가 비를 피한다. 비가 그치기를 기다리는 정하. 사람들은 우산 쓰고 지나가고.

정 하 (N) 어른이 돼서는 다른 사람이 주는 우산 따윈 기대하지 않았다.

씬3. 화실 밖 보도 (낮) (7부 씬7)

정하, 성란의 손을 잡고 걸어가는데. 승조, 정하와 성란이 가는 거 지켜보고 있다. 정하, 뒤돌아보고 싶지만 뒤돌지 않는다. 뒤돌아서 아빠가 없다면 낭패다. 엄마하고 함께 가지만 아빠도 함께라고 믿고 싶었다.

정 하   (N) 그날 아빠는 내가 사라질 때까지 지켜보고 있었다고 했다. 지켜보는 게 아니라 달려왔어야 했다. 분명함을 보여줘야 한다, 아이에겐.

씬4. 정하 집 앞 (밤) (6부 씬10)

정하, 좋아해 편의점 앞에서 혜준 배웅한다. 혜준, 간다는 제스처하고 정하, 리액션하고. 혜준, 가는. 정하, 가는 혜준을 보고 있다. 혜준, 간다. 정하, 안으로 들어간다.

정 하   (N) 그가 사라질 때까지 지켜보고 싶었다. 그는 뒤돌아 나를 다시 봤을까. 뒤돌아봤을 때 내가 없어서 실망했을까. 이런 디테일에 흔들리는 감정! 이게 사랑의 일부분이란 걸 안다. 그때까지도 난 이런 감정을 받아들이지 않았다. 사랑에 대해선 아홉 살 아이였다.

씬5. 남양성모성지 일각/ 남양성모성지 혜준 차 밖 (현실)

8부 씬77에 이어
혜준, 정하와 즐겁게 춤추며 노는데. 시간이 좀 지나자.

정 하   추워! (어깨 감싸며)

혜 준	들어가자!
정 하	(혜준의 차로 뛰어가다가) 새 차잖아. (다 젖었잖아.) 어떡해?
혜 준	(벌써 차 앞에 왔다.) 빨리 들어와! (운전석 문 앞에 선다.)
정 하	(문 앞에 오면)
혜 준	(문 열고 들어가고)
정 하	(문 열고 들어간다.)

씬6. 남양성모성지 혜준 차 안 (저녁)

비 내리고 있고. 혜준, 겉옷 같은 거 정하에게 주고. 정하, 옆에서 덜덜 떨고. 혜준, 히터 버튼 누른다. 갑자기 음악이 나오고. 잘못 눌렀다. 새 차라 어디 있는지 잘 모른다. 다시 누르니까 비상등 켜진다. 깔깔 웃는 두 사람.

혜 준	이번엔 진짜! 이거 맞아! (하면서 히터 버튼 누른다. 히터 나오는)
정 하	(맞네)
혜 준	맞잖아!

혜준, 정하, 서로 미소.

정 하	(N) 우린 어떻게 될까. 이 불확실하고 예측 불가능한 관계를 열망한다. 그날 우린 청춘의 한 페이지를 넘겼다.

정하 인스타 사진. 〈Rain 비 내리는 날의 기적〉 책, 비에 잠긴 거리 펼쳐져 있고 그 옆에 3부 씬27의 혜준 스카프. #비오는날 #우산쓰기없기 #보호 #감기노노 #생각엎기 #청춘 #불확실성과의연애

타이틀 오른다.

씬7. 혜준 집 앞 (새벽)/ 한남동 유엔빌리지/ 짬뽕 엔터 사무실/ 한남동 공터

한남동 전경. 혜준, 나온다. 운동복 차림으로. 이어폰 끼고. 스트레칭하면서 걷기 시작한다. 자신의 골목을 지나 한강이 내려다보이는 해효네 집 골목을 조깅하다가 걸으면서 전화 통화하고 있다.

혜 준	왕의 귀환 감독님 미팅 시간 잡았어?
민 재	(아직 누워서) 아직! 난 그거 싫다구!
혜 준	누나와 내가 다른 의견일 땐 내 의견을 따른다! 계약조건이야!
민 재	(일어나 앉으며) 아 진짜! (버럭) 다음 건 멜로 해야 된다구!
혜 준	(무시하고) 오늘 일정 어떻게 돼?
민 재	11시에 샵 예약했구. 2시 아웃뉴스 인터뷰. 5시 광고 촬영 있어.
혜 준	누나... 정하.. 아예 전담으루 계약하면 안 돼? 아직 나 그 정도 안 되나?
민 재	사랑해 미안해 하면 그 정도 되구두 남을 텐데.
혜 준	집요하다!
민 재	내가 집으루 데리러 가?
혜 준	(공터까지 왔다.) 내 차루 갈게. 샵에서 만나! (앞에 보면 체조하고 있는 민기 보인다.)
혜 준	할아버지!
민 기	(체조하다가 혜준 본다.) 왔냐?
혜 준	나올 때 없어서 어디 갔나 했더니
민 기	(O.L) 여기 왔지! 나두 열심히 해서 무대 밟을 거야!
혜 준	무리하지 마! 전처럼 쓰러지면 어떡해?
민 기	괜찮아. 요령 생겼어 이젠. 니가 더 떠서 영남이 야코를 콱 눌러줘야 되는데. 걔는 너무 몰라 이런 쪽을!

씬8. 혜준 집 앞 베란다

영남, 나오는 신문을 들고 들어가려다 아래를 본다. 혜준의 차 주차되어 있다.

영 남   돈 쫌 벌었다구 차부터 덜컥 뽑구! 에이유!
경 미   (가방 메고 있다.) 오빠!!
영 남   이른 아침에 웬일이야?
경 미   (차보고) 아아 이게 말로만 듣던 혜준이 새루 뽑은 차구나! 쌔근하네!

씬9. 혜준 집 거실/ 주방

애숙, 경미 영남과 차 마시고 있다.

애 숙   아침부터 무슨 일 있나 했다!
경 미   (가방에서 A4 용지 10장 꺼낸다.) 무슨 일 있지 언니! 내가 그렇게 혜준이 싸인 해달라구 노랠 해두 안 해주니까 내가 왔지!
애 숙   그게 뭐라구?
영 남   (O.L) 그러니까 그게 뭐라구?
경 미   난 진지하거든! 우리 발리댄스 회원들한테 내 명예가 달려있다구!
영 남   그러지 마라 애 앞에서.. 진짜 줄 안다!
경 미   진짜 걱정된다 오빠! 나중에 후회하지 말구 혜준이한테 잘해!
영 남   후회할 일 없으니까 걱정 붙들어 매셔!

인기척 소리 나고, 민기와 혜준 들어온다.

민 기   (들어오며) 누가 왔냐?
경 미   혜준아!!!!!

혜 준	아 깜짝이야!
민 기	나두 놀랐다!
경 미	안녕하세요 아버님! 혜준인 나 좀 보자! 여긴 팬미팅 장소론 적당하지 않아!
혜 준	(애숙에게... 엄마 뭐야?)
애 숙	(제스처... 따라가 봐.)
영 남	(혜준에게) 정신 바짝 차리구 살아라!
민 기	(O.L) 바짝 차리구 살구 있구만! 너나 좀 차려라!
영 남	(당당함에 놀란) 아버지!! 지금 나한테 한 얘기야?
민 기	(기 눌리며) 너한테 했어. 난 뭐 맨날 너한테 혼나구만 사냐! 이제 우리 혜준이 스타야! 나 스타 할아버지야! (들어가는)
애 숙	(민기가 귀여운. 미소)
혜 준	(민기가 귀여운. 미소)
영 남	(기막힌)

씬10. 혜준 집 안방

영남, 혜준의 동영상 보고 있다. '사귈래요? 맞을래요?'. 영남, 보면서 혜준이 대사 칠 때 헤벌쭉. 애숙, 들어온다.

애 숙	으이구! (화장대에 앉으며) 유치하달 땐 언제구 맨날 들여다보구 있어?
영 남	누가 보구 싶어 봐? (하면서 영상 끄는)
애 숙	그럼 왜 봐?
영 남	그냥 켜져 있어. 볼라 그런 게 아냐.

씬11. 정하 집 주방/ 승조 집 주방 (아침)

정하, 컴퓨터 보고 있다. 부동산 사이트. 망원동 집 시세 보고 있다. 샵 나갈 준비 끝냈고. 옷만 갈아입으면 된다. 차 마신 흔적. 핸드폰 E 발신자 '아빠'. 정하, 스피커폰 누른다. 정하, 계속 부동산 검색하고 보고 있다. 연남동. 영등포. 문래동.

정 하	(받는) 어 아빠!
승 조	(샐러드 만들고 있었다.) 너무 일찍 했냐? 버스 타구 있는 시간 피하려구 지금 했어.
정 하	잘했어! 요즘 일찍 일찍 일어나 할 일 많거든.
승 조	지금은 뭐하구 있었어?
정 하	집 내놓을려구 시세 보구 있었어. 상가두 알아보구.
승 조	집을 왜 내나? 팔아두 은행 대출 빼면 얼마 안 되잖아. 상가는 또 뭐야?
정 하	아빠... 요즘.. 질풍노도의 시기가 다시 왔어. (일어나는) 지금까지 내가 살아온 방식이 맞는지 뒤집어보구 있어.
승 조	야 너 그거 얼마 전에 했잖아. 그래서 회사 관둔 거구.
정 하	아냐! 그건 10년 동안 세운 치밀한 계획이었어.
승 조	전화루 할 얘기 아니다. 그래두 고맙다.
정 하	뭐가?
승 조	질풍노도의 시기에 아빠 끼워줘서. 되게 좋아 그런 거 끼는 거!
정 하	아빠두 이제 나에 대한 부채감 좀 내려놔.
승 조	부채감 아니라 사랑! 올라갈게! (끊는)
정 하	......

핸드폰 문자음 E. '지금 촬영 중. 내일 영화 제작발표회 있다. 이 옷 입을 거야' 해효. 문자와 사진. 영화 제작발표회에 입을 옷 입고 찍은 사진도 부쳤다. 자신의 장점을 드러내는 의상.

씬12. 〈잡아라〉 촬영장 세트 밖 (아침)

호텔 뷔페 서포트 세팅 중이다. 플래카드엔 '밥으로 마음을 잡아라! 원해효입니다.' '원해효가 원합니다 배우·스탭분들 많이 드세요.' '원해효가 드립니다. 스탭·배우님들 감사합니다.' 호텔 뷔페 파견된 요리사들이 뷔페를 세팅하고 있다. 태수, 촬영장에서 나오는. 장군, 태수에게 오는. 양군은 준비 과정을 영상에 담고 있다.

태 수   아 진짜 얘는 손이 너무 많이 간다! 촬영장엔 왜 나오라구 하는 거야? 씨에프 짤린 거 때메 내가 참는다!

장 군   아직 얘기 안 하셨어요?

태 수   다른 광고 들어온 거 얘기 중이야. 그거 되면 우리가 안 하는 것처럼 바꾸려구.

장 군   영화사에서 제작발표회한다구 스케줄 좀 빼달라구 하는데요. 사혜준 스케줄이 빡빡해서 맞춰봐야 하나봐요.

태 수   사혜준이 왜 오냐? 비중 얼마 되지두 않는데!

장 군   요즘 핫하잖아요! 투자사에서 강력하게 미나봐요.

태 수   (성질나는) 도하 스케줄 빼주지 마! 오늘 서폿은 어서 들어오길래 저렇게 뻑적지근하냐?

장 군   해효가 쏜대요!

태 수   해효가 쏘겠냐! 장군아! 너는 말을 할 때 머릴 좀 써라. 해흔 뒤에 든든한 부모님이 계시는 거 못 들었니?

장 군   듣진 못하구 봤죠! 이사님 만나러 왔을 때.

씬13. 태수 사무실 안 (낮) (인서트)

이영, 회의 테이블에 앉아 안을 둘러본다. 전에 태수를 처음 만났을 때 봤던 사무실과는 딴판이다. 태수, 앞에 앉아 있다. 자신도 차를 마시는.

태 수	(과시하려고 이리로 불렀다.) 딴 데서 뵙자구 하려다 도하 '잡아라' 들어가려구 확정했거든요. 해효한테두 대본 들어갔죠?
이 영	(속소리 E) 출세한 거 보여주구 싶으셨어요?
이 영	봤어요. 쎈 작가가 붙은 것두 들었어요. 신인 작가가 서브작가루 밀려나고!
태 수	해횰 서브 주인공으루 밀까 하는데 어떠세요?
이 영	밀면 밀어는 지구요?
태 수	네! 단 조건이 있어요. 어머님이 저한테 사과하세요. 예전에 저한테 했던 모욕적인 말들.
이 영	기억이 안 나는데 내가 어떤 말을 했죠?
태 수	거절루 알겠습니다. 해효한텐 좋은 기회에요.. 한류스타 박도하 서브예요. 이 작품 끝남 바루 주연이에요.
이 영	사괄 미리 할 순 없구 해효가 서브루 확정되면 할게요.

씬14. 청담동 헤어샵 메이크업실 (현실) (아침)

이영, 헤어까지 다 마치고 메이크업 마지막 점검하고 있다. 이영, 양군이 보내준 뷔페 서포트 세팅하는 영상 보고 있다. 플래카드와 세팅하는 영상. '잘 진행되구 있습니다' 양군. 그 영상 안에 태수와 장군, 한편에 보인다. 진주, 이영 헤어 하고 난 후 다시 메이크업 마무리하고 있다. 다 됐다. 이영, 거울 본다.

진 주	오늘따라 유난히 빛이 나시네요! 해효 씨 드라마가 잘돼서 그런가 봐요.
이 영	아직 2회밖에 방송 안 됐어. 샴페인 터트리긴 일러. 근데 첫방 시청율 13프로면 엄청 높은 거래.
진 주	2회두 1.3프로나 올랐어요. 상승세에요.. 해효 씨에 밀려서 박도하가 보이지두 않아요.
이 영	오랜 단골의 힘이다! 진주 씨 빈말 못 하는데.

진 주	아시는구나 저 빈말 못 하는 거. 해효 씨두 주인공이죠?
이 영	그렇다구 봐야지! 서브 주인공이니까!

씬15. 〈잡아라〉 촬영장 세트 안 일각

촬영 끝냈고. 해효, 도하와 음료수 마시고 있다. 음료에 스티커 붙여 있다. '해효 사진. 잡아라팀 원해효가 원해요! 잡아라팀 응원합니다!'

도 하	엄마가 쏘는 커피 찬 처음 받아본다! (스티커 보며)
해 효	우리 엄마가 좀 그래! 하지 말라구 해두 말을 안 들어!
도 하	내가 왜 감독님한테 널 밀었는지 알아?
해 효	왜 그랬냐? 디게 궁금했어.
도 하	친해지구 싶어서.
해 효	(의외) 나하구 왜?
도 하	니가 금수저라 좋아. 순둥순둥하구 귀티 나서.
해 효	금수저 흙수저 이런 말 쓰구 싶냐?
도 하	이 시대 트렌든데 못 쓸 건 또 뭐냐! 너 그런 거 아냐? 어릴 때 돈 걱정하구 아버지 집에 안 들어올까 봐 걱정하구 엄마가 울까 봐 걱정하구.
해 효	(보는)
도 하	그런 눈으루 볼 건 없어. 현재가 중요하잖아. 난 스타야! 근데 친구가 별루 없어. 혜준이 같은 앤 같은 출신이라 싫어. 악착같구 욕망이 드글드글해.
해 효	너 좀 삐딱하다! 어려운 환경에선 의욕을 갖기 어려워. 그걸 갖구 있다는 거 자체가 뛰어난 애야. 너두 그런 의미루 뛰어난 거야. 그러니까 스타가 됐잖아.
도 하	(싫지 않은) 선비질 잘하네!
해 효	악착같다는 걸 다른 시각으로 보면 적극적이구 열정적이야. 혜준이 내 친구야. 험담은 하지 마라.

씬16. 청담동 헤어샵 밖 주차장/ 혜준 차 안

혜준 차 들어오고. 혜준, 운전하고 있다. 전화 통화하고 있다. 주차
한다.

혜 준　　누나 어디까지 왔어? 난 샵 앞이야.. (나도 거의 다 왔어.) 누나 정하
한테 전담해 달라구 할 때 내 얘긴 하지 마. 누나가 제안하는 걸루
해 줘.

씬17. 청담동 헤어샵 탕비실

정하, 전화 통화 중이다. 수빈, 들어온다. 설거지할 컵 잔뜩 들어온
다. 정하의 통화 들으면서. 듣다 보니 의아.

정 하　　요즘 시세가 많이 올랐다구 하던데요. 급매 아니에요. 제 값에 팔구
싶어요. 제 휴무에만 집 보여줄 수 있어요. 네! 네! (하곤 전화 끊는)
수 빈　　언니 집 팔아?
정 하　　어 팔려구!
수 빈　　왜? 그 집은 언니 인생 자체 아냐?
정 하　　생각을 바꿨어. 샵 그만두구 내 샵 차릴려면 돈이 필요해.
수 빈　　샵 그만둬? 언니 너무 충동적인 거 아냐? 진주 쌤이 언니한테 그런
다구 언니 인생을 왜 망쳐?
정 하　　망치는 거 아니구 충동적인 거 아니구 계속 생각하구 있었어. 결정을
지금 내린 거야. 결정 내리기가 어렵지 결정 내리면 가는 거야 쭉!
수 빈　　안정이 최고라며?
정 하　　가치관은 바뀔 수 있어.
수 빈　　혜준 오빠두 알아?
정 하　　혜준이랑 잘 지내구 싶어. 잘 지내는 수칙 1호 내 삶을 상대방에게
나눠 지자구 하지 않는다!

수 빈	(할 말이 없다.) ……
정 하	원장님께 말씀 드릴 때까지 비밀루 해줘. 숙제 하나만 풀면 내가 얘기할 거야.

씬18. 청담동 헤어샵 메이크업실

이영, 태블릿 PC로 신문 기사 보고 있다. 사혜준 – 원해효, 모델 출신 배우들 또 한 번 브라운관을 잡았다! 아웃뉴스 윤호태 기자.[1] 진주, 있다.

이 영	(〈게이트웨이〉 사혜준 기사 보며) 혜준이랑 왜 묶어서 나와? 같은 급두 아닌데! 가서 한마디 해야겠네! (일어나는)
진 주	기자 만나세요?
이 영	어 만나!
정 하	(와서 인사하며) 안녕하세요?
이 영	오랜만이다! 나 피해 다녀?
정 하	아니에요! 예약 고객님 시간에 따라 있구 없구 해요.
혜 준	(정하 뒤 따라 들어오는) 나 머리 감구 왔어!
이 영	어? 혜준아!
혜 준	(이영에게) 어머니 안녕하세요?
이 영	여기서 보네! 저번 드라마.. 주연 남자 배우 제치구 니가 젤 주목받았다며!
혜 준	아니에요! 어제 해효랑 통화했어요 방송 끝나구. 오늘 세트 촬영 있다던데.
이 영	어! 니네 통 못 만나겠다 서루 바빠서.
혜 준	낼 만나요 영화 제작발표회 있거든요.

---

1 뒤의 참조 기사 1 참고.

이 영	(애도 초대 받았구나 속소리 E) 진짜 같은 급이 된 거야? 아냐 아직!
이 영	너두 오는구나! 역할이 크진 않던데!
혜 준	어떻게 아셨어요?
이 영	해효한테 들어오는 대본 나두 다 보거든!
혜 준	대단하세요 어머니!
이 영	너야말루 대견하다! 서포트 해주는 사람 하나 없이 여기까지 왔네.
혜 준	구색 맞추기에요 제작발표회 오라는 거! 해효랑 도하가 주목받는데 가서 빛내주려구요!
이 영	(애 뭔지 모르지만 예전과 다르다. 빛이 나) 검손하기까지 하네! 너무 그래두 안 좋아. (메이크업 하라고) 해! (가려고) 진우랑 우리 집에 놀러와! 맛있는 거 시켜줄게. (가는)
혜 준	네 나중에 뵐게요! (인사하는)

씬19. 청담동 헤어샵 헤어존/ 메이크업존

이영, 입구를 향해가고 있고. 옆에 진주 있다.

이 영	혜준이 여기 다닌다는 말 왜 안 했어?
진 주	저 입 무거워요. 고객들 얘기 잘 안 해요.
이 영	혜준인 누구한테 해?
진 주	안정하 씨요!
이 영	해효랑 혜준이 같은 사람한테 하는구나.
진 주	걱정하지 않으셔두 돼요. 사혜준 씨가 안정하 씨한테 넘어간 거 같으니까!
이 영	(메이크업존 본다. 그 시선으로 정하, 혜준의 얼굴 스킨으로 닦아주고 있다. 메이크업 전 베이스. 둘이 특별히 별다른 스킨십이 있는 것도 아닌데 묘한 분위기가 난다. 서로 좋아하는 게 분명한 분위기가 난다.)

씬20. 청담동 헤어샵 메이크업실

정하, 혜준 스킨으로 잘 닦아주고 잘 먹게 손가락 마사지 해준다.
피아노 치듯.

정 하   피부가 윤이 납니다 고객님!

혜 준   간지러!

정 하   매번 하던 대루 하구 있습니다 고객님! (하곤 다음 단계 선크림을
손으로 꼼꼼히 바르고 있다.) 좀 자!

혜 준   나 예민한 사람이야 못 자. 이따 광고 촬영 있는 거 알아?

정 하   예약 안 잡혔던데.

혜 준   (슬슬 졸음 온다. 편하니까) 누나가 아직 안 했나부다. (파운데이션
과 컨실러 사용하여 바탕 다지기)

정 하   그럼 약속 취소해야겠다. mcn 파트너 매니저 만나기루 했어.

혜 준   미 안 해에.. (살짝 잠에)

정 하   (계속 일하며) 별게 다 미안하다. 니가 챙겨야 될 일 아니거든.

씬21. 청담동 헤어샵 안내데스크

직원, 일하고 있다. 원장, 옆에 있다. 민재, 온다. 이영, 진주와 입구
쪽으로 오고 있다.

민 재   내일 오전 8시에 안정하 씨 예약 돼요?

직 원   (스케줄 체크하면서) 그 시간엔 예약이 있어요. 9시 어떠세요?

민 재   (곤란) 9시면 안 되는데. 바꿔주심 안 돼요?

원 장   그럼 박진주 쌤한테 하면 안 될까요? 그날 하루만.

민 재   편의에 따라 담당을 바꾸는 건 아닌 거 같아요.

원 장   (아쉽지만) 그 시간엔 원해효 씨가 취소하기 전엔 곤란해요. (나오
는 이영 보고) 이쁘시네요!

이 영	고마워! (입구로 가는)
원장진주	(입구까지 가서 인사하는)
이 영	(인사하고 가는)
민 재	누구예요?

씬22. 레스토랑 프라이빗룸 밖/ 문 앞 (낮)

이영, 직원의 안내에 따라 자신감 있게 걷고 있다. 뒤에 운전기사 손엔 선물을 담은 쇼핑백 4개 들고 따라오고 있다. 프라이빗룸 앞에서 문을 열어주는 직원. 안으로 들어가는 이영.

이 영	(N) 부모는 항상 자식을 이긴다. 내 부모도 날 이겼고 나두 내 자식을 이길 거다.

씬23. 철학관 (낮) (인서트)

이영(30대 초반), 이 선생과 있다. 이 선생, 명리학 책 펼쳐져 있고. 해효 사주를 적은 종이 앞에 놓고 있다. 원해효 199309271000 신해일주.

이 영	날을 받아서 낳았어야 했는데.. 시어머니 때문에 못 했어요. 뭘 시키는 게 좋을까요?
이선생	현대는 식상의 시대예요. 이 사주는 관직보단 연예인을 하면 빛나는 사주예요.

씬24. 로스쿨 학생 식당 (현재) (낮)

해나, 지아와 밥 먹고 있다. 해나, 깨작깨작 먹고 있다.

지 아   니가 보낸 모의재판 이슈 중에 난 그게 좋더라. 죽음의 신입생 환영회!

해 나   (건성으로) 나두 그게 젤 끌려. 판례두 있구.

지 아   너 무슨 일 있니? 니 일이야. 내가 널 도와주구 있어. 근데 지금 그 태도 뭐야?

해 나   언니 나 사고 쳤어 그날!

지 아   그날? 진우랑 나랑 꽐라되구 해효가 나 데려다준 날?

씬25. 맥주집 밖 보도 (밤) (8부 씬62 이후)

진우, 취해서 걷고 있다. 뒤에 해나 따라가고 있다. 그동안 묻어놨던 감정 풀어내는 진우. 억지 쓰는 진우. 해나, 그런 진우에게 섭섭했던 감정이 다 풀리고.

진 우   (뒤돌아) 너 안 가냐?

해 나   오빠야말루 집에 안 가?

진 우   한잔 더하구 갈 거야. 빨리 가.

해 나   데려다줘.

진 우   (황당) 너 혼자 못 가?

해 나   가! 가도 오빠가 데려다줘.

진 우   싫어! 집에 전화해. 아님 해효한테 전화하던지. 지아 데려다줬을 거야. 여기 와서 너 데려가라구 해.

해 나   싫어. 왜 그래 나한테?

진 우   넌 나한테 모욕감을 줬어. 그러는 거 아니다 너!

해 나   내가 뭘?

진 우	(O.L) 내가 뭘 그렇게 잘못했냐? 널 너무 아껴서 니 입장에서 항상 생각하구 배려해 준 것두 잘못이냐?
해 나	취했다 그러더니 취한 거 아니네. 정신 말짱하네. 따지는 거 보니까.
진 우	야 나는 뭐 니가 다 좋았는지 알아?
해 나	취한 거 맞네! 후회할 말 하지 마!
진 우	(O.L) 후회는 씨이!
해 나	(O.L) 씨이이!!
진 우	(O.L) 씨! 씨! 진우 씨 해나 씨 씨! 뭐가 잘못됐냐? 정신 차려! 너 아직두 내가 너 좋아하는 줄 알아? 깝치지 마라!
해 나	(보는) .... (눈물이 그렁하게 맺히는)
진 우	.....너 그런다구 내가 약해질지 알아?
해 나	(감정 삼키며) 나 진짜 이제 안 좋아해?
진 우	안 좋아해. 너무 너무 안 좋아해.
해 나	.... (눈물 또르르)
진 우	....
해 나	....
진 우	(팔 벌리는)
해 나	(가서 안기는)

씬26. 호텔 객실 안 (밤)

자고 난 후, 침대에 누워 있는 진우와 해나. 해나, 진우 품에 안긴다.
진우, 해나 이마에 입 맞추는.

씬27. 로스쿨 학생 식당 (현재) (낮)

해나, 지아와 함께 다 먹은 식판 수거지에 놓고 있다.

지 아	사고 맞다! 거기까지만 해! 후유장애까지 앓지 말구!
해 나	결말 알구 보는 영화 지겨워! 처음부터 정해놓구 사귀는 거 이젠 안 하구 싶어.
지 아	결국 니넨 헤어져. 넌 진우 감당 못 해. 니가 감당한다구 해두 너희 부모님이 가만계시겠니! 혜준이랑 나처럼!
해 나	언니 의외루 쫄보네! 난 엄마 이길 수 있어. 지금은 지는 척하구 있지만.
지 아	생각하구 실전은 달라.
해 나	자식 이기는 부모 없단 말 난 믿어!
지 아	그건 없는 집 애들 얘기구. 우리처럼 있는 집 애들의 삶은 다르지! 극단적인 상황이 오면 너희 어머니가 니 삶을 어떻게 장악하구 있었는지 알게 될 거야.

씬28. 청담동 헤어샵 헤어존

혜준, 메이크업과 헤어 다 마치고 민재에게 온다. 민재, 잡지 보고 앉아 있다가 혜준을 보고 일어선다.

민 재	(감탄) 어쩜 이렇게 잘생겼니! 맨날 봐두 깜짝 깜짝 놀라네! 머리 진짜 개작다!
혜 준	(O.L) 그만 해 좀!
민 재	넌 불만두 없니? 밴은 언제 뽑을 거냐? 내가 계속 운전해야 되냐? 성격두 진짜 개좋아!
혜 준	암튼 말 진짜 안 들어.
민 재	너두 안 듣잖아. 왕의 귀환 감독님하구 약속 잡았어.
혜 준	(미소)
민 재	광고 촬영은 정하 안 가두 돼. 광고 회사에서 지정해 준 헤어 메이크업으루 해야 돼.
혜 준	밥은 같이 먹어도 돼?

씬29. 중국집 (낮)

혜준, 물만두 먹고 있다. 민재, 짬뽕 맛있게 먹고 있다. 정하, 짜장면 먹고 있다. 정하, 입술에 묻히고 먹는. 민재, 먹으면서 혜준, 정하 의식하는.

정 하	짜장면 너무 맛있어. (너두) 촬영만 아니면 같이 먹는 건데.
민 재	짜장보단 짬뽕이지!
혜 준	짬뽕보단 짜장이야!
민 재	넌 왜 아직까지 애사심이 없냐? 우린 짬뽕이야.
혜 준	누나 회사지 내 회산가! 난 짜장이야! (하면서 냅킨을 준다. 정하에게. 서로 눈 마주치고)
정 하	(냅킨 받아 입가 닦는. 핀트가 잘 안 맞았다.)
혜 준	으이구! (하면서 자신이 냅킨으로 정하의 입에 묻은 짜장을 닦아준다.)
민 재	(버럭) 야! 애인 없는 사람 어디 서러워서 살겠니!
혜준정하	(깜짝 놀라는)
혜 준	우리가 뭘했다구?
민 재	정하 너 혜준이 메이크업 전담하면 어떠니?
혜 준	(보는. 왜 여기서 말을)
민 재	(눈치 보며) 혜준이 생각 아니구 내 생각이야.
정 하	제가 혼자서 결정할 수 있는 문제가 아니에요. 지금 해효 전담이잖아요. 해효한테 양해 구해야 돼요.
민 재	혜준이까지 전담 맡으면 샵에서 위치 빡 올라가잖아.
정 하	상황이 좀 복잡해요. (시계 보고) 저 이제 가봐야 돼요.
민 재	이러다 유튜버루 대박 나는 거 아냐?
정 하	아직 전업되는 거 결정두 안 했거든요!
혜 준	잘 만나구 결과 얘기해 줘.
정 하	(나가는)
민 재	정하 샵 그만둬?

혜 준	몰라.
민 재	알아야 되는 거 아냐?
혜 준	내가 알아야 될 거면 얘기해 줄 거야 우리 정하는! (놀리는) 궁지에 몰리면 잠수 타는 누구완 다르지!
민 재	너 언제까지 그걸루 놀릴 거야?
혜 준	누나 결혼할 때까지!
민 재	야 그럼 평생 놀리겠단 거잖아!

씬30. MCN 회사 로비

정하. 빠른 걸음으로 들어온다. 영수, 기다리고 있다.

정 하	안녕하세요?
영 수	환영합니다! 안정하 씨가 일하게 될 아니 일하실지두 모를 스튜디 오루 안내하겠습니다.

씬31. MCN 스튜디오실

정하, 피디의 안내를 따라 걸어오고 있다. 고가의 마이크, 카메라, 조명장비, 헤드셋, 녹음믹서 등 깔끔한 스튜디오. 편하게 영상을 찍고 활동할 수 있게 깔끔하게 세팅되어 있다.

영 수	유튜버 혼자 못 해요. 요즘 누가 혼자 합니까?
정 하	(보는. 마이크! 카메라! 다 좋다. 조명도 괜찮은가?)
영 수	(생각을 꿰뚫고 조명 켠다.) 구독자 수 늘리는 거부터 영상 콘텐츠 개발까지 다 도와줄게요.
정 하	......
영 수	구독자 수 쉽게 안 늘어요. 전략이 있어야 돼요. 지금두 수많은 사

람들이 유튜버 하겠다구 달려들어요. 왜냐 앉아서 입만 털면 돈이
통장에 꽂히는 줄 알아요.

정 하	......
영 수	근데 왜 한마디두 안 해요? 질문 없어요?
정 하	제가 생각했던 것보다 훨씬 저하구 안 맞는 거 같아요.

씬32. 청담동 헤어샵 락커룸

정하, 작업복으로 갈아입고 있고. 진주, 출장이라 자신의 옷으로 바
꿔 입으려고 들어왔다.

정 하	출장 나가시나 봐요.
진 주	다음 고객 있어서 들어왔구나.
정 하	선생님 미워하지 않기루 했어요. 감정 소모가 엄청 심해요. 제가 나 갈 수 있도록 협조 좀 해주세요.
진 주	어떻게?
정 하	샵 사람들 앞에서 저한테 사과해 주세요. 선생님이 만든 프레임 선 생님이 풀어주세요.
진 주	(황당)
정 하	선생님이 그지같이 굴어두 착하게 대응하구 싶어요.
진 주	물벼락 맞을 때 기분이 차라리 낫네 지금보다. 협조 못 해. 나가길 원한다니까 안 나갔음 좋겠어. 난 견딜만 해. (나가는)
정 하	.... (앉는)

핸드폰 문자음 E. 정하, 핸드폰 본다.

문자메시지 제목 '선물이 될 수 있을까.' 수빈. 동영상이 와 있다.
8부 씬13, 정하와 진주가 싸우는 씬. 동영상 틀면 진주, 언제 관둘 거
야? 정하, 제가 뭘 해두 한번 짜진 프레임 벗기 어렵다는 거 알아요.

정하, 동영상 끈다.

씬33. 시니어 모델 학원 연습실 안 (낮)

민기, 김 할배, 다른 남녀 시니어 모델들 있다. 윗옷은 주머니가 있는 셔츠를 입고 있다. 소품을 이용한 워킹 연습하고 있다. 다른 한 편 탁자엔 모자 놓여있다.

강 사	오늘도 소품을 이용한 워킹 연습을 할 거예요! 저번 주엔 모자였구 (선글라스 돋보이게 들며) 오늘은 선글라스예요. 난이도가 좀 있어요! 시범 도와주실 분은 (하면서 민기 보고) 항상 사 선생님이죠!
일 동	(웃고) (민기, 나오고)
강 사	(민기에게 선글라스 주고 민기 받고 선글라스 쓰고) 선글라슬 착용하시구 워킹하면서.
민 기	(강사 말에 따라 워킹 하는)
강 사	스팟에 가까워질 때 벗어서 셔츠 가슴 쪽에 꽂구 서주시면 돼요!
민 기	(강사의 말에 따라 벗어서 셔츠 가슴 쪽에 꽂는다.)
강 사	(민기에게 가까이 가서) 중요한 건 워킹하면서 벗고 꽂는다! 한 번에 하셔야 돼요! 다시 해볼까요?
민 기	(원위치로 가고 그 위로 소리 E)
강 사	(E) 선글라스 꽂을 때 시선을 밑우루 하거나 주춤하면 스텝 꼬입니다!

민기, 다시 선글라스 쓰고 워킹한다. 선글라스 벗고 꽂는데 스텝 꼬인다. 민기, 속상한.

강 사	제 말대루 금방 되네요!
일 동	(남의 일 같지 않지만 웃음은 나온다.)
민 기	(속상한) 저번엔 잘했는데.

강 사	소품! 워킹! 발란슬 맞추셔야 돼요! 사 선생님!
민 기	네!
강 사	수업 끝나구 저 보구 가세요.
민 기	(뭐지.. 못한다고 혼나나.)

씬34. 시니어 모델 학원 사무실 밖

수업 끝나고 사람들 나오고. 민기, 나오는. 그 옆에 김 할배.

김할배	형님! 별일 아닐 거예요. 설마 쫓아내기야 하겠어요?
민 기	너는 염장을 참 지능적으루 잘 지른다!
김할배	내가 지능적이긴 하지! 고학력자잖아! 기다릴게요!
민 기	기다리지 마! 가!

민기, 사무실 노크한다.

씬35. 시니어 모델 학원 사무실 안

강사, 민기 포트폴리오 보고 있다. 그 옆에 회원들 포트폴리오도.
민기, 앞에 서 있다. 왜 날 안 보고 포트폴리오를 볼까.

강 사	이거 어디서 찍으신 거예요?
민 기	제 손주 친구 놈이 찍어준 거예요. 별루예요?
강 사	아뇨! 사진에 애정이 듬뿍 담겨 있는 거 같아서 물어봤어요.
민 기	(안심) 아아 그거 물어보실려구 부르신 거예요? 그럼 이제 그만 갈 게요.
강 사	프리미엄 실버 빌리지라구 들어보셨어요?
민 기	그게 뭐예요?

강 사	노인 고급 요양원이요.
민 기	(속소리 E) 여기서 왜 요양원이 나와? 요양원 소개해 주구 커미션 받나?
민 기	거기 들어갈 돈 없어요.
강 사	들어가시라는 게 아니라 지면 광고모델루 뽑히셨어요.
민 기	(놀라) 내가요? 왜요?
강 사	(웃으며) 그러게 저두 그렇게 물어봤어요? 왜요? 그랬더니 (민기 포트폴리오 보여준다.) 광고사 직원들이 전원일치루 맘에 들어했대요. 이 사진을.
민 기	사기 아니에요? 이거 시켜주구 돈 내구 이러는 거 아니에요?
강 사	(웃는) 세월이 묻어있는데 순수해 보인대요. 속고만 사셨어요?
민 기	네 속구 많이 살았어요.
강 사	이건 진짠데! 그럼 안 하신다구 해요?
민 기	돈 줘요 진짜?

씬36. 신문사 라운지 (낮)

혜준, 화보 촬영하고 와서 인터뷰하고 있다. 김수만 기자와. 사진 기자, 수만과 얘기하고 있는 혜준 찍고. 민재, 그 옆 테이블에 있는.

혜 준	모델 할 때두 연기에 대한 마음은 항상 갖구 있었어요. 전공이 연기에요. 학교는 1학년 때 그만뒀지만.
수 만	이제 사랑해 미안해까지 하면 탑스타루 자리매김 하시겠네요! 운이 좋아요. 바루 탑작가 작품 직행이네요!
혜 준	(곤란)
민 재	...... (보는. 그거 안 하면 미친 거라고)
수 만	안 해요 그거?
혜 준	작품 선택은 취향이잖아요. 취향에 대한 책임을 지면 된다구 생각해요.

수 만	머리 좋으신데요! 그래서 안 한다는 거네요! 아니 제안이 오긴 왔어요?
민 재	오늘 인터뷰 끝난 거예요?
수 만	대표님 인터셉트 잘하시네! (혜준에게) 끝으루 어떤 배우가 되구 싶으세요?
혜 준	공감과 위로가 돼주는 배우가 되구 싶어요. 시대를 함께 살아가면서.
수 만	대답이 따뜻하네요! (뼈있는 농담) 실제 성격하구 반대 아니에요?
혜 준	(뭐지?)
민 재	(왜 저러지.) 반대 아니에요! 똑같아요! 이제 끝난 거죠?
수 만	네! 수고하셨어요!
혜 준	감사합니다!

테이블 위에 있었던 핸드폰 무음 발신자 '할부지'. 수만, 발신자 슬쩍 보고.

혜 준	(핸드폰 가져오며) 전화 받아도 돼죠?
수 만	그럼요!
혜 준	(핸드폰 들고 나가며) 어 할아버지! 뭔데? 정말? 축하해!!!
수 만	(민재에게) 대표님! 이태수 이사님 아세요?
민 재	(태수 이름 나오자. 기분 나쁜) 혹시 이태수 이사님한테 저에 대한 얘기 들으셨어요?
수 만	아뇨!
민 재	유구무언입니다 그분에 대해선.
수 만	(뭔가 있다. 태수 말이 맞는다.) 보통 유구무언이란 말을 할 땐 할 말이 많지만 하지 않겠다! 아는 게 없다!
민 재	(O.L) 욕하구 싶지만 참겠다! (손사래치며) 제가 욕하구 싶다는 게 아니라 유구무언을 쓸 때 이런 마음들이 있다는 기자님 의견에 동의를 표하며 하나의 의견을 내봤습니다! 또 뭐 있죠? 그런 것두 있어요. 아는 고사성어가 그거밖에 없다!

수 만	대표님 되게 재밌으시다!
민 재	다행이네요! 우리 혜준이 잘 부탁드립니다! (하고 꾸벅 인사한다.)

씬37. 경준 은행 경준 자리 (낮)

경준, 서류 보고 있다. 대출 신청 올라온 거래처들 검토하고 있다.
대출 신청 서류, 재무제표, 손익계산서 같은 서류.

차 장	(와서 뒷짐 지고 있다. 손엔 〈게이트웨이〉에 출연한 의사 가운 입은 혜준 사진 안 보이게 들고 있다) 사 주임! 우신기업 대출신청 서류 하구 재무제표 좀 줘봐.
경 준	잠시만요! (서류들 틈에서 찾는다.)
차 장	천천히 찾아 천천히!
경 준	(계속 뒤적대는)
차 장	동생 다음 작품 정했어?
경 준	(심드렁) 몰라요!
차 장	(버럭) 그걸 왜 몰라?
경 준	(사람들 보니까. 왜 이러지) 원래 형제끼린 미주알고주알 얘기하진 않아요.
차 장	(자각하고) 아 그런 거야?
경 준	(서류 찾았다. 주며) 여기요!
차 장	(받는) 밥 먹으러 또 안 와?
경 준	부를까요?
차 장	(O.L) 불러! 맛있는 거 사줄게.
경 준	그럼 저 이번 주말 근무 빼줄 수 있어요? 원래 근무두 아니었잖아요.
차 장	그래 쉬어! 내가 좀 힘들면 되지 뭐. (하면서 〈게이트웨이〉 혜준 사진 내민다.) 사인 좀 받아다 줘.
경 준	(황당) 차장님 이러시면 곤란해요. 공과 사는 구분하셔야죠!

카톡 E. 가족 단톡방이다. 카톡 E

경 준   (소리에. 찔리는) 무음으루 했는데

차 장   사 주임 이러면 곤란한데. 누가 업무 중에

경 준   (O.L. 사진 자기 안으로 당기며) 받아다 드릴게요!

차 장   (계속 울리는 거 보니) 급하신 거 같은데 봐. 그것만 보구 핸드폰 소리 죽여봐! (가면서 중얼거리는) 덕질의 길은 험난하다!!

경 준   아쉬운 소리하기 싫은데. (카톡 E. 경준, 소리 죽이면서 본다.)

메시지엔 '할아버지가 하실 말씀 있다고 저녁에 일찍 들어오래' 혜준. '무슨 할 말?' 영남. '너도 일찍 들어올 수 있어?' 애숙. '난 광고 촬영 있어서' 혜준.

경 준   얘 광고 찍어?

씬38. 진우 집 거실

영남, 단톡방 카톡 보고 있다. '무슨 광곤데?' 경준. 카톡 E. '나중에' 혜준.

영 남   왜 말을 못 해? 뭐 찍는다구?

장 만   (캔맥주와 안주 갖고 주방에서 나온다.) 혜준이 뭐 또 찍는대?

영 남   광고 찍는대.

장 만   좋겠다 형님 이러다 금방 재벌 되는 거 아냐? 연예인들은 뜨면 금방 건물 사구 팔짜가 확 피던데

영 남   (맥주 갖고 오며 O.L) 너까지 그러지 마! 그런 운은 나라를 최소 열 번은 구해야 오는 운이다! (맥주 따는) 아부진 왜 모이란 거야? (마시는)

장 만   아버지가 모이래? 왜?

영 남	몰라 늦게 들어갈 거야! 진우 엄마 오면 맛있는 거 만들어 달래서 먹구 가야겠다!

씬39. 해효 집 거실/ 마트

애숙, 다림질 하고 있다. 현관 음 들리고. 이영, 들어온다.

이 영	(들어오면서) 아우 피곤해! (하면서 소파에 앉는다. 눕는다.)
애 숙	(다림질 하고 있다. 거의 다 했다.)
이 영	(옆으로 비켜 누우며) 나 오늘 혜준이 여자친구 봤다! 혜준이랑 같이.
애 숙	(철렁. 아직 나도 못 봤는데) 둘이 같이요? 정식으루?
이 영	나 다니는 샵에서 메이크업 해. 혜준이두 거기 다녀.
애 숙	고객님하구 같은 샵인 줄 몰랐어요.
이 영	(속소리 E) 곧 죽어두 사모님 소린 못하지! 나두 자기한텐 그런 호칭받구 싶지 않아.
애 숙	정식으루 인사시켜 준다구 했어요.
이 영	애 똘똘해! 일두 깔끔하게 하구! 내 맘엔 드는데 자기 맘에 들지 모르겠다!
애 숙	자기들끼리 맘 맞으면 돼요.
이 영	세상에 젤 변하기 쉬운 게 마음이야. 일시적으루 맞았다구 계속 맞는단 보장 없어. 혜준이 지금 중요한 시기야. 여기서 더 뜰 수두 있잖아. 뜨자마자 열애설 뜨면 좋을 거 있어?
애 숙	지가 알아 하겠죠!
이 영	애한테만 맡겨두구 애 하잔 대루 할려면 부모가 왜 있어?
애 숙	(속소리 E) 요즘은 틈만 나면 부모 역할 강의하시네! 자기가 그래야 혜준이나 해효 비슷해지네!
애 숙	힘들면 잠깐 쉬어가라구 있죠. 우리 엄마 살아있음 나두 힘들 때 잠깐 쉬구 기운내서 다시 살 텐데. 너무 보구 싶어요!

이 영	(속소리 E) 가르쳐주면 좀 들어라! 그러니까 발전이 없는 거야.
이 영	우린 성장배경이 너무 달라 삶을 살아가는 방식두 너무 달라. 서로 이해하기 참 힘들겠어!
애 숙	(속소리 E) 그걸 인제 아셨어요?

핸드폰 E 발신자 '반찬'

이 영	(받는) 네!
경 미	(향신료 코너에 있다.) 아무리 봐두 올리브오일 뭐가 뭔지 모르겠어요. 젤 비싼 거 살게요.
이 영	감바스할 때 젤 알맞은 올리브오일이 있는 거예요.
경 미	그럼 어떡해요?
이 영	(그걸 왜 나한테 물어) 알았어요. 내가 사다줄게요.
경 미	그러세요. 그게 편해요 피차! (하고 끊는다.)
이 영	아 진짜! 진우 엄만 음식은 잘하는데 뭔가 굉장히 거슬려!
애 숙	(웃는. 자기도 안다.) 뒷담화하시는 거예요? 동참해 줄 수가 없어요 친한 사이라.
이 영	그렇게 말함 섭섭하다! 나랑은 안 친해?
애 숙	(친한가... 오랫동안 정이 들긴 한 거 같아.) ......그게 좀
이 영	그게 좀 뭐?
애 숙	진우 엄마가 좀 그런 면이 있긴 해요!
이 영	(친하구나 웃는)
애 숙	정 많구 오지랖 넓어서 그래요. 친구 되면 진짜 좋아요. 무조건 그 사람 편이에요.

씬40. 진우 집 주방 (저녁)

경미, 갈비에 핏물을 제거하려고 물에 담근다. 진우, 들어온다.

진 우	밥 줘!
경 미	왜케 일찍 들어왔어? 맨날 술 먹구 늦게 다니더니 요즘은 애들이 안 놀아주나 부지! 혜준이나 해효 잘나가더라!
진 우	갈비 지금 핏물 빼서 언제 먹어?
경 미	이거 우리 먹을 거 아냐. 해효네 갖다줄 거야. 나 그 집에 반찬 만들어주잖아.
진 우	언제부터? 그럼 해효 어머니하구두 만났어?
경 미	만났지 그럼!
진 우	(당황) 그 집 일을 왜 해? 엄마 아빠 몰래 빚졌어?
장 만	(들어오며) 심심하대.
진 우	(버럭) 말리지... 난 그 집 일 가는 거 싫어.
경 미	별꼴이야. 돈 없어서 다니는 거면 울겠다!
장 만	우리두 갈비 해 먹자!
진 우	(나가는)
경 미	좋아 좋아 해서 혜준이 갖다줘야지.
장 만	아들한테 그렇게 좀 해봐라.
경 미	아들이구 나발이구 내 눈 호강시켜주는 사람이 젤이야.

씬41. 혜준 집 앞 (밤)

혜준, 차에서 내린다. 광고 촬영하고 바로 와서 메이크업과 헤어가 완벽한 상태. 연예인이다. 집으로 올라간다.

씬42. 혜준 집 주방/ 거실

애숙, 설거지하고 있고. 영남, 한편에 기대어.

영 남	혜준인 광고 촬영하구 늦게 들어온단 거야?

애 숙	애매하게 말했잖아.
영 남	당신은 광고 찍는 거 알았어?
애 숙	몰랐어.
영 남	나는 그렇다 쳐두 당신은 애한테 너무 무심한 거 아냐?
애 숙	(영남 보며) 살짝 기분 상할라 그런다. 자긴 그렇다 치는데 난 그렇다 치지 못하겠단 거야?
영 남	또 예민하게 받는다.
애 숙	자식 일이야. 예민한 게 당연해. 혜준이 근황 해효 엄마한테 다 들어. 자식을 독립적이구 책임감 있게 키우려구 노력했는데 무관심처럼 비쳐져서 속상해. 난 당신처럼 태클은 안 걸었다구!
영 남	됐어 내가 말해 봐야 나만 죽일 놈이지! (하면서 나가는데 그 시선으로 혜준이 현관에서 들어오는 모습이 들어온다. 연예인이다. 빛이 난다. 우리 집에 저런 사람이 왜 들어왔나. 하지만 말은) 늦었다!
혜 준	일찍 오느라 온 거야. 할아버지 때메! (안으로 들어가는데)
애 숙	(안에서 E) 혜준이 왔어?
혜 준	어 엄마!
경 준	(방에 있다가 혜준 소리에 나오는)
애 숙	(나오며) 밥 먹었어?
혜 준	어!
애 숙	(가까이 오며) 이러구 촬영하는구나! 너 너무 잘생겼다!
혜 준	엄마 아들이야!
영 남	(내 아들이야 너. 자기는 소외)
경 준	너 나 잠깐 보자.
혜 준	씻구 있다가! (하다가 방으로 들어간다.)
경 준	쟤 연예인 같아.
애 숙	연예인이야. 대체 아버님은 무슨 하실 말씀이 있다구 집합시키신 거야?

씬43. 혜준 집 혜준 방 (밤)

혜준, 민기와 있다. 혜준, 메이크업 지우고 옷도 갈아입은. 민기, 혜
준 앞에 봉투를 내민다.

민 기   돈 벌어서 식구들한테 맛있는 거 사주구 싶었어.

혜 준   (도로 주는) 아직 돈 못 벌었잖아.

민 기   벌면 더 비싼 거 사줄 거야. (도로 주며) 7만 원이야. 니가 준 용돈
               모은 거야.

혜 준   (받는) 좋아. 가르친 보람이 있습니다!

민 기   (웃는)

현관 벨 E

애 숙   (E) 아버님 피자 시키셨어요?

씬44. 혜준 집 거실

경준, 현관 앞에서 피자 배달원을 응대하고 있다. 테이블엔 과일과
차 있고, 영남, 앉아 있다. 피자 배달원이 피자를 꺼내 놓는다. 치즈
포켓이다. 민기와 혜준, 방에서 나온다. 애숙, 접시를 놓고 있다.

민 기   금방 왔네! (자리에 가서 앉고)

배달원   맛있게 드세요! (하곤 나간다.)

경 준   안녕히 가세요! (피자를 들고 테이블에 놓고 풀고 있다.)

혜 준   (같이 도와주고 애숙이 놓은 접시에 놓는)

민 기   내가 쏘는 거야!

경 준   (피자 담은 접시 주고) 드세요 할아버지!

영 남   (이미 먹고 있다.) 맛있다!

민 기	야야 너는 아직 내가 안 먹었는데
영 남	(먹다가.. 왜 이러나 O.L) 우리가 언제 그런 거 따졌어?
민 기	지금부터 좀 따지자!
영 남	(일단 후퇴) 알았어요! 드세요!
민 기	다들 먹자! (먹는)
경 준	(먹는) 아 치즈가 장난이 아니네!
애 숙	아버님 이제 말씀해 주세요.
민 기	내가 뽑혔다 광고 모델루!
일 동	(먹다가 서로 보는 경준, 영남, 아닌데. 애숙, 이건 뭐지 하며 민기 보고)
영 남	에이 또 무슨! 사기 당하는 거 아냐?
민 기	아냐! 나두 그런 줄 알구 선생님한테 돈 내는 거냐구 물어봤어.
영 남	그럼 돈 안 준다구 하겠어? 처음엔 그렇게 미끼루 낚는 거야.
혜 준	(영남에게) 그 학원 공신력 있는 데야. 학원에서 모델 에이전시두 같이 하더라구.
민 기	(영남에게) 넌 속구만 살았냐? 저번에 진우가 찍어준 사진 보구 사람들이 다아... 멋있다구.. 내가 한 말이 아냐. 광고 회사 사람들이 그랬대.
애 숙	축하드려요 아버님!
민 기	오늘의 이 영광은 혜준이한테 돌린다!
영 남	(O.L) 돈 들어오구 다시 돌려 아버지. 김칫국 마시구 말구. 혜준이두 됐다 그랬다 안 된 일 많잖아. 거기 일이 다 그렇지.. 확실하지 않잖아.
민 기	기분은 낼 수 있잖아. 안 되더라두 이런 제안이 나한테 왔다는 게 중요한 거지.
영 남	이 피자 값 누가 냈어? 아버지가 시킬 줄 알아? 혜준이가 냈지! 쟤가 학원비 내줘 기분 맞춰줄려구 피자 값 내줘. 아버지가 혜준이 자식 이야? 아버지가 혜준이한테 돈두 주구 응원두 해줬어야지. 거꾸로 됐잖아.
민 기	(이 피자 값 누가 냈어부터 감정 올랐다. 억울하다. 난 단지 나도 아

직 쓸모 있는 사람이란 걸 가족에게 알리고 싶었을 뿐이다. 특히 영
남에게. 눈물이 그렁그렁.)

혜 준   (민기의 손에 자신의 손을 포개는.)

민 기   (눈물 스위치 눌러졌다. 눈물이 흐르는.)

애 숙   아버님!

영 남   (당황) 왜 울어? 나만 나쁜 사람 되잖아. 현실을 말해줘두 이러네!

민 기   (추스르며) 너 나쁜 사람 아냐. 아부지가 늙어서 그래. 늙으믄 눈물
이 그냥 나와.

혜 준   피자 값 쳤어 할아버지가 7만 원! 아빠 자식인 나한테 응원해 줬
어? 내가 하는 일.. 한번이라두 지지해 준 적 있어?

영 남   (갑자기 허 찔린) 그거야 너 잘되라구. (그러다 미안함과 창피함에
합쳐져 화를 내는) 너 지금 좀 잘 나간다구 아빠가 우습게 보여?

혜 준   (억울한. 감정 오르는) 여기서 우습게 보인다는 말이 왜 나와? 내
질문에 대답을 해봐. 아빠가 내가 하는 일에 한번이라두 지지해 준
적 있냐구?

경 준   지지해 주는 덴 여러 가지 방법이 있는 거야. 아빠처럼 채찍을 들
수두 있구 나처럼 마음으루 지지해 줄 수두 있는 거야. 너 지금 좀
잘나간다구 아빠한테 이러는 거 아니다.

혜 준   형 너는 마음으루 여러 가지 한다. 표현되지 않는 마음이 그게 마음
이냐? 공상이지!

민 기   그 말 멋있다! (영남과 경준 향해) 표현되지 않는 마음이 그게 마음
이냐? 우리 들어가자!

혜 준   그래 들어가자! (일어나는)

애 숙   진짜 애들두 아니구 왜 이러냐구요 모이기만 하면.

민 기   (일어나며) 내가 끝으루 말한다. 표현되지 않는 마음은 똥이야!

영 남   (경준에게) 너두 뭐라구 말 좀 해봐. 넌 멋있는 말 없어?

경 준   아빠가 '너 지금 좀 잘나간다구 아빠가 우습게 보여' 이 말할 때 벌
써 졌어.

애 숙   져서 뭐하구 이겨서 뭐해 가족끼리!

씬45. 정하 집 거실 (밤)

정하, 냉장고에서 캔맥주 꺼낸다. 음악 틀어져 있고. 캔맥주 마시면서 몸으로 리듬을 타며 창가로 간다.

정 하   다 뒤죽박죽인데.. 행복해.라고 주문을 걸어본다. (혜준이랑 얘기하고 싶다. 핸드폰 바탕화면에서 메신저 누른다.) 잘까?

씬46. 혜준 집 혜준 방/ 거실

혜준, 자려고 눕는다. 민기, 자고 있다. 핸드폰 무음 메시지 왔다는 신호. 혜준, 핸드폰 불빛 본다. 핸드폰 가져와 메시지 본다. '통화할 수 있어?' 정하. 혜준, 일어난다. 나간다.

씬47. 정하 집 거실/ 혜준 집 거실

정하, 맥주 마시면서 핸드폰 본다. 문자메시지 왔다. 'mcn 잘 갔다 왔어? 통화 어려움' 혜준. '누군가를 빛내주는 걸 좋아해.' 정하. 혜준, 깜깜한 거실에 바닥에 누워 정하와 문자하고 있다. 자신의 방이 없어서. 집에서도 자신의 사생활을 지킬 공간이 없다. 혜준, 문자 보고 답신한다. '좋아해 시리즈 시작. 넌 타고 났어 메이크업 아티스트로' 혜준. 정하, 답 받고 'ㅎㅎ 맞아. 넌 스타로 타고 났어. 가만있어도 반짝반짝 빛나.' 정하. '칭찬 스킬'. 이모티콘 보낸다. 오글거린다는. '지금 뭐하고 있어?' 혜준. 정하 메시지 온다. 혜준 본다. '맥주 마셔. 너는?' 정하. '너랑 문자 중. 행복하겠다. 지금 하는 일에 완전히 몰두하고 있을 테니까' 혜준. '맞아 행복' 정하. 문자메시지를 보는 혜준과 정하. 사랑에 빠진 남녀의 별거 아닌 걸 갖고도 기쁜 표정이 담겨지는. 혜준과 정하의 문자 주고받는 모습이 분할화면으

로 보여지면서. (F.O)

씬48. 혜준 집 앞 골목/ 혜준 밴 안 (F.I) (이른 아침)

밴이 들어온다. 민재, 운전하고 있다. 민재, 혜준 집 앞에 주차한다.

민 재   (안전벨트 풀면서 바깥 보고) 아직 안 내려왔네! (차에서 내린다.)

민재, 스트레칭 하는. 혜준, 나온다. 혜준, 민재 본다. 민재 옆에 밴도 본다. 저게 뭐지? 민재, 반가운 제스처한다. 혜준, 온다.

민 재   서프라이즈! 앞으루 사 스타님을 모실 1호예요!
혜 준   이름까지 지었어? 일호가 뭐야?
민 재   1, 2, 3 할 때 1. 첫 번째 차!
혜 준   가자 1호!
민 재   잠깐만 잠깐만! (하면서 차를 작동해서 자동으로 문 열린다. 멋지지)
혜 준   (보고 미소)
영 남   (나오는. 공기 쐬고 스트레칭 하려는데. 혜준, 민재 보고)
혜 준   (민재에게) 아빠.
민 재   (제스처) 아버님 안녕하세요? 저 사 배우님 매니저예요.
영 남   (어리둥절. 매니저도 있었네. 저 차는 말로만 듣던 밴)
민 재   그럼 나중에 정식으루 인사드리겠습니다.
혜 준   (밴에 올라타는)
민 재   (운전석으로 타는)
경 준   (나오는) 아빠 엄마가 식사하시래요. (영남이 보는 쪽을 보는)
경 준   누구야?
영 남   여자 매니저네. 운전두 잘한다.

혜준의 밴 움직인다. 빠져나간다.

씬49. 영화 제작발표회장 (낮)

〈평범〉7월 대개봉. 포스터 붙어있다. 평범하고 싶은 평범하지 않은
청년이 왔다. 박도하. 청년들의 이야기. 카메라 플래시 터지고. 박수
소리와 함께 출연자들이 무대 위로 오른다. 도하, 해효, 혜준, 최세
훈 감독, 올라와서 포즈 취하고 내빈들을 향해 인사한다. 기자들의
카메라 셔터 소리와 함께 플래시들이 막 터지고.

점프 시간 경과

〈평범〉영화의 한 장면 나오고 있다. 영상은 5부 씬52 액션 씬.
도하, 해효, 혜준, 최세훈 감독 앉아 있다. 진행자 질문하고 있다. 감
독에게. 분위기 가볍고 즐거운.

진행자   감독님 작품엔 매번 시대정신이 담겨 있어서 대중들의 엄청난 사랑
을 받아왔는데요. 이번 작품은 제목부터 평범하지 않은데요.

세 훈   평범은 평범을 욕망하지 않는 사람들이 평범을 욕망하게 되는 이야
기예요. 슈퍼스타 박도하 씨와 평범한 청년 윤철 캐릭터와 만나서
더 특별해졌어요. (도하에게 마이크 넘겨주고)

진행자   박도하 씨! 주인공인데 엄청 맞으시네요.

박도하   그러니까요! 전에는 맞기보단 주로 때리는 편이었거든요. (객석 웃
음) 아 힘들었어요. (혜준 보며) 혜준이가 잘 때리더라고요.

진행자   서루 친하신가요? (대본 카드 보며) 보니까 세 분이 다 동갑이시
네요.

해 효   (마이크 들고) 그래서 현장이 재밌었어요.

도 하   해효하곤 지금 드라마두 같이 출연하구 있어요.

진행자   사혜준 씨! 왜 한마디두 안 하세요? 어떻게 이렇게 선한 얼굴루 그

렇게 살기 넘치는 연길 할 수 있죠? (혜준에게 토크가 넘어가자 혜준에게 집중하는 기자들. 카메라 셔터 소리 마구 들리고 플래시 마구 터진다. 뜻하지 않은 집중 반응에 도하 신경 쓰이고. 태수 객석에서 보고 있다.)

혜 준   (해효한테 마이크 받아들고) 존경하는 최세훈 감독님 작품에 출연한다는 거 자체가 저한텐 큰 영광이었어요. 작품에 누가 되지 않게 제 모든 걸 쏟아부어서 별루 드릴 말씀이 없어요.

진행자   이러니까 생각나잖아요 게이트웨이! 이건 대본에 없는 건데.. 저 좀 일어설게요. (객석 웅성웅성되고) (일어나서 혜준에게 오며) 저 그거 한 번 해주시면 안 돼요? 바루 앞에서 듣구 싶어. 사귈래요 한 번 해줘요. (객석 웃고. 사람들 반응)

도하해효   (어이없는) (쟤가 할까.)......

혜 준   (어이없는 미소)

진행자   (혜준 앞에 섰다.)

혜 준   (가다듬고) 사귈래요? (객석 탄성)

진행자   (좋아서 죽으려 하고) 아아 그래 사귀자 사겨!

웃는 사람들. 카메라는 플래시 터지고. 표정 관리 안 되는 박도하와 기쁘면서도 씁쓸한 해효의 표정.

씬50. 영화 제작발표회 대기실

도하 들어오고. 그 뒤로 혜준, 해효와 들어온다. 그 뒤로 감독. 민재, 정하, 장군, 양군 대기하고 있었다. 도하 스탭들도.

민 재   (혜준에게 오며) 너 말 잘하더라.

혜 준   건 아닌데! (민재, 혜준 자리엔 혜준에게 온 선물이 있다. 핸드폰 광고 회사에서 온 선물. 핸드폰 선물박스. 〈평범〉 영화 축하드린다.)

정 하   (퍼프로 해효 얼굴 정돈해 주고)

도 하	(장군이 맞이하고)

꽃 배달, 대형 꽃바구니와 선물상자 들고 들어온다. '영화 〈평범〉 제
작발표회 축하드립니다. 함께 일하게 돼서 기뻐요.' 혜준의 사진이
박힌 메시지 카드. 화장품 회사에서 보낸. 도하가 하던 광고인데 혜
준에게 온 것.

꽃배달원	사혜준 씨!
민 재	여기요! 여기 놓으세요. (핸드폰 선물박스 옆에 꽃 배달원, 꽃 놓고 나간다.)

해효, 도하와 그쪽으로 시선이 가고. 혜준 쪽과 태수 쪽 대화 양방
에서 이뤄지고.

혜 준	이거 뭐야?
민 재	화장품 광고 회사에서 보냈네.
도 하	(장군에게 복화술로) 저거 내 광고 아냐?
해 효	(혜준에게) 축하한다 광고 찍었네!
혜 준	찍었네!
해 효	(와서 보며) 핸드폰 광고두 찍었네!
민 재	이거 말구두 많아.
해 효	역시 로코를 찍어야 광고가 많이 들어오는군. 너의 좋은 기운을 받 구 싶다. 촬영만 없음 너랑 노는데.
민 재	얘두 시간 없어. 감독님 미팅 잡혀 있어.
혜 준	차기작 정했어.
정 하	사극이래. 왕의 귀환.[2]
해 효	너두 알아?

---

2 뒤의 〈왕의 귀환〉 시놉시스 참고.

혜 준	애는 당연히 알지!
해 효	(어이없는) 이 자식이 진짜! (하면서 헤드락 걸려고 하고 안 걸릴려고 하고 서로 장난치는)
태 수	(들어온다. 도하에게 오는) 수고했다.
도 하	이제 왔으면서 뭘 수고해?
태 수	아까 왔어. 너 하는 거 봤어.
도 하	나한테 신경 안 쓸래?
태 수	너한테 온 신경 다 쓰구 있어.
도 하	과연 그래? 저거 봐.
태 수	(보면. 화장품 회사에서 보낸 꽃바구니와 선물상자 있다. 핸드폰 광고 선물도)

씬51. 영화 제작발표회 대기실 일각

도하, 태수와 있다.

도 하	어떻게 사혜준 같은 애한테 광골 뺏겨? 왜 얘기 안 했어?
태 수	하면 뭐 달라지냐? 니가 아직두 주제파악 못 하구 있는데.
도 하	뭐?
태 수	탑 찍은 지 몇 년 됐냐? 너 이제 내려오는 추세야. 지금부턴 유지만 해두 잘하는 거야.
도 하	나 박도하야. 형 내 매니저야. 뭐 잘못 먹었어? 나 지금 가르쳐?
태 수	응 가르쳐. 우리가 함께 한 시간이 한 일 년 돼가잖아. 서로에 대해 많이 알게 됐잖아. 장점 단점 약점!
도 하	(좀 위압감이 느껴지는)
태 수	날 믿어. 누구보다 널 위해. 날 위해서 널 위하는 거야. 니가 잘돼야 나한테 이익이 되니까. 싸가지 없어 쥐어팼음 하는 순간 있어. 참아. 많이 참아 형이. 너두 참아 그러니까.
도 하	내 약점 뭘 알구 있는데?

태 수	넌 그냥 지금처럼 살면 돼.
도 하	그럼 형 믿구 지금처럼 살게. 근데 사혜준 치구 올라오는 꼴은 못 봐. 날 위한다며? 뭘 할 수 있어?

씬52. 양반촌 골목 (밤) (〈왕의 귀환〉 촬영 중)

검은 복면을 한 혜준(건), 지붕을 타고 도망가고 있다. 그를 쫓는 검객 3명. 필사적으로 도망치고. 필사적으로 쫓는. 혜준, 쫓기다 빈집으로 내려간다. 숨는. 검객 3명, 빈집으로 내려온다. 검객1, 혜준이 숨은 곳을 뒤지라는 수신호를 검객2, 3에게 주고. 검객1, 2, 3 혜준이 숨은 곳을 향해 공격한다. 멧돼지 몰이처럼 집중적으로 공격하는데. 없다.
검객1, 2, 3 밖으로 나오는데. 혜준, 기다리고 있다가 검객 1, 2, 3을 공격한다. 서로 맹공격한다. 2, 쓰러지고. 3, 쓰러지고. 1, 혜준의 복면을 칼로 내리친다. 혜준의 복면이 벗겨지고. 혜준의 모습이 드러난다.

검객1	(미소 지으며) 살아있었구나!
혜 준	내 길을 방해하지 마라! 너의 목숨은 가져가지 않겠다!
검객1	숨이 오래 붙어있음 헛소릴 하는 법! (하더니 혜준을 내리친다.)
혜 준	(가뿐히 막는)

서로 다시 공격하는. 혜준에게 수세에 몰리는 검객1. 위 지붕에서 성운, 유리, 막삼 내려와 검객1을 공격한다. 성운은 혜준 옆에서 보위하고.

치영(막삼)	(내려와서) 우리에게 맡기시구 대군은 형님과 가십시오!
혜 준	살려달라구 하면 살려주거라!

카메라 빠지면. 스탭들 있고. 촬영 중이다. 민재, 있다.

점프 시간 경과

촬영 끝났다. 정리 중이다. 혜준, 한편에 앉아 있다. 민재, 혜준에게 가는.

FD	낼 현장 집합 05시입니다! 자세한 내용은 스탭 방에 올리겠습니다!
민 재	낼 다섯 시 집합이면 이 근처에서 잘까.
혜 준	그게 나을 거 같아.

씬53. 교각 (밤)/ 정하 집 안방

혜준, 야경의 운치를 한껏 느끼며 서성이며 전화 통화하고 있다.

혜 준	(하늘 보며) 여기 하늘 같이 보구 싶다. 나중에 같이 오자.
정 하	(침대에 누워 있다.) 좋아. 낼 쉬는 날이야. 근데 집 보러 오는 사람이 없어. 부동산에 가봐야 되겠어. (하품)
혜 준	...내가 도와준다구 하면 받을래?
정 하	우리 아빠가 도와준대두 안 받아... 나 이제 자도 돼?
혜 준	나랑 얘기하는데 잠이 와?
정 하	(미소) 쏟아져 틈만 나면 상가 보러 다녀. 맘에 들면 다 비싸. 미안. 너의 낭만에 동참해 주지 못해서.
혜 준	....잘 자.

카메라 빠지면 혜준 밤 풍광에 섞여 그림 같다. (F.O)

씬54. 정하 집 근처 부동산 앞 (낮)/ 부동산 안 (F.I)

정하, 부동산 문 열고 들어간다. 부동산 사장님, 있다.

정 하　안녕하세요? 사장님 집 내놨는데 왜 한 사람두 안 보러 와요?
부동산　아버님이 와서 매물 걷어갔어요.
정 하　(황당) 저한테 확인을 하셨어야죠. 내놓으면 팔리긴 해요?
부동산　그럼요. 낼 집 보여줄 수 있어요?
정 하　낼은 안 돼요. 일하러 가야 돼서. 주말에 보여줄게요. 저한텐 아주
　　　　소중한 집이에요. 좋은 집주인 만났음 좋겠어요.

씬55. 부동산 밖

정하, 나와서 전화 건다. 아빠 통화 버튼 누른다.

정 하　(상대가 받았다.) 아빠 이럼 반칙이야.
승 조　(F) 너 어딨어?

씬56. 영등포 문래동 상가 (낮)

큰 골목 안쪽에 위치한. 10평정도. 안은 텅 빈 상태. 아담하고 나쁘
지 않다. 반 지하 같은. 정하, 둘러보고 있다. 꼼꼼하게 본다. 직원,
옆에 있다.

직 원　뷰티샵 하기엔 여기가 딱이에요. 500에 50! 권리금두 없구.
정 하　(창문 열었다 닫았다.) 지은 지 오래됐잖아요.
직 원　십오 년이 뭘 오래예요? 상간데.
정 하　계약 언제 할 수 있어요?

직 원	결정하시는 거예요?
정 하	집 보러 많이 다녀봤어요. 물건 볼 줄 알아요.

씬57. 정하 집 앞/ 좋아해 편의점 앞/ 편의점 안 (밤)

정하, 계단 내려오고 있다. 고단함이 묻어있는. 승조, 편의점에 앉아
있다. 승조, 그 시선으로 정하 보고 있다. 딸에 대한 연민 올라온다.
승조, 정하에게 전화한다. 정하, 전화 받는.

정 하	어 아빠!
승 조	좋아해루 들어와.
정 하	(편의점 본다. 승조 있다. 좋아해로 들어간다.)

씬58. 좋아해 편의점 안 (밤)

나란히 앉아 컵라면 먹고 있는 정하와 승조.

정 하	아빠랑 있음 좋은 게 뭔지 알아?
승 조	다 좋은 거 아냐?
정 하	모든 게 허용된다. 엄마랑 있음 컵라면 먹는다구 뭐라구 했을 거야.
승 조	칭찬인 줄 알았는데 아니구나.
정 하	칭찬이야.
승 조	(할 말 있다.) 우리 좀 걸을래?
정 하	걷자라구 안 하구 물어봐 줘서 좋아. 아빠 착하구 순해서 복 받았어. 아줌마 만났잖아.
승 조	넌 우주대스타 만나겠다! 나보다 더 착하구 순하니까.
정 하	(미소)

씬59. 정하 집 현관/ 거실 (밤)

문 열리는 소리 들리고 정하, 들어온다. 그 뒤에 승조.

정 하 (신발 벗고. 소파로 간다. 가서 앉는) 역시 내 집이 최고야! (하곤 옆으로 눕는) 아 피곤해.

승 조 (보는. 저렇게 집을 좋아하면서) 그러지 말구 방에 들어가서 푹 자.

정 하 아니 이렇게 있을 거야.

승 조 (가서 앉는다.)

정 하 아빠 언제 갈 거야?

승 조 집 팔면 어디서 살아?

정 하 돈이 없지 살 데 없을까 봐. (일어나 앉는다.) 돈 얘기 하니까 정신이 바짝 나네!

승 조 이 집 팔지 마. 아빠가 줄게.

정 하 내 인생이야. 내가 알아서 할 수 있어. 아빠한테 신세지기 싫어.

승 조 (보는. 연민. 얘는 왜 부모한테 신세란 말을 쓸까. 정하 어릴 때 자신의 문제에 몰두해 이혼하느라 제대로 돌보질 못했다. 독립을 강조하는 앨 보면 항상 안쓰러웠다. 내 잘못이다. 충분히 사랑해 주지 못한)

정 하 (보며) 왜?

승 조 아빠가 잘못했어. 니 어린 시절을 몽땅 도둑질했어. 엄마 아빠 맨날 싸워서 걱정했지?

정 하 걱정 엄청 했지. 엄마 편들면 아빠한테 미안하구 아빠 편들면 엄마가 불쌍하구. (감정 슬슬 오르는) 엄마 아빠 싸우는 게 나 때문인가 싶기두 하구. 그러구 보니까 그러네. 어린 시절 내내 엄마 아빠 걱정만 했어.

승 조 (감정 올라온다. 정하 얘기 들으면서. 한숨)

정 하 마음을 항상 다잡아. 누군가에게 의지하게 될까 봐. 의지하면 떠날까 봐 불안해하면서 살아야 될 거 같아서.

승 조 (무릎 꿇는)

정 하	(놀라는) 아빠 뭐하는 거야? (승조 무릎 꿇은 거 풀어주려고 하며) 하지 마.
승 조	(우는)
정 하	울지 마.
승 조	자식이 부모한테 받는 걸 왜 신세라구 생각해? 너 그거 아빠 거절하는 거잖아. 니가 맨날 그런 식으루 아빠 벌 주잖아. 말론 아빠 좋아한다구 하면서 아직두 마음으루 용서 안 했잖아.
정 하	(그런 거 같다.. 눈물 그렁그렁) .....
승 조	니 마음 풀릴 때까지 아빠 이러구 있을께.
정 하	(우는)
승 조	(우는) (F.O)

씬60. 저잣거리 (낮) (F.I) (촬영 중)

물건을 사고파는 사람들. 혜준(건), 유리(서민 출신 소박맞은 여자), 성운(양반 출신 무사), 치영(막삼. 천민 출신)과 걷고 있다. 유리, 노리개 앞에 서서 요고조고 본다. 혜준 옆에 딱 붙어 경호하는 성운.

혜 준	좀 떨어져! 갑갑하다!
성 운	저번 일두 있구 꼭 붙어 다닐 겁니다!
혜 준	사람들의 주의만 더 끌 뿐이다!
막 삼	내가 하나 사줄까?
상 인	(유리에게) 여자여?
막 삼	(낄낄)
유 리	안 사요! (가는)
혜 준	(멈추는) 도성 후문에서 신시에 보자! (가는)
성 운	대군! (하다가 멈칫)
막 삼	누가 들음 어쩌실려구!
유 리	우리한테 맨날 주의하라 그러더니 잘나신 양반 나리께서 왜케 주의

에 태만하신가!

씬61. 저잣거리 일각/ 대나무숲 (촬영 중)

혜준, 걷고 있다. 누군가 따라오는 거 같다. 빨리 걷는. 또 따라오는
거 같다. 좀 더 빨리 가려는데 앞에 오랑캐무리(자객) 있다. 검객1,
있다. 오랑캐무리 덤비려는데. 혜준, 경계를 늦추지 않으며.

혜 준   이곳은 백성들의 터전이다! 자리를 옮기자!

혜준, 칼을 빼서 들고 뛰면.

점프 시간 경과. 대나무숲

혜준, 오랑캐무리들에 뻥 둘러싸여 있다. 대나무에서 막 내려오는
검객들. 혼자선 감당하기 어려운. 공격하는 오랑캐무리. 혜준, 대나
무숲을 날라다니며 방어하고 공격당한다. 무리의 공격에 혜준 팔이
베이고. 아랑곳 않고 싸우는데. 유리, 막삼, 성운, 혜준의 주위를 둘
러싼다.

성 운   (경계하면서) 먼저 가십시요! 유리야 대군 모시구 먼저 가!
유 리   가시죠!
혜 준   가지 않겠다!
성 운   목숨을 보존하시구 후일을 도모해 주십시요! 이 나라의 성망이 대
군께 달려있습니다! (소리 지르는) 유리야 뭐하냐?
막 삼   (혜준을 막아 뒤로 밀며) 가세요 대군!
혜 준   함께 가지 않으면 가지 않겠다!
성 운   대군!!!
혜 준   너희들도 나의 백성이다. 한 명의 백성두 지나가지 않겠다!

쭉 달려가서 칼로 상대를 베는. 혜준 클로즈업 되면서. 엔딩.

아줌마들　　(E) 오빠아!!!

카메라 빠지면 텔레비전 프레임이다.

씬62. 찜질방

아줌마들 모여서 〈왕의 귀환〉 보고 있다. 민재, 그중에 끼어있다.

아줌마　　사혜준! 사혜준!
아줌마들　　(따라하는) 사혜준 사혜준!
민 재　　(같이 따라하는)
아줌마　　이럴 게 아니라 우리 사혜준 팬클럽 만들자. 우리한테 누가 이런 설
　　　　　　렘을 주는가? 남편인가?
아줌마들　　아니요!
아줌마　　박도하인가?
아줌마들　　아니요!
아줌마1　　이름 뭐라구 할까? 팬클럽 이름?
아줌마　　사혜준이니까 혜주니 혜주니 혜주니 뭘 혜주니 다혜준다... 우리 사
　　　　　　혜준은 다혜준다!
아줌마들　　(소리치는) 다혜준다!
민 재　　(같이 끼어서) 다혜준다! (F.O)

씬63. 도로/ 혜준의 밴 안 (낮) (F.I)

혜준의 밴 달리고 있다. 치영, 운전하고 있다. 민재, 옆 좌석에 앉아
기사 보고 있다. 뒷좌석에 혜준, 평상복 차림으로 기대 있다. 자신의

기사 보고 있다. '사혜준, 〈왕의 귀환〉으로 왕이 되다! 톱스타 탄생!'.[3] '〈왕의 귀환〉 사혜준, 다정함부터 카리스마까지 독보적 존재감'.[4] 거기에 달린 댓글.[5]

민 재 이거 실화냐?

민재 본 기사. '월드스타 탄생! 〈왕의 귀환〉 사혜준'.[6] 댓글[7] '〈왕의 귀환〉 사혜준, 탑스타 반열에 오르다!'.[8] 댓글.[9] 호평과 호의적인 댓글들 중에 돋보이는 댓글 두 개. '얘 성소수자야 클럽에서 봤어.' '찰리정하구 사겼대' 하지만 혜준이나 민재 지금은 이 댓글이 안중에 들어오지 않는다.

치 영 제가 꼬집어 드릴까요?

민 재 혜준아? 넌 이제 나만의 스타가 아냐. 세계루 뻗어가는 사혜준! 사스타!

혜 준 그만 좀 해. 누나까지 이럼 어떡해! 주위 사람 모두 들떠두 누난 중심 잡구 있어야지.

민 재 니가 들떠야 내가 중심을 잡지. 니가 너무 중심을 잘 잡잖아.

치 영 형 이번에 최우수상 타면 수상 소감에 내 얘기 좀 해주세요.

혜 준 나 못 타. 날더러 왜 MC를 봐달라구 했겠니? 상 못 주니까 배려해 주는 거지.

치 영 이따 시상식 작가님 만나면 물어보세요.

---

3 뒤의 참조 기사 2 참고.
4 뒤의 참조 기사 3 참고.
5 기사 볼 때 기사와 댓글이 화면에 하나씩 등장하면 어떨지. 댓글은 뒤의 댓글 1 참고.
6 뒤의 참조 기사 4 참고.
7 뒤의 댓글 2 참고.
8 뒤의 참조 기사 5 참고.
9 뒤의 댓글 3 참고.

민 재	물어보나마나 나두 박도하가 탈 거 같아. MC 해달라구 하는 거 보니까.
혜 준	누나! 누나 내 매니저야. 그럼 하늘이 두쪽 나두 내가 탄다 그래야지.
민 재	니가 컴다운 하라며? 왜 그래 나한테?
혜 준	재밌으니까! 놀리는 거!
민 재	(우씨. 치영에게) 차선 변경해야지. 우리 우회전할 거야. 너 상암 가는 길 모르니?
치 영	(O.L) 몰라요. 난 원래 배우라구요.
민 재	니가 매니저 하구 싶다구 사흘 내내 쫓아다니면서 괴롭혔잖아.
치 영	괴롭히진 않구 좀 졸랐죠!
민 재	너두 나한테 대드냐?
치 영	대드는 건 아니구... 재밌잖아요!

일동 웃는.

씬64. 태수 사무실 안

태수, 태블릿 PC로 기사 보고 있다. '사혜준 Ovn 연기대상 MC발탁! 사혜준 인기 실감 난다'.[10] '박도하 vs 사혜준, Ovn 연기대상 최우수상의 영광은 과연 누구에게?'.[11]

태 수	(박수치는) 브라보! 역시 내가 보는 눈이 있었어!

문 확 열리고 도하 들어온다. 기분 잔뜩 나빠 있는 소파로 가서 앉는.

---

10 뒤의 참조 기사 6 참고.
11 뒤의 참조 기사 7 참고.

태 수	(도하 보고) 보는 눈은 있었는데 인내심이 없었네!
도 하	뭐라는 거야? 사람이 왔음 자리에 와서 앉아야 될 거 아냐?
태 수	(일어나서 가며) 간다 가!
도 하	기사 봤어? 나랑 사혜준하구 남자 최우수 연기상 붙은 거? 말이 돼?
태 수	말 안 되지. 너랑 어떻게 사혜준 따위랑 붙냐?
도 하	영혼이 없다.
태 수	(속소리 E) 아 이 새끼 눈치 진짜 빨라.
태 수	니가 탈 거야. 사혜준 사회 보잖아. 상 주는데 사회 부탁하겠냐? 방송국두 챙겨줘야 할 거 아냐?
도 하	걔가 방송국이 챙겨줘야 될 만큼 큰 거야?
태 수	어 컸어.
도 하	확실하게 내가 타는 거야?
태 수	Ovn 본부장님 만났어. 상 안 주면 시상식 안 간다구 했어. 꼭 오라구 하더라.

씬65. 해효 집 테라스

이영, 태블릿 PC 연예 기사 다 넘기며.

이 영	아아우 짜증나! 죄다 사혜준 아님 박도하야!
경 미	(밖에서. 문 두드리며) 저기 사모님!
이 영	뭔 또 사모님이에요? 진우 엄마.
경 미	(문 열리며) 전 그렇게 부르는 게 더 좋은데.
이 영	난 싫어. 우리 애들한테 계급적인 인간으루 비쳐지는 거.
경 미	(중얼) 뭔 소리야? (이영에게) 요즘 너무 힘드시죠?
이 영	내가 왜 힘들어요?
경 미	혜준이 잘나가는데. 연애대상 MC에 최우수 연기상에.. 해흔 그렇게 뒷바라질 했는데두 잘 안 되잖아요.

이 영	(속소리 E) 염장을 제대루 지르네.
이 영	잘 안 나가는 거 아닌데.. 신인상 탈 거예요. 그리구 혜준이 아직 최우수상 후보예요.
경 미	탈 거예요. 저두 시상식에 갈 거예요. 언니가 같이 가재요. 사모님두 아니 해효 어머니두 가요?
이 영	(속소리 E) 막상 해효 어머니라 그러니까 확 올라오네.
이 영	안 가요. (집에) 안 가세요?
경 미	갈 거예요. 반찬 냉장고에 다 채워놨어요.

씬66. 해효 집 해효 방 (낮)

해효, 시상식에 입을 옷 침대에 올려놓고 그 옆에서 핸드폰 보고 있
다. 인스타그램. 팔로우 수 100만이다.

해 효	(제스처 하면서) 예쓰!
이 영	(들어온다. 속상해서) 뭐하니?
해 효	엄마 나 인스타 팔로우 백만 됐어.
이 영	(관심 없다. 그거 가짜야.) 좋아?
해 효	좋지 그럼.
이 영	(침대에 올려놓은 옷 보며) 이건 뭐야?
해 효	시상식 때 입을려구 샀어.
이 영	넌 요즘 혜준이 보믄 느끼는 거 없어?
해 효	자식 정말 잘됐다. 고생 많이 했는데.
이 영	그게 다야?
해 효	뭘 더 느껴야 돼? 최우수상은 혜준이가 탔음 좋겠다.
이 영	(보는) 내가 널 이렇게 키운 거니?
해 효	이렇게 키운 거 맞을 거야. 잘 키웠지!
이 영	엄마 지금 열불 나는데 넌 웃음이 나와? 내가 널 위해서 얼마나 뒷바라질 했는데 이런 초라한 성적을 들구 와?

해 효	(충격)
이 영	잠이 안 와. 너 때메. 니가 문제야. 너무 문제의식이 없어. 지금두 팔로우 수에 좋아할 때야? 그까짓 팔로우 수?
해 효	그깟 팔로우 수? 백만이야.. 백만의 사람들이 날 지지해 준다구!
이 영	그런 숫잔 얼마든지 만들 수 있는 가짜야. 진짜는 혜준이처럼 무대에 서서 박수 받는 거야.

박수와 환호성 소리. (F.O)

씬67. Ovn 연기대상 시상식 사회자석 (밤) (F.I)

혜준, 여자 MC와 사회 보고 있다.

혜 준	생방송으로 함께하고 있는 2019 Ovn 연기대상 이번에는 최우수 남자 연기상 미니시리즈 부분을 시상하도록 하겠습니다.
MC	떨리시죠?
혜 준	제가요? 왜요?
MC	왤까요? 오늘 의상 멋지시네요. 상 타기 딱 좋은 복장이에요. (객석... 반응 있고)
혜 준	(미소) 시상은 전년도 수상자이신 송민수 씨가 해주시겠습니다.

씬68. Ovn 연기대상 시상식 무대 중앙/ 사회자석/ 무대 중앙

민수, 자신감 있고 멋진 포즈로 걸어 나온다.

혜 준	(E) 송민수 씨는 제가 아주 좋아하는 선배기두 한데요.
MC	(E) 송민수 씨두 모델부터 시작하셨습니다. 개인적인 친분두 있으신가요?

민 수	(중앙에 섰다. 사회자석 보며. 여유 있게) 안녕 혜준아! (농담) 너 요즘 전화 안 되더라. 떴다구 형 전화두 안 받냐?
혜 준	(농담으로) 형 저 전화번호 바뀌었어요.
민 수	진짜 바뀌었어요?
혜 준	농담입니다.
민 수	저두 농담입니다. 작년 이 자리에 섰을 땐 떨려서 시상식을 즐기지 못했습니다. 오늘은 맘껏 즐기겠습니다. 2019년 최우수 연기상 미니시리즈 부문 남자 후보입니다. 왕의 귀환 사혜준!

영상으로 혜준의 연기 영상 나온다. 객석에 민기, 애숙, 영남, 경미 보인다. 카메라 혜준 비춰준다. 박도하 비춰준다. 도하, 긴장한 모습. 도하, 옆에 해효 있다. 혜준 팬클럽 '아낌없이 주는 나무' '다혜준다' 피켓 들고 있다. 도하 팬덤 피켓도.

민 수	이제 후보들 영상 다 보셨는데요. 작년에 타길 잘했네요. 올해면 못 탔을 거 같습니다. 자 그럼 발표하겠습니다. (수상자 봉투 열고 본다. 누군지 알았다. 미소. 앞을 본다.)

카메라 도하 긴장한 모습 보여주고. 혜준 보여주고.

민 수	2019년 Ovn 연기대상 최우수 연기상 미니시리즈 부문 남자, 수상자는..... 왕의 귀환 사혜준! 축하드립니다!

객석에선 혜준의 팬들과 관계자들 환호하고. 민기, 애숙, 영남, 경미. 각자 리액션. 사회자석 혜준, 사회자석에 있다가 뜻밖. 기쁜. 어쩔 줄 모르는.

다시 무대
혜준, 기쁨에 가득 찬 얼굴로 무대로 오르고. 민수, 상과 꽃다발 혜준에게 전해주고. '축하한다' 가벼운 포옹. 민수, 퇴장. 혜준, 상과 꽃 들고 마이크 앞에 선다.

혜 준   (울지 않는다. 자신감 있고. 자신이 받을 상 받는 것처럼. 유연함이 돋보이는) 감사합니다! 아.. 이런 날이 오네요! (객석 반응.. 민기, 애숙, 영남, 경미, 도하, 해효, 각자 리액션) 1년 전까지만 해두 전 이름 없는 배우면서 알바생이었습니다. 그때 저를 응원하구 지지해 줬던 할아버지 (카메라 민기에게 가고. 민기 울고) 감사합니다! 엄마 사랑합니다! (애숙.. 눈물)

혜준, 민기, 애숙. 자신의 이름이 호명되지 않아 슬픈 영남. 해효, 부럽고 슬픈. 도하, 분노. 한 화면에.

(끝)

씬69. 시상식 포토존

민수, 포토존에서 사진 찍힌다. 기자들 사진 플래시 받는. 혜준, 포즈 잡고 카메라 플래시 받고. 도하, 카메라 플래시 받고. 해효랑 같이 투샷도 잡히는.

씬70. 시상식 시상자 대기실

민수, 스탭과 있고. 혜준, 들어온다. 뒤에 따라 들어오는 민재.

혜 준	(인사하는) 안녕하세요?
민 수	너 오늘 사회라며?
혜 준	형 왔다길래 인사하러 왔죠.
민 수	인사성은 바르다 옛날부터. 요만할 때 봤는데 이제 다 컸다.
민 재	(뒤에서 수줍게) 그때랑 지금이랑 키는 똑같을걸요.
민 수	(혜준에게. 누구?)
혜 준	(웃으며) 매니저! 형 팬이라구 싸인받구 싶대. (민재에게) 왜 이래? 이 누나가 이런 누나가 아니거든.
민 재	제가 진짜 좋아하거든요. 송민수 씨 나온 드라마 영화 다 봤어요.
민 수	감사합니다.
민 재	(사인할 책하고 펜 주며) 이민재예요. 꼭 제 이름 넣어서 싸인해 주세요.
민 수	네! (사인하며) 니가 상 받냐?
혜 준	몰라요.
민 재	가르쳐주질 않아요. 사회까지 보는데 가르쳐줄 수두 있지 너무 빡

빡하게 굴지 않아요?

민 수   원래는 이러시구나!

혜 준   아냐 여기서 좀 더 나가.

민 수   (미소) (사인한 거 민재에게 준다.) 여깄습니다.

혜 준   이따 시상식 끝나구 뵐 수 있어요? 해효두 형 엄청 보구 싶어 해요.

민 수   해효 신인상 후보 올랐더라. 니들 오늘 둘 다 상 타면 나한테 뭐해
           줄래?

혜 준   타기만 하면 뭐든 해드립니다.

민 재   (O.L) 저는 못 타두 뭐든 해드리겠습니다.

혜 준   누나 하지 마!

민 재   알았어. (하고 다시 뒤로 빠지면서) 오늘 너무 반가웠어요.

민 수   저두 반가웠습니다.

씬71. 시상식장 일각

           민수, 혜준, 해효 있다. 진우, 사진 찍어주려고 카메라 들고 있다. 옆
           에 민재 있다.

진 우   우리 민수 형님이 중앙에 서시구 니들 쭈구리! 형님 양옆에 서.

           자리 배치하면서.

해 효   야 우리가 쭈구리면 넌?

진 우   난 쭈구리 친구 쭈구리!

민 수   나 원래 사람 가리는데 맘에 든다!

진 우   감사합니다 형님! 나두 그 안에 들어가구 싶다.

혜 준   들어와! (민재에게) 누나!

진 우   앗싸! (하고 카메라 주고)

민 재   (받으며) 나두 그 안에 들어가구 싶다!

혜 준	하나 둘 셋 하구 찍어!
민 재	(니가 그렇지. 찍지는 않고 입으로) 하나 둘 셋!

찰칵 소리와 함께. 민수, 혜준, 해효, 진우, 적당한 포즈와 즐거운 표정의 사진. #연말시상식 #최우수상 #신인상 #민수형 #우리셋 #forever #안녕 #2019 해효의 인스타에 사진 올라온다. 어쩜 이 사진이 셋이서 다정하게 찍은 마지막 사진일지 모른다.

사혜준 – 원해효, 모델 출신 배우들 또 한 번 브라운관을 잡았다!

[아웃뉴스] 윤호태 기자

남다른 기럭지와 스타일리시한 패션, 안정된 연기력까지 지닌 모델 출신 남자 배우들이 또 한 번 안방극장을 장악하며 여심을 저격하고 있다.

지난 6월 끝난 의학드라마 〈게이트웨이〉에서 '사귈래요?'라는 대사로 단번에 라이징 스타가 된 사혜준과 첫방부터 강렬했던 Ovn 〈잡아라〉에서 서울 최고의 정보꾼 병찬 역으로 열연 중인 원해효가 그 주인공이다.

'제 2의 박도하'로 불리며 충무로 기대주로 급부상했던 모델 겸 배우 원해효는 187cm의 훤칠한 키와 작은 얼굴로 환상적인 비율을 자랑하며, 여심을 녹일 듯한 매력적인 눈빛의 소유자. 2013년 '2014 S/S 송지우 컬렉션'으로 데뷔해 이듬해 박승헌, 김성룡, 스티브K&요니Q 등 굵직굵직한 무대에 오르며 단숨에 라이징 모델로 거듭났다.

초록은 동색이라는 말처럼 사혜준 또한 2013년 '2014 S/S 송지우 컬렉션'으로 데뷔해 이듬해 박승헌, 김성룡, 스티브K&요니Q 등 굵직굵직한 무대에 오르며 원해효와 함께 라이징 모델로 급성장했다. 그 후 꾸준히 모델 활동을 하면서 배우로의 전향을 준비해 오던 사혜준은 얼마 전 출연한 의학 드라마에서 철없지만 사랑스러운 응급의학과 레지던트 1년차 김지훈 역을 맡으면서 그야말로 일약 스타 반열에 올랐다.

런웨이 무대로 스포트라이트를 받기 시작해 이제는 브라운관에서 한층 안정된 연기와 남다른 기럭지 그리고 훤칠한 외모로 대중의 마음을 사로잡고 있는 사혜준, 원해효의 활약에 귀추가 주목되고 있는 시점이다.

〈왕의 귀환〉 조선 중기. 가상의 왕이 배경이다.

아내를 너무나 사랑한 남자 이왕(진성대왕)

그에겐 두 명의 아들이 있다. 정인왕후에서 낳은 아들 이윤(왕세자)과 이건(충원대군). 그리고 현 중전 김씨 소생 셋째 이원(덕은대군). 왕의 자손들이다.

건이 태어나던 날. 왕의 특명이 내려졌다. 내 아내를 살려라. 하지만 결국 정인왕후는 건을 낳으면서 과다출혈로 죽었다. 그렇게 건은 태어나자마자 엄마가 없게 되었다.

진성대왕은 아내를 잃은 슬픔에 건을 돌보지 않는다.

건은 어릴 때 몸이 약하고 말도 어눌해서 현대식으로 하면 자폐아가 아닌가 의심받았었다.

윤은 졸지에 어머니를 여의고, 아버지인 왕은 어린 윤이 어머니를 여의자 불쌍히 여겨 윤에게 모든 것을 허락한다. 윤에게만 너그럽고 다른 사항엔 거칠고 분노조절장애처럼 된다. 윤에게도 너그럽다가도 화를 벌컥 내기도 한다.

그래도 건에겐 왕대비 전 씨가 있었다. 전 씨는 태어나자마자 엄마를 잃고 몸이 약한 건에게 마음을 쏟고 돌보기 시작했고, 건은 왕대비의 사랑을 한껏 받고 언제 그랬냐는 듯 건강하고 바르게 잘 자랐다.

건과 윤의 소리 없는 전쟁

윤과 건은 일곱 살 차이 나는 형과 아우다.
진성대왕은 일찍이 이윤을 왕세자로 여겼고, 그렇게 윤은 어릴 적부
터 왕세자의 교육을 받고 자란다. 하지만 아버지의 과한 기대와 애정
때문에 윤은 일탈 행위로 사냥과 유흥을 즐기게 된다. 이윤의 계속되
는 일탈로 인해 신하들의 원성이 있고. 왕대비 전 씨는 건을 세자로
책봉하는 것이 옳다고 왕에게 다시 피력한다. 선대왕들도 꼭 장자가
왕위를 이은 것은 아니다.

한편, 정인왕후가 죽고 난 후 뒤이어 중전이 된 김씨는 자신의 아들인
이원을 왕세자로 올리길 바란다. 왕세자의 책봉으로 끝내... 왕대비 전
씨와 진성대왕은 부딪치고. 윤의 파와 건의 파가 나누어진다. 이 과정
에서 건은 윤을 추종하는 세력에게 눈엣가시가 된다.
결국 왕의 바람대로 윤이 왕세자가 되고. 진성대왕이 죽자 윤은 왕이
된다. 윤의 세력들은 윤에게 방해가 될 건을 이번 참에 죽이려 한다.
건을 추종하는 세력들이 이를 막고자 했으나 건을 추종하는 세력을
먼저 발본색원한다.

건은 절친이면서 세도가의 자식인 성운의 도움으로 도성을 빠져나오
고. 건을 쫓는 자객들은 건을 죽였다고 여기나 건은 공격에서 겨우 목
숨은 건졌다. 그러면서 왕족의 삶이 아닌 평민의 삶을 살게 된다. 이
와중에 자신이 목숨을 건져준 유리(소박녀), 막삼(천민)이 건의 호위
무사가 되었다.

건을 쫓는 두 세력

윤의 즉위 5년 후 폭정으로 인해 백성의 삶은 피폐해지고. 후금 오랑
캐들의 기세가 등등해져 내 나라 조선에서 백성을 핍박하는 일이 많
아졌다.
건은 저잣거리에서 조그만 서가를 운영하면서 19금 연애물 작가로
이름도 날리고 화첩도 그리면서 평민의 삶에 적응하며 살아가고 있
었다. 피폐해져가는 백성의 삶에 누구보다도 마음 아파하면서 밤에
는 의인으로 활동하고 있었다. 성운, 유리, 막삼과 함께.

한편 윤의 폭정으로 인해 건을 추종하던 세력 중에 남아 있던 자들이
세력을 넓히게 되고, 건이 살아있음을 안 이들은 윤을 왕위에서 내리
고 건을 올리려고 한다. 이에 건을 찾으려고 백방으로 노력한다.

윤은 자신의 입지가 점점 좁아지고 신하들도 자신의 뜻대로 움직이
지 않음을 알고 더더욱 술과 여자로 정사를 돌보지 않고 간신 무리들
에게 힘을 실어준다.
게다가 건이 살아있고 역모를 꾸미고 있다는 보고를 받고… 이에 죽
일 것을 명령한다.

두 세력 중에 누가 먼저 건을 만날 것인가.

왕의 귀환

건은 조선의 왕으로 귀환한다.
그는 백성을 사랑하고 선정을 펼쳐 삶을 평온하고 안위하게 만들었다.
오랑캐와 왜구의 침입에 대비해 군사력을 강화했다.
그의 재위 동안 다섯 번의 전쟁이 있었지만 한 번도 지지 않았다.

사혜준, 〈왕의 귀환〉으로 왕이 되다! 톱스타 탄생!

[아웃뉴스] 김수만 기자

Ovn 드라마 〈왕의 귀환〉에 출연 중인 배우 사혜준이 연일 화제를 모으고 있다. 어린 이건으로 시작한 드라마 〈왕의 귀환〉은 1회 말미에 어른이 되어 등장한 주인공 '이건'(사혜준 분)의 존재감에 시청자들의 반응은 그야말로 폭발적이다.

제작진은 "〈왕의 귀환〉은 사극이라는 장르 안에서 새롭고 재미있는 예측 불가 궁중 활극 로맨스를 그려나가고자 한다. 왕의 아들로 태어나 거리의 낭인을 거쳐 왕이 되는 역할이라 부담을 느낄 수도 있는데, 주인공을 맡은 사혜준의 압도적인 카리스마에 첫 촬영부터 스태프들 모두 깜짝 놀랐다"며 슈퍼스타 탄생을 예감했다는 말을 전하기도 했다.

훤칠한 키와 훈훈한 비주얼로 이미 탑모델로 활동한 바 있는 모델 출신 사혜준은 다양한 작품에 출연하며 탄탄하게 연기력을 다져온 만큼 배우로서도 당당하게 탑배우 반열에 오를 전망이다.

사해준이 출연하는 Ovn 드라마 〈왕의 귀환〉은 매주 월 화 오후 9시 30분에 만나볼 수 있다.

〈왕의 귀환〉 사혜준, 다정함부터 카리스마까지 '독보적 존재감'

[이미지뉴스] 최강 기자

〈왕의 귀환〉 사혜준의 열기가 대한민국을 들썩이게 하고 있다.

배우 사혜준이 열연하고 있는 〈왕의 귀환〉이 TV 화제성 드라마 부문 1위에 올랐다.

15일 TV 화제성 분석기관 데이터포에버가 발표한 TV 화제성 드라마 부문에는 Ovn 월화드라마 〈왕의 귀환〉이 1위에 올랐다. 첫 방송 이후 4주 연속 2위 자리를 지켜오다 자체 최고 화제성 점수를 기록하며 1위를 차지한 것. 출연자 화제성 부문에서도 주연 배우인 사혜준이 1위를 차지했다.

첫 등장부터 이건 캐릭터에 완벽히 녹아든 사혜준은 왕의 아들로 태어나 거리의 낭인 으로 살며 온갖 고초를 겪는 가운데서도 품위와 위트를 갖춘 새로운 주인공으로 분하 며 연일 포털사이트를 장식하고 있다.

또한 '대세'를 입증하듯 사혜준 효과는 광고 시장의 판도도 바꾸고 있는 중이다. 하루 일 상을 '사혜준과 함께'라는 말이 유행할 정도로 사혜준의 광고가 끊임없이 나온다. 〈왕 의 귀환〉으로 스타덤에 오른 사혜준의 무서운 저력은 당분간 계속될 전망이다.

댓글 입력

진짜 간만에 사기캐 나왔다. 얼굴 되고 연기 되는 남자배우!

👍 👎

모델 때부터 봤는데 언젠간 뜰 줄 알았어~ 응원함!

👍 👎

하.. 사극도 저리 잘어울리는 남자일줄 누가 알았겠어. 사혜준 짱 먹어라!

👍 👎

게이트웨이 때 처음 봤는데 멜로 연기 죽이더만!

👍 👎

지훈이에 치인지 얼마 안 됐는데.. 이번엔 이건이다. 저렇게 섹시한 왕 봤냐고요!!

👍 👎

멜로도 겁나 잘하던데. 사극 연기까지 대박이다! 역시 될 놈은 된다!

👍 👎

사혜준 사혜준 사혜준 개좋아ㅜㅜ 입덕부정기 겪는 중.

👍 👎

부정기 탈피하면 진심어린 입덕을 하게 된다.. 입덕러들이여 환영함!! 사혜준 덕질 같이하자! 격환!!

👍 👎

영화에 나온다길래 보러감. 짧았는데 겁나 임팩트 쩜. 남자가 봐도 존잘이더라!

👍 👎

평소 드라마 잘 안 보는데 올만에 사극이라 한번 봄. 남주 역할에 찰떡이던데. 흥해라!

👍 👎

배우는 역시 연기를 잘해야 돼. 모델 출신인데도 연기 개잘한다. 눈빛연기 지림!

👍 👎

진짜 진정한 왕의 귀환임!! 어디서 저런 보석 같은 배우가ㅜㅜ 오늘부터 입덕한다ㅜㅜ

👍 👎

뭔 왕이 저렇게 멋있을 일?.. 하 실물 한번 영접하고싶다.

👍 👎

멜로로 뜬 배우라 그담에도 멜로 할 줄 알았는데 사극 찍어서 망했네 싶었는데. 그걸
또 살려버리네. 진짜 대박이다.

👍 👎

월드스타 탄생! 〈왕의 귀환〉 사혜준

[그린뉴스] 이현욱 기자

Ovn 드라마 〈왕의 귀환〉이 최고의 인기 속에 행복한 나날을 이어가고 있다. 주인공인 이건 역을 맡은 배우 사혜준이 그 중심에 있다. 〈게이트웨이〉로 브라운관 첫 데뷔를 한 사혜준.

극중에서 배우 이현수에게 심쿵 유발 고백과 박력 있는 직진남의 면모를 보여주며 사람들의 눈도장을 확실히 찍은 바 있다.

그 후 배우 사혜준으로 이름을 알리고 각종 CF와 다수 작품 러브콜을 받았고 〈왕의 귀환〉으로 돌아왔다. 방송계와 주위 반응에선 상반된 의견들이 많았다. 스타작가의 멜로물을 고사하고 하드한 사극을 택했다는 것이 그 이유.

하지만 사람들의 우려가 무색할 만큼 사혜준의 스타성은 폭발했다. 훌륭한 연기와 외모로 맡은 캐릭터를 완벽하게 보여주었다. 왕의 귀환 첫방 시청률 12.4%로 시작해 9회 시청률 28.5%라는 기록을 세우며 주춤했던 드라마에 새로운 바람을 불게 했다.

배우 사혜준은 이제 브랜드 자체이고 탑스타 반열에 이름을 올렸다고 봐도 무방하다는 평가이다. 〈왕의 귀환〉으로 연예계에 진정한 왕으로 떠올라 '대세 사혜준', '사혜준이 곧 대세' 라는 수식어가 붙은 배우 사혜준. 앞으로의 그의 커리어에 모두가 주목하고 있다.

댓글 2

댓글 입력

기럭지 하며 외모 하며 연기까지. 삼박자 다되는 남자배우 오랜만에 보니 눈호강 쩐다! ㅜㅜ

👍 👎

실제 성격도 착하고 매너 좋은 것 같음. 팬들한테 하는 거 보니 되게 잘하던데. 싸인이랑 사진도 다 찍어주고!!

👍 👎

딴 건 제쳐두고 진짜 눈빛이 대박임. 뭔가 깊으면서 사람 끌어당기는 그런 눈빛임. 가만 보고 있으면 진짜 홀려. 존멋..

👍 👎

담엔 제발 로코 찍어줘요 로코ㅜㅜㅜ 그 멜로눈깔 다시 보고싶어요ㅜㅜ

👍 👎

그의 한계는 어디까지인가! 사극까지 완벽하게 소화해 버리는 클라스.

👍 👎

요즘 우울한 내 일상에 한줄기 빛이다.. 작품 많이많이 나와줘요 사혜준!!!

👍 👎

아니 어떻게 이름도 사혜준이야. 개멋있어. 이름까지 멋있어!! 이젠 사혜준 자체가 브랜드다!

👍 👎

모델 출신 배우들한테 선입견 있던 거 이 사람이 다 깨줌. 연기 개잘한다 진심 뜰 만하다!

👍 👎

흐엉 이건ㅜㅜ 날 가져요 제발 ㅜㅜ 진짜 무슨 저런 왕이 다 있냐. 멋있고 잘생기고 다정하고 카리스마 있고. 울 건이 하고 싶은 거 다해라 다!

👍 👎

〈왕의 귀환〉 사혜준, 탑스타 반열에 오르다!

[핫플뉴스] 민우성 기자

Ovn 드라마 〈왕의 귀환〉에 출연 중인 배우 사혜준이 큰 화제를 모으고 있다.

주인공 이건 역을 자신만의 색깔로 표현해 많은 시청자들의 사랑을 받을 뿐 아니라 각종 포털사이트에 메인으로 자리 잡고 있다.

또 엔딩 맛집으로 소문난 〈왕의 귀환〉에서 배우 사혜준의 탄탄한 연기력이 한몫 한다는 평가다. 〈게이트웨이〉 이후 〈왕의 귀환〉을 차기작으로 선택한 사혜준. 판타지나 로코물로 더 큰 인기를 좀 더 쉽게 누릴 수 있는 이점을 굳이 왜 피했을까.

여기서 그가 인기를 얻는 이유가 있다. 단순한 인기몰이를 위한 배우가 아닌, 작품을 통해 자신의 모든 것을 토해내고 작품으로 자신을 드러내길 원하는 사혜준.

배우는 어떠한 작품이 와도 묵묵히 그 역할을 나만의 색깔로 나타내 보여주어야 한다는 그의 소신에서 진짜 배우의 면모를 엿볼 수 있는 대목이다. 그의 진심과 노력과 열정이 지금의 사혜준을 있게 한 것.

드라마 〈왕의 귀환〉은 현재 우리나라뿐만 아니라 해외 각지에서도 꾸준한 인기를 얻고 있다. 그를 통해 사극이라는 장르가 새로운 지평이 열렸다는 평가다.

스타덤에 오른 배우 사혜준은 각종 CF와 드라마, 영화 등 연예계에 블루칩으로 떠올랐다. 그의 저력이 어디까지 갈지 그 행보가 기대된다.

댓글 3

사혜준 액션신 우아하고 존잘에 연기도 잘하고 왕의 귀환이 터진 이유가 있지 나의 힐링 혜준 화이팅

👍 👎

사람이 아니므니다 사혜준 진짜 짱이야 ～ 연기톤 대박인듯 다정다정한듯 하면서 기품있고 잠깐 연기톤 보여줬는데도 너무 잘함ㄷㄷ

👍 👎

대군마마 성은이 망극하옵나이다.

👍 👎

혜준이 얘는 뭔 손등에 핏줄도 예쁘냐? 신이 널 만들 때 대체 뭘 얼마나 신경쓴 거니ㅋㅋ

👍 👎

이름 부를 때 녹아버리네 ㅋㅋㅋ 진짜 눈빛연기 미쳤다. 아이콘택하면서 미쳐ㅠㅠ

👍 👎

혜준아～ 잠 좀 재워줘～ 덕질하느라 잠을 잘 시간이 없어.

👍 👎

개설레네 증말.

👍 👎

사혜준 Ovn 연기대상 MC 발탁! 사혜준 인기 실감난다

[팩트체크] 윤혜리 기자

지난 22일 Ovn 측에 따르면 사혜준과 배우 제시카가 함께 '2019 Ovn 연기대상' MC를 맡게 된다. 신인 배우 사혜준이 대세임을 입증했다.

올해 '혜준앓이' 신드롬을 일으키며 대중들의 큰 사랑을 받은 사혜준은 첫 주연 드라마인 〈왕의 귀환〉으로 시청률이 18%대까지 상승하며 브랜드 파워를 공고히 했다.

Ovn 연기대상 MC로 발탁된 사혜준은 "정말 떨린다. 이번에 최우수상 후보인데 진행까지 보게 돼서 꿈만 같다"라고 소감을 밝혔다는 후문이다.

올해 최고의 핫스타인 사혜준이 시상식 MC를 맡으면서 드라마 〈왕의 귀환〉으로 최우수상까지 거머쥐게 될지 기대감을 자아내고 있다.

2019 Ovn 연기대상은 12월 31일 밤 8시 50분 Ovn에서 생방송으로 진행된다.

박도하 vs 사혜준,
Ovn 연기대상 최우수상의 영광은 과연 누구에게?

[아웃뉴스] 김수만 기자

2019년 Ovn 연기대상이 벌써부터 화제다.

화제의 주인공들은 이름만 들어도 쟁쟁한 배우 박도하와 사혜준. 최우수상 트로피를 둔 치열한 경쟁이 펼쳐질 예정이다.

드라마 〈잡아라〉에서 주인공 ㅇㅇ역을 맡아 열연을 펼친 박도하는 믿보배우로 입지를 다시 한번 다졌다.

한편 신흥 대세로 떠올라 스타덤에 오른 사혜준은 드라마 〈왕의 귀환〉에서 주인공 이건 역을 맡아 사극에 완벽하게 녹아들어 캐릭터와 싱크로율 100%였다는 칭찬 속에 행복한 막을 내렸다.

드라마 자체로만 본다면 시청률과 화제성에서 드라마 〈왕의 귀환〉이 〈잡아라〉보다 조금 더 높았다는 평가가 잇따랐다. 하지만 〈잡아라〉의 인기도 만만치 않았다. 장르물을 선호하는 마니아층을 단단히 잡았다는 후문.

열띤 경쟁 속 과연 누가 미니시리즈 부문 남자 최우수연기상의 주인공이 될지 벌써 궁금하다. 이번 Ovn 연기대상에 최고의 묘미라고 꼽힐 정도로 방송가 안팎의 관심이 뜨거운 상황. 무대 중앙에서 환하게 웃을 주인공은 누구일까.

그 결과와 마주할 순간이 다가온다.

2019년 Ovn 연기대상은 오는 12월 31일 오후 8시 50분부터 생방송으로 진행될 예정이다.

10부

씬1. 정하 집 주방 (이른 아침)/〈왕의 귀환〉 촬영장

9부 씬59 이후
정하, 상 차리고 있다. 식탁 위엔 두 벌의 수저 세팅되어 있고. 계란 찜과 견과류 멸치볶음, 삶은 양배추, 쌈장, 불고기. 전기밥솥은 다 됐다는 신호.

정 하 아빠! 밥 먹자! (밥 푼다.)

승 조 (욕실에서 나오는. 외출 준비 끝낸. 갖다 놓은 옷 입은. 상차림 보고) 이게 다 뭐야? 아침부터 고기 먹어?

정 하 어! (승조 자리에 놓는다.)

승 조 (앉는) 원래 이렇게 먹어? 아빠 와서 이렇게 차려준 거야?

정 하 둘 다! (앉으며)

승 조 백점짜리 대답이다.

핸드폰 E 발신자 '사혜준'

정 하 (거실 테이블에 있는 전화 받는. 혜준이다. 일찍 웬일이지.) 어!

혜 준 (사극 차림) 너무 일찍 전화했나?

정 하 아니. 지금 아빠랑 아침 먹구 있었어.

혜 준 아버님 오셨어?

정 하 어.

혜 준	그래서 문자 확인 안 했구나. 무슨 일 있는 줄 알았다.
정 하	걱정했어?
혜 준	이제 됐어. 밥 잘 먹구 일 잘 해.
정 하	알았어. 너두. (혜준, 전화 끊는)
승 조	남자친구 생겼냐?
정 하	(보는) 어!
승 조	많은 걸 물어보구 싶지만 묻지 않겠다.
정 하	고마워. 때가 되면 많은 걸 얘기해 줄게.
승 조	좋아. 이제 진짜 널 만나러 온 이유 얘기할게.

씬2. 〈왕의 귀환〉 촬영장 (이른 아침)/ 도로/ 지아 차 안

혜준, 전화 통화한다. 마음 쓰이는 사람들 챙기는 시간이다.

혜 준	너무 긴장하지 말구. 자연스럽게 해 할아버지. 뭐가 고마워? 할아버지 첫 광고 촬영인데 당근 기억해야지. 오늘은 집에 갈 수 있을 거야. 어어. 어어. (하고 전화 끊는. 이제 끝난다. 밥 먹으러 가야지 하는데.)

핸드폰 E 발신자 '지아'

혜 준	(얘가 왜 전화했지.) 여보세요?
지 아	전화번호 안 바꿨네!
혜 준	(친했던 관계에서 나온 익숙함과 지금 껄끄러움이 섞인) 웬일이야?
지 아	(소리 지르는. 맨날 하던 짓이었다.) 아아 미치겠어! 시험 얼마 안 남았는데 스트레스 너무 쌓여.
혜 준	(이런 것도 익숙한. 감정 없지만) 너 잘하잖아. 잘할 거야.
지 아	(옛날 사귀던 시절 생각난다.) 너 어디야? 밖인 거 같은데.
혜 준	촬영 왔어.

지 아	나 지금 어디든 가구 싶어. 니 무대 설 때마다 따라다녔었는데. 기억나?
혜 준	지난 일이야.

씬3. 정하 집 거실

정하, 승조와 있다. 앞에 차 놓고.

승 조	(통장과 도장, 정하에게 내민다.) 너 결혼할 때 줄려구 모은 돈이야.
정 하	......
승 조	이거 안 받으면 아빠 엄청 삐질 거야.
정 하	......
승 조	아빠 다시 그림 그린다.
정 하	잘했어.
승 조	사실 그린 지 몇 년 됐는데 너한테 쑥스러워서 얘기 못했어. 전시회두 열 거야. 내가 왜 그림 다시 그리게 됐는지 알아?
정 하	몰라.
승 조	너한테 보여주려구. 아빠 끝까지 열심히 산다. 니 어린시절은 망쳐버렸지만 삶을 소중하게.. 열심히 살았던 사람으론 기억되구 싶어.

타이틀 오른다.

씬4. 해효 집 드레스룸

이영, 태경의 셔츠를 고르고 있다. 하나를 고른다. 태경, 옆에 있다.

이 영	(고르면서) 산학협력단 멘토링 프로그램 회의니까 (스카이블루 와이셔츠 픽하면서) 이게 좋겠다.

태 경	무난하게 흰색 줘.
이 영	(준다) 이것두 무난해요. 스카이블루잖아. 말 좀 들어요. 내 말 들어서 손해 보는 거 없어.
태 경	(받는) 손해 보는 거 없는 거 맞아? 해효 어떻게 할 거야? 이번 드라마 시작할 때 뭐라구 했어? 잠깐 봤는데 박도하한테 완전 밀리더라. 스타 된다며? 스타가 됐는데 내가 모르는 거야?
이 영	야지는 놓지 말자. 작가가 주인공 위주루 다 쓰는데 그만큼 한 것두 잘한 거야.
태 경	그만큼? 그딴 소리 들으려구 지금까지 내가 당신 방식 존중해 준 거 아냐. 당신 대표작 원해효! 이제 중간점검 받아야 돼. 해나는 잘 가구 있잖아. 내 방식대루 했음 해효 지금 미국에서 MBA 하구 있어야 돼.
이 영	MBA 해서 뭐해? 교수할 것두 아니구 회사 취직할 것두 아닌데. 실전에서 구르는 게 나아. 해효 모델 배우했단 이력만으루두 충분히 잘 살 수 있어.
태 경	해효 생각은 어때?

씬5. 해효 집 해효 방

해효, 운동 갔다가 메이크업 하러 샵에 가야 한다. 나가려고 준비 중. 노크 E

태 경	(태블릿 PC 들고 들어오며) 얘기 좀 하자.
해 효	나 나가야 되는데.
태 경	잠깐이면 돼. (앉는. 태블릿 PC 놓고. 화면 켜져있다.) 이제 중간 결산할 때가 된 거 같다.(해효의 기사, '신예 원해효... 〈잡아라〉 통해 시청자 눈도장 확실히 찍었다. 팩트체크 윤혜리 기자'.[1] '〈잡아라〉 치트키 원해효, 어디 숨어있다 이제 나타났나?'.[2] '웹드 카푸치노처럼(7부 34씬)'. '제 2의 박도하로 불리던 원해효, 드라마 초반부터

연기력 논란 모델 티 벗어내지 못해'.[3] 도넛 CF(6부 29씬)) 지금까지 니가 활동한 자료 보고 분석했어.

해 효 아빠가 내 일에 관심 있는 줄 몰랐네.

태 경 니 삶엔 관심 있어. 내 삶하구 연결되어 있으니까. 너 군대 언제 가? 내가 자료 분석한 결과 넌 지금 군대 가는 게 좋겠어.

해 효 생각하구 있어요.

태 경 니가 생각이라는 걸 한다니까 다행이다.

해 효 아빠?

태 경 그만큼 너에 대한 신뢰가 바닥이야. 엄마 아바타야? 말은 독립적이다 하면서 행동은 엄마 가이드라인대로 따라가구 있잖아.

해 효 그건 엄마랑 싸우구 싶지 않아서 그런 거야. 내가 할 일은 다 하구 있다구.

태 경 스타가 되구 싶은 거야 배우가 되구 싶은 거야?

해 효 배우요.

태 경 근데 왜 잡아라에 출연했어? 박도하 받쳐주는 역이잖아. 넌 말하구 행동하구 따루하는 애구나. 어쩌다 이렇게 됐어?

해 효 ....

태 경 엄마랑 너랑 하는 대루 놔뒀어. 이젠 두 사람이 선택한 게 옳았다는 성과 보여줘야 돼. 아님 접어.

씬6. 해효 집 안방 파우더룸

이영, 거울 보면서 귀걸이 하고 있다.

---

1 결산에 대한 근거가 태경과 해효의 대화 배경화면으로 쓰이면 어떨지. 기사는 뒤의 참조 기사 1 참고.
2 뒤의 참조 기사 2 참고.
3 뒤의 참조 기사 3 참고.

이 영	성과? 중간점검! 웃기구 있어. 항상 과정엔 없구 결과만 따먹을려구 하지!
해 효	(불러서 왔다.) 엄마! 왜?
이 영	아빠 말이 아주 틀린 거 아냐. 엄마가 뭐라 그랬어? 잡아라 대본 보구 첨에 별루라구 했잖아.
해 효	이제 와서 그거 따져서 뭐해?
이 영	따져야지. 다음엔 이런 선택 안 하지. 너무 속상해.
해 효	엄마가 나보다 속상해?
이 영	난 니가 좀 더 공격적이었음 좋겠어. 너무 나이브해. 환경이 좋아서 그런가 근성이 없는 거 같아. 혜준이 너한테 자극 안 돼? 물론 걔가 지금 대단한 거 아니라는 거 알아. 근데 추세라는 게 있잖아. 뭔가 올라가는 추세 같잖아.
해 효	(O.L) 난? 내려가는 추세야?
이 영	넌 정체되어 있어. 그래프가 쭉 일직선 같단 말야.
해 효	엄마가 날 위해서 날 지지해 준다구 생각했어.
이 영	(O.L) 널 지지해 줬을 때 뭐라구 했어? 엄마한테 떨어지라구 했잖아. 니가 모든 걸 알아서 할 수 있다구.
해 효	내가 다 알아서 했어.
이 영	(O.L) 과연 그럴까!
해 효	(진정하며) 잡아라가 생각보다 안 된 건 맞지만 다음에 주인공 가면 돼. 나 아직 안 끝났어. 아빠에 엄마까지. 너무 심한 거 아냐?
이 영	아빠나 엄만 아는 거야. 지금 너한테 엄청 중요한 시기란 걸. 결정해야 돼. 군대 지금 갈 건지 더 미룰 건지.
해 효	미룰 거야. 나두 뭔가 승부 보기 전까진 못 가.

씬7. 청담동 헤어샵 데스크

정하, 들어온다. 원장, 직원하고 있고.

정 하	원장님! 드릴 말씀 있어요.

씬8. 청담동 헤어샵 VIP룸

정하, 봉투 내민다. 사직서라고 써있다. 원장, 받는다.

원 장	나갈 거란 얘긴 들었어. 좀 섭섭했어. 잘해줬다구 생각했는데.
정 하	잘해주셨어요. 아껴주셔서 감사합니다.
원 장	원해효 씨나 사혜준 씨는 안정하 씨 따라 나가나?
정 하	잘 모르겠어요.
원 장	사혜준 씨랑 사겨? 그런 소문 있던데.
정 하	아니요.
원 장	나간단 사람 안 잡아. 당분간 후임잔 안 구할 거야. 정리되는 대루 알려줘. 환송회 해줄게.
정 하	개점 전에 진주 쌤하구 잠시 얘기하구 와도 되죠?
원 장	정리에 진주 쌤이 필요해?

씬9. 샌드위치 가게

정하, 진주와 함께 있다. 정하, 샌드위치 먹고 있다. 진주도.

정 하	(샌드위치 먹으면서) 드세요.
진 주	할 말이 뭐야? 같이 뭘 먹기엔 불편한 사이 아냐?
정 하	네. 그래서 극복해 보려구 먹구 있습니다.
진 주	(황당한) 야아!
정 하	언니!
진 주	(이건 또 뭐야.) 뭐?
정 하	언니라구 부를게요. 이제 샵 그만둬요. 더 이상 직장 후배 아니니까

편하게 부를게요.

진 주   진짜 끝까지 맘에 안 드네. 난 너하구 언니 동생하구 싶은 생각 없어.

정 하   저두 언니 맘에 안 들어요. 그치만 노력은 해보려구요. 호칭을 언니루 바꾸면 비호감 지수가 좀 낮아질 거 같아서 바꾸려구요.

진 주   (일어나는) 도저히 같이 못 앉아 있겠다.

진 주   (E) 언제 관둘 거야?

정 하   (영상 틀어 보여주는. 영상 속에서) 제가 뭘 해두 한번 짜진 프레임 벗기 어렵다는 거 알아요.

진 주   지금 협박해?

정 하   세 가지 옵션이 있어요. 뭘 선택할진 언니가 결정해요. 첫째, 내가 사람들에게 이 영상을 보낸다. 둘째, 사람들을 모아 내가 이 영상을 튼다. 셋째, 언니가 나한테 사과한다. 사과하면 이 영상 지울게요.

진 주   그걸 어떻게 믿어?

정 하   그러니까요. 그걸 어떻게 믿어요? 사과했다가 나중에 딴소리할 수두 있는데.

씬10. 필라테스센터 안/ 런던 호텔 객실 안

해효, 필라테스 하고 있다. 거의 다 끝나고. 핸드폰 E 발신자 '도하'

해 효   (받는. 일부러 밝게) 에이요! 도하!

도 하   기분 좋은 일 있냐?

해 효   아니 기분 너무 나빠서 자체 띄우기 들어갔어. 엄마 아빠한테 잔소리 엄청 들었어.

도 하   잔소리 듣구 싶다 난. 이제 나한테 아무도 잔소리 못 해. 뭐했냐?

해 효   필라테스. 넌 어디냐?

도 하   아직 런던. 내 SNS 안 봤어? 손흥민 경기 직관 간 거 올렸어.

해 효   아직 확인 안 했어.

도 하	너 SNS 팔로우 수 백만 가까이 되더라. 왜케 높냐? 이상해. 니가 뭘 했다구 이렇게 많지.
해 효	말 참 이쁘게 한다 너.
도 하	(웃으며) 내가 말을 이쁘게 하지! 너 이제 날 잘 아는구나. 필라테스 끝나구 뭐할 거냐?
해 효	샵 가야 돼.
도 하	너 아직 그 샵 다니냐? 옮기라니까 우리 샵으루.
해 효	싫어. 넌 니가 좋음 강요하는 버릇이 있더라.
도 하	그건 그래. 너 정하 좋아하냐? 그래서 못 옮기냐? 내가 전에 메이크업 사겼던 경험으루 말해주자면
해 효	(O.L) 말 많네. 너 친구 없냐?
도 하	없어. 아 혜준이 드라마 시작하지! 걔 망했음 좋겠다. 넌 안 그러냐?
해 효	(어이없는) 선 넘지 말자.
도 하	솔직히 그렇잖아. 우리 드라마 쏘쏘했는데 걔 대박 나면 기분 좋겠냐!

호텔 현관 벨 E

도 하	형이다. 화보 촬영 때메 일찍 나가야 돼.

씬11. 런던 호텔 객실 안

태수, 들어와서 앉는다. 그 뒤에 장군도. 테이블 위엔 물과 차 놓여 있고. 도하, 사진 찍는다. 테이블 위에 물과 차를.

태 수	뭐 그런 걸 찍냐?
도 하	요즘 나의 SNS 감성이야! 이런 게 더 있어 보여. 나 자체가 화려하니까. 소품은 수수한 걸루.
태 수	너무 자주 올리지 마. 삐끗하는 거 순간이다!

장 군	계속 사진 올려줘야 팔로우 수 많아져요.
태 수	돈 주면 올려주는 팔로우 수 뭐가!
도 하	뭔 말이야?
태 수	올려주는 업체들 있어. 입금하면 원하는 대루 올려 줘. 모델 에이전시할 때 것 좀 이용했지. 모델들은 인지도 때메 될 일두 안 되는 경우 있거든. 다 옛날 얘기다.
도 하	(번뜩) 해효두 해줬어?
태 수	해흔 어나더 월드였지! 내 소관이 아니었어!

씬12. 〈왕의 귀환〉 촬영장 (낮)

스탭들 촬영 끝나고 뒷정리하고 있다. 혜준, 감독과 한쪽에서 얘기 나누고 있다. FD, 고급 베이커리에서 포장된 팥빙수 잔뜩 들고 오는.

혜 준	이건이 궁에서 쫓겨나구 시간이 튀잖아요 5년이나. 뭔가 달라진 분위길 내야 될 거 같은데
감 독	사극이라 확실하게 차이내기가 어렵긴 해.
FD	(사람들에게) 자 이거 드시구 합시다! (와서 팥빙수 혜준과 감독에게 준다.)
감 독	(받으며) 뭐야?
FD	혜준 씨 여자친구 같던데요. 디게 이뻐요. 저기 오세요.
혜 준	(당황) 네? (하면서 보면)
지 아	(오는)
혜 준	(땡.... 지아 사귈 때 하던 행동이다.) 너 뭐냐?
지 아	뭐긴 응원하러 왔잖아. (감독에게) 안녕하세요 감독님! 저 사혜준 씨 친구예요. 더운 날 촬영하기 힘드시죠?
감 독	직업인데요 뭐.
지 아	전 로스쿨 학생이에요. 이번 변시 붙음 로펌 가요. 그때 오시면 싸

	게 해드릴게요.
혜 준	너 지금 그걸 인사라구 해? 살면서 변호사 볼 일 있음 어떡하냐?
감 독	진짜 친군가 보네요. 설렘이라곤 1도 없네.
혜 준	(웃는)
지 아	(씁쓸한)

씬13. 〈왕의 귀환〉 촬영장 일각

산책하기 좋은 곳. 걷고 있는 혜준, 지아. 지아, 혜준에게 자신에 대한 감정이 조금이라도 남아있길 바라며. 혜준, 이미 끝났다.

지 아	아 좋다! 서울 벗어나니까 살 거 같아!
혜 준	앞으론 이런 거 하지 마. 너랑 걷구 있는 거 누군가한테 미안해져.
지 아	야 유부남두 너처럼 벽치진 않겠다!
혜 준	내가 널 몰라? 아무 일두 없었다는 듯 슥 밀구 들어오잖아.
지 아	(O.L) 이런 게 너무 그리워. 날 너무 잘 알구 가시 돋친 말 막 해주는 거. 가시 빼내면서 쾌감 있어. 변탠가 봐. 그걸 잊지 못하겠어.
혜 준	그런 남자 만날 수 있을 거야.
지 아	나 예전에 정지아 아냐. 부모님한테두 내 목소리 낼 수 있어. 로펌 가면 경제적 독립두 할 수 있어.
혜 준	나두 널 만날 때 사혜준 아냐.
지 아	알았어. 추접스럽다 내가 봐두. 친구루 지내.
혜 준	할 수 있겠어?
지 아	내가 왜 할 수 없을 거라 생각해? 우리가 왜 헤어졌니? 두 번 다 내가 찼다는 걸 잊지 마.
혜 준	이거 봐. 자존심 상하니까 금방 태세전환해서 상댈 물어뜯잖아. 감정기복 심한 것 좀 고쳐.
지 아	나에 대해 아는 거 말하지 마. 설레니까.
혜 준	난 너랑 친구 못 해.

씬14. 청담동 헤어샵 휴게실

정하, 들어오는. 앉는다. 핸드폰 화면에서 메신저 앱을 누른다.

씬15. 도로/ 혜준 밴 안 (낮)

민재, 운전하고 있다. 혜준, 뒤에 앉아 있다. 피곤하다.

민 재　　(백미러로 혜준 보며) 서울 도착하려면 3시간 정도 있어야 돼. 눈 좀 붙여.

혜 준　　(눈 감는)

문자음 E

민 재　　아아 누구니! 눈 좀 붙이게 할려구 했더니!
혜 준　　(피식) 내가 붙이게 한다구 붙이니!
민 재　　계속 촬영하는데 피곤하잖아. 내가 널 안 위하면 누가 위해?
혜 준　　(문자 본다. '서울 언제 올라와?' 정하. '지금 올라가' 혜준.)

핸드폰 E 발신자 '정하'

씬16. 청담동 헤어샵 휴게실/ 혜준 밴 안

정하, 통화하고 있다.

정 하　　아까 아빠 있어서 전화 그렇게 끊어서.
혜 준　　아버님은 내려가셨어?
정 하　　어.. 목소리 들으니까 보구 싶다.

혜 준	보면 되지 그럼.
정 하	퇴근할려믄 아직 멀었어. 그리구 어디서 만나니? 너 인제 알아보는 사람들 많잖아.
혜 준	니네 집으루 갈게.
정 하	아 그런 방법이 있었구나. 내가 비밀번호 가르쳐줄게. 조신하게 기다리구 있어.
수 빈	언니! 해효 오빠 왔어.
정 하	알았어. 나 가야 돼. 고객님 오셨어. 원해효.

씬17. 청담동 헤어샵 메이크업존

해효, 눈 감고 앉아 있다. 정하, 들어온다.

정 하	피곤해?
해 효	(눈뜬다.) 힘들어.
정 하	(밝게) 왜? 점심 메뉴가 맘에 안 들었어?
해 효	(좋아하니까 더 섭섭함.) 진지하게 받아줌 안 돼?
정 하	(예상치 않은 반응에 주눅) ......
해 효	그렇다구 뭘 그렇게 주눅 들어? 말한 사람 민망하게.
정 하	고객님! 제가 최선을 다해서 메이크업이 맘에 들게 해드리겠습니다!
해 효	(또 섭섭) 넌 날 고객으루만 생각해?
정 하	내가 뭘 해두 니가 화날 거 같아. 나한테 화나는 거라면 좋겠다. 속상한 일 있는 거 아니구.
해 효	좀 낫다. 애정이 좀 묻어있었어. (미소. 금방 풀어지는. 난 왜 얘 앞에선)
정 하	(또 가볍게 받는) 아아 원하는 게 애정이었어? 애정을 듬뿍 받은 스킨 갑니다. (하면서 스킨으로 해효 얼굴 닦아준다.)

씬18. 정하 집 골목/ 혜준 밴 안

혜준 밴, 주행 중이다. 민재, 운전하고 있고. 혜준, 뒤에 있다.

민 재	정하 집 앞까진 안 간다.
혜 준	어. (내릴 채비하고 있다.)
민 재	밖에서 둘이 껴안구 이런 사진만 찍히지 마.
혜 준	(황당) 누나?
민 재	짬뽕 엔터테인먼트 이민재 대표로서 말씀드리는 겁니다. 스캔들 노노! 너 이제 보는 눈 많아.

민재, 차 세운다.

혜 준	아직 그 정돈 아닌 거 같지만 조심은 할게. 기사 나면 정하가 힘들어지잖아.
민 재	어우 재수 없어. (뒷문 열어준다.)
혜 준	집에 가서 쉬어. 갈 땐 알아서 갈게. (내린다.)

혜준, 정하 집을 향해 걸어간다. 집에 들어간다. 카메라 뒤로 빠지면 누군가 혜준을 찍고 있다.

씬19. 신문사 라운지 (저녁)

해효, 사진 기자가 사진 찍고 있고. 김수만 기자, 인터뷰하고 있다. 한편에 정하와 양군 있다.

수 만	배우 중에 젤 친한 배운 누구에요?
해 효	사혜준이요.
수 만	단 1초의 망설임 없는 대답이네요. 박도하 씨가 섭섭하지 않을까요? 도하 씨 인터뷰했을 때 젤 친한 친구루 해효 씰 뽑았거든요.

해 효	혜준인 자타공인 베스트프렌드에요. 초등학교 때부터.
수 만	성장배경이 비슷하니까 취미두 비슷하구.
해 효	그렇진 않아요. 혜준인 가정형편이 어려운 편이거든요. 근데 저에 대한 질문은 없어요?
수 만	(얼버무리는 미소) 사실 저 어머니하구 잘 알아요. 해효 씨 얘기 많이 들었어요.
해 효	(엄마 인맥이 여기도 있구나. 아침부터 계속 자괴감 드는) 아아.
수 만	기사 잘 써줄게요. (사진 기자에게) 사진 좀 더 찍어요. 우리 회사 옥상 괜찮지 않아요? 야외 사진 있음 좋겠어요.
해 효	(난 내 내면에 대해 더 얘기하고 싶다고 사진이 아니라)
정 하	(한편에서 양군에게. 보고 있다가) 다 끝난 거 같은데요.
양 군	(해효에게 가는)

문자음 진동. 정하, 보면 '냉장고 문 열어도 돼?' 혜준. 정하, 미소.
답한다.

혜 준	(E) 냉장고 문 열어도 돼?

씬20. 정하 집 주방 (저녁)

혜준, 냉장고 문을 연다. 정리 잘된 냉장고 안. 혜준, 요리할 거 없나
본다.

씬21. 경준 은행 (저녁)

경준, 서류들 보고 신용평가 사이트 들어가서 신용조회하고 있다.
시계가 6시를 가리킨다. 경준의 PC 자동으로 꺼진다. 다른 직원들
PC도 자동으로 꺼진다. 경준, 퇴근하려고 서류 정리한다.

차 장	(경준에게 오며) 수고했어요! 퇴근합시다!
경 준	(다 정리하고 일어나는) 수고하셨습니다!
차 장	동생 싸인 언제 줄 거야? 내가 이렇게 직접적으루 물어봐야 돼? 참다 참다 물어본다.
경 준	걔가 요즘 바빠서 저두 못 봐요.
직 원	좋겠어요 사 주임님! 광고 엄청 찍던데. TV만 틀면 나와요. 극장 가두 나오구.
경 준	(싫진 않은) 그게 나랑 무슨 상관이에요?
직원1	왜 상관없어요? 형이잖아요. 것두 하나밖에 없는 형!
차 장	(O.L) 형이어두 끝발은 없어. 싸인 하나두 못 받아주는데 뭐.
경 준	아 차장님.. 받아다 드릴게요.
차 장	받아다 줘두 이미 상한 내 맘은 어떻게 할 거야?
경 준	밥 살게요.
직원1	감사합니다. 요 앞에 새로 생긴 해물탕집 있는데. 거기 가죠 우리! (가는)
차 장	그러자 그럼! (가는)
경 준	(이건 아닌데) 뭐야 우리?
직 원	(와서) 근데 찰리정 아세요? 유명한 남자 디자이넌데? 혹시 동생한테 못 들었어요?
경 준	못 들었는데요.
직 원	(욕하면서 어느 정도 근거 있어서 이런 말 있는 거 아니냐는 뉘앙스) 아 이런 놈들은 진짜 가만둠 안 돼. (하면서 핸드폰에 혜준 기사 댓글 보여준다. '찰리정하구 사겼대' 공감 57 비공감 5) 찰리정하구 사겼다는 게 말이 돼요?
경 준	(속소리 E) 이 새끼가 멕이네! 말 안 되는 거 알면서 왜 알려줘?
직 원	(또 보여주며) 이딴 것두 있어요. 클럽 죽돌이라구.. 것두 성소수자 전문 클럽
경 준	(O.L) 뭐하자는 거예요? 개 클럽 안 다녀요.
직 원	왜 화를 내요?
경 준	이딴 거 보여주는 의도가 뭡니까?

직 원	의도라뇨?
경 준	의도 있잖아요. 위해 주는 척 걱정해 주는 척 아니 땐 굴뚝에 연기 나지 않냐.. 그러잖아요 지금.
직 원	사 주임님 그렇게 안 봤는데 아주 감정적이시다.
경 준	그러게요 나 왜 이러지! 내가 육군 30사단 훈련소 조교 출신이거든요. 별명이 '깐돌이'라구. 까구까구 또 깐다구. 오해하심 안 되는 게. 폭력을 쓴다는 게 아니라 말루 조지는데. 왜 이번엔 주먹으루 조지구 싶지!
직 원	(황당) 깐돌이님! 전 밥 먹으러 안 갈게요.
경 준	잘 생각했어요. (가는)
직 원	동생이 뭘 하구 다니는 지 니가 어떻게 아냐? 말해줘두 지랄이야.

씬22. 정하 집 주방

혜준, 두부 썰고 있다. 두부를 김치찌개에 넣는다. 즐거워 보인다.
식탁엔 두 벌의 수저 세트 세팅되어 있고. 가스버너 올려져 있다.
혜준, 시계 본다. 6시 30분이다. 언제 들어올까.

씬23. 신문사 엘리베이터 안/ 엘리베이터 밖

해효, 정하 타고 있다.

해 효	아침부터 기분 나쁜 일루 시작하니까 저녁까지 계속이야. 오늘 마무리는 즐겁구 싶어.
정 하	(그렇구나. 근데 딱히 내가 해줄 수 있는 것도 없고. 뭐라고 하지.) 매니저 오빠랑 맛있는 거 먹어. 메인디시는 단백질루 달달한 디저트까지. 그럼 풀릴 거야.
해 효	그걸 같이 해줄 생각은 없는 거야?

정 하	(혜준이 기다리는데) .... (애매한 미소) 미안. 집에 가야 돼.
해 효	집에 꿀이라두 발라놨냐? 너 나한테 고마운 거 하나 갚을 거 있잖아. 그거 오늘 갚아.
정 하	오늘은 진짜 안 돼. 좀 봐주라. 대신 나중에 두 개 갚을게. 그럼 되지?
해 효	(열 받는) 혜준이가 집에서 기다리기라두 하냐?
정 하	어.
해 효	(철렁, 반문) 현관 비밀번호두 공유하는 사이가 된 거야?

엘리베이터 문 열린다. 정하, 해효 내린다.

정 하	(내리고 걷는) 오늘 마무린 즐겁게 됐음 좋겠다. 니 의지루 만들어. 웃을 수 없어두 웃는다! 간다!
해 효	(정하 잡는다.)
정 하	(보는)
해 효	나두 같이 가면 안 돼? 나두 혜준이 보구 싶어.
정 하	진짜 진짜 미안해. 딴 데서 만나기루 했음 같이 밥 먹음 좋은데. 집이잖아. 아직 집은
해 효	(O.L) 아 됐어. 나쁜 기집애!
정 하	나중에 두 배루 갚을게.
해 효	데려다줄게. 빨리 가서 만나구 싶잖아. (가는)
정 하	고마워. (따라가는)

씬24. 진우 스튜디오 사무실 (밤)/ 해효 차 안

진우, 컴퓨터로 촬영한 사진들 A컷, B컷 등으로 분류하는 작업하고 있다. 진우, 이미 먹은 흔적. 해나, 옆에서 컵라면 먹고 있다.

진 우	거의 다 됐어.
해 나	천천히 해.

핸드폰 E 발신자 '해효'

진 우   (발신자 보고) 해횬데!

해 나   받아.

진 우   어 해효!

해 효   술 마시구 싶어.

진 우   나 아직 일 안 끝났어.

해 효   너까지 날 깔 거야?

씬25. 포장마차 안

해효, 술 마시고 있고. 진우, 대작하고 있다. 빈 술병들.

진 우   뭐가 그렇게 힘든데?

해 효   힘든 게 아니라 짜증나. 왜 자꾸 나랑 혜준이랑 비교하지?

진 우   새삼스럽게. 니들 맨날 비교 당했어. 같이 모델 활동했지 같이 배우하지. 친하지.

해 효   그래? 근데 그땐 걸리는 게 없었는데. 지금은 왜 이렇게 걸리지?

진 우   그땐 니가 잘나갔구 지금은 혜준이가 잘나가니까.

해 효   (허 찔린) 아 이 새끼 진짜 친구네! 혜준이 나랑 비교돼서 힘들어했냐?

진 우   아니. 걘 돈 벌기 바빠서 그럴 틈이 없었다.

씬26. 정하 집 거실/ 주방 (밤)

혜준, 다 끓인 김치찌개를 식탁에 올려놓는다. 정하, 현관에 들어선다.

혜 준	(정하 보고) 왔어?
정 하	어어.
혜 준	배고프지? 손 씻구 와! 밥 먹자. (밥통에서 밥을 푸는데)
정 하	(와서 뒤에서 안는다.)
혜 준	(좋은. 밥통에 데일까 봐) 조심해.
정 하	보구 싶었어.
혜 준	나두! 배 안 고파?
정 하	고파! (하면서 풀고 욕실로 간다.)
혜 준	(보는)

점프 시간 경과

가스버너 위엔 구워진 삼겹살. 얇게 썬 가래떡. 식탁엔 김치찌개. 쌈
배추, 고추와 마늘 썰어놓은 거. 쌈장. 치즈, 김 있다.

혜 준	(쌈 싸는) 고기 하나에 고추 둘 마늘 하나! 기본이면서 깔끔한 맛이 야. (주려다 자신이 먹는)
정 하	흥! 고기에 떡 올리고 김에 요렇게 싸서! (자신이 먹는) 맛있다.
혜 준	(O.L) 느끼할 거 같은데.
정 하	(O.L) 느끼한 거 좋아해. 나 샵 관둬. 1인샵 할 곳 정했어. 문래동인 데 요즘 핫한데 월세가 싸. 집은 팔지 않기루 했어. 아빠 도움 받을 거야.
혜 준	(엄지 척)
정 하	잘했어?
혜 준	잘했어! 집 안 팔기루 한 거. 아빠 도움 받은 거.
정 하	내가 젤 칭찬받구 싶은 선택이야. 남한테 도움 주는 건 좋아하면서 왜 남의 도움은 잘 받지 못하는 걸까? 이것두 결핍이야.
혜 준	결핍이 과잉보다 낫대. 계속 발전하구 있잖아. 도움 받았잖아.
정 하	니가 밥 차려줘서 되게 좋은데. 딱 하나 맘에 안 드는 게 있네.
혜 준	... (상차림 보고 알았다.) 지금 가서 사올게.

씬27. 정하 집 거실 (밤)

혜준, 정하와 영화 보고 있다. 나란히 앉아서. 테이블엔 캔맥주 마신 흔적. 혜준 어깨에 기댄 채. 〈평범〉 혜준이 자동차 타고 창고 앞으로 가는 장면부터.

정 하   저 옷 되게 잘 어울려.

혜 준   내 꺼야 저건. 뉴욕 쇼 서구 받은 옷이야.

정 하   런웨이 작품치곤 너무 노말하다. (영화 속 혜준, 대사 치는)

혜 준   (리모콘으로 꺼버리는)

정 하   왜에?

혜 준   보지 마. 쑥스러워.

정 하   (리모콘 뺏으려 하면)

혜 준   (리모콘 들고 다른 쪽으로 간다.)

정 하   (따라가며) 줘어!

혜 준   싫어.

핸드폰 E. 영상통화다. 애숙이다.

혜준정하   (서로 보는) 엄마다!

정 하   어떡해?

씬28. 혜준 집 안방

애숙, 전화 안 받자 끊는다. 영남, 침대에 누워있다가.

영 남   촬영 중인가부다.

애 숙   얼굴 좀 보려구 했더니.

씬29. 정하 동네 버스 정류장 (밤)

혜준, 정하와 걸어오고 있다. 손은 잡지 않고.

정 하	어머니 섭섭해하시겠다. 오랜만에 서울 올라왔는데 집부터 안 가서.
혜 준	그럴 만하다구 이해해 줄 거야. 엄마한테 니 얘기했더니 보구 싶어 해.
정 하	한 번두 없어 남자친구 부모님 뵌 적.
혜 준	(난 있다.) ....
정 하	넌 사귀면 가족한테 다 보여주는 스타일이구나.
혜 준	그건 아냐.
정 하	맞다구 해두 아니라구 해두 기분 별루다.
혜 준	난 기분 좋아. 니가 질투해서.
정 하	요즘 어때? 상상이 안 돼. 어떤 기분이야?
혜 준	불안해. 하루에 몇 번씩 내 이름 검색해 봐.
정 하	이름 검색하면 나오는 사람 돼서 좋겠다.
혜 준	불안하다는 건 안 들렸어?
정 하	아는 척 안 하구 싶어. 나두 불안하거든. 샵 냈다가 망하면 어떡해! 누군 잘돼서 불안한데 누군 망할까 봐 불안해하잖아. 불안에두 급이 있다. 사혜준은 언제나 뭐든 급이 높아.
혜 준	알았어. 지금 일어나는 모든 일을 긍정적으루 생각할게.
정 하	말귀 잘 알아들어 좋아.
혜 준	(미소. 방향 바꾸며) 내가 다시 데려다줘야 될 거 같아.
정 하	어머니 기다리시잖아.
혜 준	주무실 거야. 우리 집 식구들은 10시면 되면 곯아떨어져.

씬30. 도로/ 버스 안

혜준, 앉아 있다. 졸리고 피곤하다. 핸드폰에서 자신의 이름을 검색해 본다. 사혜준치면 사혜준 기사 뜬다. 콜라 광고, 화장품 광고, 피자 광고 등 광고 모델로 발탁됐다는 기사. 〈왕의 귀환〉 촬영 중이라는 기사. 영화 〈평범〉 손익분기점 넘었다. 최세훈 감독, '사혜준' 고마워. 기사 보단 기사를 보는 혜준의 표정. 미소. 창밖 본다.

| 혜 준 | (N) 불안은 성공에 딸려오는 부록 같은 거다. 어떤 책은 부록이 더 가치 있기도 하지만. (F.O) |

씬31. 혜준 집 혜준 방 (아침) (F.I)

혜준, 자고 있다. 자고 있는 혜준을 보고 있는 경준, 손엔 9부 씬37 차장이 준 〈게이트웨이〉 혜준 사진 들고 있다. 펜하고. 민기 옆에 있다.

경 준	할아버지!
민 기	쉿!
경 준	저 지금 회사 가야 된다구요!
민 기	내가 받아줄게. 놓구 가.
경 준	지금 받아야 된다구요.
혜 준	(소리에 눈뜨는)
민 기	너 때메 깼잖아. (혜준에게) 더 자 더 자!
혜 준	(눈 다 뜨는. 보는. 경준과 민기 보인다. 일어나기 싫다. 몸 뒤척이는)
애 숙	(밖에서 E) 사혜준! 혜준아! (하면서 문 연다.)
경 준	(포기하고. 일어나는) 아이 진짜
혜 준	(소리에 일어나려고 몸 일으킬 준비하고)
애 숙	(들어와) 일어나! 밥 먹구 자! 밥 먹구.
혜 준	(일어난다.)
경 준	역시 엄마!

씬32. 혜준 집 거실

혜준, 〈게이트웨이〉 사진에 싸인 하고 있다. 옆에 경준. 주방엔 영남, 민기, 밥 먹고 있다. 애숙, 있고.

경 준	박수연.. 이름두 써.
혜 준	(박수연 이름 쓴다.)
경 준	너 찰리정이라구 아냐?
혜 준	알지. 그 선생님 작품 많이 입었었어. 날 많이 아껴주셨어.
경 준	(철렁. 혹시) 아낀다는 게 무슨 뜻이야?
혜 준	(싸인 주는) 내 재능을 알아보구 내가 무대에 설 수 있는 기횔 많이 주셨어.
경 준	아 그래 그럼 그건 그렇다치구 너 클럽 다니냐?
혜 준	(버럭) 내가 클럽 다닐 시간이 어딨냐?
경 준	아 깜짝이야! 근데 왜 댓글에 그런 게 달리지? 그럼 옛날에 다녔냐 모델 할 때?
애 숙	(경준 등짝 친다.) 그런 걸 믿어? 혜준이 몰라?
혜 준	엄마 한 대 더 때려. (주방으로 가고)
경 준	(피하는) 누가 믿는대?
민 기	(나오며) 다 지어내는 거야. 남 잘되는 거 배 아파서. 형이란 놈이 그런 걸 믿으면 되냐? (애숙은 주방으로 가고)
경 준	(억울한) 누가 믿어요? 난 그냥 그런 말을 들어서.. 걱정이 되니까. 너 조심해라.
영 남	(O.L) 쟤가 조심할 게 뭐가 있어? 쟤가 잘못했냐?
경 준	아빠까지 왜 그래? 무슨 말을 못하겠네! 궁금한 거 묻지두 못해?
민 기	물어서 기분 나쁠 말을 왜 물어? 피곤한 애한테.
경 준	아 님은 갔습니다! 나의 시절은 갔습니다! 이 집안의 권력구도가 변하구 있습니다!
영 남	너 회사 안 가?
경 준	가!

씬33. 해효 집 주방/ 거실

이영, 커피 내리고 있다. 핸드폰 E 발신자 '한애숙'

이 영   (웬일이지. 받는) 여보세요?

애 숙   저예요.

이 영   알아요. 웬일이야?

애 숙   낼 일 못 가겠어요. 모레 가면 안 될 까요? 아님 주말에 가던지.

이 영   무슨 일 있어?

애 숙   혜준이 촬영 때메 계속 지방 있다 집에 왔거든요. 애가 핼쑥해져서. 몸보신 좀 시켜주려구요. 내려가기 전까지.

이 영   알았어. 모레 와. (끊는) (혜준이 더 잘나가게 되는 걸까.)

해 효   (들어오는) 엄마! 해장할 거 없어? 어제 술 마셨더니 속 쓰려.

이 영   혜준인 드라마 촬영 때메 엄청 바쁜가 봐. 넌 좋겠다 한가해서. 취해서 친구한테 업혀 들어오구. 엄마 아빠한테 계속 푸시받구 있어.

해 효   (그래도 능글맞게) 엄마 더는 훔쳐가지 마 내 꺼.

이 영   (의아) 내가 뭘 훔쳐?

해 효   자존감!

이 영   (피식) 더 훔쳐가야겠다! 남한테 뺏길 수 있는 자존감이면 엄마한테 뺏기는 게 나아.

진 우   안녕히 주무셨어요 어머니?

이 영   어 그래! (해효에게) 시켜 먹어. (진우에게) 밥 먹구 가.

진 우   네 어머니!

해 효   나가서 먹자.

진 우   혜준이 온 거 같던데. 부를까?

해 효   놔둬. 엄청 피곤할 거야.

씬34. 혜준 집 혜준 방

혜준, 자고 있다. 문 살짝 열린다. 애숙이다. 자는 거 본다.

씬35. 혜준 집 거실

민기, 애숙이 혜준 방 보는 걸 보고 있다. 애숙, 조용히 문 닫고 민기
쪽으로 오는.

민 기 자냐?

애 숙 네! 완전 곯아떨어졌어요. 저렇게 피곤한데 여자친구 만날 체력은
있나 봐요.

민 기 그러니까 청춘이지. 부럽다.

애 숙 그러게 부럽네요 정하가. 보진 못했지만. 아버님 뭐 드시구 싶은 거
있으세요? 장 보러 갈 거예요. 한의원 가서 보약도 짓구 해줄 일 많
아서 너무 좋아요.

씬36. 청담동 헤어샵 데스크 (낮)

배달원, 도넛 상자 들고 들어온다. 5상자 정도.

직 원 누가 배달 시켰지?

정 하 (오면서) 제가 시켰어요. (하면서 도넛 받는다.) 감사합니다. (배달
원 가고) 제가 한 턱 쏩니다. 퇴사 기념으루. 휴게실에 놓을 테니 와
서 드세요.

씬37. 청담동 헤어샵 휴게실

정하, 있고. 진주와 헤어디자이너 몇 명. 어시스트들. 수빈, 있다.
테이블엔 도넛과 커피 올려져 있다. 먹는.

정 하   (인사하는) 샵 그만두면서 젤 감사한 사람은 진주 쌤이에요.

일 동   (의외)

진 주   내가 하드 트레이닝을 시키긴 했어. 미안하게 생각해.

헤 디   지금까지 트레이닝이었어?

정 하   그럼 남자 고객 뺏는 킬러라는 게 말이 돼요?

헤 디   알구 있었구나.

정 하   진주 쌤이 저보다 예쁜데 왜 남자 고객들이 저한테 오겠어요?

씬38. 카페 (낮) (인서트)

정하, 진주와 각서 쓰고 있다.

정 하   (쓰면서) 나 안정하는 박진주가 사람들 앞에서 사과하면

진 주   (쓰면서) 나 박진주는 안정하를 샵에서 내보내려 한 것을

정 하   (쓰면서) 남자 고객 뺏는 킬러라는 프레임 씌워서 내쫓

진 주   그렇게 구체적으로 쓰지 마. 쪽팔려.

정 하   언니 쪽팔린 건 알아요?

진 주   기분 나빠. 나 안 쓸래.

정 하   나두 안 써. 쓰지 말아요 그럼.

진 주   에이씨! 그냥 영상이라구 해!

정 하   (다시 쓰려고) 트집 잡아

진 주   (O.L) 트집두 빼! (하곤 자기 각서 쓰기 시작한다.)

정 하   (쓴다) (F.O)

각서 내용은 '나 안정하는 박진주가 사람들 앞에서 사과를 하면 그냥 싫어서 샵에서 내보내려 한다는 대화를 담은 영상을 없애겠습니다. 영상을 없애지 않고 갖고 있을 때는 응분의 처분을 받겠습니다.' '나 박진주는 안정하를 샵에서 내보내려 한 것을 사람 앞에서 사과하고 다시 그 부분에 대해 얘기하지 않겠습니다. 어길 시에는 응분의 처분을 받겠습니다.' '안정하와 박진주는 두 사람은 이 합의 사항을 문서로 남깁니다.' 안정하 박진주 싸인.[4]

씬39. 대나무숲 (〈왕의 귀환〉 방송) (F.I)

혜준, 오랑캐무리들에 삥 둘러싸여 있다. 대나무에서 막 내려오는 검객들. 혼자선 감당하기 어려운. 공격하는 오랑캐무리. 혜준, 대나무숲을 날라 다니며 방어하고 공격당한다. 무리의 공격에 혜준 팔이 베이고. 아랑곳 않고 싸우는데. 유리, 막삼, 성운, 혜준의 주위를 둘러싼다.

성 운	(경계하면서) 먼저 가십시오! 유리야 대군 모시구 먼저 가!
유 리	가시죠!
혜 준	가지 않겠다!
성 운	목숨을 보존하시구 후일을 도모해 주십시오! 이 나라의 성망이 대군께 달려있습니다! (소리 지르는) 유리야 뭐하냐?
막 삼	(혜준을 막아 뒤로 밀며) 가세요 대군!
혜 준	함께 가지 않으면 가지 않겠다!
성 운	대군!!!
혜 준	너희들도 나의 백성이다. 한 명의 백성두 지나가지 않겠다!

---

4 내용까지 지금 안 보여주셔도 돼요. 나중에 한번 핸드폰 사진으로 저장해 놓은 거 보여줄 거예요.

쭉 달려가서 칼로 상대를 베는. 혜준 클로즈업 되면서.

정 하　　(E) 오빠아!!

씬40. 정하 집 거실 (밤)/ 찜질방

정하, 너무 멋있다는 리액션. 텔레비전은 꺼져 있고. 테이블엔 맥주
와 안주.

혜 준　　그만해.
정 하　　(혜준 보고) 니가 이건이야? 아냐 넌 이건 아냐. 건이 데려와! 데려
　　　　다줘 사혜준! (칭얼대며)
혜 준　　하지 마! (하면서 피해 일어난다.)

핸드폰 E 발신자 '대표짬뽕'

혜 준　　(받는) 어 누나!
민 재　　어 혜준아.. 이번 연말 연기대상 MC 한다구 했어. 너 남자 연기 최
　　　　우수상 후보에 올랐어.
혜 준　　진짜?
민 재　　어 진짜. 축하한다 사혜준! 나 인제 집에 가야 돼. (하곤 전화 끊는
　　　　다.)
정 하　　뭐가 진짜야?
혜 준　　남자 연기상 후보에 올랐대! MC두 본다!
정 하　　너 진짜 대단하다! 진짜 스타가 됐어!
혜 준　　아직 실감 안 나.
정 하　　시상식 시작하면 실감 날 거야. (F.O)

씬41. 시상식 포토존 (낮) (9부 씬69)

민수, 포토존에서 사진 찍힌다. 기자들 사진 플래시 받는. 혜준, 포
즈 잡고 카메라 플래시 받고. 도하, 카메라 플래시 받고. 해효랑 같
이 투샷도 잡히는.

씬42. 시상식장 객석 안

민재가 민기, 애숙, 영남, 경미를 모시고 자리를 안내한다.

민 재	할아버님.. 이쪽으루 앉으세요.
민 기	(안쪽으로 들어가는)
민 재	어머님은 할아버님 옆에
경 미	(O.L) 내가 언니 옆에 앉아야 돼. 오빠가 들어가.
영 남	그래 그럼.

민기, 영남, 애숙, 경미 앉고.

애 숙	혜준인 어디 있어요?
민 재	시상식 대본 보구 있어요. 다 봤을 거예요.
경 미	오우 대본이 있구나.
영 남	방송국에서 하는 건 다 대본이 있어.
경 미	오빤 어떻게 그렇게 잘 알아?
영 남	찾아보면 다 알아.

씬43. 해효 집 주방

식탁엔 얼음 채운 버킷에 화이트 와인 담겨있고. 이영, 치즈와 올리

브 접시에 플레이팅하고 있고. 식탁엔 호텔에서 만들어온 포장 요리 놓여있다.

태 경	(들어와서) 신인상 타는 게 뭐 대단하다구 이렇게까지 해?
이 영	자존감 도둑이란 말 들었어. 오늘은 채워주려구. 당신두 해효한테 칭찬해 줘.
태 경	앨 너무 나약하게 키워 당신은.
이 영	온순하구 밝게 키웠어. 사람들이 좋아하는 성격이야. 사람들이 좋아해야 일두 잘돼. 당신 김 이사장 베베 꼬여서 싫다며!
태 경	해효랑 개랑 갖다대면 안 되지.
이 영	김 이사장 아주버님하구 성격 비슷해. 우리 해효두 양육태도가 잘못됐음 그런 성격이 될 수 있었다구!
태 경	형 얘긴 왜 하나 성질나게!
해 나	(들어오며) 오늘 밖에 나감 안 돼?
이 영	안 돼. 가족 중에 누군가 기쁜 일이 생겼을 땐 함께 축하해 줘야 돼. 이건 우리 가족 규칙이야.

씬44. 시상식 수상 후보자 대기실

해효, 정하가 마지막 점검해 주고 있고. 사람들 있고. 혜준, 들어온다.

해 효	머리 너무 힘준 거 같지 않아?
정 하	아냐 괜찮아.
혜 준	(오며) 안정하 씨는 원해효 씨 일할 땐 제 일은 내팽개치시나 봐요.
해 효	당연한 거 아냐? 안정하 씨는 맨 처음 내가 발굴한 메이크업 아티스트야.
혜 준	건 아니지. 내가 소개해 줬잖아 첨에. 내가 돈이 없어서 너한테 뺏겼지.
정 하	또 시작이다 ! 차라리 둘이 사겨! 니들 사랑 놀음에 희생자가 되구

싶지 않다구!

일 동	(웃는)
해 효	(혜준에게) 최우수상 시상자 민수 형이더라. 시상만 하구 바루 가진 않겠지!
혜 준	미리 얘기해 놔야겠다. 민재 누나한테.
해 효	너 상 타면 민수 형한테 타겠네 좋겠다!
혜 준	탈 수 있겠냐!
도 하	(E) 해효!
일 동	(보는)

도하, 들어온다. 태수와 함께. 태수, 혜준만 눈에 들어온다. 아깝다. 쟤 내 꺼일 수 있었는데. 도하같이 성질 까다로운 애가 내 꺼네. 서로 목례들 하는. 혜준, 태수 보고 의례적 인사.

도 하	(친한 척. 해효 끌어안으며) 여기 있었네! (옆에 서며) 오늘 신인상 니가 탈 거야.
해 효	경쟁자들이 쎄!
도 하	그래두 니가 타. 잡아라가 젤 잘됐어 너하구 오른 후보들 작품 중에.
해 효	그럼 최우수상은 혜준이가 타겠네! 후보들 작품 중에 혜준이 작품이 젤 잘됐잖아.
태 수	(O.L) 너는 오는 게 있음 가는 게 있어야지. 도하 이번에 잘했잖아. 너두 옆에서 봤잖아.
민 재	(와서) 애들 말하는데 채신없이 이사님이 끼구 그러세요? (인사하며) 안녕하세요? 인사했어요. 매니저의 기본은 인사라구 배웠습니다.
태 수	좋겠어! 혜준이 잘돼서. 첫 끗발이 개 끗발이란 말두 있으니까 끝까지 잘될 진 모르겠지만.
민 재	(O.L) 첫 끗발은 혜준이가 대표님하구 있을 땐데... 혜준이 좀 데려갈게요. (끌며)

혜 준	그럼 나중에 뵐게요. (정하하고 눈 마주치고. 민재에게 끌려가는)
태 수	(혜준이 아깝다.)
도 하	(태수 본다.)

씬45. 시상식 수상 후보자 대기실 밖

혜준, 민재에게 끌려 나와서.

혜 준	왜 그러는데?
민 재	(흥분해서) 시상식 시간 딱 맞춰 올 줄 알았는데. 미리 왔어. 대기실에 있대.

씬46. 시상식 시상자 대기실 (9부 씬70)

민수, 스탭과 있고. 혜준, 들어온다. 뒤에 따라 들어오는 민재.

혜 준	(인사하는) 안녕하세요?
민 수	너 오늘 사회라며?
혜 준	형 왔다길래 인사하러 왔죠.
민 수	인사성은 바르다 옛날부터. 요만할 때 봤는데 이제 다 컸다.
민 재	(뒤에서 수줍게) 그때랑 지금이랑 키는 똑같을걸요.
민 수	(혜준에게. 누구?)
혜 준	(웃으며) 매니저! 형 팬이라구 싸인받구 싶대. (민재에게) 왜 이래? 이 누나가 이런 누나가 아니거든.
민 재	제가 진짜 좋아하거든요. 송민수 씨 나온 드라마 영화 다 봤어요.
민 수	감사합니다.
민 재	(사인할 책하고 펜 주며) 이민재에요. 꼭 제 이름 넣어서 싸인해 주세요.

민 수	네! (사인하며) 니가 상 받냐?
혜 준	몰라요.
민 재	가르쳐주질 않아요. 사회까지 보는데 가르쳐줄 수두 있지 너무 빡 빡하게 굴지 않아요?
민 수	원래는 이러시구나!
혜 준	아냐 여기서 좀 더 나가.
민 수	(미소) (사인한 거 민재에게 준다.) 여깄습니다.
혜 준	이따 시상식 끝나구 뵐 수 있어요? 해효두 형 엄청 보구 싶어 해요.
민 수	해효 신인상 후보 올랐더라. 니들 오늘 둘 다 상 타면 나한테 뭐해 줄래?
혜 준	타기만 하면 뭐든 해드립니다.
민 재	(O.L) 저는 못 타두 뭐든 해드리겠습니다.
혜 준	누나 하지 마!
민 재	알았어. (하고 다시 뒤로 빠지면서) 오늘 너무 반가웠어요.
민 수	저두 반가웠습니다.

씬47. 시상식 수상 후보자 대기실 밖

도하, 있다. 그 옆에 태수.

도 하	형 나 오늘 상 타는 지 확실히 알아봐. 못 타면 지금 집에 갈 거야.
태 수	구십 프론 니가 탄다니까! 아무리 혜준이가 핫하다구 해두 신인상 두 못 탄 애한테 최우수상을 주겠냐!

씬48. 시상식 무대 중앙 (밤) (9부 씬68)

민수, 무대 중앙에서 수상자 발표하고 있다.

민 수 2019년 최우수연기상 미니시리즈 부문 남자 후보입니다. 왕의 귀환 사혜준!

영상으로 혜준의 연기 영상 나온다. 객석에 민기, 애숙, 영남, 경미 보인다. 카메라 혜준 비춰준다. 박도하 비춰준다. 도하, 긴장한 모습. 도하, 옆에 해효 있다. 혜준 팬클럽 '아낌없이 주는 나무' '다혜준다' 피켓 들고 있다. 도하 팬덤 피켓도.

민 수 이제 후보들 영상 다 보셨는데요. 작년에 타길 잘했네요. 올해면 못 탔을 거 같습니다. 자 그럼 발표하겠습니다. (수상자 봉투 열고 본다. 누군지 알았다. 미소. 앞을 본다.)

카메라 도하 긴장한 모습 보여주고. 혜준 보여주고.

민 수 2019년 Ovn 연기대상 최우수연기상 미니시리즈 부문 남자, 수상자는..... 왕의 귀환 사혜준! 축하드립니다!

객석에선 혜준의 팬들과 관계자들 환호하고. 민기, 애숙, 영남, 경미. 각자 리액션. 사회자석 혜준, 사회자석에 있다가 뜻밖. 기쁜. 어쩔 줄 모르는.

다시 무대
혜준, 기쁨에 가득 찬 얼굴로 무대로 오르고. 민수, 상과 꽃다발 혜준에게 전해주고. '축하한다' 가벼운 포옹. 민수 퇴장. 혜준, 상과 꽃 들고 마이크 앞에 선다.

혜 준 (울지 않는다. 자신감 있고. 자신이 받을 상 받는 것처럼. 유연함이 돋보이는) 감사합니다! 아.. 이런 날이 오네요! (객석 반응.. 민기, 애숙, 영남, 경미, 도하, 해효, 각자 리액션) 1년 전까지만 해두 전 이름 없는 배우면서 알바생이었습니다. 그때 저를 응원하구 지지해 췄던 할아버지 감사합니다!... 엄마 사랑합니다!.. 그리구 아낌없이 주는 나무!

카메라 빠지면

씬49. 찰리정 사무실 (밤)

찰리정, TV의 시상식 보고 있다. 혜준 상 타는 모습. 언더락 마시면서.

혜 준   (브라운관 안에서) 그리구 아낌없이 주는 나무! 팬 여러분! 제가 모델 처음 시작할 때부터 함께 해준 여러분 응원 잊지 않겠습니다.

찰리정, 핸드폰 연락처에서 혜준을 찾아내 버튼을 누를까

혜 준   뭐든 다해주구 싶은 우리 다혜준다! 감사합니다.

찰리정, 버튼 누르지 않는다. 술 마신다.

씬50. 해효 집 주방

이영, 앉아 있다. 해나와 태경 앉아 있다. 디캔터에 담긴 와인.

태 경   이제 와인 열렸겠다. 우리끼리 한 잔 하자.

태경, 디캔터에 담긴 와인 이영 잔에 따라준다. 이영, 받는.

해 나   오빠한테 다시 전화할까?
태 경   안 받는다며! 놔둬!

씬51. 시상식장 화장실

해효, 손 씻는. 상 못 타서 너무 속상하다. 눈에 눈물 맺히는. 진우, 나온다. 참는. 내색하지 않는.

진 우 　(손 씻으며) 너두 혜준이처럼 최우수상으루 건너 뛰어. 까짓 신인 상 줘버려!

해 효 　(마음 숨기며. 밝게) 까짓 신인상! 나두 혜준이 따라가면 된다!

진 우 　빨리 나가자 사진 찍어야지!

씬52. 시상식장 일각 (9부 씬71)

민수, 혜준, 해효, 있다. 진우, 사진 찍어주려고 카메라 들고 있다. 옆 에 민재, 있다.

진 우 　우리 민수 형님이 중앙에 서시구 니들 쭈구리! 형님 양옆에 서.

　　　　자리 배치하면서.

해 효 　야 우리가 쭈구리면 넌?

진 우 　난 쭈구리 친구 쭈구리!

민 수 　나 원래 사람 가리는데 맘에 든다!

진 우 　감사합니다 형님! 나두 그 안에 들어가구 싶다.

혜 준 　들어와! (민재에게) 누나!

진 우 　앗싸! (하고 카메라 주고)

민 재 　(받으며) 나두 그 안에 들어가구 싶다!

혜 준 　하나 둘 셋 하구 찍어!

민 재 　(니가 그렇지. 찍지는 않고 입으로) 하나 둘 셋!

찰칵 소리와 함께. 민수, 혜준, 해효, 진우, 적당한 포즈와 즐거운 표
정의 사진.

점프 시간 경과

혜준, 해효, 진우, 민재, 있다. 편한 포즈로.

민 재　　　이제 가야 돼. 부모님 기다려.

혜 준　　　먼저 가시라 그러지.

진 우　　　우리 엄마가 난리다. 니 얼굴 보구 간다구.

해 효　　　난 빠질래. 집에 가야지.

진 우　　　그래 해흔 집에 가야지. 해나가 너 걱정하더라.

해 효　　　(의아) 해나가 연락했어?

진 우　　　걔랑 나랑 연락하는 거 이상하냐?

해 효　　　아니 누가 이상하대.

혜 준　　　(두 사람 어깨동무하며) 둘 다 안 이상해. 가자!

씬53. 시상식장 로비

혜준을 둘러싸고 있는 민기, 애숙, 경미, 진우. 영남, 자신의 이름 호
명되지 않아 섭섭함을 가진. 뒷전에 서 있는. 민재, 있고. 정하 멀리
서 혜준 일행 보지만 다가가진 못하고.

경 미　　　혜준아.. 너 오늘 증말 멋있었어. 나두 다혜준다 회원이야. 우리 회
　　　　　　　원들이 니가 말해줘서 너무 좋아해.

민 기　　　너는 어떻게 떨지두 않구 말을 그렇게 잘하냐!

애 숙　　　배고프지 않아?

혜 준　　　이제 긴장 풀리니까 배고프긴 하다.

정 하　　　(자리를 뜬다.)

민 재	제가 식당 예약해 놨거든요. 다 같이 그리루 가시죠! (치영 오는) 치영이가 안내해 드릴 거예요.
치 영	(어른들 모시며) 이쪽으루 오세요.

다 같이 가는.

혜 준	(민재에게) 누나 정하 못 봤어?
민 재	내가 오늘 정신이 없다.

씬54. 시상식장 일각

정하, 걸어오는데. 해효, 앞에 선다.

해 효	오늘 두 배루 같아. 또 안 된다구 할 거야?
정 하	(보는. 안쓰럽다.) ......

씬55. 시상식장 로비

혜준, 핸드폰 꺼내 전화하려고 연락처 보면 부재중 통화 10통 와있다. 그중 한통에 찰리정 이름 보인다. 혜준, 갸웃하고 정하 연락처 누른다. 신호음 간다.

씬56. 도로/ 해효 차 안

해효, 운전하고 있고 노래 크게 틀고 따라 부르고 있다. 정하, 해효 맞춰주고 있다. 정하의 가방 뒷좌석에 있다. 정하 가방 속에 핸드폰. 발신자 '혜준' 진동으로 울린다. 전화 온 거 해효와 정하에겐 들리지 않는다.

씬57. 도로/ 해효 차 안/ 룸살롱 안

해효, 운전하고 있고. 핸드폰 E 발신자 '도하'. 해효, 정하, 발신자 보는.

해 효	이 전화 받아야 돼. (받는) 왜?
도 하	너 어디냐? 와라 와서 술 마시자! 너나 나나 오늘 엿 됐잖아!
해 효	지금 친구랑 같이 있어.
도 하	혹시 사혜준이랑 있어? 넌 밸두 없어?
해 효	너 많이 취한 거 같다.
도 하	고상한 척 좀 하지 마. 사혜준 잘되는 거 누구보다 니가 젤 싫잖아. 왜 위선 떨어? (끊는)
해 효	...위선자라는데.. 우리 엄만 근성이 없다.. 정체되어 있다.. 오늘 나오기 전 들은 말은 신인상은 타봐야 최우수상 후보 오른 혜준이보다 못하다. 근데 그 초라한 상두 못 탔네.
정 하	(어떻게 위로해야 되지.) 나 배고파.
해 효	진지한 얘기하는데 암튼 넌. 뭐 먹을 거야?

씬58. 국밥집 (밤)

해효, 정하와 국밥 먹고 있다. 해효, 우걱우걱 잘 먹고 있다.

정 하	너두 배고팠구나.. 천천히 먹어. (하면서 먹는)
해 효	(먹다가 구역질.. 몇 번)
정 하	왜 그래?

씬59. 국밥집 화장실 안

해효, 변기에 음식 먹은 거 토하고 있다. 다 토했다.

씬60. 국밥집 화장실 밖

정하, 해효 기다리고 있다. 해효, 나온다.

정 하　　병원 안 가두 돼?
해 효　　원래 스트레스 심할 때 음식 먹음 토해. 좀 예민해.
정 하　　그럼 안 먹는다구 하지!
해 효　　....널 어떻게 거절하겠니! (걷는)
정 하　　........

씬61. 전망 좋은 곳/ 해효 차 밖

해효, 정하, 있다. 풍광 보면서 서 있는.

해 효　　신인상 너무 타구 싶었어. 다른 상은 평생에 몇 번씩 탈 수 있지만
　　　　　　신인상은 한 번이잖아.
정 하　　.......
해 효　　혜준이랑 비교 당하는 거 너무 싫어.

씬62. 혜준 집 경준 방

경준, 노트북 보고 있다. '이변 없었다. 사혜준, Ovn 연기대상 남자
최우수상. 팩트체크 윤혜리 기자'.에 달린 댓글 보고 있다. 그중에서

악플만 보고 있다. 아이디 [momo**] 모델 할 때 유명 게이 디자이
너한테 스폰 받고 성공한ㅋ 이번엔 누구한테 스폰 받았냐ㅋ 피디
냘ㅋㅋ. 아이디 [top****] 쟤 혜준 쟤 찰리정이랑 사겼어. 스폰도 겁
나 바다써. 아직두 찰리정하구 그런 사이야.

경 준   아 이 이 새끼들 고민되네! 한 놈만 패자 아니 두 놈 다 패자! ([mo
mo**] 댓글에 댓글 단다. 아이디 [goo2] momo** 니가 스폰 받아
사니까 남들도 스폰 받는 줄 아냐.) ([top****] 댓글 보며) 이 새긴
내가 딴 기사에서두 봤었는데. 따라다니면서 다네! (경준, 이 댓글
에 댓글 단다. 미러링 댓글이다. 아이디 [goo2] top**** 얘가 진짜
찰리정이랑 사겼어 스폰도 겁나 바다써 근데 찰리정이 버렸짜노 냄
새난대.)

댓글 달고 있는데 밖에서 소리 난다. 식구들 들어오는.

씬63. 혜준 집 현관/ 거실

민기, 혜준, 애숙, 영남, 들어온다.

애 숙   아유 피곤하다. 아버님 물 드릴까요?
민 기   그래.
영 남   나두 줘. (애숙, 물 가지러 주방 가고)
경 준   (나오는) 다녀오셨어요?
영 남   친구들하구 논다구 하더니 언제 들어왔어?
민 기   같이 갔음 좋잖아. 혜준이가 뭐라구 했는지 알아? 할아버지 감사하
다구!
애 숙   (물 갖고 오며) 엄마 사랑한다구두 했어요. (하면서 테이블에 물 놓
으면서)
경 준   다 봤어. 실시간으루. 아빠만 쏙 빼놨더라.

혜 준	.... (의도적인 건 아니었다. 생각이 안 났다.)
애 숙	(물 따라서 민기 주며) 엄마한테 했음 아빠한테 한 거나 마찬가지야.
영 남	(자존심 상하니까. 경준 보고) 니 얘기두 안 했어.
경 준	난 거기 안 갔잖아. 너 지금 말해봐. 아빠한테 감사해 안 감사해? 왜 거기서 말 안 했어?
혜 준	형 너는 유치하게. (일어나는)
경 준	말하기 곤란하니까 일어나는 거 봐.
애 숙	너는 애가 왜 그래? 기분 좋은 날.
경 준	내가 아빨 몰라? 아빠 성격에 맘 상했다니까.
영 남	(훅 들어온다. 일어난다.)
민 기	넌 왜 일어나?
영 남	들어가 쉴래요. (감정 들키긴 싫고) 너무 짜게 먹었나! (하면서 들어간다.)
혜 준	(들어가는 영남 보며. 맘 안 좋고)
애 숙	(경준 쥐어박고)

씬64. 혜준 집 안방

영남, 옷 벗고 있다. 애숙, 따라 들어온다.

애 숙	(옷 받아주는) 혜준이가 당신 미워서 빼먹은 건 아냐.
영 남	섭섭한 것두 아니구 미워서까지 가는 거야? 내가 그렇게 재한테 못되게 했냐?
애 숙	(아차 싶은) 아니 그건 아니야.
영 남	좋냐? 공개적으루 사랑한단 말 들어서? 어떻게 한 마디라두 아빠한테두 감사하다구 해야지란 말을 안해?
애 숙	취해 있었어 사랑한단 말에. 만감이 교차하더라. 해준 것두 없는데 사랑한다잖아. 당신하구 결혼해서 고생하면서 산 보람이 오늘에야 생겼어. 자식 잘되니까 세상 어떤 것두 부럽질 않네.

씬65. 해효 집 주방

이영, 다른 가족은 없고. 혼자 와인 마시고 있다. 너무 초라하다 자신이.

씬66. 혜준 집 혜준 방

혜준, 잔다. 민기, 잔다. 문자메시지 온다. 찰리정에게서 온. 불빛이 반짝인다. (F.O)

씬67. 짬뽕 엔터 사무실 (F.I)/ 혜준 차 안

내부가 달라졌다. 사무실이다. 사무실과 집을 겸용으로 쓰지 않는다. 곳곳에 혜준 팬클럽에서 보낸 선물 쌓여있다. 사혜준, 연기대상 축하한다는. 선물도 들어온다. 민재와 치영, 있다. 문 열려있고. 선물 배달 기사들, 선물 갖고 들어온다. 각종 꽃다발과 꽃바구니.

치 영	(기사들 안내해서 선물 쌓아놓고 있다.) 이쪽에 놔주세요.
민 재	선물 엄청 들어오네!
치 영	감사합니다. (기사들 나가고)
민 재	완전 떴다! 내 배우 스타다! 이제 꽃길만 펼쳐져 있어.
치 영	설레발 노노!
민 재	설레발이 아니라 팩트야! 우리 사 스타님 어디까지 오셨나?
혜 준	(E) 주차장이야.

씬68. 혜준 차 안/ 짬뽕 엔터 사무실 주차장

혜준, 주차하고 있다. 에너지 넘치고. 기분 좋은. 전화 통화하고 있다.

혜 준 피티 받다가 좀 늦어졌어. 감독님한테 촬영 언제부턴지 물어봤어?
민 재 다음 달부터야. 바루 시작이야. 워커홀릭 스타님!
혜 준 난 일하는 게 좋아. 그동안 못 했던 일 싫증나도록 할 거야.

주차 다 하고. 안전벨트 푸는.

혜 준 지금 올라간다. (전화 끊는)

씬69. 짬뽕 엔터 사무실 주차장 밖

혜준, 차에서 내려 걷는데. 핸드폰 E 발신자 모르는 번호다.

혜 준 여보세요?
형 사 (F) 안녕하세요. 서울 강남경찰서 수사과 형사1팀 이진영 경삽니다. 사혜준 씨 맞으시죠?
혜 준 (왜 형사가 나한테) 네 맞는데요.
형 사 (F) 찰리정 씨 사망사건 관련해서 참고인 신분으로 조사를 위해 저희 서로 출석을 부탁드리려고 연락드렸습니다.
혜 준 (이게 무슨 일인가.) .....

씬70. 인서트

TV에서 앵커가 뉴스 진행하고 있다.

앵 커 유명 패션디자이너 찰리정이 오늘 아침 숨진 채 발견됐습니다. 경찰은 일단 정씨가 극단적 선택을 한 걸로 추정하고, 정확한 사망 원인을 조사하고 있습니다. 오현종 기자가 보도합니다. (사이드 화면엔 찰리정 논현동 주택. 경찰이 출입금지선 쳐놓은.)

민수, 혜준, 해효, 진우, 적당한 포즈와 즐거운 표정의 사진. #연말시상식 #최우수상 #축하해 #민수형 #우리셋 #forever #안녕 #2019 해효의 인스타에 사진 올라온다. 혜준의 환한 얼굴 클로즈업 되면서.

혜 준 (N) 2020년 새해는 밝았다.

(끝)

신예 원해효, 〈잡아라〉 통해 시청자 눈도장 확실히 찍었다!

[팩트체크] 윤혜리 기자

신인배우 원해효가 Ovn 액션 〈잡아라〉(극본. 인경 연출. 윤지호)를 통해 시청자들의 주목을 받으며 화제를 모으고 있다.

지난 주 첫 방송된 Ovn 월화극 〈잡아라〉에서 원해효는 코믹과 액션, 드라마를 오가는 열연으로 장르 드라마의 감초 역할을 톡톡히 해내고 있다. 여기에 모델 비주얼까지 더해져 눈길을 끌었다.

캐릭터에 녹아든 원해효는 〈잡아라〉에서 그동안 다양한 작품을 통해 쌓아온 탄탄한 연기력을 아낌없이 발휘할 예정이다. 이에 제작진은 "처음엔 코믹한 겉모습에 눈길이 가고, 점점 단단한 내면이 드러날수록 마음까지 가는 '병찬(가상)'이란 인물을 원해효가 자신만의 색깔로 소화해 내고 있다. 병찬의 팔색조 매력을 끝까지 많은 기대 부탁드린다"고 전했다. 〈잡아라〉는 매주 월, 화 오후 9시에 Ovn에서 방송된다.

〈잡아라〉 치트키 원해효, 어디 숨어있다 이제 나타났나?

[아웃뉴스] 김수만 기자

신예 원해효, 자신만의 개성으로 새로운 캐릭터를 창조하며 시청자를 홀리는 매력의 치트키로 떠오르고 있다.

Ovn 월화드라마 〈잡아라〉에서 서울 최고의 정보꾼 병찬 역으로 열연 중인 원해효. 그가 지닌 특유의 유연함과 기발한 아이디어로 형사 박도하를 돕는 조력자 병찬을 탁월하게 그리고 있는 한편, 숨겨진 아픈 과거를 드러내며 시청자들의 끊임없는 공감을 불러일으키고 있다. 여기에 병찬의 빛나는 비주얼은 덤.

함께 공개된 원해효의 비하인드 사진은 천진한 표정으로 망가지는 걸 망설이지 않고 주인공 박도하와 함께 브로맨스를 연출 해내 눈길을 끈다. 원해효는 또한 병찬의 대사들을 담백하게 담아내며 다채로운 재미를 선사하는데 이어, 매회 스타일리쉬한 패션 연출로 완판남으로 등극했다.

그동안 다양한 작품에 출연하며 탄탄하게 연기력을 다져온 만큼 원해효는 이번 작품을 통해 떠오르는 신예 배우의 입지를 굳히는 계기를 마련했다.

'제 2의 박도하'로 불리던 원해효, 드라마 초반부터 연기력 논란 '모델 티 벗어내지 못해'

[그린뉴스] 이유정 기자

원해효가 드라마 초반부터 연기력 논란에 휩싸였다. Ovn 월화드라마 〈잡아라〉에서 서울 최고의 정보꾼 병찬 역을 맡은 원해효는 '믿고 보는 배우'라는 수식어가 붙은 박도하와 호흡을 맞췄다.

이에 누리꾼들은 박도하 연기에 몰입되다가도 원해효가 몰입을 방해시킨다고 평가하고 있다. 서울 최고의 정보꾼을 연기함에 있어 원해효는 부정확한 발음과 불안한 시선 처리로 보는 이들의 눈살을 찌푸리게 한다는 평이 대부분이다.

또한 연기자로 데뷔한 지 햇수로 수년이 흘렀는데도 발음, 어색한 표정 연기 등이 크게 나아진 게 없다는 건 연기에 대한 자세가 안 됐다는 말까지 나오고 있다. 반면 이런 잡음이 끊임없이 세어 나오지만 신인 배우가 절대 누릴 수 없는 캐스팅 제의가 쇄도하고 있는 게 현실이다. 제작사 측에선 대중으로부터 큰 사랑을 받고 있는 두 사람을 활용해 이슈몰이를 할 수 있다는 달콤한 유혹을 쉽게 뿌리칠 수 없기 때문이다.

일각에서는 원해효의 연기력을 두고 문제 될 게 없다는 반응도 있다. 하지만 일반적인 시각은 그리 좋지 못한 게 현실이다. 〈잡아라〉를 선택한 원해효가 '배우'라는 두 글자의 무게를 견뎌내고 당당히 시청자들을 사로잡을 수 있을지 지켜볼 일이다.

11부

씬1. 짬뽕 엔터 사무실 주차장 밖

10부 씬69부터
혜준, 차에서 내려 걷는데. 핸드폰 E 발신자 모르는 번호다.

혜 준   여보세요? (강남경찰서다. 사혜준 맞나.) 네 맞는데요. (찰리정 참고인 조사 위해 방문해 달라. 이게 무슨 일인가. 놀란. 빨리 정확한 경위를 듣고 싶다.) 좀 전에 정확하게 못 들었는데.. 어느 경찰서라구 하셨죠?

씬2. 도로/ 혜준 차 안/ 해효 집 해효 방

혜준, 운전하고 있다. 핸드폰 E 발신자 '해효'
해효, 방에서 TV 뉴스 보고 있었다. 찰리정 사망 뉴스다. 찰리정 집. 출입금지선 쳐놓은. 경찰들 분주하게 움직이는. 기자 '논현동의 한 주택입니다. 경찰이 출입금지선을 쳐놓고 분주하게 움직입니다. 이곳에 사는 한국 천재 패션디자이너 찰리정, 본명 정진수 씨는 오늘 오전에 숨진 채 발견됐습니다.' '정 씨의 직원은 조찬회의에 참석하지 않은 정 씨와 연락을 되지 않자 자택을 찾았습니다. 정씨는 자택 1층에서 발견됐습니다.'

혜 준	(받으며) 어!
해 효	너 정 선생님 사망 뉴스 봤어?
혜 준	아니. 나 지금 경찰서 가는 중이야. 참고인 조사받으러. 며칠 전에 부재중 통화 들어와 있었어.
해 효	아 그래? 너 놀랐겠다.
혜 준	엄청 놀랐어. 난 이따 빈소 갈 건데. 넌 어떡할래?

혜준 차 달리는. 타이틀 오른다.

씬3. 백화점 의류 매장 안 (낮)

애숙, 디스플레이된 옷 보고 있다. 맘에 드는 옷 보고 슬쩍 가격표 보면 백만 원이 넘는다. 깜짝 놀라 다시 놓고. 경미, 피팅룸에서 옷 입고 나온다.

경 미	언니 어때?
애 숙	이쁘다.
경 미	영혼 없는 대답이네. 언닌 왜 안 고르구 있어?
애 숙	내가 백화점에서 옷 사는 거 봤어?
경 미	지금은 그때랑 달라졌지. (사람들 들으라는 듯) 사혜준 엄만데!
애 숙	(왜 이래) ….
직 원	사혜준? 배우 사혜준 어머니세요?
애 숙	(몸가짐 조심히 하며) 네.
직 원	(호들갑 리액션) 어머어머.. 어머니!.
애 숙	아 네.
직 원	제가 어머니한테 꼭 맞는 옷 골라드릴게요.
애 숙	아니 전 오늘 사려구 온 게 아니라 친구 옷 봐주러 왔어요.
경 미	언니 내가 친군 아니지! 제가 동생이에요. 친동생은 아니지만 이 집 안하구 우리 집안은 가족이나 마찬가지예요.

직 원	차라두 드릴까요?
경 미	탄산수 없어요?

씬4. 백화점 의류 매장 밖

애숙, 경미와 걷고 있다. 경미, 쇼핑백 들고 있다.

경 미	언니 진짜 안 살 거야? 사혜준 엄만데! 사람들이 뭐라구 생각하겠어?
애 숙	나 옷 입은 게 초라해 보여?
경 미	그건 아니구 기분이가 있잖아.
애 숙	혜준이가 돈 많이 버는 거랑 나랑 무슨 상관이야?
경 미	부몬데 왜 상관이 없어? 말은 안 하지만 분명히 계획이 있을 거야. 무슨 말 없었어?

씬5. 혜준 집 주방 (회상) (낮)

애숙, 설거지 하고 있는데. 혜준, 들어온다.

혜 준	엄마!
애 숙	(보는) 뭐? 뭐 줘?
혜 준	우리 집 빚이 얼마야?
경 미	(E) 이사 가자 그래.

씬6. 엘리베이터 앞 (현재) (낮)

애숙, 경미와 엘리베이터 기다리면서 소파에 앉아 있다. 경미, 옆엔 쇼핑백. 음료수 마시면서.

애 숙	혜준이 얼마 버는지두 모른다니까.
경 미	해효네 옆 집으루 가. 혜준이 재력이면 갈 수 있어. 빚은 오빠 보러 갚으라 그러구. 오빠 빚이잖아. 왜 자식이 빚을 갚아야 돼?
애 숙	그러니까 왜 혜준이 번 돈에 우리가 관심을 가지라 그래? 난 걔한 테 조금이라두 돈 얘기하구 싶지 않아.
경 미	언닌 해두 돼. 오빠가 하면 그렇지만.

씬7. 진우 집 거실

영남과 장만, 도면을 보며 미술학원 벽체 세워 공간을 나누는 작업
에 관해 이야기를 한다. 영남, 기분 좋은.

영 남	(도면 가리키며) 여긴 원장실 (맞은편에) 여긴 비품실 세우구 나머 진 큰 홀처럼 만들어 달라는 거잖아. 금방 끝나겠다.
장 만	말하면서 웃음이 입에서 새네 우리 형님! 내가 뭐랬어? 혜준이 이 번엔 진짜 다르다구 했잖아.
영 남	진짜 이렇게 잘 될 줄 몰랐어.
장 만	형 이제 고생 끝났어. 이제 아들 밥 먹구 살 수 있겠다. 우리 진우새 낀 오늘 아침에두 십만 원 달라 그래갖구 줬잖아. 직장을 다녀두 지 용돈두 못 벌어 써.

창민, 호철과 들어오면서.

창 민	형님들!
영 남	왔나?
창 민	(영남에게) 아 형님! 축하드립니다. 이제 이 동네 뜨시는 거 아네 요?

호 철	뜨구두 남지. 혜준이 스타 됐는데. 오늘 저녁두 한턱 쏘세요.
장 만	야 그저께두 형이 샀잖아.
창 민	오늘은 오늘의 해가 뜨잖아요! 형님 돈 많이 들어오면 돈 쓰셔야 더 많이 들어와요.
영 남	(속소리 E) 이 새끼들이. 남의 속두 모르구.
영 남	야 혜준이가 많이 벌지 내가 버나?
장 만	혜준이 아직 형 용돈 안 줘? 그럼 안 되지. 그렇게 많이 벌면서.
영 남	(용돈 못 받는다.) 밥 쏘면 되잖아. 뭐 먹을래 말만 해. 일인당 오천 원 이하루.

씬8. 해효 집 거실

이영, 해효 인스타 보고 있다. 연말시상식에서 민수, 혜준, 진우와 함께 찍은 사진. 거기에 달린 댓글. [ttm] '혜준이 오빠랑 친한 척 좀 하지 마요.' [bbk] '혜준 오빤 오빠 얘기 안해요. 친한 거 맞아요?' [dlroe] '섭섭해요 상 못 타서.' [wel] '혜준 오빠두 모잘라 이제 송민수까지. 기생충인가. 혜준 오빠랑 비즈니스죠?' 해효, 2층에서 내려온다. 검은 양복 입은 상갓집 가는 복장.

댓 글	(E) 혜준 오빠랑 친한 척 좀 하지 마요.
이 영	누가 친한 척을 한다 그래? (해효 보고) 상가집 가?
해 효	찰리정 선생님.
이 영	아까 뉴스 나오더라. 그 선생님 무대 메인으루 많이 안 섰지 넌?
해 효	혜준이 같은 스타일을 좋아하셨어.
이 영	혜준인 안 가겠다.
해 효	나랑 같이 가기루 했어.
이 영	걔네 매니저 누구니? 걔 인터넷 댓글 보면 찰리정하구 관련된 악플 많아. 괜히 갔다가 구설수나 오르지.
해 효	혜준이가 핫하니까 그딴 말들 하는 건데. 뭐하러 거기에 휩쓸려? 걘

그런 애 아냐.

이 영 넌 진짜 속두 좋다. 정말 아무렇지두 않은 거야? 친구래두 경쟁자잖아. 엄만 요즘 잠을 못자 너 때메. 신인상이라두 탔어야지. 아빠 앞에서 얼굴을 들 수가 없어.

해 효 엄마 또 잠 못 잘 일 말해줄까?

이 영 뭔데?

해 효 혜준이 이번에 들어가는 드라마 나두 해.

이 영 누구 맘대루?

해 효 언제나 그랬듯 내 맘대루.

이 영 니 맘대루라구 착각한 거겠지! 결정적인 순간에 엄마가 있었어. 잡아라 니가 하구 싶대서 내가 어떤 짓까지 했는줄 알아?

씬9. 태수 사무실 안 (회상) (낮)

태수, 있고. 이영, 있다. 서로 보고 있다.

태 수 사과하신다구 오셨잖아요. 왜 말씀이 없으시나.

이 영 암만 생각해 봐두 내가 무슨 말을 했는지 모르겠어요.

태 수 여러 가지 하셨는데. 지금까지 생각나는 건 순진한 애들 데려다가 착취해 먹는 인간!

이 영 근데 진짜 사과받구 싶은 거예요? 이 이사님 조금 알아봤는데. 이런 말에 상처받을 사람 아니던데.

태 수 친해지구 싶습니다. 사과 핑계루 한 번 더 뵐려구요.

이 영 (보는) 이렇게 나오니 좀 호감이 생기네! 나한테 뭘 얻구 싶은데요?

태 수 인맥과 투자처! 약간의 호감!

이 영 (E) 내가 너 아니면 그런 인간을

씬10. 해효 집 거실 (낮)

이영, 해효와 있다.

이 영   왜 상대하구 있겠어?

해 효   잡아라 캐스팅 박도하가 감독님한테 말해서 된 거야. 이태수랑 상관없어.

이 영   (황당) 그럼 내가 속은 거야? 내가 이태수한테 소개해 준 회사 대표만 몇 명인 줄 알아?

해 효   (속상한) 나한테 말을 했어야지.

이 영   여기서 니가 알아야 될 건 엄만 널 위해선 엄마가 진짜 싫어하는 일도 한단 거야. 평범 캐스팅엔 너하구 혜준이 놓구 감독하구 피디하구 저울질할 때 엄마가 개입했어. 또 니가 그렇게 자랑하는 SNS 팔로우!!

해 나   (외출 준비하고 나오다 O.L) 웁스! 두 분이 심각한 얘기하구 계신 거 같은데 저는 빠지겠습니다.

이 영   넌 어디가 방학인데?

해 나   스타디!

해 효   SNS 팔로우 뭐?

이 영   (해효에게) 맥 끊겼어. 다시 얘기하기 싫어. (해나에게) 다음 주에 소개팅 해.

해 나   (펄쩍) 무슨 소개팅? 안 해.

이 영   엄마 요즘 신경 날카로워. 오빠 하나루 족해. 엄마 신경 긁는 거. (해효에게) 니가 가진 것 어느 하나 너 혼자 힘으루 가진 건 없어. 제발 현실을 좀 알아. (들어가는)

해 나   오빠 너 때메 나 뭐니?

해 효   나 아니어두 소개팅은 하는 거야. 남자친구 없잖아. 너라두 엄마 말씀 좀 들어라.

씬11. 경찰서 안/ 짬뽕 엔터 사무실

혜준, 조사 받고 있다. 이진영 경사(30대 초중반)에게. 문자 내역,
통화 내역 뽑은 거 갖고 있고. 진영, 껄렁껄렁하고 관종끼 있는 스
타일이다.

혜 준	1년 넘었어요 만나 뵙지 못한지.
진 영	근데 왜 갑자기 전활 했을까요?
혜 준	문자메시지 아직 확인 안 하셨나요?

핸드폰 E 발신자 '대표짬뽕'

혜 준	잠깐 전화 받아도 될까요?
진 영	받으세요.
혜 준	(한편으로 가서 받으며) 어 누나!
민 재	어떻게 된 거야? 주차장이라며? 왜 안 들어와?
혜 준	지금 경찰서야. 찰리정 선생님 돌아가셔서 참고인 조사받구 있어.
민 재	(황당) 거길 혼자 갔어? 아니 그렇게 중요한 문젤 왜 나하구 상의두 안 하구 가?
혜 준	빨리 가봐야 된단 생각밖엔 안했어.
민 재	너어. 알아? 너한테 달리는 악플 거의 다 그 선생님하구 관련된 거란 거?
혜 준	사실 아니잖아.
민 재	(지금 따질 때가 아니다.) 언제 끝나?
혜 준	지금 시작했어. 끝나구 해효랑 장례식장 가기루 했는데.
민 재	나랑 회의하기루 했잖아.
혜 준	말을 끝까지 좀 들어. 사건 종결될 때까진 장례 못 치룬대.
민 재	내가 갈게 지금 (끊는)

씬12. 경찰서 앞/ 혜준 밴 안

혜준 밴, 들어와 서고. 혜준, 나온다. 치영, 내리고. 민재, 운전하고 있다.

치 영 형 차 어딨어요?

민 재 (안에서. 화가 나 있다.) 우선 타! (치영에게) 그걸 왜 지금 물어?

치 영 누나 무섭다!

혜 준 (차 키 준다.) 주차장 들어서자마자. (차에 탄다.)

민 재 (차 움직인다.)

김수만 기자, 경찰서 들어오다 혜준 차에 타는 거 본다. 사혜준이다. 대박! 특종의 예감.

씬13. 짬뽕 엔터 사무실 주차장

민재, 운전하고 있고. 혜준, 옆에 있다. 계속된 침묵으로 여기까지 왔다. 민재, 주차한다.

민 재 (그제서야. 누르고 있던 화가 올라오는) 너 정신이 있는 애야 없는 애야?

혜 준 대체 왜 이렇게 화가 나 있는 거야?

민 재 너 지금 어떤 위친지 몰라? 헐리웃 에이전시에서 또 연락 왔었어. 마크 제임스 감독 에이전시에서두 연락 왔어. 이번 방문 때 너 만나 구 싶대. 세계적인 감독이 널 만나러 온다구.

혜 준 (감정 오르는) 그게 한 사람 죽음보다 더 중요해? 한 사람이 세상에 서 사라졌어. 유불리 따져서 행동해야 돼? 그 순간까지 계산하는 인 간으루 살았음 좋겠어?

민 재 (O.L) 어. 그랬음 좋겠어. 지금 이 순간에두 니가 망하기 기다리는 사람들이 얼마나 많은 줄 알아? 너두 알잖아. 그 선생님하구 너하구 엮어서 자꾸 악플 올라오는 거. 왜 그런 사람들한테 먹일 줘?

혜 준 망하기 바라는 사람들두 있겠지만 잘되길 응원해 주는 사람들두 있어. 누나 난 세상의 선한 힘을 믿어. 그러니까 내가 스타가 된 거야. 내가 스타가 된 과정을 봐. 기적이야. 이게 어떻게 인간의 힘이냐?

민 재 (눈물) ......

혜 준 누나 맘 아는데... 고마운데... 선생님 가시는 길에 꽃 한 송이 놓구 싶은 내 맘두 알아줘라.

민 재 (추스르며) 그렇게 잘나구 싶냐!

혜 준 우리 누나 맘 이렇게 약해서 어쩌냐! 이래서 우주대스타 사혜준을 지킬 수 있겠냐! (우는 얼굴 보려고 하면)

민 재 (민망해서) 저리 가! 기자가 보기라두 했음... 생각하기두 싫어.

씬14. 태수 사무실 안

태수, 있고. 노트북으로 기사 보고 있다. '[단독] 패션디자이너계의 큰손 찰리정 자택에서 사망. 스스로 목숨 끊은 것으로 추정. 아웃뉴스 김수만'.[1] 노크 E. 태수, 소리 나는 쪽 보고.

수 만 (들어온다.) 안녕하세요 이사님!

태 수 우리 김 기자님 요즘 얼굴이 점점 피시네! 카메라 샤워 받아서 그러시나.

수 만 아직 고정 아닌데요 뭐. 선배들이 딱 자릴 잡구 있어갖구.

태 수 (O.L) 젤 잘 나가잖아요. 단독 기사 또 냈던데.

수 만 그래봐야 월급쟁인데요 뭐. 작은 오피스텔이라두 내 꺼 있음 좋겠어요.

태 수 금방 사게 되지 않겠어요? 나와서 유튜버해두 되잖아. 우리 회사가

---

1 뒤의 참조 기사 1 참고.

	셀럽들 매니지먼트두 해요.
수 만	(말만 들어도 좋다. 셀럽) 무슨 셀럽! 되구야 싶죠!
태 수	난 김 기자 이런 게 좋다니까. 솔직한 거.
수 만	그래서 운두 따라주나 봐요. 사혜준 봤어요. 경찰서에서. 참고인 조
	사 받았더라구요.
태 수	그래서 나 만나자구 하셨구나.
수 만	누구보다 사혜준에 대해 잘 아시잖아요. 더구나 이사님이 모델 할
	때 매니저셨잖아요.
태 수	뭘 알구 싶은데요?
수 만	찰리정과 사혜준 사겼었나요?
태 수	핵심을 찌르는 질문인데.. 어떻게 대답을 해줄까요?
수 만	드라마틱하게요! 나중에 드라마 작가할 생각 있거든요.

씬15. 해효 집 해효 방

해효, 상복에서 평상복으로 갈아입고 있다.

해 효	(E) 약속 취소됐어. 니가 있는 데루 갈게.

씬16. 잡월드 진로설계관

정하, 해효 기다리면서 진로설계를 이용하고 있는 학생들을 보고 있다 있다. 손엔 〈메이크업 아티스트〉 책. 노트 갈피에 A4 용지 끼워있다.

정 하	미안 여기까지 오라구 해서.
해 효	바쁘시다구 하니 안 바쁜 내가 움직여야지.
정 하	뭐 먹을래?

해 효	여기서 강의하는 거야?
정 하	어!
해 효	만나잔 용건부터 듣구 밥 먹자. 중요한 얘기가 뭐야?
정 하	난 너한테 항상 고마움 갖구 있어.
해 효	좋은 태도야.
정 하	(미소) 너두 알다시피 내가 샵을 차렸잖아. 근데 고객이 많질 않아.
해 효	(웃는) 어떡하니?
정 하	(O.L) 되게 좋아한다.
해 효	나한테 더 고마울 거 아냐. 고객이 귀하니까.
정 하	(농담처럼) 그래서 널 정리할 거야.
해 효	(의아) 날? 왜?
정 하	안전한 인맥에 안주하다가 굶어 죽을 거 같아서.
해 효	....
정 하	남자 메이크업은 단조롭구 재미가 없어. 여자 메이크업은 훨씬 섬세하구 드라마틱한 결과나 나올 때가 많으니까 재미있어.
해 효	사실 남잔 메이크업보단 헤어가 더 중요해.
정 하	(O.L) 그러니까 니들이 날 위해서 메이크업 출장을 항상 써주는 거 아는데.. 이제 그만 하구 싶어.
해 효	아예 그만두겠다구?
정 하	아니 지금처럼 항상 대기 타야 되는 거 말구. 특정한 행사 때만 할게. 물론 니들이 원하면. 너한테 먼저 말하는 거야. 혜준이한텐 아직 안 했어.
해 효	일단 나한테 먼저 말한 건 맘에 든다.
정 하	(해효 입장에서 말하는) 또 맘에 드는 건 내가 정리하기 전에 니가 정리해 줘서 고맙다.
해 효	(농담) 어떻게 알았냐?
정 하	그동안 니들 배려 많이 받았어. 형편상 눈 질끈 감구 있었는데. 더 그러면 니들한테 너무 의존적이 될 거 같아.
해 효	의존적인 게 나쁜 건가?
정 하	(O.L) 나쁜 거야. 시간이 오래되면 그 사람 없인 살 수 없는 거니까.

해 효	그럼 좋은 거 같은데.
정 하	공포영화 찍을래?

씬17. 잡월드 메이크업관

정하, 손에 노트 들고 들어선다. 노트 안에 A4 용지 질문지들 있다. 15명 정도 여자 중학생들이 메이크업대 앞에 앉아 있고. 각 메이크 업대에는 개인별 페이스 마네킹과 화장도구들이 놓여있다. 강의 시작 전 자유롭게 행동하다 정하 들어오자 정하에게 주목한다.

정 하	안녕하세요? 오늘 일일 강사를 맡게 된 메이크업 아티스트 안정하입니다.
학생들	(리액션)
정 하	다들 진로설계관에서 적성검사 하셨죠! 메이크업 아티스트가 적성에 맞아 되구 싶어 오신 거예요?
학생들	네!! 아뇨! 그냥 심심해서요. 궁금해서요.
정 하	어떤 이유든 이 자리에 오신 모든 분들 환영합니다.
학생들	(리액션)
정 하	(노트 퍼서 보면서) 제가 오기 전에 여러분께 질문지를 드렸었는데. 가장 많이 한 질문이 왜 메이크업 아티스트가 되려구 했었나? 였어요.
학생들	....
정 하	초등학교 2학년 때 학교 가기 전에 머릴 감으면 엄마가 꼭 얼굴에 로션을 발라주셨어요. 로션을 바를 때 닿는 엄마의 손길 너무 따뜻하구 좋아서 다른 사람들하구 이 감정을 공유하구 싶었어요.
학생들	우와....

정하, 사진 한 장을 화면에 띄운다. 화상으로 얼굴이 망가진 한 여자의 사진이다. 학생들 웅성대며 각자의 반응. 정하, 또 사진 한 장

151

을 다시 띄운다. 앞의 여자가 메이크업을 받아 화사하게 웃고 있는 사진이다. 학생들 우와 하며 놀라는 반응 보인다.

정 하   메이크업 아티스트는 외모를 아름답게 만드는 것과 동시에 마음을 치유할 수 있는 직업이라구 생각해요.

씬18. 경준 은행 안

차장, 앉아 있다. 자리엔 혜준 싸인이 있는 혜준 사진 놓여있다. 전화벨 차장 받는다. 경준, 자리에서 컴퓨터 작업하고 있다.

차 장   여보세요? 네 지점장님.. 아 네 알겠습니다. (끊고. 경준에게 온다.) 부행장님 오셨대. 지나가는 길에 사 주임 보려구.
경 준   절 왜요?

씬19. 경준 은행 휴게실

경준, 들어선다. 뒤에 차장 같이 들어온다. 부행장, 있고. 지점장 있고.

차 장   사경준 주임입니다. 사혜준 씨 형!
부행장   (경준에게) 반가워. 우리 은행에 이런 인재가 있었네.
지점장   사혜준 씨 우리 은행 모델루 추진 중이야.
부행장   사혜준 씨 우리 은행하구 거래는 하구 있지?
경 준   (아닌데) ...
차 장   그럼요. 뜨기 전엔 밥 사달라구 은행 앞으루 오기두 했어요. 사 주임이 싸인두 받아다 줬잖아요.
경 준   ......
지점장   그럼 우리 은행 브이아이피겠네. 요즘 광고 엄청 찍던데. 왜 나랑 식사 자리 안 만들어?

차 장   (경준 본다.)

경 준   (뭘 어쩌라구요.)

차 장   (옆구리 찌른다.)

경 준   (억지 미소) ....

씬20. 경준 은행 복도/ 은행 창구 밖

경준, 차장 하고 같이 걸어오고 있다.

차 장   지점장님 말씀 들었지? 사혜준 씨랑 식사 언제 잡을 거야?

경 준   제가 언제 잡는다구 했어요?

차 장   안 잡는다구두 말 안했잖아.

경 준   먼저 들어가세요. 화장실 좀 갔다 갈게요.

차 장   우리 은행 보배 사경준 주임! 잘 다녀와. (하곤 들어간다.)

경 준   으으으 닭살! 도저히 이렇겐 못살아. (하면서 핸드폰 꺼낸다.)

전화벨 E

씬21. 짬뽕 엔터 사무실

혜준, 있고. 민재 있고. 치영, 전화 받고 있다.

치 영   (E) 여보세요? 네. PDF 저희두 따구 있어요. 보내주시면 고소할 때
         같이 쓸게요.

민 재   악플과의 전쟁이야. 스타가 됐다는 반증이지. 박도하 팬들이 니가
         지네 오빠 상 뺏어갔다구 악플 엄청 달아 요즘은.

혜 준   게이트웨이 끝나구부터 엄청 많아졌지?

민 재	어. 이상해. 어디서 그런 얘기 나왔는지 모르겠어.
치 영	역바이럴이라니까! 그거 업체 쓰는 거예요.
민 재	그러니까 누가? 왜? 업체를 쓰냐구 혜준이한테.
치 영	광고 경쟁자?
민 재	넌 아는 거 많아서 먹구 싶은 것두 많겠다.
치 영	나 나가서 짬뽕 먹구 와두 돼?
민 재	짬뽕은 언제나 옳아! 먹구 와.
치 영	형 다음 스케줄 어떻게 돼? (나가면서)
혜 준	니가 나한테 알려줘야지. 형이 알려줘야 되냐?
치 영	쏘리!
혜 준	(웃는) 퇴근해두 돼. 내 차 갖구 왔어. (치영, 나간다.)
민 재	너 통장 확인했어? 정산 다 했어.
혜 준	알아.
민 재	재테크 어떻게 할 거야? 현금만 쌓아둘 거야? 지금 그 집에서 계속 사는 거 무리 아냐? 니 방두 없잖아. 독립해 강남으루.

문자음 E

혜준, 보면. 가족 톡방이다. '오늘 가족회의 해요. 안건은 혜준이 스타 된 걸로 받는 스트레스' 경준. '나도 동의' 영남.

경 준	(E) 오늘 가족회의해요. 안건은 혜준이 스타 된 걸로 받는 스트레스
혜 준	뭔 스트레스?
영 남	(E) 나도 동의.
혜 준	그치! 형이 말하는데 아빠가 한 말씀하셔야지.

씬22. 미술학원 벽체 작업 현장

벽체를 세워 공간을 나누는 작업을 하려는 20평 정도의 현장. 창민과 호철 나무 벽체 나르고 있다. 영남은 도면을 보며 장만과 같이 먹줄을 이용해 바닥에 먹칠을 하고 있다 핸드폰 보고 있다. 문자음 E. '좋아요. 나 때메 어떤 스트레스 받는지 알구 싶어요' 혜준.

혜 준   (E) 좋아요. 나 때메 어떤 스트레스 받는지 알구 싶어요.

영 남   삐졌나 혜준이? (호철, 각재 들고오는.. 놓는)

장 만   이제 형 혜준이 눈치 보냐? 출세하구 볼 일이다.

영 남   누가 눈칠 봐? (호철에게) 그걸 거기다 놓으면 어떡해? 이쪽에 놔
          야지. (하면서 호철이 갖다 놓은 각재를 들어 다른 쪽으로 옮기는데
          오른쪽 어깨 생각을 잠시 잊고 들었다. 신음. 고통.) 으아악! (하면
          서 각재 놓는)

장 만   (놀라 뛰어오며) 아 형은 그걸 왜 들어?

영 남   (고통스러워.)

호 철   형 괜찮아요?

장 만   괜찮겠냐? 병원 가자.

영 남   (일어나며) 안 가두 돼. (하다가 아픈.. 신음)

씬23. 병원 진료실 밖

영남, 장만과 함께 기다리고 있다.

영 남   넌 왜 따라와갖구.

장 만   안 갈까 봐 따라왔지.

간호사   사영남 씨! (진료실로 들어오라는)

씬24. 병원 진료실 안

의사, 영남의 오른쪽 어깨 눌러본다. 영남 살짝 아픈. 들어서 안쪽으

로 돌려보는데. 영남 아프단 신음. 의사, 영남 MRI 다시 보고 있는.

장 만	심각한가요?
의 사	MRI상으론 수술할 정돈 아닌데 통증이 심하시네요.
장 만	오래 방치해둬서 그래요. 조심을 안 해요.
의 사	(영남에게) 이제 조심 안 하시면 힘줄 더 약해져서 완전 파열될 수 있어요. 그럼 재수술해야 돼요.
영 남	어깨 쓰는 일루 밥 먹구사는데 조심하는데 한계가 있어요.
의 사	어차피 어깨 망가지심 일 못 해요. 당분간은 주사치료랑 재활치료 병행해 보면서 상태 보죠.
영남장만	....

씬25. 잡월드 메이크업관 안

정하, 수업 끝난 후 자신이 갖고 온 자료 정리하고 있다. 가려고. 수업 끝나고 학생들 없다. 해효, 서 있다. 정리한 것 들고 나가려는데.

해 효	내가 도와줘?
정 하	진짜 기다린 거야? 심심하지 않았어?
해 효	(짐 들어주며) 여기 재밌는 거 많더라.

씬26. 잡월드 로비

정하, 걷고 있고. 해효, 정하의 짐을 들고 있다. 〈메이크업 아티스트〉 책은 가방에 안 넣고 들고 있다.

해 효	여기저기 구경 안 해볼래?
정 하	(보는) 재밌겠다.

문자음 E. '오늘 저녁 가족회의 있어서 못 만날 거 같아' 혜준.

혜 준 (E) 오늘 저녁 가족회의 있어서 못 만날 거 같아.

정 하 (문자 답한다. '난 바루 집에 갈 거야.') (해효에게) 혜준이 못 만난 지 오천 년은 된 거 같아.

해 효 슈퍼스타잖아.

정 하 어 슈퍼스타야. 잘돼서 너무 좋아.

해 효 자주 못 만나는데두?

정 하 아웃 오브 사이트 아웃 오브 마인드!(out of sight out of mind)가 적용되는 연애라면 빨리 끝나는 게 나아. 그런 의미루 우린 아주 바람직한 연애를 하구 있어.

해 효 그 정도루 굳건해?

정 하 (보면서) 굳건해. 이제 집에 갈래.

해 효 넌 나만 보믄 집에 간다 그러더라.

정 하 불안해 요즘. 샵 망하면 어떡해? 고객이 너무 없어. 영업방식을 점검해 봐야겠어.

해 효 여자 연예인 소개해 줄까?

정 하 누구?

해 효 스타야!

정 하 두 가지 마음이 있어. 소개 받구 싶은 마음. 해효한테 너무 신세졌다. 하지 말자는 마음.

해 효 소개시켜준다 그랬지 된단 보장 없어. 걔두 지금 하구 있는 담당자 있을 거야.

씬27. 여의도공원

진우, 해나와 자전거 타고 있다. 2인용 자전거. 진우, 앞에 타고 해나 뒤에 타고. 해나, 기분 좋은.

진 우	좋으냐?
해 나	별루야.
진 우	그만 탈까 그럼?
해 나	아니!
진 우	뭐 먹을까?

씬28. 여의도공원 일각

해나, 진우와 도넛 먹고 있다. 음료수랑. 도넛 상자 놓여있고.

해 나	(도넛 먹는) 엄마한테 거짓말했어. 스타디 간다구.
진 우	괜찮아.
해 나	엄마가 소개팅 하래. 어떻게 했음 좋겠어?
진 우	나야 하지마라고 하구 싶지...만 그에 따른 책임을 져야 되니까.
해 나	그에 따른 책임이 뭐야?
진 우	(생각하는) 책임지는 건 결혼하는 거냐?
해 나	우웩!
진 우	그래 결혼은 아냐. 결혼은 서루 책임지는 거잖아. 일방적으루 내가 책임진다구 하면 니 권릴 침범하는 거야.
해 나	좀 똑똑해졌다. 매력 떨어져.
진 우	(땅에서 줍는 척) 주웠다! 도로 매력 덩어리됐네!
해 나	(웃는)
진 우	우리 이렇게 만나서 웃을 수 있음 된 거잖아.
해 나	근데 있잖아 오빠! 난 결혼하구 싶어.
진 우	(놀란)
해 나	자꾸 오빠랑 결혼하면 어떨지 궁금해져. 계속 웃을 수 있을까 아님 파탄일까.. 계속 궁금해져.

씬29. 짬뽕 엔터 사무실 안/ 신문사 일각

민재, 혼자 있다. 노트북 모니터 보고 있다. 팬페이지 보고 있다. 다시 사혜준 갤러리. 아낌없이 주는 나무. 다혜준다 팬카페. 올라온 글 제목. '짬뽕 엔터 일 드럽게 못함'. '짬뽕도 갤주가 다 먹여 살린 거 아니냐'. '그냥 이제 짬뽕 좀 나왔으면 좋겠어 개싫음'.[2]

민 재   (글 읽고 있다.) 짬뽕 엔터 일 드럽게 못함. 그냥 이제 짬뽕 좀 나왔으면 좋겠어 개싫음. (읽다가 열 받는) 나두 싫어. 너네만 나 싫은 줄 아니? 아니 내가 무슨 일을 못했다 그래? 먹여 살리긴! 나두 내 밥값 하거든!

핸드폰 E 발신자 '아웃 김수만 기자'

민 재   (받는) 네 김 기자님!

수 만   대표님! 제가 원래 용건만 말하잖아요. 사혜준 씨 찰리정하구 사겼다는 말 있던데.

민 재   (기막힌 O.L) 누가 그래요? 말두 안 돼요.

수 만   그 바닥에서 버티려면 돈 필요하잖아요. 사혜준 씨 집 부자 아니잖아요.

민 재   그럼 우리 사 배우 벌써 터졌죠! 왜 이렇게 개고생 했겠어요! 혜준인 제가 모델 때부터 봤어요.

수 만   모델 때부터 본 사람 어디 한둘인가! 알았어요. (끊는)

민 재   뭐야? 아우 기분 나빠! 오늘 다 기분 나쁘네! 모델 때부터 본 사람 누구? 이태수! 설마? 자기가 너무나 잘 알 텐데. 이런 짓까진 안 하겠지! 할 수두 있겠지! 아유 모르겠다! 닥치면 생각해!

---

2 뒤의 아낌없이 주는 나무 팬카페 글 목록 참고.

씬30. 룸살롱 안

빈 술병들. 도하, 술 마시고 있다. 태수, 술 마시지 않는다.

태 수   대낮부터 좀 심한 거 아니냐. 내일 팬미팅 하러 일본 가야 돼.

도 하   형이 여기서 놀라며! 안전하다며! 내가 마상이 너무 심해서. 마음의 상처! 최우수상 못 탄 게 엄청 힘들게 하네.

태 수   인기상은 받았잖아.

도 하   (O.L) 인기상은 내 팬들이 열라 클릭질해서 준 거구. 난 진짜 사혜준한테만은 지구 싶지 않아.

태 수   (속소리 E) 어째 내리막길이 더 빨라질 거 같다.

도 하   형 누구 편이야? 저번에 대기실에서 혜준이 보던 표정이 헤어진 애인 보는 거 같더라.

태 수   (속소리 E) 얘두 여기까지 그냥 올라온 건 아냐. 눈치 진짜 빨라.

도 하   왜 혜준이 잘되니까 다시 맡구 싶어?

씬31. 도로/ 혜준 차 안 (낮)

혜준, 운전하고 있다. 시계를 본다. 5시 10분. 7시까지 집에 가면 되는데.

정 하   (E) 집에 바루 갈 거야.

혜 준   잠깐만 볼 시간이 될까! 시간은 만들면 되지 않을까!

씬32. 정하 집 앞/ 해효 차 안

해효 차, 정하 집 앞으로 들어온다. 해효, 운전하고 있다. 정하, 조수석에 타고 있다. 뒷좌석엔 정하 가방과 〈메이크업 아티스트〉 책.

정 하	(빌라 가리키며) 저기가 우리 집이야. 이 앞까지 꼭 안 들어와두 되
	는데. 고집 쎄다 너두.
해 효	바루 앞에 내려주겠다는데두 고집 쎄다 너두.
정 하	(미소) 니 고집에 꺾였잖아 오늘은.

해효 차, 정하 집 앞에 선다.

정 하	고마워. (하면서 가방만 갖고 내린다.)

씬33. 정하 집 현관/ 거실

정하, 들어온다. 소파에 누워 있는 혜준 발견한다. 자고 있다. 정하,
혜준 보고 기쁜. 혜준 깨지 않게 조심스레 들어온다. 정하, 혜준에게
와서 얼굴 물끄러미 본다. 보고 싶었다. 정하, 가방에서 버블 클린징
워터 꺼낸다. 정하, 클린징 거품을 혜준의 이마에 발라준다. 혜준 안
자구 눈 감고 있었다. 혜준, 정하의 팔목 잡는다.

정 하	(자는 줄 알고 있다가 놀란)
혜 준	뭐하는 거야?
정 하	놀랐잖아.
혜 준	(웃으며. 일어나는. 이마 만져 거품 보며) 뭔데?
정 하	클린징. 안 씻구 자다가 뽀로지 날까 봐. (화장솜 준다.)
혜 준	(연인끼리 친밀감) 내가 그렇게 좋아? 내가 좋아서 내 피부까지 소
	중해?
정 하	아니 너무 너무 소중해! 가족회의 있다며!
혜 준	집에 바루 온다며? 바루 온 시간이 아닌데.
정 하	(기막힌) 바루 온 거 맞거든. (일어나서 주방 쪽으로 가는)
혜 준	(가서 뒤에서 안는다.)
정 하	.... 보구 싶었어.

혜 준	나두.

핸드폰 E

혜 준	(핸드폰 벨 소리에) 누구야? 미워할 거야.

씬34. 정하 집 앞 (밤)

해효, 신호음 들리는 핸드폰 귀에 대고. 손엔 정하가 두고 내린 메이크업 책 들고 있다. 상대가 전화 받는다.

정 하	(F) 어!
해 효	너네 집 몇 호야? 책 두구 내렸어. 지금 갖다 줄게.
정 하	(F) 아냐. 메이크업 하러 만날 때 줘.
해 효	잠깐이면 돼. 아님 니가 집 앞으루·나올래?
정 하	(F) 미안해. 지금은 내가 안 돼.
해 효	알았어. (끊는. 정하 책 보고)

해효, 미련 남은 듯 자릴 못 뜨고. 정하 집 빌라 올려다본다. 어디쯤 정하가 있다. 씁쓸하다.

씬35. 정하 집 주방

혜준, 앉아 있고. 정하, 허브티를 혜준의 잔에 따라주고. 자신에게도 따른다.

정 하	(따르면서) 오늘 주제는 뭐야?
혜 준	내가 스타가 돼서 받는 스트레스란다. 우리 형이.

정 하	어어 그거 완존 공감!
혜 준	너까지 왜 그래?
정 하	진짜 나두 할 말 많아.
혜 준	해봐.
정 하	막상 하람 못하지. 왜냐 생각이 안나.
혜 준	(웃는) 너 벌써 그럼 어떡해? 나 몰래 술 많이 마시냐?
정 하	아니야. 만나면 일단 좋으니까 생각이 안 난다구! 섭섭할 때 적어놔 야겠어.
혜 준	(철렁) 섭섭했어?
정 하	(보는. 속소리 E) 섭섭했어 아주 많이.
정 하	아니. 니 메이크업 전담 안 할래.
혜 준	왜? 섭섭해서?
정 하	(미소. 얘는 아는구나.) 여자 메이크업을 많이 하구 싶어. 해효한테 두 말했어.
혜 준	일에 있어선 해효가 나보다 우선이군.
정 하	질투하는 건 언제나 좋아.
혜 준	난 니가 하는 모든 선택을 지지해.
정 하	고마워.
혜 준	너두 그랬잖아 나한테. 함께 있는 시간 많이 못 내서 미안해.
정 하	너만 못 내는 거 아니거든. 나두 바빠. 알다시피 안정하 스튜디오 대픕니다.
혜 준	그 스튜디오가 너 혼자 만든 거냐?

씬36. 안정하 스튜디오 (낮) (인서트)

아직 인테리어 되지 않은. 혜준, 둘러보고 있다. 정하, 옆에 있다.

혜 준	(메이크업룸 자리에 서서) 여긴 메이크업룸 하구. (대기실. 손으로 그으며) 이쪽엔 고객 대기실! (화장실 할 공간 가면서) 저쪽은 화장

실 하면 되겠다.

정 하　　내가 준비하구 좀 쉴 공간두 있어야 되는데.

혜 준　　(쭉 둘러보다) 여기가 좋겠다.

정 하　　넌 어떻게 이렇게 공간에 대한 개념이 딱 들어와 있어?

혜 준　　우리 아빠가 목수잖아. 이제 다 됐지?

정 하　　아니 이름 남았어. 뭐라고 하지?

씬37. 정하 집 주방 (낮) (인서트)

혜준과 정하, 펜을 쥐고 A4 용지나 메모 용지에 무언가 끄적이고 있다.
혜준, 안정하 스튜디오. An's Make-up Studio 이걸 쓰고 있었다.
여러 글씨체로 써본다. 정하, WHA JANG HAE.. WHA JANG HAE..
화장해. 파인 유어 뷰티(fine your beauty)

혜 준　　(종이 내밀며) 암만 생각해두 안정하 스튜디오가 젤 좋은 거 같아.

정 하　　내 이름 걸구 하는 거 좀 쑥스러워.

혜 준　　니 브랜들 갖구 싶다며. 안정하만큼 널 잘 표현해주는 네이밍이 어 딨니?

정 하　　그래두 별루야.

씬38. 안정하 스튜디오 앞 (낮) (인서트)

안정하 스튜디오. An's Make-up Studio 간판 달려 있다. 혜준, 본 다. 손엔 화분 들려 있다. 해피트리.

씬39. 안정하 스튜디오 안 (낮) (인서트)

인테리어 다 끝난. 정하, 벽에 그림 걸고 있다. 승조가 그려준. 승조가 그려준 그림 옆에 걸린 그림 있다. 해효가 선물한. 혜준, 들어온다. 화분 들고.

혜 준   (화분 주는) 축하해! 안정하 스튜디오!

정 하   (받으며) 잘 키울게. 냉장고두 고마워.

혜 준   더 많이 도와줬어야 됐는데 미안해.

정 하   사극이라 지방 촬영했잖아. 피곤할 텐데 짬짬이 봐줘서 너무 고마워.

혜 준   맘에 들어?

정 하   아니 너무 맘에 들어. (그림 가리키며) 이건 아빠가 보내줬어.

혜 준   여기랑 어울린다. (해효가 준 그림 가리키며) 이것두 아버님이 그렸어?

정 하   아니 그건 해효가 줬어. 많이 도와줬어.

혜 준   밥 사야줘야겠다. 나 대신 도와줘서.

씬40. 정하 집 거실/ 현관 (현재)

혜준, 신발 신고 있다. 정하, 있다.

정 하   내가 차 타는 데까지 데려다주면 안 돼?

혜 준   안 돼.

정 하   왜?

혜 준   내가 널 또 데려다주구 싶으니까.

정 하   잘 가!

혜 준   자기 전에 문자할게.

정 하   꼭 해. 가족회의 되게 궁금해.

씬41. 혜준 집 골목 (현재) (밤)

영남, 장만과 오고 있다. 장만, 손엔 약봉지 들려 있다. 이제 각자 집으로 가야 되는.

영 남   이제 가라. 우리 집 식구들한텐 비밀이다. (장만 손에 들린 약봉지 가져오는)

장 만   왜 숨겨야 돼? 평생 가족들 위해 쉬어본 적 없이 일하다 다친 거야.

영 남   당연한 걸 갖구 무슨 생색이야?

장 만   차라리 잘됐어. 이제 쉬어. 혜준이 돈두 잘 벌겠다 뭐하러 일하러 다녀?

영 남   혜준이한테 빌붙어서 살려면 죽어버릴 거야!

장 만   형?

영 남   내가 우리 아부지 원망을 얼마나 했냐? 근데 아부지처럼 살라구!

씬42. 혜준 집 혜준 방

민기, 있다. 통장 보고 있다.

민 기   자잘하게 먹을 거 사줘봐야 고마운 줄두 몰라. 목돈을 만들어서 턱 내놓는 게 낫겠어.

노크 E

경 준   (들어오는) 할아버지!

민 기   왜? (통장 넣으며)

경 준   혜준이한테 이사 가자구 하세요. 혜준이가 할아버지 말이람 잘 듣잖아요.

민 기   무슨 이사? 어디루?

경 준	멀리 갈 거 없구 해효네 집 있는 데루. 같은 한남동이잖아요.
민 기	거긴 엄청 비싸잖아.
경 준	제가 이거저거 다 계산해 봤는데. 갈 수 있어요.

문 열리고, 혜준 씻고 들어온다. 경준, 찔리고.

혜 준	뭐해?
경 준	넌 잘 때 씻음 되지 들어오자마자 씻냐?
혜 준	이젠 씻는 거 갖구 시비냐?
경 준	나와. 회의해야지.

씬43. 혜준 집 거실 (밤)

혜준, 영남, 민기, 애숙, 경준, 가족들 다 모였다. 회의할 준비 끝냈다. 자유로운 분위기.

혜 준	우선 회의 시작 전에 형이 나 때메 무슨 스트레슬 받는지 알구 싶어.
경 준	그럼 아주 자잘한 거부터 얘기할게. 회사 사람들한테 식사비 지출 할 때 많아. 은근 바래. 사혜준 형이라구. 근데 실질적으루 니가 돈 잘 번다구 해서 나한테 오는 거 없잖아.
혜 준	아빠는?
영 남	난 없어.
경 준	뭐가 없어? 아빠두 그랬잖아. 주위 사람들이 혜준이가 용돈 안 주냐 이사 안 가냐 난리라며!
애 숙	나한테두 그러는데. 그런 거에 왜 스트레슬 받아?
경 준	엄만 원래 고상한 사람이잖아. 열외야. 해효네 도우미 이제 나가지 마.
애 숙	넌 꼭 내 일 갖구 하라 하지 마라 하더라. 내가 언제 너 은행 다니는 거 갖구 가라 가지 말라 하디?

경 준	엄마 고생하는 거 같으니까 그러지.
애 숙	이 정도 고생 안 하구 사는 사람이 어딨어? 그래서 이 회일 하자구 한 이유가 뭐야?
경 준	(차마 이사는 말 못하고) 지점장님이 혜준이랑 식사자리 잡으래.
민 기	(O.L) 이사 가자구 하자며! 해효네 집 근처루!
애 숙	(그럴 줄 알았다.) 혜준이가 집을 사든 뭘 하든 우리가 얘기할 건 아니라구 봐. 더구나 가족회의에서 왜 그런 얘길 해? 지가 번 돈 지가 알아서 쓰겠지!
경 준	가족이잖아. 조금의 피해두 보구 있잖아.
영 남	이제 그만 일어나자. 쓸데없는 소리들 하지 말구.
혜 준	빚 갚을게요 우리 집 빚.
영남애숙	……
경 준	엄마 아빠 빚을 왜 니가 갚아? 부모 빚을 왜 자식이 갚아? 우리 집이 그거 때메 망한 집인데. 그거 갚을 돈 있음 이사 가.
애 숙	맞아. 우리 돈 갚을 거 있음 너 집 사서 나가. 강남으루. 엄만 경준이 두 전에 독립하는 거 찬성했었어. 너 자기 방 없이 자라게 해서 너무 미안해.
혜 준	반지하 창고 있잖아. 거기다 내 방 만들려구.
일 동	(보는)
혜 준	내 계획은 빚을 갚구 이 집을 사구 내 방은 만든다.
민 기	(박수치는)
경 준	야아 그건 별루 안 좋은 투자야. 투자는 모름지기
민 기	(O.L) 니가 가르치는 건 아니다. 사기두 당했으면서!
혜 준	(경준에게) 불만 있어?
경 준	아니 없어! 잘했어. 올바른 결정이십니다! 우리 지점장님께서 같이 식사하자구 하시는데 언제 시간 됩니까?

씬44. 혜준 집 안방

애숙, 얼굴에 기초 마지막 단계 바르고 있다. 이거 다 바르면 침대에 누울 예정이다. 영남, 침대에 누워 있다. 생각 중이다. 혜준에 대해.

애 숙   자식이 빚 갚아준다는데 왜 이렇게 마음이 착잡하냐! 당신은 안 그래?

영 남   나두 그래.

애 숙   (침대로 와서 누우며) 근데 경준이 얄밉지 않냐? 아까 말하는 거 들었지! 부모 빚을 왜 자식이 갚냐며! 아주 칼같이 나누더라.

영 남   걔두 속맘은 안 그래.

애 숙   (영남 미는. 그러다 어깨 있는 쪽 치며) 으이구! 경준이

영 남   아얏!! (아주 아픈)

애 숙   (앉으며) 미안해. 많이 아파? 병원에 가라니까.

영 남   갔었어. (일어나 앉는)

애 숙   뭐래?

영 남   괜찮대.

애 숙   맨날 괜찮다는데 왜 이렇게 아프니! 혜준이 방 공사두 해줘야 되는데 할 수 있겠어?

영 남   그거두 못하면 죽어야지.

애 숙   (O.L) 죽는단 말 농담처럼 쓰지 마. 말이 씨가 돼 몰라? 건강 조심할 나이에 왜 그런 말을 써?

영 남   (타박에 오히려 사랑 같아 기분 좋은) 내가 죽을까 봐 걱정되니?

애 숙   으이유. (하면서 또 등짝 치는)

영 남   (울려서 어깨까지 아픈. 더 큰 신음)

애 숙   엄살 좀 그만 떨어. 당신이 불 좀 꺼. (눕는)

영 남   (엄살 아닌데. 일어나는)

애 숙   낼 장만 씨 불러서 혜준이 방 견적 내. 하루라두 빨리 방 만들어줘.

영남, 아픈 거 참는. 애숙, 모르고 눈 감고 잠을 청한다. 영남, 눈물

이 또르르. 얼른 불 끄고. 어깨 들썩이는. 소리 없는 눈물 닦는.

씬45. 정하 집 정하 방 (밤)

정하, 자려고 누우려는데. 핸드폰 문자음 E. 정하, 본다. '가족회의 결과. 나 이제 방 생긴다' 혜준.

혜 준   (E) 가족회의 결과. 나 이제 방 생긴다.
정 하   (미소)

씬46. 혜준 집 거실

깜깜한 거실. 혜준, 핸드폰 문자메시지 보고 있다. '축하해' 정하.

정 하   (E) 축하해!
혜 준   (미소) (F.O)

씬47. 호텔 로비 (낮) (F.I)

혜준, 멋진 차림으로 들어온다. 그 옆에 민재 있다.

혜 준   나 괜찮아?
민 재   너야 항상 멋있지!
혜 준   떨린다 제임스 감독님 만날 생각하니까!
민 재   즐겨! 날마다 니 인생 최고 갱신하구 있으니까.

씬48. 연예 토크프로 세트장 안

연예 관련 토크프로 촬영 중 잠깐 쉬는 시간. 기자 패널 5명 정도 앉아 있고. 수만, 윤혜리 기자, 기자1, 기자2, MC 있다. 각자 대본과 자료 보고 있고. 모니터 화면엔 찰리정 나오고. 화면 자막 '찰리정 러브스토리'

혜 리   (수만에게) 수만 씬 찰리정 얘기 어디서 들었어? 엄청 디테일해.

수 만   운이 좋았어요. 사혜준을 경찰서에서 직접 봤으니까.

MC   진짜 둘이 사귄 거야?

씬49. 호텔 라운지

혜준, 민재와 앉아 있다. 앞엔 제임스 감독, 에이전트와 함께 앉아 있다.

혜 준   (영어로) 감독님 작품 중에서 아일랜드 타운을 제일 좋아해요.

제임스   어떤 점이 좋던가요?

혜 준   (영어로) 인간이란 무엇인가. 삶은 어떻게 살아야 하는가. 이런 기본적인 질문을 주제의식에 자연스럽게 녹여 무엇이 주제인지 드러내지 않아서 좋았어요.

제임스   내 의도가 적중해서 기분 좋네요. 전 영화가 주제의식에 너무 함몰되는 걸 좋아하지 않거든요.

혜 준   (영어로) 그래서 영화를 보구 나면 저한테만 보낸 러브레터를 받은 느낌이었어요.

제임스   이번 준비하는 작품 꼭 같이 일하구 싶어요. 시나리오 완성되면 보낼게요.

씬50. 연예 토크프로 세트장 안

연예 관련 토크프로 촬영 중. 수만, 윤혜리 기자, 기자1, 기자2, MC 있다. 각자 대본과 자료 보고 있고. 모니터화면엔 찰리정 나오고. 화면 자막 '찰리정 러브스토리'

MC   디자이너 고 찰리정 씨 사망은 결국 스스로 생을 마감한 것으로 최종적으로 발표가 났는데요. 그 후 찰리정 씨의 은밀한 러브스토리가 화제가 되구 있습니다. (수만에게) 김 기자님!

수 만   남자 모델들과 많은 염문설이 있었어요. 신인에서 탑모델에 이르기까지. 그의 뮤즈로 낙점되면 지속적으루 사랑을 갈구했단 설이 있습니다.

MC   그 중에 요즘 핫한 배우 A씨도 있다면서요?

수 만   핫한 정도 아니라 아주 핫하죠! 성공하기 전 찰리정 씨와 아주 각별한 사이였다고 합니다. 찰리정 씨 브랜드 컬렉션마다 무대에 섰고, 사랑을 독차지했다고 합니다.

MC   이쯤 되면 핫한 A씨가 누군지 엄청 궁금해지는데요. 다음 이슈는 (화면 바뀐다. 두 번째 '그를 죽음으로 몰고 간 것은 무엇일까')

카메라 빠지면

씬51. 해효 집 거실

이영, TV 보고 있다. TV 속에서. MC, '찰리정 씨의 사망 원인은 스스로 목숨을 끊은 것으로'

이 영   누가 봐두 사혜준이네 핫한 A 씨는.

수사결과가 마무리 됐습니다. 하지만 갑작스런 그의 죽음에 의문을

(현관에서 사람 들어오는 인기척 나고) 갖는 사람들이 많다고 합니다.

이 영   (TV 끈다. 일어나는)

현관 문 열리고, 애숙 들어온다. 노란 튤립 한 다발 들고. 표정도 환하고 세상 다 가진.

이 영   어머 웬 튤립?
애 숙   그냥 샀어요. 꽃 보면 좋잖아요. 기분 전환두 되구.
이 영   나 위로해 주는 거야?
애 숙   (속소리 E) 네 위로해 주는 거예요. 힘드시죠! 다 압니다 저두.
애 숙   위로는 무슨. 꽃이 이뻐서 샀어요.
이 영   (속소리 E) 지금 저 위로할 처지가 아니시네요. 이렇게 금방 상황이 변하나.
이 영   좀 전에 방송에서 혜준이 얘긴 거 같은 얘기하더라. 혜준인 거 알려지면 힘든 일 생기겠어.
애 숙   힘든 일이야 매번 생기는데요 뭐. 지가 잘 알아서 하겠죠!
이 영   자긴 연예계에 너무 관심이 없다. 우리 해효한테 이런 일 터짐 난 잘 해결할 거야.
애 숙   대체 뭔데요? 나두 잘할 수 있을지 모르잖아요.
이 영   혜준이가 남자를 사랑한대.
애 숙   사랑하는데 남자 여자 성별이 무슨 상관이에요?
이 영   (황당) 어머. 굉장히 많이 열려있구나 혜준 엄마. 근데 세상엔 혜준 엄마만큼 열려있는 사람 많지 않아.
애 숙   혜준인 사귀는 여자 있어요. 말도 안 되는 소리라 해본 말이에요. 방송 이상하다. 어떤 방송이에요?

씬52. 경준 은행 창구 밖

경준, 밥 먹으러 갔다가 안에 들어가려고 하는데. 차장, 안에서 나오려다 경준 보고.

차 장	저기.. 사 주임... 아니.. 아니다.
경 준	(뭔지 알았다.) 말씀하세요. 혜준이 얘기죠?
차 장	사 주임두 아는구나. 어떡하니? 근데 진짜 성소수자야?
경 준	그게 무슨 말이세요?
차 장	안다며? 방송에서 그러던데. 지금 인터넷 커뮤마다 그 얘기야.
경 준	걔가 성소수자면 전 소수자 중에 소수자예요.
차 장	성소수자보다 더 소수자면 변태?
경 준	(O.L 버럭) 차장님! 걘 여자친구 계속 있었어요. 저 같은 모쏠이 아니라구요!
차 장	모쏠이야? 어쩐지!
경 준	아 진짜 사생활을 지킬 수가 없네.
차 장	나두 사 주임에 대한 많은 정보 듣구 싶지 않아. (가는)
경 준	대체 무슨 일이 생긴 거야?

씬53. 도로/ 혜준 밴 안

치영, 운전하고 있고. 조수석엔 민재 있고. 뒤에 혜준 앉아 있고.

민 재	(다음 일정 설명하고 있다.) 3시에 북경TV랑 하는 인터뷰 질문지 왔거든. 문자루 보낼게. (핸드폰 꺼내 문자 보낸다.) 읽어 봐. 영어루 진행될 거니까 해석 안 해줘두 되지?
치 영	형은 좋겠다. 영어두 잘하구 일어두 잘하구.
혜 준	(문자 받고. 핸드폰 꺼내 보는)
민 재	그냥 좋아졌어? 공부했잖아 쟤는.. (핸드폰 보면. 부재중 전화 많이

와 있다. 그중에 김수만 기자. 윤혜리 기자. 최강 기자. 이현욱 기자,
민우성 기자.) 근데 기자들이 왜케 많이 전화했었지! 뭔 일 있나.

혜 준   (핸드폰 보며) 나두 부재중 전화 많네.

민재 핸드폰 울리고. 혜준 핸드폰 울리고. 각자 받는.

민 재   네! 최 기자님! 아 네 그래요? 그 방송 못 봤는데요. 뭐라 그랬는데
요?.... 아니에요. 절대 아니에요. 그런 기사 쓰심 안 돼요. 왜 그런 말
이 떠돌지? 알았어요. 좀 알아볼게요. (끊고)

혜 준   어 진우야! 유튜버가 내 얘길 한다구? 할 수두 있지. 언제? 저녁에?
알았어. 볼게. (문자음 E. 혜준 본다. 문자메시지에 링크 달려있다.
썸네일. 사혜준은 찰리정의 연인이었다? 혜준, 황당한) 누나?

민 재   나두 들었어. 우선 넌 진정하고 다음 스케줄 가자. 난 어떻게 대처
할지 고민 좀 할게.

혜 준   (핸드폰 보여준다. 유튜브 썸네일. 사혜준은 찰리정의 연인이었
다?)

그 유튜브 안으로 들어간다.

씬54. 유튜브 방송 (인서트)

치기 어린 진행자, 방송하고 있다. 인원이 실시간 십만이 넘고 있다.
댓글창. 이거 또 어그로 끄는 거 아님? 낚시네 딱 봐도. 조회수 올려
서 돈 처먹을라고.. 십만 넘었어. 빨리 말해... 말하라구.. 말해.. 말해.

진행자   아 십만이 넘었네요. 말해요 지금. 찰리정이 성소수자인 건 아시죠!
이 분이 몇 십 년은 해먹었잖아요 디자이너를. 그동안 이 분을 거쳐
간 모델이 몇 명이야? 그중에 한 명이 사혜준이다. 사혜준한테 엄청
공들였을 거예요. (실시간 댓글. 아니 사실 아니면 어쩌려고 그래?

잡혀가 인간아.) 뭘 잡혀가요? 안 잡혀가요. 내가 사겼다 그랬어요?
우리가 이 정도 상황이면 정황상 유추할 수 있잖아요. 사혜준이 지
금까지 열애설 없잖아요. 그렇게 잘생겼는데 이상하잖아요. 취향이
다르면 모를까. (댓글창. 허위사실 유포로 고소당하고 싶냐. 방송
꺼라.)

민 재   (E) 미친놈!

카메라 빠지면.

씬55. 짬뽕 엔터 사무실 (밤)

혜준, 민재와 있다. 컴퓨터 앞에 있고. 혜준 나오는 유튜브 보고 있
었다.

민 재   야 세상이 왜 이렇게 됐냐! 정확하지두 않은 사실을 이렇게 말해두
               돼?
혜 준   ....
경 준   (E) 이건 고소해야 돼.

씬56. 혜준 집 거실

노트북 앞에 있고. 그 주위를 경준, 영남, 애숙, 있다. 세 사람 유튜
브 봤었다. 댓글 본다. '모델 때부터 유명했다잖아. 스폰 받았겠지
백퍼.' '사혜준은 그쪽 관상은 아닌데. 여자 좋아할 거 같은데.' '예
전에 소문 들은 건 맞다고 했음. 찰리정하고 사혜준하고 연인 사이
인 거.'

애 숙	(댓글창 읽는. 감정 없이) 모델 때부터 유명했다잖아. 스폰 받았겠지 백퍼.
영 남	아 그만 읽어. 그걸 왜 읽어?
애 숙	뭔지 알아야 대철 할 거 아냐.
영 남	드러워서 듣질 못하겠네.
민 기	(나오며) 혜준이한테 무슨 일 있어?
영 남	아부진 알 거 없어.
민 기	뭔데 나두 같이 좀 보자.
애 숙	아버님 모르시는 게 좋아요. 기분만 나빠요.
영 남	경준.. 어떻게 하면 좋냐? 니가 우리 집 브레인이잖아.
경 준	혜준인 소속사부터 옮겨야 돼. 큰 소속사면 이럴 때 디펜스 엄청 잘해줄 텐데.
애 숙	난 이 대표 맘에 드는데.
영 남	사람 좋던데
경 준	(O.L) 일 못하면서 사람 좋은 게 젤 안 좋은 거야.

현관 기척 소리 나고. 혜준, 들어온다.

애 숙	혜준아!
혜 준	다들 안 자구 뭐해?

애숙 경준, 혜준에게 몰려간다. 영남, 민기, 보고 있고.

애 숙	걱정돼서.
경 준	니네 소속사는 저런 거 싹 다 고소 못하냐?
혜 준	(무안하다.) 봤어 다들?
애 숙	어 봤어. 아니 저런 흉한 소리를 확인되지두 않은 소리 막 해두 되니?
혜 준	(가족들이 보고. 걱정하는 게 더 싫다. 자기 혼자 아는 게 아니라) 걱정하지 마. 대책 세우구 있어. 나 좀 쉰다.

애 숙	그래 쉬어 쉬어.
민 기	(따라 들어가고)
영 남	(마음 안 좋고) 스타 됐다구 좋아하더니 이게 뭐야?
경 준	근데 혜준이 진짜 그 사람이랑 아무 일 없었겠지!
영 남	너 맞구 싶냐?
경 준	아빠 요즘 나에 대한 애정이 좀 식은 거 같아. 섭섭해. (자신의 방으로 들어가는)

씬57. 해효 집 해효 방

해효, 방송 보고 있다. 11부 씬51의 방송. TV 속에서

MC	찰리정 씨의 사망 원인은 스스로 목숨을 끊은 것으로 수사결과가 마무리됐습니다.

노크 E. 문 열리고, 해나 들어온다. 핸드폰 손에 들고.

(E) 하지만 갑작스런 그의 죽음에 의문을 갖는 사람들이 많다고 합니다.

해 나	혜준이 오빠 어떡해?
해 효	(TV 끈다.) 사실이 아니니까 잘 해결될 거야.

노크 E. 이영, 들어온다. 해나, 소파에 앉으면서 핸드폰 테이블에 올려놓고.

이 영	너두 여기 와있네.
해 나	혜준 오빠 뉴스 보구 궁금해서.
이 영	(앉는) 엄마는 요즘 잠이 안 와.

해 효	엄마 잠 안 온다구 나까지 괴롭히냐?
이 영	내가 잠 못 자는 원인이 누군데? 혜준이랑 드라마 꼭 같이 해야 돼?
해 나	혜준이 오빠랑 드라마두 같이 해? 잘됐다! 묻어갈 수 있잖아.
이 영	넌 오빠가 묻어가는 신세가 된 게 잘된 거야?
해 나	(일어나는) 화장실 좀 쓸게. (하곤 화장실로 가고)
해 효	엄마! 그냥 좀 믿어주면 안 될까?

핸드폰 E. 해나 핸드폰이다. 발신자 '진우 오빠'. 이영과 해효 발신
자 본다.

이 영	진우가 이 밤에 왜 해나한테 전화하니?
해 효	연락할 일이 있나부지.
이 영	니가 받아봐.
해 효	(받으려고 하면)
이 영	(스피커폰 버튼 누른다)
진 우	(F) 너 왜케 전활 늦게 받아? 오빠랑 결혼하면 어떨지 궁금해진다구 했잖아.
이영해효	(놀라는)
해 나	(나오는)
진 우	(F) 왜 말이 없어? 삐졌어?
해 나	(전화 끊으려고 달려오는)
해 효	(전화 끊는다.)
이 영	(충격 가시지 않고, 해나 보는)
해 나	엄마아!
이 영	(손으로 막는 표시) 스탑! (숨 고르는) 낼 얘기하자. (일어나는)
해 나	무슨 말을 들었는데?
이 영	난 자식한테 절대루 폭력을 쓰지 않아. (나가는)
해 효	…….
해 나	오빠아?
해 효	진우 이 자식 죽여버릴 거야!

씬58. 짬뽕 엔터 사무실 (밤)/ 태수 사무실 안

민재, 전화 통화하고 있다.

민 재 윤 기자님 제가 낼 찾아뵐게요. 그러니까 자초지종 말씀드릴게요. 제 얘기 듣구 기사 쓰세요. 단독 달게 해드릴게요. 네 네. (전화 끊는. 속상한데 어쩔 수 없는 리액션하는데)

핸드폰 E 발신자 '이태수 대표'

민 재 뭐야 또 이 인간은? (받는) 여보세요?
태 수 힘들지? 매니저 선배로서 내가 해결책을 알려줄게.
민 재 (솔깃. 하지만 침착하게) 언제 만날 수 있어요?

씬59. 카페 (낮)

태수, 앉아 있다. 차 마시면서. 그 앞에 앉아 있는 민재. 차 마시고 있다.

태 수 (부드럽게) 이 대표! 사람은 있잖아. 자신에게 맞는 그릇이 있다. 혜준이는 이 대표가 품기엔 너무 커.
민 재 아우 징그러. 걜 내가 왜 품어요? 다 큰 앨!
태 수 은유법두 몰라?
민 재 몰라요. 직설법만 알아요. 혜준이랑 찰리정 얘기 이 대표님이 아웃 뉴스 김수만 기자한테 이상하게 했어요?
태 수 난 그 기자 잘 알지두 못해.
민 재 그 기잔 안다구 한다던데
태 수 (O.L) 그걸 따지구 있을 때야? 혜준이 일 수습 못 해 이민재 씬. 혜준이 싸이즈가 커지면 문제두 커져. 이쯤에서 나한테 넘기는 거 어때?

민 재 (황당. 입 벌어지는)

태 수 입 다물어.

민 재 (다무는. 일어나는) 대표님한테 기대한 내가 잘못이죠! 누굴 탓하겠어요?

태 수 생각해 봐. 팁 하나 줄게. 혜준이 메이크업이랑 사귀지? 그거 터트리면 되잖아. 적어두 성소수자에선 벗어나잖아. 그 다음엔

민 재 (O.L) 됐어요. 제가 이 대표님 말대루 할 거 같아요?

태 수 유튜버들이 탑스타 거론하는 순간 조회수 폭발이야. 조회수는 돈이야. 고소해야 눈 하나 깜짝 안 해. 고소 진행되는 동안 어그로 끌면 돈 더 벌어. 돈 버는 방법 중에 젤 쉬운 게 남의 이름 이용하는 거야. 연예인은 모든 사람이 이용할 수 있는 공공재야. 이제 시작이야 혜준이두.

씬60. 혜준 집 창고 방 (낮)

인테리어 공사 중이다. 벽면엔 사용될 각종 나무 각재, 벽체, 석고보드 등들이 늘어서 있고 공사에 필요한 목재절단기, 각도절단기, 전동공구 등 장비들이 차있다. 점심시간이라 쉬는 중. 영남, 장만과 있다.

장 만 애들 보내구 밤까지 내가 남아 할게.

영 남 뭐 그렇게까지 해.

장 만 돈 많이 줬잖아 혜준이가.

영 남 (미소)

장 만 빨리 만들어주구 싶어서 그래.

영 남 하구 싶은 말 있음 해.

장 만 혜준이 여자친구 있잖아. 아주 공개 연앨 해. 그래야 그딴 개소리들이 쏙 들어가지.

영 남   내 자식 좋자구 남의 자식 끌어들이냐!

씬61. 신문사 라운지 (낮)

지아, 오는. 수만, 기다리고 있다.

지 아   안녕하세요? 김수만 기자님 맞으시죠?
수 만   맞아요. 정지아 씨?
지 아   네 사혜준 씨 전 여자친구 정지아입니다.
수 만   원해효 씨한테 얘기 들었어요.

씬62. 안정하 스튜디오 안

정하, 민재 메이크업 하고 있다. 다 했다.

정 하   보세요 언니.
민 재   (기운은 없는) 맘에 든다.
정 하   혜준이 뭐하구 있어요?
민 재   스케줄 소화하구 있어. 광고 찍구 있어. 연락 안 했어?
정 하   뭐라구 말해야 될지 모르겠더라구요. 아낌없이 주는 나무에서 고소
                 하기루 했어요.
민 재   나두 고소는 할 거야. 이번에 악플 싹 다 모아서. 혜준이한테 여자
                 친구가 있다는 게 알려지면 잠잠해질까?
정 하   언니.. 혜준이가 잘되는 일이라면 전 뭐든 해요.
혜 준   (E) 안 돼.

씬63. 짬뽕 엔터 사무실

혜준, 민재와 앉아 있다.

민 재   나두 안 된다구 했어. 너하구 정하 열애설 터지면

혜 준   (O.L) 방법이 있을 거야. 정하 일상 지켜주구 싶어. 나하구 엮이는
순간 개 힘들어져.

민 재   알아. 나두 그렇게 말했어. 안 한다구. 해효 어디서 만나기루 했어.

혜 준   곧 올 거야.

해 효   (들어오는) 안녕! 안녕하세요 누나?

민 재   오늘 일 없니?

해 효   없어요 요즘 맨날 놀아요. 필라테스 하면서.

씬64. 정하 집 거실 (낮)

정하, 유튜브 켠다. 썸네일 '고백'. 실시간 라이브다. 채팅창에.
언니 무슨 고백? 혹시 남자친구 얘기에요? 궁금하다. 2, 3명이다.
기다리고 있다.

정 하   고백이라구 썸네일 거니까 되게 거창한 거 같네요. 별거 아니에요.
남자친구 얘기냐구요? 맞아요.

핸드폰 E

씬65. 짬뽕 엔터 사무실/ 신문사 라운지 밖 일각

혜준, 해효, 민재 있다. 핸드폰 E 발신자 '지아'

혜 준	(받는) 어 지아야!
해 효	(지아란 말에 집중)
지 아	오늘 기자 만났어. 기사 나올 거야.
혜 준	그게 무슨 말이야?
해 효	지아가 나한테 찾아왔었어.
혜 준	(이게 다 뭐지)

혜준, 지아, 해효, 정하, 한 화면에 들어오면서.

(끝)

[단독] '패션디자이너계의 큰손 찰리정' 자택에서 사망. 스스로 목숨 끊은 것으로 추정.

[아웃뉴스] 김수만 기자

패션디자이너계의 거장으로 불리는 찰리정이 10일 숨진 채 발견됐다.

경찰에 따르면 이날 오전 9시 30분쯤 서울시 강남구 자택에서 찰리정이 숨져 있는 것을 지인 강모 씨가 발견해 신고했다.

강모 씨는 전날인 지난 9일 오후 11시 20분쯤 찰리정과 마지막 통화를 한 뒤로 연락이 되지 않자 이날 찰리정의 집을 방문한 것으로 알려졌다.

홀로 영국 유학길에 올라 2010년 지금의 패션브랜드 옴므정을 설립해 지난 10년 동안 패션과 모델계를 주름잡은 찰리정은 작년까지 F/W 서울패션위크에서도 큰 영향력을 드러내며 5년 연속 코리아패션대상을 거머쥐었다.

한 경찰 관계자는 "모든 가능성을 열어놓고 수사 중이다. 유서가 존재하는지 여부는 아직 확인할 수 없다"고 말했다.

하지만 정 씨의 귀가 후 숨진 채 발견되기까지 정 씨의 집에 방문한 사람은 없는 것으로 비춰보아 스스로 목숨을 끊었을 가능성에 무게를 두고 수사를 진행하고 있는 것으로 보여진다.

팬카페 아낌없이 주는 나무 글 목록

💬 믿보배 라인업 배우에 갤주 들어감
조회수 ○ ○ ○ | 추천 ○

💬 아니 짬뽕 엔터 일 드럽게 못함.
조회수 ○ ○ ○ | 추천 ○

💬 일만 못 하냐 홍보도 드럽게 못해
조회수 ○ ○ ○ | 추천 ○

💬 짬뽕도 갤주가 다 먹여 살린 거 아니냐
조회수 ○ ○ ○ | 추천 ○

💬 근데 거니 진짜 존까리하지 않냐
조회수 ○ ○ ○ | 추천 ○

💬 갤주 엔터 대표가 여자 하나라며 별로야
조회수 ○ ○ ○ | 추천 ○

💬 이제 탑스타인데 관리 이따구로 하는지
조회수 ○ ○ ○ | 추천 ○

💬 갤주 언급된 영상 보고 가
조회수 ○ ○ ○ | 추천 ○

💬 근데 갤주 다음 작품 뭐할지 궁금함
조회수 ○ ○ ○ | 추천 ○

💬 그냥 이제 짬뽕 좀 나왔으면 좋겠어 개싫음.
조회수 ○ ○ ○ | 추천 ○

💬 혜주니 보고 싶다!!!
조회수 ○ ○ ○ | 추천 ○

💬 짬뽕 대표랑 사혜준이랑 대체 언제부터 인연임?
조회수 ○ ○ ○ | 추천 ○

12부

씬1. 짬뽕 엔터 사무실/ 신문사 라운지 밖 일각 (낮)

11부 엔딩에 이어
혜준, 해효, 민재 있다. 핸드폰 E 발신자 '지아'

혜 준	(받는) 어 지아야!
해 효	(지아란 말에 집중)
지 아	오늘 기자 만났어. 기사 나올 거야.
혜 준	그게 무슨 말이야?
해 효	(옆에서) 지아가 나한테 찾아왔었어.
혜 준	(이게 다 뭐지.)
혜 준	(지아에게) 무슨 말인지 모르겠어.
지 아	감정기복 심하구 이기적인 내가 널 위해 약간의 희생을 선택했다구.
혜 준	해효 옆에 있으니까 우선 해효랑 얘기할게.
지 아	나한테 듣는 게 가장 정확할 거야. 어디 있어?

씬2. 짬뽕 엔터 사무실

혜준, 해효와 있다. 민재, 있다. 민재, 혜준과 해효 대화에 끼지 못하고 눈치만.

혜 준	(자신의 일에 누군가가 피해 보는 상황이 마땅치 않은 특히나 지아가 나서는 순간 정하가 마음이 상한다.) 지아는 그렇다 쳐. 넌 걔가 기자한테 가기 전에 나한테 먼저 말했어야 되지 않냐?
해 효	(혜준의 기분 나쁨이 느껴지니까 기분 나빠지는) 말하러 왔잖아.
혜 준	늦게 왔잖아.
해 효	너 화났냐? 너한테 도움주구 싶었어. 난 그 도움이 너한테 도움이 될 거라 협조했어. 잘못됐냐?
혜 준	받을 도움이 있구 받지 못할 도움이 있어. 지아 도움은 후자야.
해 효	너 변했다.
혜 준	뭐가?
해 효	예전의 사혜준이라면 자신을 선의루 도와준단 사람들한테 우선 감사함을 가졌겠지.
혜 준	(O.L) 감사함을 가지니까 화가 나는 거라곤 생각 안 하냐? 구질구질하게 변명하구 싶지 않아. 시간이 지나면 밝혀질 거야. 지금 이 시간만 버티면 돼.
해 효	구질구질한 변명 너 대신 내가 해준다잖아. 너두 내가 이런 일 당했다면 나서줄 거잖아. 예전에 너라면 그랬을 거야.
혜 준	너 왜 자꾸 예전이란 말 써? 너야말루 예전엔 이러지 않았어. 누구보다 먼저 내 의살 존중했어. 나하구 의논했어.
해 효	(O.L) 니가 의논할 시간이 있기나 하냐? 맨날 바쁘잖아. 시간 나면 정하 만나기 바쁘구. 우리한테 시간 냈냐구? 진우 자식은 해나랑 사귀구 있구 대체 이게 뭐냐구?
혜 준	진우 해나 사귀는 거 언제 알았어?
해 효	(애 알았다.) ..너 알구 있었어?
혜 준	.... (알았다.)
해 효	(기막힌) 하아... 이 새끼들 진짜.. 나만 빼구 니들.. 나 속였어?
혜 준	속인 게 아니라 진우가 얘기할 때까지
해 효	(일어난다.)
혜 준	(난감한)
해 효	(나가버린다. 문 쾅 닫는다.)

혜 준	(기막힌) 왜 저래! 화낼 사람이 누군데?
민 재	남자들두 똑같네 싸울 땐. 치구 박구 싸우지 않아? 니들은 점잖다. 영화 보면 주먹으루 때리구 그렇던데!
혜 준	(보는)
민 재	쏘리! 암튼 이따가 지아 만나면 고맙다구 해. 어쨌든 개가 나서주니까 난 너무 고마워.
혜 준	대체 해효랑 지아는 무슨 얘길 한 거야?

타이틀 오른다.

씬3. 호텔 라운지 (낮)

해효, 앉아 있다. 차 앞에 놓고. 지아, 앉아 있다.

해 효	너 이러는 거 낯설다. 기사 나면 너희 부모님 가만계시겠니?
지 아	아직두 혜준이 여자친구 좋아해?
해 효	(허 찔린)
지 아	넌 표정 관리 좀 해라. 그러다 혜준이한테 들키겠다. 알면 얼마나 상처겠니!
해 효	어딜 찔러야 아픈지 정확히 안다 넌. 훌륭한 변호사가 되겠어. 너희 아버님 로펌으루 바루 직행하면 되겠다.
지 아	아빠 로펌으론 안 가. 언니가 먼저 자리 잡구 있어. 거기 들어가 언닐 빛내주구 싶지 않아. 내가 어떤 확장성을 갖구 있는지 증명해 보일 거야.
해 효	넌 참 증명 좋아한다.
지 아	(O.L) 법 전공하잖아. 날 증명하구 남을 증명하구 다 그지 같은 인간이란 거 확인하는 거 좋아해.
해 효	쎄다 정지아!
지 아	혜준이 지켜주구 싶어. 내가 개랑 만날 때 여러 가지루 걜 시험하구

내 사랑을 시험했어. 걘 찐이야. 내가 내린 결론이야. 거기다 지금은 가질 수 없단 장애까지 있어서 더 갖구 싶어.

해 효 니가 니 맘대루 할 수 없는 게 한 가지라두 있다는 게 너무 기분 좋아.

지 아 (O.L) 내가 가질 수 없음 넌 가질 수 있는 희망조차 없잖아. 내가 혜준이랑 잘되는 게 너한테두 좋은 일 아냐? 설득력 있지?

해 효 설득력 있다. 근데 정하는 혜준이랑 헤어진다구 해서 아무거나 집어먹는 앤 아니다.

지 아 누군 아무거나 집어먹니! 너 은근히 사람 잘 멕인다. 아웃뉴스 기자한테 전화해서 약속이나 잡아줘.

씬4. 혜준 집 창고 방 (낮) (11부 씬60 이후)

인테리어 공사 중이다. 장만 호철 창민, 각자 일하고 있고.

영 남 스위치랑 콘센트는 이쪽으로 뽑아야 돼.

장 만 아까 얘기했잖아. 올라가.

호 철 형 감시해요?

영 남 알았다 올라간다.

호 철 사장님.. 저녁 안 주셔도 됩니다.

영 남 저녁까지 먹구 갈라 그랬냐?

씬5. 혜준 집 마당

창고 방에서 나온 영남, 집에 올라가면 왜 그러냐고 물어볼 거 같아 밖으로 나간다.

씬6. 혜준 집 혜준 방

민기, 외출 준비 끝냈다. 말끔하다. 콧노래까지 부르는. 가방도 챙기고. 노크 E

민 기 들어와!

장 만 (들어오는) 아부지!

민 기 공사 다 끝났어?

장 만 아 나 이럴 줄 알았어. 이 형 안 올라왔네.

민 기 무슨 말이야?

장 만 올라가서 쉬라구 했더니 딴 데루 샜어요.

민 기 왜 쉬어? 어디 아프냐?

장 만 식구들한테 비밀이라구 입두 못 떼게 해요. 아부지가 좀 얘기해 주세요. 어깨 때메 병원 갔더니 좀 더 무리하게 쓰면 재수술해야 된대요.

민 기 저번에두 수술했는데 말짱하게 안 낫던데. 일은 계속 할 수 있어?

장 만 못 하죠. 근데 저 고집이에요.

민 기 걔는 고집이 문제야. 지 엄말 닮아갖구 쇠심줄이야.

장 만 혜준이 보기 쪽팔린가 봐요. 걔 일하는 걸 좀 반대했어요?

씬7. 혜준 집 밖 골목

영남, 걸어오고 있다. 집을 향해서. 민기, 걷고 있다. 버스 정류장을 향해서. 민기, 걸어오고 있는 영남을 본다. 그 시선으로 축 처져 보이는 영남. 영남, 민기 본다. 영남, 시선으로 잘 차려입고 훤해 보이는. 아버진 좋겠다.

민 기 어디 갔다 와?

영 남 (말하기 싫다.) 저기. 아부진 어디 가?

민 기	일거리 하나 들어온 거 같아. 학원에서 좀 보재.
영 남	가 그럼.
민 기	너 뭐하냐?
영 남	뭐하긴 뭐해? 혜준이 방 공사해야지.
민 기	아부지 데려다주면 안 되냐? 버스 탈려면 저 밑에까지 내려가야 돼서.. 이제 나이 들어 힘들어.
영 남	아부지가 나보다 더 쌩쌩해 보이거든.
민 기	그래서 안 데려다줄 거야?
영 남	안 데려다줘. 내가 왜?

씬8. 도로/ 미니 봉고차 안

영남, 운전하고 있고. 조수석에 민기 타고 있다.

민 기	너는 말만 이쁘게 하면 참 좋을 텐데.
영 남	말까지 이쁘게 하면 너무 완벽하잖아.
민 기	(웃는. 그 말이 기막혀)
영 남	(자기도 어이가 없어 웃는)
민 기	너두 니가 말하구 기가 막히지?
영 남	혜준이 자식 때메 안 보던 드라마에 빠져 살아서 그래. 드라마에서 이렇게 말함 여자들이 엄청 좋아하던데.
민 기	(O.L) 그건 얼굴이 돼서 그런 거야. 니가 하면 안 먹혀.
영 남	이렇게 누가 낳아놨어? 대체 아부진 나한테 좋은 걸 물려준 게 없어.
민 기	음악 틀어두 되냐?
영 남	안 돼. (하곤 음악 틀어준다.)

씬9. 해효 집 안방

이영, 핸드폰 본다. 전화하고 있다. 신호음은 가지만 받지 않는다는 안내음 나온다.

이 영 원해나! 니가 이렇게 나온단 말이지. 엄말 계속 피해 다니면 피할 수 있다구 생각하는 거야? (해나 통화 버튼 누른다.)

씬10. 해효 집 해효 방/ 진우 스튜디오

해나, 전화 통화하면서.

해 나 피할 때까진 피해보려구. 지금 오빠 방이야. 오빠 방은 화장실도 딸려 있구 엄마가 내가 여기 있는 건 모를걸. 좀 전에 전화두 안 받았어.

진 우 해횬 아무 말 없냐?

해 나 투명인간 취급이야. 봐두 모른 척해 서루. 오빤(진우) 오빠(해효)가 겁나?

진 우 겁나. 혜준이 일 터지구 혜준이한테 상담두 못하겠구 답답해 죽겠다.

해 나 언제 만나?

진 우 보구 싶다.

해 나 나두. 만나자. 못 만날 이유가 뭐야?

진 우 맞아. 우리가 못 만날 이유가 뭐가 있냐?

씬11. 해효 집 이층/ 주방/ 거실

해나, 외출복 차림으로 2층에서 거실을 내려다본다. 아래층에 이영 없나 있나 살피고 내려온다. 조용히 슬금슬금 내려오고 있다. 이영,

머그잔 들고 주방에서 나온다. 해나, 좀 놀란.

이 영   있으면서 엄마 전화 안 받은 거야?

해 나   미안.

이 영   진우 만나러 가?

해 나   어.

이 영   (소파로 가며) 만나러 가기 전에 엄마한테 십 분 정도 시간 줄 수 있어? 없음 나중에 얘기하구. (앉고)

해 나   있어. (오는)

이 영   엄마가 곰곰이 생각해 봤어.

해 나   (앉는) 화낼 거야?

이 영   아니. 엄마 그렇게 꽉 막힌 사람 아냐. 어차피 결혼하면 한 남자만 바라보고 살아야 되잖아. 그러기 전에 다양한 연애 찬성이야.

해 나   (반색) 진짜?

이 영   물론 니 연애 상대가 엄마 맘에 들었음 좋겠지만 괜찮아. 진우 니가 매력 느낄 수 있어.

해 나   고마워 엄마.

이 영   피임만 잘해. 결혼은 안 돼. 놀다가 집으로 와. 그럼 돼.

해 나   (황당) 이건 찬성하는 게 아니잖아.

이 영   니가 가진 것 어느 것 하나 내께 아닌 게 없어. 니 소유권 주장할 수 있어. 근데 니가 완전히 주장할 수 있는 건 니 몸뿐이야.

해 나   (O.L) 내가 언제 달랬어? 달라구두 안했는데 줘놓구 왜 소유권 주장이야?

이 영   나두 부모님한테 순종했어.

해 나   엄마가 그렇게 살았다구 나두 그렇게 살아야 돼?

이 영   (O.L) 어. 나가서 진우 만나. 기분 전환하고 놀아. 남녀 사이에 미래 가 없는 관계란 게 얼마나 고통스러운지도 배워. 널 성장하게 만들 거야.

해 나   엄만 내가 생각했던 거보다 훨씬 무서운 사람이구나.

이 영   계속 너한테 가이드라인을 줬구 니가 그 가이드라인 안에서 움직여서 우리 관계가 좋았던 거야. 니가 먼저 깼어 우리 관계.

해 나   (O.L) 어차피 깨졌으니까 다시 붙여봐야 흔적이 남잖아. 관계 설정 다시 해.

이 영   싫어.

해 나   나두 싫어.

이 영   그럼 내가 너한테 쓸 수 있는 제재를 시작할게. 국제 관계가 어긋났을 때 젤 먼저 하는 제재가 뭔지 알아?

해 나   카드부터야? 자동차부터야?

이 영   역시 머리 좋아. 어떤 게 너한테 더 타격이 커?

해 나   둘 다 커.

이 영   속임수 쓰지 마. 엄마가 볼 땐 카드가 더 커. 약하게 시작하자. 자동 차 압수.

해 나   (일어나는)

이 영   (손 내밀며) 차 키 줘야지.

해 나   (차 키 꺼내준다.)

이 영   (받는) 클리어! 자 가서 즐겁게 연애해. 우리 딸 연애 환영해. 현실 입성 환영해!

해 나   (자신이 없다. 엄마 이러지 마.) ......

씬12. 해효 집 앞/ 택시 안

해나, 문자 하면서 모범택시 기다리고 있다. (flash back 9부 씬27 지아, 생각하구 실전은 달라.) 모범택시 와서 선다. 해나, 택시 탄다. (flash back 9부 씬27 우리처럼 있는 집 애들의 삶은 다르지! 극단 적인 상황이 오면 너희 어머니가 니 삶을 어떻게 장악하구 있었는 지 알게 될 거야.)

씬13. 신문사 라운지 (낮) (11부 씬61)

지아, 수만과 앉아 있다. 사진기자, 영상 찍으려고 준비 중이다.

지 아   영상까지 찍는 건 몰랐어요.

수 만   도와주려면 확실하게 도와줘요.

지 아   (미소) 네 확실한 게 좋아요. 포털에서 김 기자님 프로필 찾아보고 왔어요.

수 만   변시 붙음 가기루 한 로펌 정해졌죠?

지 아   (뭔가 아는) 어떻게 아셨어요?

수 만   사촌 중에 한 명이 대형 로펌 다녀요. 자랄 때부터 맨날 비교 당했어요. 혜준 씨하곤 오래 사겼어?

지 아   (속소리 E) 왜 반말이야?

지 아   20대 초중반을 공유했어요. 그 당시 혜준이에 대해 모르는 거 없어요.

사진기자   다 됐어요!

수 만   사랑은 끝났지만 의리 있는 예비 변호사님! (지아에게) 진짜 끝나긴 한 거야?

지 아   (속소리 E) 또 반말! 재수 없어.

지 아   (카메라 가리키며) 저기 보면 되나요?

씬14. 여의도공원 (낮)/ 짬뽕 엔터 사무실

해나, 뛰어간다. 진우, 벤치에 앉아 있다가 해나 보고 손 흔든다. 해나, 진우에게 와서 안기는.

진 우   어머니한테 안 들켰어?

해 나   엄마가 오빠랑 사귀는 건 해도 된대.

진 우   역시 어머니 진짜 좋은 사람이다! 괜히 걱정했잖아.

해 나	(앉는) 우리가 더 관습에 갇혀 있었어. 우리 엄만 훨씬 독창적이야. 처음으로 엄말 이길 수 없겠단 생각을 했어.
진 우	(같이 앉는) 엄말 왜 이겨? 이길 생각 처음부터 없었어. 있었다면 너랑 만나는 거 숨기지 않았어.
해 나	(보는) 오빤 나보다 더 비겁하구나.
진 우	어 비겁해. 결혼은 현실이야. 연앤 판타지구. 판타지에서 현실루 넘어가는 거 안 하구 싶어.
해 나	그렇구나. 좀 믿음직스럽다. 대책 없이 감정적인 사람이 아니라는 거.
진 우	(툭 던지는) 널 사랑하니까.
해 나	(철렁)
진 우	심쿵했냐?
해 나	(맞다. 버럭) 아니!

핸드폰 E 발신자 '혜준'

진 우	앤 지 코가 석잘 텐데 웬일이야? (받는) 오우 사혜준!
혜 준	잘 지내냐?
진 우	잘 못 지내는 거 어떻게 알았냐?
혜 준	만나자 이따 우리 맨날 만나던 데서. 내가 니들한테 너무 소홀했다.
진 우	피차일반이다. 생존신고하자 오늘. 넌 어떻게 되가구 있냐?

씬15. 짬뽕 엔터 사무실 앞 복도

지아, 걸어오고 있다. 짬뽕 사무실을 향해. 짬뽕이 어딘지 살피다 방향 제대로 찾고 걸어와 노크한다. 민재, 문 연다.

민 재	들어와!
지 아	(들어가는)

씬16. 짬뽕 엔터 사무실 안

혜준, 들어오는 지아 보고. 지아, 혜준 본다.

민 재	나 잠깐 나가있을 테니까. (혜준에게) 니들 얘기 끝나면 불러.
혜 준	알았어. (민재, 나가는)
지 아	(사무실 둘러보고)
혜 준	앉아.
지 아	생각보다 작다 사무실이. 옮겨야 되지 않아?
혜 준	지금 규모가 지금 우리한텐 딱 맞아. 차 마실래?
지 아	아니.

점프 약간의 시간 경과

혜준, 지아 차 앞에 놓고 마시고 있다.

혜 준	난 니가 내 인생에 다시 등장하는 거 안 바래.
지 아	난 항상 니가 바라는 걸 반대루 하잖아. 그러면서 니 사랑을 시험했어.
혜 준	(O.L) 그게 시험이라는 걸 알기까지 좀 걸렸어. 매번 시험 치루면서 만나는 건 못 한다는 결론 내렸어.
지 아	편하게 지내자 이제. 남자 여자루 지낼 수 없다는 건 확실하게 인지했어. 친구로도 지낼 수 없다는 것두 받아들였어.
혜 준	고맙다.
지 아	니가 잘돼서 너무 기뻤어. (가볍게) 근데 널 망가뜨릴 수 있는 건 나뿐이잖아. 다른 사람이 너한테 위해를 가하는 건 용납 못 해.
혜 준	그래서?
지 아	사혜준은 여잘 사랑하는 순수한 남자란 걸 증명해 줬지. 그걸 할 수 있어서 좋았어. 이제 너한테 빚 없어.
혜 준	니가 나한테 빚 지구 있단 생각할 줄 몰랐어.

지 아	....나두 마음이란 게 있어.
혜 준	....
지 아	넌 너무 날 나쁘게 생각하더라. 그렇게 생각하라구 한 행동 많은데. 후회돼. 그땐 그게 너한테 할 수 있는 배려라구 생각했어.
혜 준	......

씬17. 혜준 집 거실/ 현관

애숙, 노트북 보고 있다. 혜준 기사에 달린 악플 보고 있다. '사혜준, Ovn 연기대상 남자 최우수상 수상 공정성 논란'.[1] 악플들 [아이디 soda***] 아니 솔직히 사혜준 신인 아님? 커리어도 연기도 부족한데 대체 왜 최우수상을 받아. 진짜 이해불가. [아이디 uei88**] 애초에 최우수상 후보에 오른 거 자체가 말이 안 됨. 박도하만 불쌍. 꼴보기 싫다 사혜준. [아이디 vsxlv**] 솔직히 왕의 귀환 핵노잼이지 않았나? 시간대 버프 받아서 시청률 좀 나왔다고 최우수상이라니. 그걸 또 받는 사혜준 노양심. 어차피 거품 빠지면 뭣도 아님. [아이디 gop****] 쪽쪽 빨아먹을 거 다 빨아먹고 스타 됐다고 찰리정 버린 거임? 진짜 드럽다.

애 숙	(숨 내리쉬면서 진정하면서 화를 누르고 있는)
경 미	(손에 반찬 넣은 보냉백 두 개 들고 들어오면서) 언니이!
애 숙	(노트북 덮어버린다.)
경 미	(와서) 왜?
애 숙	하우 정말 볼 때마다 열불 나! 아니 방송국 사람들이 바보두 아니구 상을 줄 만하니까 주지 그냥 주니?
경 미	당연하지! 혜준이밖에 탈 사람 없었어. 아직 상 갖구 그래?

1 기사는 뒤의 참조 기사 1 참고.

애 숙	악플 단 기사 찾아보구 있었어.
경 미	뭔데? 우리 회원들한테 알려줘야 돼. (하면서 노트북 연다.) 우리 다혜준! 다다랑 아낌없이 주는 나무! 사혜준 갤러리! 팬클럽 연합 돈 모아서 고소할 거야.
애 숙	근데 꼭 고소해야 돼?
경 미	해야 돼. 요즘은 사람들이 고소하는 걸 더 응원해. 선처 안 해주는 게 트렌드야.
애 숙	근데 왜 이 대표는 고소 안 해?
경 미	그러니까! 답답해서 우리가 하는 거야. 혜준이 계약 언제까지야?
애 숙	몰라 난.
경 미	알아봐. 크구 좋은 소속사 들어가야 돼. 여긴 너무 케어 못 해. 이름 두 짬뽕이 뭐야? 중국집이야?
애 숙	(경미 보냉백 보면서) 근데 저건 뭐야?
경 미	아 참! 해효네 반찬 갖다주는 날이거든. 언니네 것두 했어. (하면서 보냉백 하나 내민다.)
애 숙	잘됐다. 혜준이 방 공사 끝내면 뭐 해줘야 되나 했거든.
경 미	오빠두 지금 공사해?
애 숙	하겠지.
경 미	언니... (영남 얘기 해주려다가) 아니다.
애 숙	뭐?
경 미	나중에 얘기할게. 해효네 가야 돼. 암튼 이 집은 오면 일어나기가 싫다니까. (일어나는)

씬18. 안정하 스튜디오

정하, 맨얼굴의 중년 여성 얼굴에 스킨을 가득 묻힌 화장솜으로 수분을 주고 있다. 20주년 결혼기념일 약속을 앞둔. 중년 여성 메이크업.

정 하	(화장솜으로 얼굴 정리하며) 조금만 건드려두 붉은기가 올라오려
	구 하네요. 피부 상태가 예민성, 복합성이 같이 있어요.
고 객	잠까지 못 자서 더 해요.
정 하	결혼기념일이잖아요. 사진두 찍구. 긴장하실 만해요. 우선 피부 진
	정시켜주는 크림 발라드릴게요. (비치되어 있는 크림을 선택해 조
	심스럽게 발라준다.)
고 객	1인샵 생기니까 너무 좋아요. 공주 된 기분이야.
정 하	자주 애용해 주세요.
고 객	너무 잘 되지 않았음 좋겠어. 나만 알게.
정 하	감사합니다. 칭찬으루 받겠습니다!

화장대 위 정하 핸드폰 진동 E 발신자 '해효'

씬19. 태수 사무실 안

도하, 해효 인스타그램 보고 있다. 테이블에 발 올려놓고. 팔로우 수
1.1백만. 태수, 들어온다.

태 수	아주 편해 보인다! 여기가 니 사무실이냐?
도 하	내 사무실은 아니지만 이 사무실 유지빈 내가 벌어서 내주잖아.
태 수	(속소리 E) 아 저 새끼 진짜 또 생색이네.
도 하	(발 내리고) 암만 봐두 이상해.
태 수	뭐가?
도 하	해효 SNS 팔로우 수! 너무 많아.
태 수	그걸 니가 왜 신경 써?
도 하	내가 원래 뭔가에 꽂히면 그것만 계속 파. 형 말대루 업체 이용했음
	이렇게 많은 팔로우 수가 납득이 돼.
태 수	설사 해효가 업체 이용했다치구.. 그게 너랑 무슨 상관이야?
도 하	상관있어. 해횬 너무 완벽해. 개한테서 나오는 본투비 여유가 거슬려.

요즘 내가 자존감 엄청 떨어졌잖아. 이익 볼려구 이딴 짓하는 애란
거 알면 내가 마음이 좀 안정될 거 같아. 금수저두 별거 없구나.

태 수   그런 면에서 인기라는 게 참 공평해. 어떤 짓을 해두 못 얻거든.

도 하   알아봐 줘. 내 촉으론 애 했어!

씬20. 해효 집 주방

이영, 커피 뽑고 있다. 현관에서 기척 들리고. 이영, 커피 다 만들고.
이영, 나가려고 하면. 경미, 반찬 든 보냉백 들고 들어선다.

경 미   (해맑은) 안 나가구 계셨네요!

이 영   (속소리 E) 하아 원해나!

경 미   (식탁 위에 보냉백 놓고) 반찬은 꺼내 냉장고에 넣을게요. 다음 번
엔 어떤 반찬 해야 되는지 알려주세요.

이 영   (속소리 E) 그만두라구 말해야 돼.

씬21. 해효 집 주방 (인서트) (회상)

태경, 밥 먹고 있다. 앞접시 앞에 있고. 갈비찜, 생선찜, 된장국, 샐러
드, 김치, 나물.

태 경   (잘 먹는) 진우 어머니 음식 솜씨 좋아. 반찬 간이 딱 맞아. 거기다
뒷맛이 깔끔해.

이 영   그래서 내가 많은 걸 참구 있어. 당신 맛있는 거 먹게 하려구.

태 경   눈물 나게 고맙다. 계속 참아!

씬22. 해효 집 거실 (현실) (낮)

이영, 커피 마시고 있다. 백화점 브로셔 보면서. 경미, 주방에서 나온다.

경 미	왜 안 주세요?
이 영	(속소리 E) 말해야 돼 그만두라구.
이 영	(심드렁하게) 요즘 제철 음식 뭐 있죠? 입맛이 없어.
경 미	매콤한 거 어때요? 더덕 고추장 무침.
이 영	고추장 무치지 말구 (메뉴 얘기하다 몰입돼서) 찹쌀가루 묻혀서 부쳐줘요. 그건 해오지 말구 집에 와서 해요. 갓 해먹어야 맛있잖아.
경 미	코다리찜두 할까요?
이 영	코다리찜 좋지!
이 영	(속소리 E) 뭐야? 김이영 너 먹는 거에 넘어가는 거야?
경 미	저 아구찜 잘하는데.
이 영	(O.L) 아구찜 먹구 싶다.
경 미	해다 줄게요. 속상할 땐 맛있는 거 먹으면서 푸는 게 젤이에요.
이 영	내가 왜 속상해요?
경 미	안 속상해요?
이 영	안 속상해요. 진우 엄만 남의 맘을 참 잘 넘겨짚는다!
경 미	무플보단 악플이 낫다구. 해흔 무플이라 맘 상해있는 줄 알았죠!
이 영	무플이 낫거든요 악플보다! 그리구 우리 해효랑 혜준이랑 자꾸 비교하지 말아요. 우리 해흔 연예인 안 됨 딴 거 하면 돼. 옵션이 여러 가지라구.
경 미	옵션이 뭐예요?
이 영	선택이 여러 가지라구.
경 미	아 그럼 처음부터 선택이라구 하시지. 못 알아듣잖아요. 딴 데 가서 써먹어야지. 그럼 안녕히 계세요! (나가는)
이 영	(속소리 E) 말해야 돼.
이 영	오지 마세요!

경미, 나갔다. 아무도 없다.

이 영   난 말했어. 진우 엄마가 못 듣구 계속 오는 거야.

씬23. 시니어 모델 학원 사무실 계단

민기, 내려가면서. 그 뒤에 영남. 두리번대면서.

영 남   아부지 혼자 들어갔다 오믄 되지. 왜 같이 들어가자 그래?
민 기   내가 신경 쓰여서 그래. 밖에서 혼자 기다리면 심심하잖아. (아들한
테 자랑하고 싶은 마음도 있다. 일하는 거.)
영 남   (강사실 가리키며) 여기야?
민 기   어. (하면서 노크한다.)

씬24. 시니어 모델 학원 사무실 안

강사, 맞이한다. 민기와 영남, 들어간다.

민 기   안녕하세요?
강 사   어서 오세요. (영남 보고) 일 봐주시는 분 구하셨어요?
영 남   (뭐야) ......
민 기   아냐 내 아들이야.
강 사   아드님이시구나. 하나두 안 닮아갖구. (자리 권하며) 앉으세요.

민기, 영남과 앉는다.

강 사   사실 아직 일 봐주시는 분 구하긴 이르죠. 앞으루 우리가 더 일을
열심히 해서 선생님께 일을 물어다 드리면 몰라두.

민 기	무슨 일이에요?
강 사	텔레비전 광고가 들어왔어요. 건강식품!
민 기	(좋은) 아 진짜요? 광고료두 비싸겠네.
영 남	(헐)
강 사	그럼요. 텔레비전인데. 지면 광고하곤 다르죠. 뭐 마실 거라두 드릴까요?
민 기	좋죠. 뭐 있어요?
강 사	(일어나서 음료수 박스 찾는데. 영남에게) 저기... 아드님! 이 건물 1층 가서 음료수 좀 사다주실 수 있어요?
영 남	(뭐야 이건. 떨떠름. 알았다고 하려던 찰나에. 그 위로 소리)
민 기	(E) 왜 우리 아들한테
민 기	심부름을 시켜? 안 마시구 말래.
영 남	(일어나며) 뭐 어렵다구 그게. 뭐 사다드릴까요?
민 기	하지 마. 힘들게.
강 사	어머! 아드님을 엄청 사랑하시나 봐요. 직원 시킬게요.
영 남	아 왜 유난스럽게 그래? 내가 사오믄 되지.
민 기	(O.L) 아니 왜 위해줘두 난리야?
영 남	무슨 난리야 내가? 아버지가 유난을 떠니까 그렇지.
민 기	너는 그걸 고쳐야 돼. 강사님 있는 데서 아부지한테 꼭 이래야 되냐? 강사님이 날 어떻게 보겠어? 우리 집안을 어떻게 보겠어? 막돼먹었다구 안 그러겠냐?
강 사	(O.L) 안 그럽니다. 제가 갔다 올게요. (나가는)
민 기	괜히 같이 오자 그래갖구 이게 무슨 망신이야?
영 남	그럼 나 지금 가?
민 기	아니. 같이 가.

씬25. 안정하 스튜디오 (밤)

정하, 진열대 정리하고 있다. 화장도구, 드라이어도. 해효, 들어온다.

정 하	너 요즘 스케줄 널널한가부다.
해 효	(앉는. 툭 던지는) 얘기했더니 너 만나보겠대. 전에 말한 여자 배우.
정 하	(앤 항상 날 위해 뭔가 하고 있네. 좀 전에 스케줄 널널 미안한) 고마워. 누군데?
해 효	(핸드폰에서 사진 보여준다.) 전번 줄게.
정 하	대박!
해 효	(정하가 부담스러워 할까 봐 가볍게) 오빠 널 위해 항상 뭔가 하구 있잖아. 넌 뭐야? 지금두 널 위해 시간 내서 왔더니. (정하 흉내내며) 스케줄 널널한가부다!
정 하	좀 전에 미안한 맘 싹 가시면서 또 놀려주구 싶어. 오빤 무슨 오빠! 너 생일 언젠데?
해 효	9월 27일.. 넌 언젠데?
정 하	(내가 더 늦다.) 11월 4일.. 오빠!
해 효	야 하지 마!
정 하	피이!
해 효	밥 먹자.
정 하	집에 가야 돼.
해 효	넌 왜 맨날 나만 보면 집에 간대?
정 하	너야말루 왜 오늘이야? 이따 방송할 거야. 준비해야 된단 말야.
해 효	유튜버 변신이야 오늘? 채널 구독자두 많이 없잖아.
정 하	본격적으루 안 해서 그래. 본격적으루 할 생각 없어. 그냥 일기처럼 소소하게 사람들과 소통하는 공간으루 쓸 거야.
해 효	오늘은 뭘 소통하려구?
정 하	궁금하면 이따 방송 봐. 혜준이 만났어?
해 효	만났어. 맘에 안 들어. 여자친구 만난 후루 여자친구한테 정신 팔려 친구는 안중에두 없어.
정 하	(O.L) 잘하네 우리 혜준이!
해 효	혜준이 언제 만났어?
정 하	계속 문자만. 걔가 너무 바쁘구 피곤한데 만나자구 하기두 그렇구. 요즘 시끄럽잖아. 거기다 묻기두 그렇구.

해 효	니네 굳건하다며? 왜 못 물어?
정 하	기다리는 거야 말해줄 때까지. 원래 기다리는 거 못 하는데.. 변했어.
해 효	사랑하나부다! 사랑이 그런 거잖아. 못 하는 걸 좋아하게 만드는 거.
정 하	넌 그렇게 잘 알면서 왜 연애 안 해?
해 효	(보는) .....참 해맑다. 가자! 데려다줄게. 혜준이가 할 일인데 내가 한다.
정 하	혜준이한텐 이런 일 안 시키지. 피곤한데 들어가서 쉬라구 하지.

씬26. 맥주집 (밤)

혜준, 진우와 있다. 맥주 마시는. 편하게. 한편에서 혜준 보고 있는 여자 2명 있다.

혜 준	(마시는) 아.. 시원하다. 정말 오랜만에 술 마신다.
진 우	니가 그동안 너무 달렸어. 일 못 해서 한이 맺혔냐? 쉬질 않냐?
혜 준	일하는 게 쉬는 거야. 이십대.. 일 많이 하구 싶어.
진 우	허긴... 군대 갔다오구 삼십 넘으면 지금 분위기 안 나온다.
혜 준	하아 군대!! 숙제 언제 하나?
진 우	이젠 미룰 수 있을 때까지 미루다 가야지. 물 들어올 때 노 저어야지. 차기작 최초의 인간! 제목 거창하다. 해효랑 자주 만나겠다 같이 촬영하니까.
혜 준	같이 일하게 돼서 너무 좋았는데. 걔 아까 나한테 성질냈어.
진 우	너두 냈겠지!
혜 준	(미소) 그치 나두 냈지! 어렸을 때 친구라 그런 게 좋아.
진 우	왜 성질냈냐?
혜 준	지아 인터뷰 때메!
진 우	근데 그 인터뷰 정하가 보면 어떡하니?

씬27. 해효 집 해효 방

해효, 들어온다. 컴퓨터 켠다. 정하, 유튜브 채널로 들어간다. 썸네일 '고백'. 해나, 따라 들어온다. 손엔 핸드폰 들고.

해 효 너 왜 따라 들어와? 나 너랑 별루 얘기하구 싶지 않아.

해 나 난 오빠랑 계속 대화를 시도할 거야. 이거 봤어? (핸드폰 보여주면서) 지아 언니 인터뷰 떴어. 단독 걸어서. (배우 사혜준 전 여자친구 정지아 씨 인터뷰)[2]

해 효 (보는) 혜준이가 핫하긴 핫하네. 이 밤에 단독이 나오구.

해 나 뭐할려구 했어?

해 효 정하 유튜브 방송 볼 거야.

해 나 (보고) 썸네일이 고백이네. 뭘 고백해?

해 효 몰라. (뭔가 느낌이 쎄한) 실시간 라이븐데!

해효, 컴퓨터 안. 정하, 등장한다. 실시간 라이브다. 채팅 창에.
언니 무슨 고백? 혹시 남자친구 얘기예요? 궁금하다. 2, 3명이다.
기다리고 있다.

해 나 남자친구 얘기? 설마 혜준 오빠 얘기하려는 건 아니겠지?

해 효 걔가 왜 그런 얘길 해?

해 나 방송 빨리 중단시켜!

씬28. 정하 집 거실 (밤) (11부 씬64)

정하, 유튜브 켠다. 썸네일 '고백' 실시간 라이브다. 채팅 창에.

---

2 뒤의 참조 기사 2 참고.

언니 무슨 고백? 혹시 남자친구 얘기예요? 궁금하다. 2, 3명이다. 기다리고 있다.

정 하　　고백이라구 썸네일 거니까 되게 거창한 거 같네요. 별거 아니에요. 남자친구 얘기냐구요? 맞아요. (채팅창에 사람들 더 들어온다. 8, 9명 정도.) (핸드폰 E 진동 보고) 잠깐 끊었다 다시 켤게요.

씬29. 정하 집 안방/ 맥주집 일각

정하, 핸드폰 들고 들어온다. 진동 울리는.

정 하　　(전화 받는) 어 혜준아!
혜 준　　미안해 정하야.
정 하　　갑자기 무슨 소리야?
혜 준　　길게 설명하려면 만나야 돼. 기사가 하나 떴어. 기사 뜨기 전에 미리 너한테 얘기했어야 했었는데. 나두 인터뷰하구 알았어.
정 하　　어떤 기사가 떴구 누가 인터뷰 했는데?

씬30. 정하 집 거실 (밤)

정하, 유튜브 다시 켠다. 썸네일 '고백' 실시간 라이브다. 채팅 창에. 사람들 없다. 다시 켜니까 1명 들어온다.

정 하　　다 나가셨네요.

댓글. 저 있어요. 지금 사혜준 전 여친 인터뷰 떠서 다들 거기 갔어요.

정 하	아하...
	댓글. 언니... 전 의리 지켰어요. 언니 처음 라방하잖아요.
정 하	맞아요. 저 오늘 처음 라이브 방송해요. 원래 녹화해서 올리는 걸 좋아해요. 겁나거든요. 말실수할까 봐.
	댓글. 남자친구 어떤 사람이에요? 우리한테 고백하려는 거 아니었어요?. 채팅방에 한 명 더 는다. 아이디 tooh93 해효다.
정 하	맞아요. 제 남자친구는 여러분이라구 고백하구 싶었어요. 그래서 감사의 뜻으루 안정하 스튜디오 이용권을 드리구 싶어요.

씬31. 맥주집

혜준, 진우가 앉아 있는 자리로 가고. 진우, 마지막 잔 비우고 있고.

혜 준	가자! 넌 해효한테 전화해.
진 우	(일어나는) 지금!
혜 준	오늘 풀자. 길게 가지 말구. 너나 나나.

혜준과 진우, 일어나서 나가는데. 한편에서 보던 여자 2명 뛰어온다. 핸드폰 들고.

여자1	(급하게 뛰어오다 넘어지려고 하는)
혜 준	조심하세요!
여자1	사진 한 장 찍어주심 안 돼요?
혜 준	SNS에 안 올린다구 하시면요.
여자2	안 올릴게요.

혜 준	약속했어요.
여자1	네!

혜준, 여자 1, 2와 사진 찍는다.

씬32. 인서트

여자1 혜준과 찍은 사진 인스타그램에 올린다. 사정사정해서 찍은 사진. 얼굴 작고 피부 좋아. 술 엄청 좋아하나 봐. 남자 친구랑 같이 마시더라. 좋아요 378

씬33. 신문사 라운지 (인서트) (낮)

지아, 인터뷰하고 있다.

지 아	사혜준 씬 제가 인터뷰하는 거 몰라요. 알았으면 엄청 말렸을 거예요. 다른 사람이 자신 때문에 피해 받는 거 되게 싫어하거든요. 좋은 사람이었구 좋은 남자였어요.

카메라 빠지면,

씬34. 정하 집 거실 (밤)

정하, 지아 인터뷰 화면 보고 있다. 화면 안에서

지 아	누군가에게 비난받을 행동을 할 사람이 아니라는 거 알려드리구 싶었어요.

정하, 표정이 좋지만은 않다.

애 숙   (E) 지아 너무 고맙다.

씬35. 혜준 집 거실

애숙, 경준, 영남, 있다. 노트북 앞에 놓고. 노트북 모니터엔 지아의
인터뷰 영상.

경 준   전 여친에 현 여친에 좋겠다! 전 여친이 나서서 편들어줄 정도면
좋게 헤어졌나부다.

영 남   넌 아직 없지?

경 준   없어.

애 숙   자랑이다. 직장두 생겼는데 왜 여자친구 하나 못 만드니?

영 남   학교 다닐 때두 없었잖아.

경 준   아빠 요즘 나 섭섭하다. 예전 같지 않아. 나에 대한 느낌이. 혜준이
한테 돈 받았지?

영 남   (받았다. 애숙과 서로 눈 맞추고)

경 준   왜 말을 못 해?

씬36. 혜준 집 주방 (회상) (낮)

애숙, 식탁에 상 차리고 있다. 문자음 E. 애숙 보는, 표정이 달라진
다. 눈이 휘둥그레. 입금됐다. 다시 문자음 E. 문자메시지 보고.
'기억나? 내가 중학교 때 커서 돈 많이 벌면 엄마 호강시켜준다고
했지! 약속 잊지 않았어' 혜준.

혜 준   (E) 기억나? 내가 중학교 때 커서 돈 많이 벌면 엄마 호강시켜준다

고 한 거! 약속 잊지 않았어.

애숙, 눈물이 맺히는. (flash back 3부 씬22, 혜준 내가 커서 돈 많이 벌면 엄마 호강시켜줄게.) 애숙, 그때 생각나서 눈물이. (flash back3부 씬22 애숙, 엄마두 니가 하구 싶은 거 할 수 있게 다 밀어줄게.) 애숙, 자신은 약속 못 지켰는데. 너무 미안한. 눈물이 쏟아지는.

영 남	(들어오는) 밥 차리다 말구 뭐해? 울어?
애 숙	(추스르며. 핸드폰 보여준다. 입금된 거.)
영 남	(보는 표정 위로 E)
애 숙	(E) 우리 빚 갚겠다.
영 남	갚구두 남겠다!
애 숙	혜준이 방 리모델링 해야 되잖아.
영 남	나는 평생을 일해두 만져보지두 못 하는 돈을 얘는 1년 만에 버는구나.
애 숙	1년 만에 번 돈 아니잖아. 지금껏 한 고생을 생각해 봐. 난 너무 가슴이 아퍼. 약속 잊지 않았대. (다시 감정 오르는) 얘가 커서 호강시켜준다 그럴 때 내가 그랬거든. 엄마가 니가 하구 싶은 거 다 할 수 있게 밀어준다구. 근데 난 약속 못 지켰잖아. 하아 이 돈 받기 싫어.
영 남	(애숙의 감정이 훅 들어오는)

씬37. 혜준 집 혜준 방 (현재) (밤)

민기, 자려고 이불 펴고 있고. 영남, 들어온다. 애숙과 함께.

애 숙	아버님 지금 주무시려구요?
민 기	어.
영 남	혜준이 매니저 전화번호 알지?

민 기 명함 있을 거야. 왜?

영 남 경준이가 좀 전에 뭐라는지 알아?

씬38. 혜준 집 거실 (인서트)

애숙, 영남, 경준, 있다. 노트북 앞에 있고.

경 준 진짜 혜준이 찰리정이랑 아무 일두 없었을까? 아니 땐 굴뚝에 연기 날 일 없잖아. 우리가 무조건 편만 들게 아니라 합리적 의심이란 걸 해봐야 돼.

영 남 어떻게 형이란 놈이 그딴 생각을 해?

경 준 내가 이 정도면 남은 어떻겠어? 소속사두 대응이 미적지근하잖아.

씬39. 혜준 집 혜준 방 (현재)

민기, 영남, 애숙, 있다. 영남, 민재의 명함 보고 있다.

영 남 소속사에 압력을 넣어야겠어.

민 기 하지 마.

애 숙 뭘 하지 말아요 아버님?

민 기 소속사에 압력 하지 마. 지금까지 안 하던 짓은 하지 마. 애 신경 건드려. (영남에게) 넌 더더군다나 하면 안 되지.

씬40. 짬뽕 엔터 사무실 (밤)/ 혜준 집 안방

민재, 사무실 정리하고 있다. 집에 가려고 나서는데. 핸드폰 E.
민재, 발신자 보는. 모르는 번호다.

민 재	(받는) 여보세요?
영 남	안녕하세요? 저 혜준이 아빠예요.
민 재	아 네 아버님!
영 남	제가 궁금한 게 있어서 연락드렸는데요.
민 재	네 말씀하세요.
영 남	혜준이하구 매니저 계약 언제까지 되어 있어요? 혜준이 아직 안 들어와서 직접 여쭤봅니다.
민 재	아.. 계약 생각을 못했네요. 이미 계약은 끝났어요. 1년 했거든요. 이제 계약서 다시 작성해야 돼요. 근데 혜준이하구 저하곤 계약서 작성했어두 서루 싫음 계약해지하는 걸루 계약해요. 혹시 혜준이가 저하구 계약에 대해 불만을 표시한 적 있나요?

씬41. 해효 집 골목/ 공터 (현재) (밤)

혜준과 진우, 올라오고 있다.

진 우	정하 뭐래?
혜 준	뭐래겠냐? 기분 나쁘겠지.
진 우	해효 만나는 게 아니라 정할 만나야 되는 거 아냐?
혜 준	그게 있잖아... 덜 사랑하는 순서대루 덜 쪽팔린 거 같아.
진 우	뭐가?
혜 준	사람들이 나에 대해 이러쿵저러쿵 말하는 거. 창피해. 발가벗겨진 느낌이야. 예전엔 밖에서 무슨 일을 당하던 식구들은 몰랐잖아. 내가 말하기 전엔. 지금은 내가 말하기두 전에 알아. 걱정해. 그게 왜 자존심이 상하는지 모르겠어.
진 우	그래서 해효한테 성질냈어?
혜 준	근데 해효한텐 별루 안 쪽팔려. 개두 악플 받잖아. 우리 둘인 서루 알아. 그래서 편해.
진 우	(앵기며) 나한텐 쪽팔리다구 말해줘. 그거 사랑하는 거잖아.

혜 준	미친놈! (밀치며) 저리 가.
진 우	그러지 마. 나 조금 있다 해효한테 맞아죽을지두 몰라.
혜 준	저기 해효 보인다.

그 시선으로 해효 서 있다.

혜 준	(진우를 민다.) 너 인제 죽었다!

씬42. 한남동 공터

진우, 가고 있다. 해효에게로. 해효, 진우 오는 거 본다.

진 우	(억지 미소) 잘 있었냐?
해 효	일찍두 연락한다. 내가 아는 거 몰랐냐 알았냐?
진 우	알았지.
해 효	어떻게 해나랑 사귈 생각을 하냐?
진 우	내가 생각을 했겠냐?
해 효	그치 넌 생각하는 놈은 아니지. 나한테 얘기할 생각은 안했냐?
진 우	맞아 죽을라구 얘기해?
해 효	(피식) 알긴 아네. 일단 한 대 맞자.
진 우	어느 쪽 (하면서 오른쪽 댔다 왼쪽 댔다) 이쪽 저쪽
해 효	으이유 이걸 진짜 (하면서 전면을 밀어버린다.)
진 우	(나가떨어지면서) 혜준아 혜준아 나 살려라! 얘가 나 죽인다!
해 효	(둘러보는) 혜준이가 어딨어?
진 우	(일어나서) 없어? 여기 있을 거야. 걔두 너 만나서 풀 거 있다 했다구.
해 효	진짜? 반성한 거야? 나한테 지랄한 거?

씬43. 정하 집 주방/ 현관/ 거실

정하, 냉장고에서 캔맥주 꺼낸다. 캔맥주 따고 마시려고 하는데. 현관 벨 E. 정하, 이 밤중에 누구지. 올 사람 없는데. 스크린 본다. 혜준이다. 정하, 나가서 문 열면 혜준 서 있다. 서로 잠시 쳐다보고 있고. 정하, 들어오라는 듯 문 활짝 열어주면. 혜준, 들어온다.

정 하	(들어오며) 술 냄새 난다.
혜 준	(따라 들어오며) 마셨으니까.
정 하	나 지금 캔맥주 땄는데.. 너두 하나 줄까? (하면서 주방으로 가고)
혜 준	어. (하면서 주방으로 온다.) 내가 할게. (하면서 냉장고로 와서 냉장고문 열고 맥주 꺼내고.)
정 하	(앉는. 자신의 맥주 마시고) 어떻게 왔어?
혜 준	택시 타구 왔지. 진우랑 마셨어. (앉으며) 애들이 나한테 원성이 자자하더라구. 여자친구한테 정신 팔려서 자기들은 뒷전이라구.
정 하	(미소) 아까 해효두 그런 말 하더라.
혜 준	해효 만났어?
정 하	어 샵에 왔었어. 걘 진짜 고마워. 탑스타 여자 배우님을 만나게 해준대. 열심히 준비해서 그분의 메이크업 아티스트가 되구 싶어.
혜 준	이러다 해효한테 밀리겠다.
정 하	그럴 일은 없지. 넌 언제나 일순위니까.
혜 준	....사랑해.
정 하	사랑해 받구 사랑해!
혜 준	(미소)
정 하	(미소) 나 다음 주에 출장 가. 김송연 씨 영화 출연하는데 메이크업 해달래. 나두 자력루 여자 배우 메이크업 맡았어.
혜 준	축하해. 지아 인터뷰 봤어?
정 하	봤어. 기분 나쁘더라. 물어보기 전에 대답하는 거야.
혜 준	고맙다. 시간 줄여줘서.
정 하	이쁘더라.

혜 준	너보다 이쁘진 않지.
정 하	(O.L) 이쁘긴 이쁘단 말이네.
혜 준	(O.L) 잘못했어.
정 하	빠른 인정 맘에 들어. 왜 나한테 이런 일들이 생겼을 때 의논 안 해? 왜 혼자 여러 가지 생각하게 만들어?
혜 준	너는 화를 참 차분하게 내더라. 장점이야. 더 무서워.
정 하	(미소)
혜 준	너한테 좋은 것만 보여주구 좋은 것만 알게 하구 좋은 것만
정 하	(O.L) 내가 니 자식이니? 부모님들이 자식한테 하는 멘트다 그건.
혜 준	기사 악플 그런 거 난 괜찮아 사실 아니니까. 근데 가족들하구 너는 몰랐음 좋겠어. 내가 사랑하는 사람들이 내 악플을 안다는 거 자체가 자존감 떨어져.
정 하	니가 사랑하는 사람들은 너의 아픔을 함께 공유하구 싶어해. 오히려 숨기면 섭섭하다구.
혜 준	(손 내민다.)
정 하	(내민 손잡는)
혜 준	니가 생각하는 거 보다 난 널 더 사랑하구 있어.

혜준 정하, 깍지 낀 손. (F.O)

씬44. 혜준 집 동네 어귀/ 혜준 밴 안 (이른 아침) (F.I)

혜준의 밴, 오고 있다. 운전하는 치영. 조수석엔 민재. 민재, 스마트폰으로 기사 보고 있다. '사혜준 차기작, 드라마 〈최초의 인간〉 출연 확정. 아웃뉴스 김수만 기자'.[3] 기사 댓글 중 '차기작을 벌써? 돈독이 올랐나보네'. '진짜 성소수자 아닌 거 확실함? 죽은 사람은 말이

---

3 뒤의 참조 기사 3 참고.

없는 법'**4**

민 재	그냥 사람은 자기가 믿구 싶은 대루 믿네. 아무리 해명을 해두 어떻게 똑같아.
치 영	혜준이 형 아버님이 왜 보자구 하는 거예요?
민 재	모르지. 혜준인 일어났나?

씬45. 혜준 집 새로운 혜준 방**5**

혜준, 침대에서 꿀잠 자고 있다. 자신만의 방이다. 혜준의 취향이 드러나는. 깔끔하고 심플한. 알람음 E. 혜준, 알람을 끈다. 일어나려고 시동 건다. 일어나야 한다.

씬46. 혜준 집 거실

민재, 앉아 있다. 영남, 있고.

영 남	너무 일찍 오시라구 한 건 아닌지.
민 재	아니에요. 조금 일찍 나온 거 뿐이에요.
애 숙	(주방에서 주먹밥 만든 거 갖고 나온다.) 식사 아직 안 하셨죠? 이거 드세요.
민 재	감사합니다.
애 숙	입에 맞을지 모르겠어요.
민 재	다 잘먹습니다. (하면서 먹는)

---

4 댓글은 뒤의 악플 참고.
5 여기에서부터는 이전의 혜준 방은 민기 방으로 명칭 변경.

혜 준	(현관에서 들어오는) 누나 벌써 왔어?
민 재	어어.. 아버님이 하실 말씀 있다구 해서.
혜 준	(영남에게) 무슨 할 말? (와서 앉으며) 나한테 해.
영 남	(혜준한텐 약간 주눅) 너어. 악플 단 거 어떻게 처리할 건지 궁금해서.
민 재	아버님 그거 걱정 마세요.
영 남	고소 접수했어요?
민 재	할려구 하면 또 나오구 또 나오구 해서. 모아서 할려면 끝이 없겠다 싶어 일단 1차 고소부터 하기로 했어요.
애 숙	아 그랬구나. 사람들이 알지두 못하면서
민 재	(O.L) 뭐라구 해요?
애 숙	아이 그냥 뭐.. 말들이 있더라구요.
경 준	(회사 가려고 나오며) 아 이 대표님 와계셨네. 나 혜준이 가는 길에 내려다주구 가심 안 돼요?
혜 준	형! 내 매니저야. 형 매니저 아니야. 형은 빨리 가.
경 준	너 참 빡빡하다! (늦을까 봐 빨리 나가며) 다녀오겠습니다.
혜 준	아빠! 나 좀 봐. (일어나는)
영 남	(보는)

씬47. 혜준 집 경준 방

혜준, 들어오고. 영남, 뒤따라 들어온다.

혜 준	아빠 걱정해 주시는 건 알겠는데. 제 일은 제가 알아서 할게요.
영 남	물론 니가 알아서 잘 하겠지만 아빠는 걱정이 돼서.
혜 준	민재 누나 내 사람이야. 내가 힘들 때 날 믿어줬구 내 컨디션 다운 되지 않게 많은 걸 해줘.
영 남	누가 뭐래?
혜 준	뭐든 내 입을 통해서 전달하게 해줘. 민재 누나 맘 상하게 하구 싶

지 않아.

영 남	(속소리 E) 날 그렇게 위해봐라.
영 남	알았어.
혜 준	(나가는)
영 남	회사 대표님 같네. 아니 왜 쟤 앞에서 말을 못 해? 왜? 왜? 왜?

씬48. 해효 집 거실 (아침)

애숙, 청소기 돌리고 있다. 해효, 2층에서 내려온다. 편안한 복장.

해 효	어머니!
애 숙	너 오랜만이다. 일하러 와두 니가 바빠서 잘 못 봐. 혜준이랑 이번 드라마 같이 한다며?
해 효	네. 혜준이가 주연이구 전 조연이에요.
애 숙	주연 조연이 무슨 상관이야? 역할이 좋으면 돼. 우리 혜준이 보니까 뜨는 거 모르겠더라. 자구 일어났더니 유명해져 있었다. 너한테두 그런 일 생길 수 있어.
해 효	감사합니다! 엄만 어디 있어요?
애 숙	나가셨어. 약속 있나 봐. 근데 좋아하는 사람은 아닌 거 같아.

씬49. 이탈리안 레스토랑 안(낮)

태수, 기다리고 있다. 이영, 들어온다. 태수, 이영 보고 일어난다.

태 수	(매너 있게 이영 앉을 의자 빼주려고 하면)
이 영	(손으로 막으며) 스탑!
태 수	(뻘쭘. 자기 자리로 간다.)
이 영	(앉는) 난 같이 밥 먹기 싫은데 뭐 밥까지 먹으면서 얘길 하자 그

래요?

태 수	제가 도리는 지키는 놈입니다. 어머님 아니 사모님 덕분에 윤 회장님 알게 돼서 수익 올렸는데. 가만있음 인간이 아니죠.
이 영	인간은 이럴 때 찾지 말구 딴 데두 똑같이 적용하세요. 잡아라 해효 캐스팅 박도하가 했다면서요! 내가 아주 불쾌해! 왜 속여? 이제 다시 다른 사람은 소개해 주지 않을 거예요.
태 수	친해지는 게 목적이라 장난친 건데 그걸 왜 다큐루 받으세요? 속구 속이면서 사는 거죠 인생이. 다들 자기가 속일 땐 모른 척해서 그렇지. 해효 SNS 팔로우 엄청 높더라구요.
이 영	(속소리 E) 뭐야 이건 또!
이 영	해효 SNS 팔로우 높은 게 이 문맥에서 왜 나와요?
태 수	왜 나오는지 잘 아시잖아요. 저두 해봤거든요. 팔로우 수 돈 주구 사는 거. 되게 간단하죠! 클릭 몇 번 하면 되잖아요.
이 영	(속소리 E) 안 넘어가.
이 영	간단한지 복잡한지 내가 어떻게 알아요? 오늘 나오기 싫은데 나온 건 나야말루 인간의 도리로 왔어요. 더 이상 엮이지 맙시다.
태 수	이미 엮였는데... 잘할게요 누나!
이 영	(질색) 왜 이래 진짜?
태 수	너무 아름다우시잖아요. 누가 해효 어머니라구 생각하겠어요?
이 영	너 아주 사람을 물루 보는구나. 이런 식으루 슬쩍 넘기면서 엮으려구 하면 오산이야. 계산 다시 해 와.
태 수	알겠습니다. 계산 다시 해서 사모님 맘에 들도록 하겠습니다!
이 영	(기막힌)

씬50. 사설세트 복도 (낮)/ 사설세트 안

혜준, 멋진 모습으로 걸어오고 있다. 그 옆에 민재. 앞엔 방송 스탭이 혜준을 안내하고 있다.

민 재	인터뷰 끝나구 강남으루 바루 넘어가야 돼. 너 밥 뭐 사다 줘?
혜 준	간단하게 먹을래.
민 재	그럼 샌드위치랑 멜론 스무디 사온다.

스탭, 스튜디오 문 연다. 혜준, 들어간다.

리포터	(E) 오늘은 대세 중 대세! 탑스타 배우 사혜준 씨와 함께 이야기 나 뉘 보겠습니다!

씬51. 사설세트 안

혜준, 앉아 있다. 촬영 중이다. 리포터 앞에 있다.

혜 준	안녕하세요 배우 사혜준입니다!
리포터	작년 최우수상 수상 후에 처음 인터뷰시죠!
혜 준	네!
리포터	차기작 최초의 인간 홍보하러 나오신 거 아니에요?
혜 준	맞아요. 최초의 인간은 재벌 3세들의 경영권 다툼을 그린 기업 드라마면서 로맨스 드라마입니다.
리포터	(웃으며) 아니... 잠깐만요. 제가 아직 질문 안 했잖아요.
혜 준	(웃는)
리포터	아 대본대루 해요!
혜 준	죄송합니다.
리포터	사혜준 씨하면 멜로눈깔 아니겠어요! 너무 궁금해요. 상대역인 탑스타 진서우 씨와 로맨스가 어떻게 그려질지. 어떠세요?
혜 준	찍어봐야 알겠지만. 진서우 씨와는 모델 때부터 친구여서 저두 너무 궁금합니다. 어떻게 될지.

씬52. 안무 연습실 안 (낮) (촬영 중)

조용한 안무 연습실. 신발 신는 연습실. 서우, 무대 안무 짜기 전에
몸 푸는 춤추고 있다. 자신이 좋아하는 음악. 자신의 장점이 발휘될
수 있는 춤사위. 서우의 고혹적이면서 우아한 동작이 음악과 일체
가 되어 더욱 아름답게 느껴진다. 조용히 들어와 서 있는 혜준. 서
우를 보고 있다. 서우, 혜준을 본다. 춤을 멈춘다. 혜준을 본다. 혜준,
오는. 서우, 헤어지자고 자신이 말했다. 헤어졌다. 근데 혜준이 이렇
게 불쑥 찾아올 줄 몰랐다. 너무 보고 싶었다. 자신도 모르게 눈물
이 나오려하자 참는다. 눈물 글썽인다. 혜준에게 약해진 모습 보일
까 봐 뒤돈다.

서 우	오지 말아요.
혜 준	(멈춘다.)
서 우	(목소리 살짝 떨리고) 우리 헤어졌어요 잊었어요?
혜 준	(서우에게 간다.)
서 우	(눈물 또르르)
혜 준	(서우를 뒤돌게 한다. 자신을 보게)
서 우	(눈물 흘리고 있는)
혜 준	이럴 줄 알았어. 너두 나 없이 안 되잖아. (하면서 서우를 안는다.)
감 독	(E) 컷!
서우혜준	(감독의 컷 소리와 함께 둘이 서로 몸을 뗀다. 각자 리액션. 친한 친구라 애정 씬이 낯설어 장난)
감 독	(E) 잠깐 쉬었다 갑니다.

카메라 빠지면 촬영 스탭들 있다. 메이킹 찍는 촬영 팀도 와 있다.

서 우	(한쪽으로 가며) 으으.. 너랑 이런 연기하니까 진짜 어색하다. (혜준 흉내내며) 너두 나 없이 안 되잖아.
혜 준	그만해.

서 우	뭘 그만해?
혜 준	넌 어떻게 옛날이랑 똑같냐?
서 우	너두 똑같아.
혜 준	너 (얼굴) 약간 번들대는데.
서 우	춤췄잖아! 우리 메이크업 언니가 아이 낳으러 갔거든. 딴 언니가 와서 잠깐 봐주는데 날 디테일하게 안 보살펴 줘. (뒤에서 대기하고 있던 메이크업 스탭 온다.)
혜 준	내가 메이크업두 잘하면서 따뜻한 마음을 가진 아티스트 소개해 줄까?
서 우	여자친구 영업해 주는 거야? (메이크업 스탭, 핸드폰 주고)
혜 준	어떻게 알았어?
서 우	감으루. (웃는. 핸드폰 패턴 풀어 핸드폰 주며) 전화번호 가르쳐줘. 너 핸드폰 없어 안 되겠다.
혜 준	아냐. 외워. (받아서. 정하 핸드폰 번호 입력하는)
서 우	완전 사랑꾼이네!

메이킹 찍는 촬영팀, 혜준과 서우의 다정한 모습 찍고. 좀 멀리서 보면 혜준이 서우에게 전화번호 가르쳐주는 거 같다.

서 우	너 내일 촬영 있어?
혜 준	어 해효랑 붙는 씬!
서 우	해효랑 붙어? 아 그 씬! 니네 거기서 싸우는 씬 아냐?
혜 준	걔가 나한테 맞는 씬일 걸.
서 우	스케줄 없음 구경가구 싶다. (F.O)

씬53. 연천 주차장/ 해효 밴 안/ 혜준 밴 안 (낮) (F.I)

해효 밴, 주차장에 들어선다. 해효 밴 안엔 정하와 양군. 혜준 밴, 2대 주차되어 있다. 한 대는 혜준의 스탭들이 있다. 헤어, 메이크업,

스타일리스트 있다. 그밖에 촬영 스탭 차들. 혜준 밴 안엔 혜준, 치영, 민재 있다. 치영은 과자 먹고.

민 재   넌 피곤하지두 않니? 스케줄 이렇게 빡센데 어떻게 얼굴이 더 빛난다!

혜 준   홍삼 먹어서 그런가!

민 재   체질이다 체질 일체질!

치 영   (과자 먹으면서) 내일 동남아 팬미팅 하러 출국해야 되잖아요.

민 재   갑자기 그건 왜?

치 영   대표님이 형이 일체질이라구 하니까 내일 스케줄 읊어봤어요.

혜 준   이따 밤 촬영두 있어. 나두 스케줄 읊어봤어. 그래두 좋아.

치 영   리스펙!

민 재   넌 그만 좀 먹어. 살쪄! (하면서 과자 봉지 뺏어 자기가 먹는다.)

치 영   대표님!

씬54. 연천 주차장 해효 밴 안

양군 운전석. 해효, 정하와 있다. 정하, 해효에게 거울 보여주고 있다.

해 효   앞머리 다 깔까?

정 하   그래 까자! (하면서 스프레이로 머리 고정시켜준다.)

양 군   우리 이제 나가야 돼.

씬55. 연천 호로고루

혜준, 자기 스탭들에 둘러싸여 있고. 헤어 담당이 헤어 봐주고 있고. 메이크업 아티스트가 메이크업 봐주고. 스타일리스트, 치영, 민재 있다. 한편엔 해효 있다. 해효도 자기 스탭들과 있다. 정하와 양군,

둘이다. 촬영 스탭들 있고. 감독.

양 군	(혜준네 보면서 해효에게) 아아 격세지감이다!
해 효	형 유식해 보인다! 격세지감이 뭐지?
정 하	다른 시대를 사는 듯 크게 변화를 느끼는 감정! 의역하면 너무 크게 변해서 긴 세월이 흐른 것 같은 착각을 일으킬 때 많이 씁니다.
양 군	아 그거였어!
해 효	모르구 쓴 거야?
양 군	비슷하게 맞아. 혜준이 너무 떴다! 눈부셔서 제대로 볼 수가 없다.
혜 준	(사람들에 둘러싸여 범접하지 못할 빛남)
정 하	(보는. 그러네. 나 여기 있는데.)
FD	(민재에게 와서) 이제 10분 후에 촬영 시작이에요!
민 재	알았어요. (헤어·메이크업 스탭한테) 이제 숏 들어가야 돼.
헤어·메이크업	다 됐어요.
해 효	사혜준! (스탭들 비켜주고)
혜 준	원해효! (해효 옆에 정하에게 더 눈이 가지만)
해 효	넌 형이 오게 만드냐?
혜 준	내가 너보다 생일 빠르거든!
해 효	정하랑 같이 왔어. 나의 유일한 스탭이지.
정 하	안녕!
혜 준	안녕!
메이크업	언니 안녕하세요?
정 하	어..
메이크업	제가 언니 대신 잘하구 있습니다.
정 하	그래 내 대신 잘하구 있어.
민 재	(정하에게) 잠깐만 정하야.
정 하	(민재랑 가고)

씬56. 연천 호로고루 일각/ 신문사

민재, 정하와 있다.

민 재	놀랐지? 영진이가 메이크업 하구 있어서.
정 하	혜준이 오늘 촬영 있는데 연락 없어서 저두 그렇게 알구 있었어요.
민 재	예전처럼 니가 두 사람 왔다 갔다 하면서 하기엔 혜준일 보는 눈이 너무 많아.
정 하	그렇죠.
민 재	너한테 연락해서 시간 조율하려다 어차피 해효 촬영 있으니까 못 하잖아. 그래서 안 했어. 오늘 만나면 얘기하려구.
정 하	잘하셨어요.
민 재	행사두 많구 만나야 될 사람두 많구 더구나 지금은 드라마 촬영까지 겹쳐서 메이컵두 고정이 있어야 돼서 영진일 메인으루 올렸어. 니가 옵저버 형식으루 하면 좋을 거 같아.
정 하	알겠어요.
민 재	하아.. 혜준이 스케줄 정리하는 것만 해두 보통 일이 아냐.

핸드폰 E 발신자 '김수만 기자'

민 재	(발신자 보고) 기자다! (받는) 네 김 기자님!
수 만	이 대표님! 사혜준 씨 메이크업 스탭이랑 사귀죠?
민 재	(펄쩍) 그게 무슨 말이에요? 절대 아니에요. 전에두 병주구 약주더니. 찰리정 잘못된 기사 내구 약주듯이 혜준이 전 여친 기사 내구.. 첨부터 병을 주지 마세요. 김 기자님! 이번에두 잘못된 기사예요.
수 만	그럼 아니란 말씀이에요?
민 재	저 이번에두 잘못된 기사 내시면 가만 안 있을 겁니다. 기사 내지 마세요 김 기자님!
수 만	대표님은 대표님 일 하세요. 전 제 일 할 테니까! (끊는)
정 하	무슨 일이에요?

민 재	어떡하니? 너랑 연애한다구 기사 낸대? 혜준이 어떡하니 기사 나오면 이미지 어떡할 거야? 전 여친 얼마 전 인터뷰하구 현 여친 있다! 이거 안 좋아 안 좋은 시그널이야. 김 기자 고소할 거야 기사 내면.

씬57. 신문사 안 수만 자리

수만, 앞에 혜준 정하 함께 찍힌 사진들 본다. 주로 정하 집앞에서 찍힌 혜준 사진. 혜준과 정하 사진. 정하 혜준 같이 밥 먹는 사진.

씬58. 재인폭포 전망대 (낮)/ 안무 연습실 안

촬영 쉬는 시간. 계단을 이용해 전망대에 오르는 혜준, 정하, 해효. 전망대 끝까지 오르면 밑으로 재인폭포가 시원하게 보인다. 올라오는 세 사람. 다들 공기 들이마시는.

혜 준	같이 촬영하니까 너무 좋다. 그렇지 정하야?
정 하	어!
해 효	니들 사랑에 날 이용하지 마!
혜 준	이용 당해주면 안 돼?
해 효	돼. (하면서 정하 자기 옆으로 끌어당긴다.)
혜 준	야아!
정 하	(빠져 나오며 혜준에게 간다.) 뭐해 너!
해 효	얘가 내 옆에 있어야 내가 이용당해 주는 거지.
혜 준	그런가?
해 효	그렇다 이 자식아! 얘가 내 옆에 있는다구 얘가 내께 되냐?
정 하	니들은 니들끼리 소유권 쟁탈전하더라! 소유권 갖구 있지두 않으면서.
혜준해효	(웃는)

핸드폰 E. 영상통화다. 진서우. 정하, 서우의 얼굴 뜨니까. 뭐지.

해 효	서우다! 받아봐.
혜 준	(받는) 여보세요?
서 우	안녕 형제들!
해 효	너랑 붙는 씬 없으니까 같이 찍는 거 같지가 않다.
혜 준	너 오늘 촬영이야?
서 우	아니 연습하러 나왔어.
해 효	너 혜준이랑 러브씬 찍으면 안 이상하냐?
서 우	왜 이상해? 혜준이랑 나랑 사겨. 몰랐어?
정 하	(철렁)
혜 준	(뭐야 철렁) 야아!
서 우	뭘 그렇게 놀래? 드라마 촬영 끝나기 전까진! 그렇게 다짐한다는 건데! 나 이번 드라마 망하면 안 돼.
해 효	밥이나 먹자.
서 우	알았어. 안녕! 해효! 내 애인 잘 부탁해! (손짓하고 끊는)
정 하	....
혜 준	(정하 맘 상할까 봐) 얘 왜 저래?
해 효	왜 저러긴 역할에 몰입하는 거잖아. 드라마 대박 나야지!
FD	다음 씬 10분 후에 들어갑니다.
혜준정하	(괜히 미안한) (괜히 기분 나쁜)

씬59. 도로/ 해효 밴 안 (밤)

양군, 운전하고 있다. 해효, 뒷좌석에 있고. 정하, 뒷좌석. 정하, 조용히 생각하면서 가고 있다.

해 효	너 내일 지방 촬영하려면 피곤하겠다. 내가 데려다줄까?
정 하	괜찮아. 버스 타구 가면 돼.

해 효	혜준이 낼 아침부터 스케줄 있더라. 저녁엔 동남아 팬미팅 가느라
	출국해야 되구.
정 하	누가 뭐래?
해 효	그냥 그렇다구!

씬60. 정하 집 정하 방 (이른 새벽)

알람 E. 정하, 자고 있다. 계속 자고 있다. 전날 너무 피곤했다.
알람 끄고 일어난다. 불 켠다. 시계 보면 새벽 5시다.

씬61. 고속버스 안 (낮)

정하, 타고 있다. 캐리어와 가방 옆에 있다. 졸린지 창문에 기댄다.
문자메시지 E. 혜준이다. 연천에서 혜준, 정하 둘이 함께 찍은 사진
보낸다. '내 옆에 있는 너는 언제나 최고야' 혜준.

정 하	(N) 아웃 오브 사이트 아웃 오브 마인드! 눈에서 멀어지면 마음에서
	멀어진다. 굳건하다고 믿었다. 믿음은 사랑보다 훨씬 더 나약하다.

씬62. 어느 바닷가 인근 매점 앞 촬영장 (낮)

촬영 준비하는 스탭들. 저예산 영화 찍고 있다. 정하, 캐리어 끌고
가방 메고 오는. 스탭들 있고. 배우들은 자신의 밴에 들어가 있고.
조연들 있고. 조감독 있고.

정 하	(조감독에게 가서) 이성진 조감독님? 저 김송연 씨 메이크업 스탭
	으로 왔는데요.

조감독	아아 수철이 형 후배시죠?
정 하	네.
조감독	저 밴이에요. (밴 가리킨다.)

씬63. 여배우 밴 안 (밤)/ 바닷가 앞 인근 촬영장 (밤)

정하, 여배우 메이크업 해주고 있다. 밴 열려 있고. 계속된 촬영 밤 되고. 다들 지치고 피곤한 상태. 정하, 퍼프랑 파운데이션 들고 있고. 묻혀서 배우 얼굴에 톡톡할 준비 중. 배우는 앉아서 핸드폰으로 채팅 중.

배 우	(메시지 치면서) 아우 신경질 나! 열두시 안에 찍긴 찍는 거야?
정 하	고개 좀 살짝만 들어주실 수 있으세요?
배 우	아 네 (건성. 드는 둥 마는 둥) 따구따구 또 따구 진짜!
정 하	(난감하지만 그래도 메이크업 수정하는데. 꼼꼼히 되지 않는다.) 저 죄송한데 정면을 좀 봐주시겠어요?
배 우	아 대충해요 대충! 눈치 좀 챙기구!
정 하	(차분하게) 입가 코 볼 쪽 피부결이 조금씩 다 떴어요.
배 우	지금 저 가르쳐요?
정 하	별거 아닌 거 같아도 나중에 모니터 하시면 확 달라요.
배 우	아 좋아 빨리 해! (하면서 얼굴 내민다.) 됐어?
정 하	(마무리한다.)

씬64. 도로/ 혜준 밴 안

혜준, 뒷좌석에 타고 눈 붙이고 있다. 밖엔 비가 내리고 있다.

민 재	말이 씨 된다 했다. 일 체질이라 큰소리치더니!

| 혜 준 | 공항 가면 깨워. |
| 민 재 | 다 왔어. |

씬65. 버스 정류장 앞/ 안

정하, 캐리어 끌고 가방 들고 버스 정류장을 향해 가고 있다. 비 오
고 있다. 뛰고 있다. 버스 정류장으로 들어섰다. 비 오고 있고. 버스
끊겼고. 택시 타려고 하는데. 여기가 어딘지 모르겠고. (flash back
3부 씬27 혜준, 비 오는 날은 왜 싫어? 정하, 세상에 나 혼자 있는
거 같아.)

씬66. 버스 정류장 (밤)

정하, 정류장이 비를 완벽하게 커버해 막아주지 못하고 있다. (flash
back 3부 씬27 혜준, 오빠가 비 오면 전화할게. 넌 혼자가 아니야.)
정하, 핸드폰 연락처 목록에서 혜준 통화 버튼을 누른다.

씬67. 비행기 안

혜준, 비즈니스석에 착석하고 있다.

씬68. 버스 정류장 앞

정하, 앉아 있다. 해효의 차 와서 선다. 해효, 차에서 내린다. 우산
쓰고. 하나는 들고. 정하에게 우산 주고. 정하 짐 들고 가면서.

해 효　　　타!

씬69. 도로/ 해효 차 안 (밤)

비 오고 있다. 해효, 운전석. 정하, 조수석에 있다.

씬70. 정하 집 현관/ 거실

깜깜한 거실에 현관에 기척 들리고. 정하, 들어온다. 뒤에 해효 짐들고 들어온다. 정하, 거실 불 켜고. 해효, 들어오지 않고 현관에 캐리어와 가방 놓는다. 정하, 비 맞은 채.

정 하　　　들어와!

씬71. 비행기 안

혜준, 영화 보고 있다.

혜준, 영화 보고 있고. 해효, 정하 집에 들어와 있고.
혜준, 정하, 해효, 한 프레임에 들어오면서.

(끝)

사혜준, Ovn 연기대상 남자 최우수상 수상 '공정성 논란'

[이미지뉴스] 최강 기자

사혜준이 난데없는 공정성 논란에 휩싸였다.

12월 31일 열린 '2019 Ovn 연기대상' 시상식에서 사혜준은 미니시리즈 부문 남자 최우수상을 수상하는 영광을 안았다.

특히 사혜준은 〈잡아라〉의 박도하 등을 제치고 최우수상을 받아 더욱 눈길을 끌었다.

하지만 방송 직후 SNS 등 네티즌들은 Ovn 연기대상의 공정성에 대한 논란으로 뜨겁게 달궈졌다.

사혜준과 함께 후보에 올랐던 배우들은 연기력을 입증한 베테랑 배우였다. 그런데 연기자로 활동한 지 2년 안팎의 배우가 최우수상을 수상한 것은 이해할 수 없다는 것.

이에 누리꾼들은 "최우수상이 아닌 인기상에 적합하다"라고 지적하기도 했다.

또한 다른 누리꾼들은 "함께 오른 후보들을 보면 애초에 사혜준이 최우수상 후보에 오른 것 자체가 이변", "다른 후보들과 비교했을 때 커리어도, 연기도 부족한 사혜준이 상을 타는 게 의아할 뿐", "솔직히 〈왕의 귀환〉 시청률이 높지 않았다면 사혜준이 저 상을 받을 수 있었을까? 암묵적으로 연기력이 아닌 시청률이 수상의 기준 같다"며 사혜준의 수상이 Ovn의 '시청률 우대'에서 비롯됐다고 일침을 놓았다.

[단독] 배우 사혜준 전 여자친구 정지아 씨 인터뷰

[아웃뉴스] 김수만 기자

"대학시절 사혜준과 교제해, 혜준이는 절대 성소수자가 아니다"

지난 1일 패션디자이너계의 큰손 찰리정이 스스로 생을 마감하면서 연예계는 적지않은 충격을 받았다. 생전 그와 아주 각별한 사이였던 남자가 있었고, 그 남자는 모델 출신 배우 사혜준이라는 추측이 난무, 사혜준이 찰리정의 마지막 연인이 아니었냐는 의혹이 더욱 불거졌고, 사혜준 측에선 절대 사실이 아니라고 입장을 밝혔지만, 대중들의 관심은 식을 줄 몰랐다.

그의 성 정체성에 대중의 관심이 쏠리는 지금, 지난 4일. 배우 사혜준 씨 전 여자친구인 정지아 씨가 아웃뉴스를 통해 인터뷰 요청을 해왔다.

정지아 씨와 사혜준 씨는 21살. 풋풋한 대학시절에 만나 여느 커플처럼 알콩달콩 연애를 이어갔고 지금은 헤어진 사이지만, 그 이후 배우 사혜준으로 성장해 가는 모습을 보며 항상 뒤에서 응원을 아끼지 않았다고 전했다.

"혜준이는 존경하는 찰리정 디자이너에게 끝까지 예의를 지키고 싶고 이번 일로 성소수자분들에게 상처가 되는 일이 없길 바라고 있다"며 사혜준의 입장을 전달하기도 했다.

다음 영상은 배우 사혜준의 전 여자친구 정지아 씨의 영상 인터뷰다.

〈영상 있다〉

사혜준 차기작, 드라마 〈최초의 인간〉 출연 확정

[아웃뉴스] 김수만 기자

2020년 올 봄에 방송 예정인 드라마 〈최초의 인간〉에 대세 배우 사혜준이 출연을 확정 지었다. 드라마 〈게이트웨이〉로 대중들에게 얼굴을 알린 사혜준은 영화 〈평범〉에서도 짧지만 강력한 임팩트로 배우로서 제대로 이름을 알렸다.

그리고 작년 최고 인기작이었던 드라마 〈왕의 귀환〉의 카리스마와 부드러움을 겸비한 왕 이건 역을 맡아 최고의 인기를 누리며 Ovn 연기대상에서 남자 최우수상을 수상하는 등 대체 불가 배우의 입지를 다졌다.

이제 명실상부 탑스타의 반열에 오른 배우 사혜준. 그런 그가 차기작으로 선택한 작품 드라마 〈최초의 인간〉. 아직 구체적인 스토리와 배역은 알려지지 않았지만 연일 화제에 오르내리며 벌써부터 대중의 관심이 쏠리고 있다.

최근 故 찰리정 씨가 스스로 생을 마감하면서 생전 그와 아주 각별한 사이었던 모델 겸 배우 사혜준 씨가 찰리정의 마지막 연인이 아니었냐는 의혹이 일며 그에 성정체성에 대중의 관심이 쏠렸다.

이에 사혜준의 전 여자친구였던 정지아 씨가 단독 인터뷰를 진행하며 그동안 부풀려지고 왜곡된 소문을 진화에 나섰다. 성소수자로 오인 받던 사혜준의 이미지 탈피에 큰 도움이 된 정지아 씨의 인터뷰로 대중들의 오해는 풀린 것으로 보인다.

연예인으로서 처음 겪었던 역경을 잘 헤쳐나간 배우 사혜준. 앞으로 그의 열일 행보에 귀추가 주목된다.

차기작을 벌써? 돈독이 올랐나보네.

진짜 성소수자 아닌거 확실함? 죽은 사람은 말이 없는 법.

저 인터뷰가 구라일지 누가 알아? 사람 돈 주고 샀겠지.

저런 거 보고 대중들이 믿겠다 싶지? 불쌍하다.

그냥 쿨하게 인정해. 성소수자 맞잖아.

전 여친이 나선다는 것도 진짜 찌질하다. 아니면 지가 나와 말하던가.

영상 보니까 진실성이 안 느껴짐. 다 짜고 치는 고스톱 아니냐?

전 여친까지 대동해서 불 끄려고? 안 속아. 누굴 호구로 아나.

저거 다 사기임. 현 여친도 아니고 전 여친 뭔데. 어이가 없네.

사혜준 성소수자 맞다니까. 내가 클럽에서 본 게 몇 번인데. 코스프레 그만해라.

13부

씬1. 정하 집 현관/ 거실

> 12부 엔딩에 이어
> 깜깜한 거실 현관에 기척 들리고. 정하, 들어온다. 뒤에 해효 짐들고
> 들어온다. 정하, 거실 불 켜고. 해효, 들어오지 않고 현관에 캐리어
> 와 가방 놓는다. 정하, 비 맞은 채.

정 하   들어와!

해 효   (되게 쑥스러워하면서 들어오는)

정 하   너 되게 쑥스러워한다.

해 효   그러게 좀 쑥스럽네.

정 하   평소처럼 하세요. 그러니까 분위기 이상해지잖아.

해 효   (아빠가 그려준 그림 있는데 가서 보며) 이거 너야?

정 하   어! 차 뭐 줄까?

씬2. 정하 집 주방

> 정하, 옷은 갈아입었고 차를 해효에게 따라준다. 해효, 받는.

해 효   웬 호강이냐 내가?

정 하   내가 너한테 그렇게 못되게 굴었나! 이정도루 무슨 호강! (앉는)

해 효	고마워.
정 하	뭐가?
해 효	힘들 때 날 불러줘서.
정 하	....
해 효	(대답 없어서. 말하고 아차. 부담 줬나.)
정 하	내가 오늘 멘탈이 좀 나가서 선 넘었어.
해 효	(무슨 말)
정 하	미안해. 너한테 연락하지 말았어야 하는데.
해 효	(내가 좋아하는 거 아는구나.) 너 착각하나 본데 니가 혜준이 여자 친구라 잘해주는 거야. 너한테 딴 맘 없어. 웃긴다 너. 왜 내가 널 좋 아할 거라구 생각해?
정 하	(긴가 민가) 그럼 됐어. 나 진짜 조마조마했거든. 그렇지 니가 날 좋 아할 리가 없지. 너 배고프지 않아? 우리 집엔 항상 고기가 있어.
해 효	(미소) 먹고 싶지만 참는다! 내일 촬영 있어.
정 하	원해효는 오늘만 사는 남자는 아니군! 역시! (엄지 척)

핸드폰 E 발신자 '혜준'

씬3. 싱가폴 호텔 펜트하우스/ 정하 집 거실

혜준, 침대에 앉아 전화하고 있다. 신호음 들린다. 정하, 발신자 보 고 전화 받는. 해효에게 좀 떨어져서.

정 하	(받는) 어!
혜 준	전화했었어? 나 지금 싱가폴이야. 비행기 안에 있어서 못 받았어.
정 하	그랬구나.
혜 준	무슨 일 있어?
정 하	아니. 그냥 했어.
혜 준	지금 뭐해? 우리 오랜만에 길게 통화할까?

정 하	낼 팬미팅 하려면 좀 쉬세요!
혜 준	보구 싶다.
정 하	나두.... (전화 끊는) (해효에게) 혜준이야.
해 효	알아.
정 하	(와서 앉으며) 너 있단 말 안했어. 지금 이 시간에 같이 있다구 하면 기분 안 좋을 거 같아서.
해 효	혜준이 배려 진짜 잘한다!
정 하	혜준이두 최선을 다하잖아. 너한테 전화하기 전에 혜준이한테 전화 했었어. 안 받더라.
해 효	(O.L) 혜준이 대신 전화한 거야?
정 하	그런 거 있잖아. 니가 없어두 나 부를 사람 있다! 부르구 금방 후회 했어. 미안해.
해 효	니가 불렀어두 내가 가기 싫었음 안 갔어. 앞으루두 두 분 이쁜 사 랑에 실컷 이용하셔두 됩니다!
정 하	(허 찔린. 반문) 혜준이하구 내가 누군갈 이용해야 되는 사랑을 하 구 있는 거야?
해 효	야 너 이걸 다큐루 받음 어떡해?
정 하	인생은 다큐야. 드라마가 아니라구.

타이틀 오른다.

씬4. 안무 연습실 안 (낮) (12부 씬52)

혜준과 서우의 촬영 씬. 메이킹 영상이다.[1] 〈최초의 인간〉. 등장인물 이름. 사혜준-윤정후. 진서우-이지나. 원해효 - 김진서.[2]

---

[1] 기획 유민하, 감독 이영수, 작가 태민철
[2] 메이킹 필름 자막 더 재밌게 편집할 수 있는 자막 달고 편집해 주셔도 돼요.

서 우	(눈물 흘리고 있는)
혜 준	이럴 줄 알았어. 너두 나 없이 안 되잖아. (하면서 서우를 안는다.)
감 독	컷!

자막. 감독님의 컷.. 애인에서 여사친 남사친으로! 모델 시절부터 친구! 남다른 케미 자랑

서우혜준	(감독의 컷 소리와 함께 둘이 서로 몸을 뗀다. 각자 리액션. 친한 친구라 애정 씬이 낯설어 장난.)
감 독	(E) 잠깐 쉬었다 갑니다.
서 우	(한쪽으로 가며) 으으.. 너랑 이런 연기하니까 진짜 어색하다. (혜준 흉내내며) 너두 나 없이 안 되잖아.
혜 준	그만해.
서 우	뭘 그만해?
혜 준	넌 어떻게 옛날이랑 똑같냐?
서 우	너두 똑같아.

자막. 정후! 지나! 멜로드라마에서 로코로? 후나 커플 막강 케미 기대할게요!
메이킹 담당 카메라 빠지면서. 서우, 혜준에게 핸드폰 주는. 혜준, 서우 핸드폰 받아 번호 저장하는 장면이 잡힌다. 화면 멈춤 되고. 카메라 빠지면.

| 민 재 | (E) 아 진짜 너무들 한다! |

씬5. 짬뽕 엔터 사무실 (낮)

민재, 태블릿 PC로 메이킹 영상 보고 있었고. 영상엔 혜준, 서우 핸드폰 주는 장면. 스마트폰엔 혜준의 열애설 기사. '[단독] 사혜준·진

서우, 촬영 시작부터 지금까지 열애 중… 친구에서 연인으로 발전'.**3**

민 재   아주 숨만 쉬면 스캔들이 나네! 혜준이 서울 도착하기 전에 반박기
사 볼 수 있게 해야 돼. (하면서 핸드폰에서 기자 연락처 찾고)

씬6. 신문사 수만 자리 (낮)

수만, 기사 보고 있다. '[단독] 가족과 애인 간의 재산 다툼으로 편
하게 눈 못 감는 故 찰리정. 이미지뉴스 최강 기자'.**4**

윤기자   수만아! 단독 벌써 몇 번째 뺏기는 거야?
수 만   죄송해요.
윤기자   요즘 계속 밀린다! 잘 나가더니! 사혜준 진서우 열애설두 뺏긴 건
그렇다 쳐 찰리정 단독은 니가 젤 먼저 쳤잖아. 근데 왜 뺏겨? 아주
손 놨어?
수 만   계속 팔로우하구 있었어요.
윤기자   사혜준 뭐 없나 파봐! 사혜준 달구 나감 조회수 좋아요 폭발이다!
수 만   사혜준 메이크업 스탭하구 열애설 단독 할려구요. (사진 보여주는)
윤기자   메이크업 스탭하구 열애설이 단독거리가 되냐? 사진두 별거 없구
만. 감 떨어졌다 너! 이런 건 방송 나가서 이니셜루 풀어!
수 만   ....
윤기자   쫄보 됐어? 기살 사실로만 써? 사실두 위에서 보믄 다르구 옆에서
보믄 달라!

---

3   뒤의 참조 기사 1 참고.
4   뒤의 참조 기사 2 참고.

씬7. 태수 사무실 안

태수, 나가려고 하는데 도하 들어온다.

태 수   (놀라며) 너 또 뭐?

도 하   알아봤어 해효 SNS 팔로우 수!

태 수   진짜 집요하네 얘!

도 하   (O.L) 그러니까 빨리 떡 하나 주구 끝내!

태 수   팔로우 수 좋아요 수 대비 댓글 없음 의심해 볼만 해. 게시물은 한국어인데 외국인 좋아요가 대부분인 것두. 게시물 올리자마자 좋아요 증가하는 것도.

도 하   그래서 해효 조작했지?

태 수   몰라. 확실한 증건 없어. 니가 알아봐. 의심 정황은 알려줬잖아. (나가려는데)

도 하   (잡고) 어디 가는데?

태 수   기자가 만나재. 널 위해서 만나러 간다!

씬8. 혜준 집 안방

영남, 전화 걸고 있다. 신호 떨어지는데 받지 않는다는 안내음.

영 남   또 전화 안 받네. 왜 나한테 일을 안 주니 장만아?

씬9. 혜준 집 주방/ 거실

민기, 냉장고에서 물 꺼내 마시고 있다. 영남, 거실로 나온 거 보인다.

민 기   일 나가냐?

영 남	어.
민 기	낼 나 광고 촬영하는데 같이 안 갈래?
영 남	거길 왜 가?
민 기	돈 받으면 너 반 줄게.
영 남	아부지 용돈이나 쓰세요! (나가는)

씬10. 혜준 집 혜준 방 (낮)

애숙, 청소하고 있다. 콧노래 부르면서. 영남, 들어온다.

영 남	아주 신났네. 혜준이 입국해서 바루 촬영장 간다며? 집에 들어온 대?
애 숙	늦게라두 들어오겠지. 집이잖아. 당신 일 안 나가?
영 남	나 나가야지.
애 숙	요즘 경기가 어려워서 일이 없어?
영 남	아냐. 장만이네 갈 거야 지금.
애 숙	우리 혜준이한테 기대 사는 거 하지 말자. 우리 밥은 우리가 끝까지 책임지구 살자.
영 남	당연한 걸 뭘 얘길해?
애 숙	그 당연한 게 약해질까 봐. 당신은 주위에서 안 그러니? 난 보는 사람마다 이제 고생 끝났다. 가게 하나 차려달라구 해라. 혜준이가 뭐 해줬냐? 돈은 얼마 줬냐? 이 집 샀다니까 왜 이 집 샀냐? 건너루 이사가지. 재개발 되면 엄청 비싸지니까 좋겠다. 이제 호강할 날만 남았다며 부러워하더라. 혜준이한테 안 좋은 소리 할까 봐 입 닫게 돼.
영 남	나두 그래. 주는 게 부모지 자식한테 뭘 받겠다구! 밥벌이 못 할까 봐 걱정했는데 그 걱정 덜게 돼서 난 그걸루 좋아.
애 숙	그 맘 변치 말아요 우리.
영 남	(속소리 E) 맘은 변치 않았는데 현실이 안 따라준다 여보. 장만아!!!

씬11. 진우 집 거실 (낮)

장만, 밥 먹고 있다. 진우, 진리도 같이. 경미, 앞에 있고.

장 만	오랜만에 우리 식구 모여서 밥 먹네.
진 리	아빠 브런치야! 우리 말루 아점이지!
경 미	우리 집엔 정규직이 없어 그래. (진우에게) 넌 왜 오늘 일 안 나가?
진 우	일 배울 만큼 배웠어. 스튜디오 차리구 싶어.
경 미	(O.L) 그래서 관뒀어?
진 우	아직.
장 만	시작할려면 빨리 시작해. 아빠가 도와줄 수 있을 때.
경 미	당신 미쳤어? 요즘 같은 때 뭘 차려? 남의 밑에서 월급 받는 게 장땡이야.
진 우	나만 뒤처지는 거 같아 혜준인 완전 슈퍼스타구 해횬 스테디셀러구.
경 미	너만 못난이네 세 친구 사이에서.
진 우	(능글) 엄마 닮아서 못난이잖아. 혜준이 팬클럽이라구 엄마가 혜준 엄마 되는 거 아냐. 엄마는 못난이 진우 엄마야.
진 리	오빠 윈!
일 동	(웃고)

현관 벨 E

장 만	형님이다! 나 나갔다 그래.
경 미	그렇게 피한다구 될 일이야? 직접 말을 해.
진 우	누굴 피하는데?

씬12. 진우 집 마당

영남, 장만과 있다.

영 남	너 진짜 그럴 거야? 왜 나만 일 쏙 빼구 다니냐?
장 만	형 지금 섭섭할지 모르겠지만 길게 보면 나한테 고맙다구 할 거야.
영 남	전처럼 도면 보구 가벼운 일 정돈 할 수 있어. 지금 놀면 스트레스 더 받아 죽어.
장 만	형이 생각을 바꾸면 되잖아. 자식 신세지는 게 뭐 어때? 형 무리하다 다치면 혜준이가 욕먹어. 다들 눈을 요래 뜨구 혜준이가 형한테 어떻게 효도하나 지켜보구 있어.
영 남	내가 걔 돈을 어떻게 받아 쓰냐? 너두 알다시피 내가 걔 일하는데 도와준 게 없잖아.
장 만	(O.L) 걔가 그 인물 갖구 태어난 게 누구 덕인데? 연기 잘하는 사람이 혜준이 하나냐?
영 남	그렇다구 걜 후려치진 마. 너두 알다시피 거기두 (외모) 지분이 없잖아 내가.
장 만	(그건 맞다. 미소.) 어쨌든 형이 형수랑 결혼했잖아. 그리구 아부지 키 닮아갖구
영 남	(O.L) 야 됐어 주접스러워. 일 줄 거야 말 거야?
장 만	못 줘. 이젠 형두 옛날 형이라구 생각함 안 돼. 사혜준 아빠잖아. 보는 눈이 많아.
영 남	오지랖들두 넓다. 남 사는 데 왜케 관심이 많아?
장 만	연예인 집안 일은 옆집 일 같잖아. 남 걱정해 주면서 내가 힘든 거 위로 받는 게 좋잖아. 형은 안 그러냐?
영 남	안 그래 난! 아침에 인터넷에 혜준이 이름 치면 기사 쭉 떠. 오늘두 열애설 떴어. 그거 다 가짜야. 가짜 보구 좋아하구 위로 받구. 그게 좋냐?

씬13. 도로/ 혜준 밴 안 (낮)

치영, 운전하고 있고. 혜준, 기사 보고 있다. '사혜준 측, 진서우와 열애설 부인… 친한 동료 사이'.[5] '사혜준, 진서우 양측 모두 열애설 부인 사실무근'.[6] 바로 옆엔 〈최초의 인간〉 대본 14, 15, 16부. 사혜준 배우 귀하.

치 영	이름 치면 맨날 자기 기사 뜨는 거 어떤 기분이야?
혜 준	촬영 전까지 30분 정도 시간 있냐?
치 영	어디 들르게?

씬14. 안정하 스튜디오

정하, 자신의 머리를 드라이하고 있다. 전문가처럼. 메이크업 하면서 헤어를 정돈하는 정도는 할 수 있어야 돼서 연습하고 있다. 혜준, 들어온다.

정 하	(보는. 올 줄 몰랐다.)
혜 준	뭘 그렇게 놀라나!
정 하	촬영 가야 된다구 하지 않았어?
혜 준	가기 전에 잠깐 들렀어. 너한테 메이크업 하구 머리 하구 갈까?
정 하	안 돼. 예약 손님 올 거야.
혜 준	(진짜 하고 싶은 말은 이거다.) 미안해.
정 하	뭐가 맨날 미안하대? 미안하단 말 자주 한다.
혜 준	그랬나 내가?
정 하	왜 미안한데 어디 얘기나 들어봅시다.
혜 준	진서우랑 그냥 친구야. 사람 친구.
정 하	(황당) 누가 뭐래?
혜 준	너 기사 못 봤어? 서우랑 나랑 열 (열애설 하려다 말하면 안 될 거

---

5 뒤의 참고 기사 3 참고.
6 뒤의 참고 기사 4 참고.

같아) 아니 같이 나온 기사.

정 하   드라마 대박 나서 그런가 하루두 니 기사 안 나는 날이 없어. 요즘 너 때메 연예 기사 안 봐. 정신 건강에 안 좋아서.

혜 준   잘했다.

정 하   열애설 났어?

핸드폰 E 발신자 '치영'

혜 준   (발신자 본다.) 치영이다! 빨리 오란 전화야. (받는) 어 갈게. (끊는)

정 하   나 너 믿어. 너에 대해 내가 본 거 니가 말해준 것만 믿어. 그러니까 그런 걸루 힘들어하지 마.

혜 준   우리 엄마하구 같이 밥 먹자. 엄마가 너 밥 사주구 싶대.

정 하   진짜? 왜?

혜 준   왜겠니? 아들이 사랑하니까 그러시겠지!

씬15. 해효 집 거실

이영, TV 보고 있다. TV엔 혜준의 〈왕의 귀환〉 방송되고 있다. 혜준의 액션씬 나오고. 9회 52씬. 복면이 벗겨지고 혜준의 얼굴이 나타난다.

이 영   (인정하기 싫지만) 저걸 우리 해효가 했어야 했는데.

2층에서 내려오는 해효, 외출 준비 끝낸. 이영, TV 끄는.

이 영   (묻지도 않았는데. 해효에게) 혜준이 드라마 재방송해 준다. 이번 드라마두 대박이잖아. 최초의 인간.

해 효   (O.L) 엄마 나두 나와.

이 영   알아. 근데 그게 대박 났는데 왜 넌 대박 난 거 같지가 않지! 작가들이 문제야. 언제까지 주인공한테만 몰빵하는 드라말 쓸 거야?

해 효　나두 연락 많이 와. 주연으루두 많이 들어왔어. 엄마 요즘 나한테 들어오는 대본 체크 안 하는구나.

이 영　성취욕이 꺾었어. 의욕을 잃었어.

해 효　(다정하게) 나에 대한 믿음을 좀 갖자 엄마! 어어!

이 영　이렇게 잘생겼는데 왜 안되는 거야? 너 이거 볼래? (하면서 TV 틀고. 리모콘 조작해서 TV엔 해효가 찍은 맥주 광고 나오고 있다. 이 영상은 맥주 광고만 계속 나오는 영상.) 난 지금까지 니가 출연한 것 중에 이게 젤 좋아.

해 효　(황당) 광고잖아.

이 영　광고든 어쨌든 멋있잖아. 어디 가?

해 효　도하가 보재.

이 영　걔는 이태수가 자동으루 연상돼서 별루야.

해 효　이 이사님 이제 만날 필요 없잖아.

이 영　이태수는 지가 필요 없어서 나가떨어지기 전까진 안 떨어질 거 같아.

씬16. 이탈리안 식당 안

태수, 수만과 파스타 먹고 있다. 스테이크도 같이. 수만, 잘 먹는.

수 만　스트레스 쌓일 땐 먹는 걸루 푸는 게 젤 좋아요.

태 수　계속 단독 걸었잖아요.

수 만　몇 번 뺏겼다구 쿠사리 먹었어요. 사혜준 열애설 단독 저두 갖구 있었거든요. 근데 그건 킬당했어요. 약하다구!

태 수　(혜준이라니까 관심) 누구랑?

수 만　메이크업 스텝인데 사진두 있어요. 근데 짬뽕 대표님한테 확인전화 했더니 딱 잡아떼는 거 있죠!

태 수　모든 매니지먼트 대표가 다 그런 반응할 거예요.

수 만	이사님 진짜 좋으시다! 자길 배신한 사람인데 편들어 주구!
태 수	어떤 사진들인데요?
수 만	핸드폰에 저장해 놨거든요. 밥 먹구 보여드릴게요.
태 수	밥 먹구 바루 경찰서 가야 된다면서요?
수 만	찰리정 아직 안 끝났어요. 사귀던 애인이 배우래요. 유가족하구 재산 싸움 중인데. 사람들이 궁금해하는 건 뭘까요?
태 수	사귀던 애인이 누구냐겠죠!

씬17. 엘리베이터 안

엘리베이터 영상에선 혜준 드라마 〈최초의 인간〉 흘러나오고 있다. 12부 씬52. 태수, 수만과 있다. 태수, 혜준이 볼수록 아깝다.

수 만	사혜준은 진짜 사람을 홀려요. 인성까지 좋으면 얼마나 좋겠어요!
태 수	혜준이 다시 찾아오구 싶어요. 내가 그땐 없어서 못해준 게 많지만 지금은 다 해줄 수 있거든요.
수 만	짬뽕 대표님이 놔줄 거 같아요?

씬18. 짬뽕 엔터 사무실

민재, 차 마시고 있다. 노트북 앞에 놓고. 노트북 모니터엔 계약서 있다. 혜준과 다시 맺을 매니지먼트 계약서 보고 있다. 노크 E

민 재	들어오세요!
태 수	(들어온다. 손엔 베이커리 쇼핑백. 보며) 돈 벌었는데 이사 안 가?
민 재	김수만 기자가 뭐래요?
태 수	아 성질 급하긴! (쇼핑백 주며) 민재 씨 좋아하는 앙버터!
민 재	지금 안 좋아하는데. (받는) 주시는 거니까 기쁘게 받을게요.

태 수	앉아두 돼?
민 재	앉으세요. 그런 거 물어보시는 성격 아니잖아요.
태 수	나두 변했어. (앉는) 사람이 돈을 버니까 여유가 생겨. 여유가 생기니까 이해심이 많아져.
민 재	그렇다구 쳐요. 말두 안 되지만.
태 수	민재 씨 나한테 이럼 안 돼. 내가 오늘 혜준일 위해서 어떤 일을 했는지 알아?
민 재	해코지나 안 했음 다행이죠!
태 수	메이크업 스탭하구 연애한다며!
민 재	(O.L) 아 진짜
태 수	(O.L) 사진두 있대.
민 재	(철렁) 사진 찍혔어요? 어떤 사진이요?
태 수	키이이이 (키스 사진 없는데. 거짓말하면 들통날까 봐. 상대방이 키스로 유추하게)
민 재	(속소리 E) 키스다!
민 재	(한숨) 기사 낸대요?
태 수	내가 막았어.
민 재	왜요?
태 수	고맙다구 해야 되는 거 아냐?
민 재	그럴 리가 없잖아요 아무 댓가 없이.
태 수	혜준이랑 잘 지내구 싶어.
민 재	잘 지내세요 그럼.
태 수	내 얘기 좀 잘하구 자리두 만들어봐. 여러 가지 비즈니스 같이 하면 좋잖아. 구관이 명관이야. 사길 당해두 당한 놈한테 또 당하는 게 낫지. 새로운 놈한테 당하면 인간 자체에 신뢰 잃어.
민 재	(기막힌. 말은 진짜.) 걔 슈퍼스타예요. 제가 혜준이 명을 받들구 있어요.
태 수	아무리 슈퍼스타래두 계약서엔 걔가 을이야.
민 재	계약 1년인데 다 끝났구 재계약 앞두구 있어요.
태 수	(우와. 계약 끝났어.. 좋은. 감정 숨기며) 그랬구나.

민 재	(O.L) 그랬어요. 지금 머리 팍팍 돌아가구 있죠!
태 수	혜준이가 민재 씨랑 같이 갈 거라구 확신하구 있구나. 사람 일은 몰라.
민 재	몰라두 대표님하곤 안 할 거예요.
태 수	혜준이 형 있었지! 형은 뭐해?

씬19. 경준 은행 안

경준, 대출 신청 올라온 거래처들 서류 검토하고 있다. 컴퓨터 켜놓고. 차장, 경준을 향해 온다. 밖에서 들어오는 길이다.

차 장	사 주임! VIP 손님이야.
경 준	근데요?
차 장	사 주임이 영업한 거 아니었어?

씬20. 경준 은행 휴게실

태수, 있고. 경준, 차장과 들어온다.

태 수	안녕하세요?
경 준	안녕하세요?
태 수	전 사혜준 씨 모델 시절 매니저 이태수라구 합니다. 지금 에이준 이사예요. (하면서 명함 준다.)
경 준	(받는) 아 네.
차 장	저는 비켜드릴게요. 말씀 나누세요. (나가는)
태 수	우리 형님은 혜준이랑 다른 매력이 있네요.
경 준	제가 매력은 있어요. 혜준이랑 있으면 비교돼서 제 인물이 올바른 평갈 못 받아요.

태 수	형 자랑 많이 했어요. 똑똑하다구.
경 준	걔가 그럴 애가 아닌데. 인사치레 안 하셔두 돼요.
태 수	(속소리 E) 내 타입이다!
태 수	혜준인 제 아픈 손가락이에요. 모델 에이전시할 때 동고동락을 같이 했어요. 잘해줄 수 없어서 민재 씨하구 독립시켜 줬어요.
경 준	아아 근데 에이준은 어떻게?
태 수	에이준하구 인수합병 아니 흡수된 거죠 제가. 지분두 받구 조건이 괜찮았어요.
경 준	어려워서 보내셨다면서 회사를 잘 파셨네요.
태 수	혜준이 나가구 절치부심해서 회살 키웠어요. 이젠 혜준이한테 잘해줄 수 있어요.
경 준	근데 왜 저한테?
태 수	형이잖아요. 세상에 가족만큼 끈끈하구 뗄 수 없는 관계가 어딨습니까?
경 준	요즘은 가족두 안 보구 사는 사람 많아요.
태 수	(속소리 E) 내 타입 아니다. 깐족이네!
태 수	혜준인 가족에 대한 사랑이 유별나잖아요.
경 준	걔는 그런 게 있는 거 같긴 하더라구요.
태 수	(주머니에서 봉투 꺼내 준다.) 이거 상품권이에요. 전에 혜준이한테 못해준 거 형님한테라두 갚구 싶어요.
경 준	걔한테 갚을 거 있음 걔한테 주세요. (너무 거절한 거 같아) 제가요! 전에 사기 당한 적이 있어갖구. 옛날 같음 받을 텐데. 더 엄격해졌어요. (상품권 도로 주며)
태 수	우리 에이준 엔터업계 5위 안에 듭니다. 우리하구 거래하시니까 재무구조두 잘 아시잖아요. 혜준인 슈퍼스타예요. 그에 알맞은 케어를 받아야죠. 형님이 혜준이보단 똑똑하잖아요.
경 준	아이 뭐 공부는 제가 좀 잘했죠!
태 수	짬뽕 엔턴 혜준이가 먹여 살려야 되지만 우린 달라요. 계약금두 많이 줄 겁니다.

씬21. 혜준 사무실 안 (〈최초의 인간〉 촬영 중)

혜준, 전화 통화하고 있다. 컴퓨터 켜져 있고. 일어서서. 스피커 폰
으로. 윤정후 대표 명패. 창밖 보고.

혜 준   (영어로) 보내준 자료 잘 받았어요. 그 자료만으론 투자 결정 못합
니다. 좀 더 구체적인 대안두 함께 제시해 주세요.

상대방   (영어로) 알겠습니다 대표님. 자료 보완해서 드릴 테니 다시 검토
해 주십시오.

혜 준   (영어로) 네! (하곤 끊고...창 밖을 보며)

감 독   (E) 컷! 오케이 다음 씬!

혜 준   (긴장 풀어지고)

씬22. 경찰서 복도

이진영 경사 걸어오고 있고. 그 옆에 수만.

수 만   경사님! 찰리정 씨 애인이 누구에요?

진 영   김 기자 혹 들어온다. 그런다구 내가 말해 주냐?

수 만   말해 줘요. 나 진짜 힘들어. 먹구살자 좀. 팀장님한테 혼났어. 이경
사님!

진 영   다 끝난 사건을 왜 뒤져?

수 만   사람들이 아직 보낼 때가 안됐대. 사혜준이야?

진 영   아냐.

수 만   기면 기라구 하겠어? 사혜준 맞잖아. 그러니까 연락받자마자 와서
조사 받았잖아.

진 영   아니라니까. 사혜준 부재중 전화랑 문자 있길래 형식상 조사한 거
야.

수 만   문자 내용이 뭔데?

진 영	내가 그걸 기억하겠냐?
수 만	기억하잖아. 마지막 통화자두 사혜준이지?
진 영	아니라니까.
수 만	강한 부정은 긍정!
진 영	(어이없는)

씬23. 필라테스센터

해효, 필라테스 하고 있고. 도하, 스마트폰 해효의 인스타그램. 좋아요 수랑 댓글 보고 있다.

해 효	넌 운동두 안 할 거면서 왜 왔냐? 뭐 보는 거야 계속?
도 하	해효야! 난 니가 좋았다. 금수저에 대한 환상이 있었나 봐 내가.
해 효	그게 무슨 말이야?
도 하	넌 돈만 있는 부잣집 아들 아니구 엄마 아빠 다 고학력자잖아. 대리만족으루 너랑 친구하구 싶었어. 나 여기까지 내 힘으루 왔다.
해 효	누군 남의 힘으루 오냐?
도 하	너 아냐? 팔로우 수 돈 받구 올려주는 거!
해 효	그런 것두 있냐?
도 하	몰랐어? 근데 난 니 이스타 팔로우 수가 이상해. 그래서 내가 좀 알아봤어.
해 효	(기분 나쁜) 뭘 알아봤어?
도 하	가짜 같아 니 숫자. 정황 증거 있어. 니가 안 했으면 너희 어머니가 하셨냐?
해 효	(어머니에서 뭔가 그럴지도 모른다. 불길. 발끈) 이 자식이 진짜!
도 하	널 보면서 난 날 더 사랑하기루 했다. 고맙다 친구야!
해 효	너하구 아직 친구 아냐. 아는 사이야. 니가 나한테 베푼 호의 고마워. 거기까지 하자.
도 하	나두 이제 너 별루야.

씬24. 필라테스센터 주차장/ 해효 차 안

해효, 걸어오는. (flash back 11부 씬10 이영, 여기서 니가 알아야 될 건 엄만 널 위해선 엄마가 진짜 싫어하는 일도 한단 거야. 평범 캐스팅엔 너하구 혜준이 놓구 감독하구 피디하구 저울질할 때 엄마 가 개입했어. 또 니가 그렇게 자랑하는 SNS 팔로우!!)

해 효 (운전석에 앉아 있고. 엄마가 한 게 맞다. 너무 속상하다. 머리를 쓸 어 올린다.)

씬25. 촬영장 앞/ 혜준 밴 앞/ 혜준 다른 밴 (밤)

혜준, 자신의 스탭들과 오고 있다. 서로 인사하고. 하루 일정 끝낸. 치영, 혜준 옆에 있고. 스탭들은 밴에 타고.

혜 준 수고했어요. (치영에게) 나 데려다주구 집에 가서 쉬어 너두.
치 영 (차 문 열며) 대표님이 형 모시구 오래요.

씬26. 짬뽕 엔터 사무실 (밤)

혜준 있고, 민재, 계약서 들고 온다.

민 재 악플러 2차 고소 오늘 했구. 1차 악플러들은 경찰서에서 전화 받았 을 거다. top**** 잡았어. 따라다니면서 악플 단. (하면서 계약서 내 민다.) 빌 변호사 미팅 잡았어.
혜 준 뭐야?
민 재 계약서! 세상에서 젤 싫은 게 인간관계 앞세워서 일하는 거야.
혜 준 피차일반이야.

민 재	센 척하구 있지만 떨려. 니가 떠난다구 해두 널 잡을 거야.
혜 준	(미소. 장난) 짬뽕보단 짜장이야!
민 재	짜장보단 짬뽕이야. 그건 양보할 수 없어.

씬27. 안정하 스튜디오

정하, 연락처 목록에서 해효 찾아 버튼 누른다. 신호음 떨어진다.

씬28. 도로/ 해효 차 안/ 안정하 스튜디오

해효, 운전하고 있다. 핸드폰 발신자에 '안정하' 뜬다.

해 효	(정하.. 이름 봐도.. 마음이 위안이 된다. 받는) 어 정하야!
정 하	밖이야? 통화 괜찮아?
해 효	(다운된) 괜찮아 운전 중이야.
정 하	니가 소개해 준 탑스타 이해지 씨 만나기루 했어. 니가 얘기 잘해줘서 그런지 친절하더라.
해 효	잘됐다.
정 하	기분 안 좋은 일 있었어?
해 효	(맞지만) 아니.
정 하	기운 내. 최초의 인간 대박 났잖아. 거기 출연한 너두 대박난 거야.
해 효	그걸 위로라구 하냐?
정 하	(O.L) 위로라구 한다.
해 효	다음엔 좀 잘해라. 해지 만나서두 잘하구.
정 하	잘할게. 너한테 폐 안 끼치게.
해 효	폐 끼쳐두 괜찮아. 너 편하게 해.
정 하	아 이렇게 위로해야 되는구나. 고마워. 너한테 항상 고맙단 말만 하게 돼서 미안해. 꼭 갚을게. 너 진짜 필요할 때 나 불러.

해 효	그럴 일 없다!

씬29. 해효 집 드레스룸

이영, 외출복 고르고 있다.

해 나	(들어오는) 엄마! 어디 가?
이 영	이모 집! 캐주얼하게 입을 거야. 넌 어디 가?
해 나	데이트! 엄마 말대루 다양한 연애를 즐기는 중이잖아.
이 영	(얘 봐라) 그걸 왜 보고해?
해 나	항상 어디 가는지 말하구 다녔어.
이 영	엄마 인내심 실험하지 마. 많이 양보해서 절충안 낸 거야.
해 나	놀다 들어올게. (나가는)
이 영	아 꼴뵈기 싫어. 열받아 봐야 내 손해야. (얼굴 만지며) 주름 생겨! 컴다운!

씬30. 해효 집 해효 방

해효, 들어온다. 성질난다. 침대에 몸을 던진다. (flash back 9부 씬 66. 이영, 니가 문제야. 너무 문제의식이 없어. 지금두 팔로우 수에 좋아할 때야? 그까짓 팔로우 수? 해효, 그깟 팔로우 수? 백만이야.. 백만의 사람들이 날 지지해 준다구! 이영, 그런 숫잔 얼마든지 만들 수 있는 가짜야. 진짜는 혜준이처럼 무대 서서 박수 받는 거야.) 해효, 소리 지르고 침대에서 일어나는

씬31. 혜준 집 혜준 방

혜준, 들어오는. 애숙, 따라 들어온다.

애 숙 밥 먹었어?

혜 준 먹었지 그럼. 우와 집이다! (하면서 침대에 앉는 옆으로 눕는) 역시 집이 편해.

애 숙 (좋은) 니 방 있으니까 좋지!

혜 준 좋아. 방에서 나가구 싶지 않아.

애 숙 미안해.

혜 준 엄만 요즘 나만 보믄 미안하다더라.

애 숙 그니까 왜 자꾸 너만 보믄 미안해지는지 모르겠어.

혜 준 엄마!

애 숙 어?

혜 준 내 인생에 두 여자가 들어오면서 인생이 바뀌었어.

애 숙 (속소리 E) 나하구 정하구나!

혜 준 민재 누나! 정하!

애 숙 나 아냐? 나랑 정하 아냐?

혜 준 엄마가 거기 왜 들어가?

애 숙 (실망한) 그치! 넌 니가 알아서 컸어.

혜 준 (O.L) 엄마! 엄만 엄마잖아. 이미 내 인생에 들어와서 자리 잡구 계신다구요.

애 숙 (그제야 미소) 그렇지. 나 엄마지!

혜 준 무슨 생각을 한 거야?

애 숙 약간 자격지심 있어. 해효 엄마가 해효한테 하는 거 봤잖아. 엄만 그거에 반에 반두 못 했잖아. 근데 이 대표랑 정하 얘기 왜 했어?

혜 준 잘 만나질 못하니까 걔한테 미안해.

애 숙 엄마가 자주 만나줄까 너 대신?

혜 준 대신이 되겠냐?

애 숙 안 되지. 엄마가 밥 사준다는 거 말했어?

혜 준	말했어. 좋아하더라.
애 숙	그럼 날짜 잡아보자. 참 경준이가 너 오면 부르라고 했는데.

씬32. 혜준 집 경준 방

경준, 기사 보고 있다. '[단독] 고 찰리정.. 가족과 애인 간의 재산 분쟁 소송 불가피. 넥스트뉴스 성나연 기자'[7] 악플 [top****] A가 누군지 알려줄게. 사혜준이야.

경 준	아 이 새끼 또 달았네. 왜 못 잡아먹어서 난리야? 따라다니면서. 나두 끝까지 따라다닐 거야. (하더니 [top****] 댓글에 댓글 단다. [goo2] top**** 당신이잖아 찰리정 애인.)
애 숙	(E. 밖에서) 경준아! 혜준이 왔어.

씬33. 혜준 집 혜준 방/ 욕실/ 혜준 방

혜준, 이 닦으려고 치약 짜는데.

경 준	(밖에서 E) 혜준아!
혜 준	(밖에다) 여깄어.
경 준	(문 열고) 얘기할 거 있는데. 기다려?
혜 준	해. (하곤 칫솔 놓고. 나가는)
경 준	나 에이준 이태수 이사 만났어. 모델 에이전시 대표였다며?
혜 준	왜?
경 준	우리 은행이랑 그 회사랑 거래해. 그 이사 되게 능력 있는 거 같더

---

7 뒤의 참조 기사 5 참고.

라. 옛날에 너한테 잘 못해줬다구 되게 미안해해. 너랑 다시 일하구
싶은가봐. 나한테 상품권두 주더라.

혜 준   (상품권 소리에 성질 오르는) 그걸 받았어?

경 준   (성질 오르는 거에 빈정 상하는) 받았으면?

혜 준   그런 걸 왜 받냐? 그 사람이 나한테 어떻게 했는지 알아?

경 준   니가 얘길 안 했으니까 난 모르지. 난 니가 좀 더 나은 회사에서

혜 준   (O.L) 언제부터 형이 날 위했다구?

경 준   야 니가 스타면 스타지! 집에서까지 스타야?

혜 준   여기 스타가 왜 나와? 상품권을 왜 받아? 뭔지 알구? 사기당하구두
정신 못 차렸어?

경 준   이 새끼가 진짜! 얼굴을 때릴 수두 없구! 아이 재수없어! (하곤 나
간다.)

혜 준   (기분 안 좋은)

씬34. 안정하 스튜디오 화장실/ 샵 안

정하, 혜준이 준 해피트리에 물 주고 있다. 해피트리 장식대에 놓는
다. 다 정돈되어 있다. 정하 퇴근하려고 하던 중이다.

정 하   혜준아 안녕!

정하, 가방 들고 불 끈다.

씬35. 해효 집 현관

이영, 외출했다 들어오는. 기분 좋은 일이 있었는지 발걸음이 가볍
다. 2층으로 올라간다.

씬36. 해효 집 해효 방

해효, TV 보고 있다. 〈최초의 인간〉, 12부 씬52. 혜준 모습 보면서 난 뭔가.. TV 끈다.

이 영   (E 밖에서) 해효! 원해효! (하면서 문 연다.)

해 효   (얘기하고 싶지 않다. 침대로 가는)

이 영   (들어오며) 이모 만났는데 이모 친구들이 최초의 인간에서 너 보구 완전 반했대. 혜쥰이보다 니가 더 낫다구. 이모두 (해효 심드렁한 모습에) 너 왜 그래?

해 효   뭐가?

이 영   엄마 말에 맞장구 안 쳐줄 거야?

해 효   엄마가 내 SNS 팔로우 수 조작했냐?

이 영   (알았구나. 이태수 알아서 왠지 해효도 알 거 같았다.) 했어.

해 효   했어? 어떻게 그렇게 빨리 긍정을 해?

이 영   거짓말 혼자 지는 거 힘들어. 너두 성인이잖아. 같이 져 이제.

해 효   내가 하지두 않은 거짓말을 왜 같이 져야 돼?

이 영   니가 이득 봤으니까. 엄만 이득 본 게 없어. 이득 보지 않두 니가 내가 한 행동에 감사함을 가졌으면 엄마 혼자 감당했을 거야.

해 효   그걸루 내가 본 이득이 뭔데?

이 영   인지도 있다! 젊은 애들한테 핫하다! 너 같은 신인들 캐스팅엔 플러스야.

해 효   (감정 오르는) 고작 그런 이득 보자구 아들 자존감을 뭉개버렸어?

이 영   그것만 했어 엄마가?

해 효   내 힘으루 성공할 수 있단 거 보여준다구 했잖아! 그거 하나만은 존중해 달라구 했잖아!!!

이 영   (놀라는. 이런 적이 없다.)

해 효   (우는) 창피해.. 창피하다구! 이러구 내가 무슨 일을 하겠어? 사람들 얼굴을 어떻게 봐? 고개 들구 어떻게 살아!!!!

씬37. 해효 집 안방

태경, 자고 있다. 이영, 옷 갈아입었다. 들어온다. 태경 편하게 자고 있는 거 보니까 화가 난다. 누구 때문에 애들하고 내가 이런 일을 당했는가. 감정 오르는. 이영, 자신의 베개로 태경의 얼굴을 누른다. 힘껏.

태 경	(자다가 놀래 일어나) 왜 그래?
이 영	다 당신 때문이야! 다 당신 때문이라구! (하면서 베개로 패는)
태 경	(머리 헝클어지고) 왜 폭력을 써?
이 영	내가 뭐랬어? 해효 사립 초등학교 보내자구 했잖아! 기어이 공립 보내갖구 인생 자체가 꼬여버렸어!! 해나까지 다 꼬여버렸어!!!

씬38. 정하 집 거실

정하, 다양한 이해지 사진 보고 있다. 메이크업 한 거. 해지 메이크업을 어떻게 해줄 건가 고심하고 있다. 핸드폰 E 발신자 '해효'

정 하	뭐지 얘? (하면서 시간을 본다. 11시 49분이다. 전화할 시간이 아닌데)
	(받는) 여보세요?
해 효	(F) 집 앞이야. 위로가 필요해.

씬39. 정하 집 근처 벤치

해효, 앉아 있고. 정하, 앉아 있다.

| 해 효 | 앉아 있다 갈 거야. 말 걸지 마. |

정 하	말 걸지두 못하게 할 거면서 왜 불렀어?
해 효	(보는) ....
정 하	조용히 할게.

씬40. 혜준 집 혜준 방

혜준, 씻고 침대에 눕는다. 핸드폰으로 정하에게 문자한다. '자니?'
혜준.

씬41. 정하 집 거실

테이블 위에 놓여있는 정하 핸드폰 문자음 E. '자니?' 혜준.

씬42. 정하 집 근처 벤치

정하, 해효와 앉아 있다. 말없는 두 사람.

정 하	이제 집에 가면 안 돼? 졸려.
해 효	(어이없는) 야 얼마나 있었다구?
정 하	한 시간두 넘었어.
해 효	(시계 보고) 30분밖에 안 됐어.
정 하	그만큼 나한텐 지루했단 거야.
해 효	(일어나는) 가자!
정 하	(바로) 좋아! (일어나는)
해 효	냉큼 좋다 그러냐?
정 하	좋으니까. (가는)
해 효	(어이없는. 웃음 나오고. 이러면서. 기분이 좀 풀렸다.) (따라가는)

정 하	아 인제 살 거 같다!
해 효	(황당) 죽을 거 같았어?
정 하	어! 무슨 일인지 말두 안 해주면서 가만있으라며!
해 효	말할 기분이 아니니까.
정 하	말할 기분이 아닌데 사람을 왜 불러?
해 효	(그렇다.) 내가 너한테 잘해주지 않았냐?
정 하	그래서 나왔잖아.
해 효	(기막힌) 그동안 내가 너한테 잘해준 게 30분어치냐?
정 하	(웃으며) 이제 기분 풀렸어?
해 효	너한테 열 받아서 그 전 일이 생각이 안 난다.
정 하	위로가 됐니?
해 효	(철렁)
정 하	나 이제 위로 좀 잘하지! (걸어가는)
해 효	(걸어가는) (F.O)

씬43. 피트니스센터 (아침) (F.I)/ 혜준 집 민기 방

혜준, 웨이트 운동하고 있다. 근력 강화. 랫풀다운. 숄더 프레스 같은. 귀엔 버즈 꼽고. 전화 왔다. 혜준, 받는

혜 준	어 할아버지!
민 기	아래층 내려가니까 너무 보기 힘들어. 목소리 듣구 싶어서 전화했어.
혜 준	잘했어. 우리 사민기 씨 이름 오랜만에 불러본다!
민 기	오늘 사민기 씨 광고 촬영한다.
혜 준	축하해. 광고 촬영할 때 혼자 다니면 힘들지 않아? 민재 누나한테 말해볼까?
민 기	아냐. 생각해 놓은 사람 있어.
장 만	(E) 아부지! 저 이제 영남이 형하구 일 안 할 거예요.

씬44. 혜준 집 민기 방 (낮) (인서트)

장만, 민기 앞에 있다.

장 만   제가 결단을 내려줘야지 형은 끝까지 일 안 놓을 사람이에요.
민 기   내 말은 안 듣잖아.
장 만   저랑 계속 일 다니다 형 어깨 아작 나는 거 보실래요?

씬45. 혜준 집 민기 방 (현재)

민기, 봉투에 돈 넣고 있다. 5만 원권 16장 정도.

씬46. 혜준 집 주방/ 거실/ 주방

영남, 커피 타고 있다. 민기, 영남 어디 있나 찾으러 나왔다.
민기, 주방에 있는 영남 본다. 영남, 커피 마시고 있다.

민 기   너 뭐할 거냐?
영 남   일 나가야지.
민 기   (속소리 E) 나한테 자존심 세우는 거 봐!
민 기   아부지 광고 찍으러 가는데... 데려다주라.
영 남   싫어.
민 기   넌 어차피 갈 거면서 순순히 가면 안 되나?
영 남   이번엔 진짜 안 갈 거야.

씬47. 도로/ 혜준 밴 안

치영, 운전하고 있다. 민재, 있다. 혜준, 뒷좌석에 있다.

민 재   브런치 하구 로펌 가야 돼.

혜 준   누나 가기 전에 에이준 좀 들를게.

민 재   에이준 왜?

혜 준   이태수 대표님이랑 약속했어.

민 재   니가 이태술 왜 만나?

혜 준   형을 찾아갔어.

민 재   형님을? (나도 영업해야 되는 거 아냐.) 못 말린다 이태수는! 근데
         형님 넘어갔니?

씬48. 태수 사무실 안

태수, 테이블에 꽃 갖다 놓고. 혜준이 만날 생각에 부풀어있다.

태 수   형이 약발이 좋네. 바루 연락 오네. 어디까지 왔나? (하면서 문 여는
         데 혜준 노크하려던 참이었다. 혜준, 태수, 서로 리액션)

혜 준   (어이없고)

태 수   (놀래고) 아유 너랑 나랑은 텔레파시가 통한다! (문 활짝 열며) 들
         어와!

혜 준   (들어온다.)

태 수   아우라가 장난이 아니다 혜준아! 역시 슈퍼스탄 달라.

혜 준   (뭐하시나. 보는)

태 수   (모른 척) 뭐 마실래? 뭘 여기까지 오냐? 내가 움직여도 되는데. 여
         기 앉아.

혜 준   (앉는)

태 수   이 꽃 봐라! 내가 새벽부터 양재동 꽃집 가서 사온 거야. 이쁘지!

혜 준	(황당) 저한테 어떻게 했는지 다 잊었어요?
태 수	어떻게 잊어? 그래서 앞으루 잘할게.
혜 준	(어이없는) 대표님 이 정도면 프로다!
태 수	나 프로야.
혜 준	(더 어이없는) 인정합니다!
태 수	고맙다. 니 인정을 받구 나니 더 열심히 살아야겠단 생각이 들어.
혜 준	더 열심히 잘 사시구 제 근처엔 오지 마셨으면 해요. 우리 가족한테 접근하지 마세요.
태 수	형이 뭐라 그래?
혜 준	상품권은 왜 줬어요?
태 수	안 받았는데... 받았대? 왜? 사기당했다며! 그래서 엄격해졌대. 너랑 진짜 안 닮았더라.
혜 준	(안 받았구나. 괜히 왔다.) 전 할 말 다 했어요. (일어나는)
태 수	난 안 끝났어. 언제든 내가 필요하면 불러. 나 알잖아. 구린 거 치우는 건 내가 전문이다. 니가 아직 이 바닥을 몰라 그러는데 연예인들은 사기꾼들 먹이감이야.
혜 준	전 항체 형성돼 있잖아요. 대표님 덕분에.
태 수	꼭 나랑 계약 안 해두 괜찮아. 지금처럼 서로 왔다 갔다만 해두 좋아.
혜 준	점심 맛있게 드세요. (나가려는데)
태 수	같이 먹을래?
혜 준	싫어요!
태 수	그래 그렇게 튕겨야지! 너무 쉬우면 안 돼. 혜준아 나는 너의 첫 매니저야! 첫정은 무서운 거다!
혜 준	우와.. 진짜 무섭다! (나가는)
태 수	반은 넘어왔어!

씬49. 태수 사무실 밖 복도 엘리베이터 앞

혜준, 걸어오면서. 핸드폰에서 경준 연락처 찾아 전화한다. 엘리베이터 버튼 누른다. 신호음 떨어지고.

경 준	(F) 여보세요?
혜 준	사기당했단 얘긴 왜 해?
경 준	(받는. F) 뭐?
혜 준	미안해.
경 준	(F) 뭐?
혜 준	상품권 안 받았다며? 왜 받았다구 했어?
경 준	(F) 내가 상품권 받을 사람이야? 사람을 뭘루 보냐? 넌 더 반성해야 돼. (끊는)
혜 준	(치.. 그러니까 왜 그렇게 말하래.) .....

엘리베이터 문 열리고.

씬50. 로펌 엘리베이터

혜준, 타고 있다. 옆에 민재.

민 재	내가 악플러 잡는데 얼마나 큰 돈을 썼는지 알아? 이 로펌은 국내 최고 로펌이야.
혜 준	......
민 재	칭찬 안 해주니?
혜 준	(미소) 잘했어.

엘리베이터 문 열리고. 혜준과 민재, 내린다.

씬51. 로펌 회의실 안

혜준과 민재, 들어온다. 직원 안내에 따라. 테이블 위에 다과 놓여
있다.

직 원   앉아 계시면 변호사님들 오실 거예요.

혜준민재   (앉는)

지 아   (들어온다. 서류 뭉치 들고. 그 안에 반성문도 있고.) 안녕하세요?
이번 사건을 맡은 변호사 정지아입니다.

혜준민재   (얘가 왜 여기서)

민 재   나 전에 왔을 땐 너 아니었는데.

지 아   기분 좀 내봤어요. 근무한 지 얼마 안됐어요. 아직 어쏘예요. 팀장님
오실 거예요.

혜 준   축하해.

지 아   넌 미안해해야 되는 거 아니니? 그때 내가 변시 결과 기다리구 있
는 거 알았잖아. 어떻게 연락두 없니?

혜 준   니가 떨어진단 생각 안 했으니까.

지 아   혹시 모르잖아.

혜 준   사건 진행은 어떻게 됐어?

지 아   연락 다 갔구 이제 경찰서에서 정모할 거야. 그 전에 사과하구 선처
부탁하는 분들 있었어. 어떻게 할까?

민 재   (O.L) 요즘 트렌드대루 하자.

지 아   그럼 선처두 없구 합의두 없습니다. (반성문을 혜준에게 준다.) 한
번 읽어봐. 너한테 쓴 반성문들이야.

민 재   top****은 반성문 냈니?

지 아   네. 선처해 달래요.

민 재   걘 절대 안 돼.

지 아   개 아니구 아저씨예요 40대.

씬52. 경준 은행 차장 자리/ 경찰서

경준, 기업 대출심사 서류 검토한 거 차장에게 준다.

경 준 이유기업 대출심사 마무리 중인데. 이유기업은 생각보다 신용평가
       등급이 안 좋은 거 같아요.

차 장 재무 상태는?

경 준 작년보다 안 좋아요. 대출금액 조절해야 될 거 같아요. (진동으로
       전화벨 울렸다. 움찔. 전화 안 온 척)

차 장 오래 거래한 기업이니까 좀 생각해 보자. 전화 받아.

경 준 안 받아도 되는데.

차 장 받아. 동생일 수 있잖아.

경 준 (핸드폰 보는. 발신자 모르는 번호다.)

경 준 모르는 번혼데요.

차 장 받지 마. 스팸이야.

경 준 제가 호기심이 많아서. (받는) 여보세요? (하면서 전화 받기 편한
       데로 가는데)

경 찰 안녕하세요. 서초경찰서 사이버수사관 김주영 경웝니다. 사경준 씨
       맞으시죠?

경 준 (경찰서에서 왜..) 네 맞는데요.

경 찰 모욕죄와 명예훼손으루 고소장 접수됐어요. 'Ovn 연기대상 남자
       최우수상' 기사에 댓글 아이디 top****한테 댓글 다셨죠? 기억하세
       요?

경 준 (큰일 났다.) 기억합니다!

씬53. 해효 집 거실

애숙, 걸어놓은 그림 청소하고 있다. 그러다 뭔가가 계속 걸리는지.
안방을 본다. 해나, 죽 끓인 거 들고 주방에서 나온다. 물도 있다.

애 숙	엄마 많이 편찮으셔?
해 나	잘 모르겠어요. 마음이 아파서 몸이 아픈 거니까. 아줌마가 갖다 주시겠어요?
애 숙	니가 갖다 드려.
해 나	저 보믄 더 아플 거 같아요.

씬54. 해효 집 안방

이영, 누워있다. 자지도 못하고 일어나지도 못한다. 몸이 너무 힘들다. 애숙, 죽 그릇 들고 들어온다.

애 숙	식사 안 했다면서요? 이거 좀 드세요.
이 영	놓구 나가요.
애 숙	해나가 한 거예요. 죽이에요. 끓일지두 모르면서 레시피 보구 열심히 만들었어요.
이 영	자기 엄마 죽 싫어하는 것두 모르구.
애 숙	자식들이 엄마 취향 관심이나 있겠어요?
이 영	(일어나는) 어떻게 그러냐구? 내가 지들한테 어떻게 했는데?
애 숙	식사하세요.
이 영	차려 먹기 싫어.

씬55. 해효 집 주방

이영, 식탁에 앉아 있다. 식탁 위엔 경미가 만들어온 반찬들.
애숙, 냄비에서 갓 한 밥을 푸는.

이 영	자기가 해준 밥 먹은 지 진짜 오래 됐다. 청소만 하기루 결정하구 한 번두 밥 해준 적 없어.

애 숙	(속소리 E. 밥 주는) 당연한 건데 왜 섭섭한 거 같이 말해?
이 영	갓 한 밥 먹은 지 진짜 오래됐어.
애 숙	전기밥솥이나 별 차이 없어요. 그냥 기분이지.
이 영	기분 따라 밥 맛두 좌우될 수 있어. 기분이 얼마나 중요한데. (하면서 밥 떠먹는)
애 숙	(나가려는)
이 영	어디 가?
애 숙	일해야죠.
이 영	좀 앉아. 일 천천히 하구.
애 숙	일찍 가봐야 돼요. 집안일이 요즘 너무 많아요. (나가는)
이 영	(궁시렁) 돈 더 줄 테니까 있으란 말두 못하구.

씬56. 사설세트장

건강식품 광고 촬영장. 일반 가정집 느낌. 촬영 스탭들은 조명과 카메라 설치하고 있고. 각자 자기 일하고 있고. 캐디(캐스팅 디렉터) 있다. 감독 있다. 영남, 민기와 들어선다.

캐 디	(민기 보고) 오셨네! (감독에게) 모델 왔어요. (하고 민기에게 가는)
민 기	안녕하세요? (뒤에 영남. 이런 데 처음 보니까)
캐 디	오시느라 수고 많으셨어요.
민 기	우리 아들이 같이 와서 하나두 안 힘들었어요.
영 남	(인사)
캐 디	잘됐다. 혼자 다니시는 거 좀 맘 쓰였는데.
영 남	....
감 독	시간이 빠듯하니까 일단 콘티 설명 먼저 해드릴게요.
민 기	(영남에게) 너 잘 들어.
영 남	아부지가 잘 들어야지 왜 나한테 들으래?

민 기	니가 나보다 젊구 총기가 있잖아.
영 남	아부지가 할 거잖아. 아부지가 잘 들어야지.
캐 디	(웃으며) 이거 컨셉이에요? 너무 재밌다 두 분이.
영남민기	(억지 미소)

씬57. 혜준 사무실 안 (13부 씬21 〈최초의 인간〉 촬영장소)

스탭들 촬영 준비하고 있다. 혜준, 대본 들고 들어온다. 해효, 한편
에 앉아 대본 들고 있다. 혜준, 해효에게 간다.

혜 준	대사 다 못 외웠어?
해 효	(보는) 외웠어.
혜 준	오늘 필라테스 안 했지! 난 너 만날까 해서 피트니스센터 갔었어.
해 효	(피트니스란 말에) 도하 만났냐?
혜 준	걔 그 시간에 안 하잖아.
해 효	나쁜 새끼야.
혜 준	원해효가 욕을 할 때두 있네. 어디 아파?
해 효	아니. 아팠음 좋겠어.
혜 준	무슨 일이야?
해 효	말하기 싫어.

문자음 E. 혜준 보면. '이제야 답한다. 어제 문자 못 봤어 미안' 정하.

혜 준	일찍두 답하시네! (해효에게) 정하야! 어제 자기 전에 문자했더니
	씹었어.
해 효	늦게 봤겠지.
혜 준	그런가 봐.
해 효	걔 오늘 이해지 메이크업 면접 보러 갈 거야.
혜 준	니가 그걸 어떻게 알아?

해 효　　　내가 소개해 줬으니까.

씬58. 방송국 대기실 앞

정하, 캐리어 짐 들고 가방 메고 들어선다. 예능프로 〈부자 되는 습관〉 '배우 이해지' 대기실 앞에 선다. 숨 한번 크게 쉬고 노크한다.

씬59. 대기실 안

이해지, 완벽하게 메이크업 한 상태로 대본 보고 있다. 태블릿 PC 있다. 정하, 들어온다. 해지, 보는.

정 하　　　안녕하세요? 안정하입니다.

해 지　　　아아 앉으세요. 사진이랑 똑같네요.

정 하　　　(앉으며) 저 보셨어요?

해 지　　　SNS 사진 영상 미리 공부 좀 했어요.

정 하　　　저야말루 공부 엄청 하구 왔어요. (하면서 가방에서 해지 메이크업 사진 여러 장 꺼낸다. 기존 메이크업 사진과 정하가 해지의 메이크업을 미리 해본 사진.)

해 지　　　합격이에요!

정 하　　　(의아) 네? 보지두 않았잖아요.

해 지　　　보지 않았지만 합격입니다. 언니 얼굴 보구 '합격' 하려구 만나자구 한 거예요.

정 하　　　왜요?

해 지　　　해효 오빠가 소개했잖아요. 오빠가 신용하는 사람은 저두 믿어요.

정 하　　　그건 별루 좋지 않은 생각이에요. 전 실력으루 뽑히구 싶어요.

해 지　　　언니! 나 그렇게 허술하지 않아요. (태블릿 PC 켠다.) 비상약 기억해요?

씬60. 정하 집 거실 (인서트)

정하, 유튜브 방송하고 있다. 알러지 약을 들고 있다.

정 하   메이크업 출장 때 항상 챙기는 비상약이 있어요. 제가 화장품 성분학 공부 좀 했거든요. 화장품 안에 고객님들이 인지하지 못한 성분이 트러블을 일으킬 수 있어요.

카메라 빠지고.

씬61. 방송국 대기실 안

화면에서 정하의 방송 나온다. 해지, 태블릿 PC로 정하에게 보여주고 있다.

정 하   (화면에서) 그래서 저 안정하는 꼭 알러지 약을 챙깁니다.
해 지   (태블릿 PC 끄는) 언니 실력이에요!
정 하   (감동) 고마워요.
해 지   지금 있는 스탭들은 그대루 가구요. 가벼운 자리 있을 때 언니네 스튜디오루 갈게요.
정 하   감사합니다. (사진 주며) 이거 검토해 주세요.

씬62. 방송국 대기실 앞

정하, 나온다. 기쁨의 제스처.

씬63. 혜준 사무실 (촬영장) 밖 복도/ 방송국 대기실 복도

촬영 끝났다. 혜준과 해효, 걸어오고 있다. 뒤에 혜준 해효 스텝들.

혜 준   너 뭐하냐?
해 효   몰라. 넌 또 스케줄 있지?
혜 준   광고 있어. 새벽까지 찍을 거 같아.

해효 핸드폰 E 발신자 '정하'

해 효   정하다! (받는) 어어!
혜 준   (나한테 전화 안 하고 왜?)
정 하   고마워고마워고마워!
해 효   뭐야 너?
정 하   이해지 씨가 합격이래. 넌 진짜 내 인생의 은인이다.
해 효   혜준이 옆에 있어. 레이저 눈빛이야.
혜 준   (어이없는. 맞는 말이기도 하다.)
정 하   내가 전화한다구 해.

씬64. 도로/ 혜준 밴 안 (저녁)

혜준, 핸드폰 보고 있다. 핸드폰 울리지 않는다. 치영, 운전하고

치 영   형 뭐해요?
혜 준   전화한다 그러구 전화 안 하네 애.

씬65. 버스 안 (저녁)/ 혜준 밴 안

정하, 앉아 있다. 핸드폰 E 발신자 '혜준'. 앞에 사람 있다.

정 하   (받는. 눈치 보인다. 조심스레) 어.

혜 준   너 왜 전화 한다 그러구 안 해?

정 하   미안. 지금 버스 안이야. 나중에 전화할게. (하곤 끊는다.)

혜 준   (기막힌) 하이 참! 누군 버스 안 타봤나!

씬66. 버스 안 (저녁)

정하, 앉아 있다. 핸드폰 메시지 E. '그래서 어디 가?' 혜준.
정하, 답 문자 보낸다. '집'

정 하   (E) 집!

씬67. 정하 집 현관/ 거실

현관 비밀번호 누르는 소리 들리고, 혜준 들어온다. 혜준, 소파에 앉
는다. 옆으로 눕는다. 엄청 피곤하다. 현관 비밀번호 누르는 소리 들
리고. 혜준, 정하인 거 알고 일어난다. 정하, 들어온다.

혜 준   (소파에서 손 흔들며. 환한 미소) 서프라이즈!

정 하   (들어와서 반가움과 이 시간에 우려. flash back 12부 민재, 어떡하
니? 너랑 연애한다구 기사 낸대? 혜준이 어떡하니 기사 나오면 이
미지 어떡할 거야?) (그 위로 소리 E)

혜 준   (E) 안 좋아?

정 하   (현관에 서 있다.) 좋아!

혜 준	(팔 벌리는. 응석) 힘들어서 못 일어나.
정 하	(가서 안기는) ....
혜 준	(정하 머리 쓰다듬는)
정 하	광고 촬영하러 간다며?
혜 준	너랑 밥이랑 바꿨어.
정 하	(떨어지고)
혜 준	왜?
정 하	가서 밥 먹어. 앞으론 집으루 오지 마. 파파라치 붙었을 수 있어. 나랑 스캔들나면 어떡해?
혜 준	공개 연애하면 되지.
정 하	전 여친.. 탑스타 진서우. 내가 세 번째 열애설 주인공 되는 거야?
혜 준	앞에 두 사람하구 넌 달라. 공개 연애하면 만나는 거에 제약 없잖아.
정 하	계속 카메라 따라다니면서 연애 상황 중계할 텐데. 헤어지면 나 어떡해?
혜 준	(철렁) 우리 헤어져?
정 하	(감정) ..앞일은 모르는 거잖아.
혜 준	너한테 기쁜 일이 생겼는데 나한테 전화 안 하구 왜 해효한테 해?
정 하	넌 바쁘니까.
혜 준	바빠두 니 연락 씹은 적 없구 바쁜 중에 짬내서 너한테 왔어.
정 하	살인적인 스케줄인데두 나한테 최선을 다하구 있어. 근데 있잖아. 나두 최선을 다하구 있어. 잠깐 보는데 편하게 해줘야지. 잠깐 보는데 기쁘게 해줘야지. 잠깐 보는데 밝은 모습 보여줘야지.
혜 준	....미안해.
정 하	너 지금 행복해?
혜 준	(철렁) .....
정 하	니가 원하는 걸 얻었잖아. 니가 생각한 거 보다 훨씬 더 큰사람이 돼 있잖아.
혜 준	(나 지금 행복한가. 생각 못했다. 일만 했다.)
정 하	아빠 세대 사람 같아. 자식들 먹여 살리느라 자기 삶이라곤 일도 없

이 일만 하는!

핸드폰 E

혜준정하	....
정 하	일하러 가야지!

씬68. 정하 집 거실

이영, 차 마시고 있다. 애숙, 일 다 했고 옷 갈아입었고 집에 가려고
나온다.

애 숙	갈게요.
이 영	왜 일 계속 다녀?
애 숙	(무슨 말이지.)
이 영	금전적으루 힘들지 않잖아 이젠.
애 숙	일 다니는 이유 돈이 전부는 아니에요.
이 영	그럼 뭐야? 돈이 있는데 왜 이 일을 해? 혜준이는 뭐래? 일 다녀두 된대?
애 숙	걔는 엄마 인생은 엄마 인생이구 지 인생은 지 인생이래요. 중학교 때 그랬어요.
이 영	그걸 곧이 곧대루 믿어? 어린애가 한 말이야. 상처받구 싶지 않아 합리화한 거야.
애 숙	맘에서 정리된 게 있으니까 말루 했을 거예요. 전 이 일이 나쁘지 않아요.
이 영	좋다구 했음 가식적이라구 했을 거야.
애 숙	사람이 다 제각각이잖아요. 해효 엄마는 죽어두 못 하는 일이 전 좋을 수두 있어요. 혹시 내가 오는 게 싫어서 물어본 거예요?
이 영	(딱 잘라) 아니.

애 숙	(피식)
이 영	나 같았음 어땠을까 잠깐 생각했어.
애 숙	이제 가두 되죠?
이 영	가 집에!

씬69. 혜준 집 앞/ 미니 봉고차 안

미니 봉고 들어와 주차한다. 영남, 운전석. 민기, 조수석에 있다.

민 기	(주머니에서 봉투 꺼낸다. 영남에게 준다.) 이거.
영 남	뭐야 이게?
민 기	오늘 광고비 받은 거.
영 남	광고빌 현찰루 줘? 은행으루 들어오는 거 아냐?
민 기	끝나구 바루 현찰루 주는 데두 있어. 받어. (하곤 돈 놓고 내린다.)
영 남	(받아야 되나 말아야 되나.)

씬70. 혜준 집 안방

영남, 민기가 준 봉투 열어본다. 영남, 5만 원권 보고 세어본다. 80만 원이나 된다. 받아선 안 될 거 같다.

씬71. 혜준 집 민기 방

민기, 옷 갈아입고 힘든지 않는다. 영남, 들어온다.

영 남	너무 많아. 이십만 원만 가질게. (하고 봉투 내민다.)
민 기	너 다 가져.

영 남	혜준이가 돈 많이 주는구나. 그래두 이건 아부지가 번 거니까 써.
민 기	영남아.. 아부지 왜 돈 벌구 싶었는지 알아?
영 남	왜 벌구 싶었어?
민 기	너 줄라구!
영 남	(뭉클)
민 기	너 자랄 때 아부지가 해준 게 없잖아. 젤 후회되는 게 대학 공부 못 시킨 거야. 영균이보다 니가 더 머리가 좋았는데. 영균인 니가 가르치구 넌 식구들 뒤치다꺼리하느라 고생만 하구. 다행히 에미 만나서 결혼하구 자식 낳구. 너 보믄 착한 사람은 복 받는 거 같아.
영 남	(눈물이 왜 나오는지... 울면 안 되는데)
민 기	아부진 너한테 주는 거 하나두 안 아까워. 돈 열심히 벌어갖구 어릴 때 못해준 거 다 해주구 싶어.
영 남	(괜히) 대체 왜 그래?
민 기	죽을 때가 다 됐잖아.
영 남	죽는 때가 되긴.. 아부진 나보다 더 오래 살 거니까 걱정 마.
민 기	너 왜 우냐?
영 남	내가 언제 울었어? (하면서 눈물 닦는)
민 기	아부지랑 같이 일 다니자. 장만이 따라다니는 거 이제 하지 마. 내가 잘해 줄게. 돈두 다 가져. 아부진 필요 없어.
영 남	아부지 왜 이러나? 평생 철없이 산 사람이 왜 갑자기 철날라 그래? 갑자기 사람 변함 안 돼. 무서워. 그냥 살던 대로 살아.
민 기	난 살던 대루 사는 거 싫어. 철나구 죽어두 철날 거야.
영 남	철나지 마!

씬72. 짬뽕 엔터 사무실 복도/ 짬뽕 엔터 사무실 앞

경준, 오고 있다. 경준, 짬뽕 엔터 앞에 와서 안으로 들어간다.

민 재	(E) 사무실로 오세요. 변호사님하구 기다리구 있을게요.

씬73. 짬뽕 엔터 사무실 안

민재와 지아 있다. 지아, 경준 아이디로 단 악플 보고 있다.[8] 경준, 들어왔다.

민 재   놀라셨죠? 사람이 진짜 자기 자신을 모르는 거 같아. 자기는 혜준이 한테 온갖 악플 다 달구. 악플 받으니까 바루 고소하구.

지 아   안녕하세요?

경 준   (지아 보고) 어? 어디서 많이 봤는데.

지 아   전 여친 동영상!

경 준   아아.. 근데 여기 왜 있어요?

씬74. 짬뽕 엔터 사무실

민재, 지아, 경준, 있다.

지 아   합의를 해보도록 할게요. 반성문 써서 주시구

경 준   (O.L) 반성문 안 써요.

민 재   왜요?

경 준   잘못한 게 있어야 쓰죠?

민 재   잘못한 게 없어두 쓰셔야죠. top****은 혜준이한테 반성문 쓰구 선 처 기다리고 있어요.

경 준   갠 절대 반성하지 않아요. 법적인 제재 받지 않으려구 수 쓰는 거 예요.

민 재   그러니까 형님두 수 써요.

경 준   내가 쓴 댓글이 뭐가 모욕적이란 거예요?

---

8   뒤의 댓글 참고.

지 아	(경준이 쓴 댓글 읽는) top**** 얘가 진짜 찰리정이랑 사겼어 스폰 도 겁나 바다써 근데 찰리정이 버렸짜노 냄새난대. (읽으면서 싫은)
민 재	아우 드러. 악플 맞네.
경 준	미러링 댓글이거든요! 걔가 혜준이한테 단 대로 고대루 달았어요.
지 아	경찰에 언제 조사 받으러 가기루 하셨어요?
경 준	내가 알아서 할게요. 내가 왜 여기다 연락을 했을까. 대표님이 뭔가 새로운 해결책을 제시할 줄 알았죠.
민 재	이태수 대표는 새로운 걸 제시해 줄 수 있을 줄 알아요?
경 준	여기 이태수 대표가 왜 나옵니까?
민 재	그러니까요 왜 나왔을까요? 제 얘기에 귀 기울여 주지 않으니까!
경 준	귀 기울여야 반성문 쓰라는 얘기하시면서 뭐. 그건 나두 알아요. 혜준이한텐 말하지 마세요.

씬75. 광고 촬영장 밖/ 태수 사무실 안

쉬는 시간. 혜준, 앉아 있다. 메이크업과 헤어, 스탭이 수정해 주고 있다.

치 영	형 피곤하지?
혜 준	괜찮아.
치 영	마무리 촬영만 하면 되니까. 힘내!

핸드폰 E 발신자 '이태수 대표'

치 영	전화 줄까?
혜 준	줘.
치 영	(주는)
혜 준	(발신자 보면. 이태수다. 왜 전화했지. 받는) 여보세요?
태 수	혜준아! 이제 진짜 내가 널 도와줄 때가 된 거 같아.

혜 준	무슨 말이에요?
태 수	내일 아침 니 기사 뭐가 나는지 알아?
혜 준	(이건 또 뭐지. 불안한)

씬76. 인서트

신문기사다. '[단독] 故 찰리정 마지막 통화자가 사혜준? 아웃뉴스 김수만 기자'.[9] 가판대에서 스포츠 신문을 사고 있는 사람들. 혹은 건물 전광판에 나오는 헤드라인 '故 찰리정 마지막 통화자가 사혜준?'

혜준, 전화 받고. 태수, 전화하고 있고. 가판대에서 스포츠 신문을 사고 있는 사람들.

한 프레임에 들어오면서.

(끝)

---

9 뒤의 참조 기사 6 참고.

[단독] 사혜준·진서우, 촬영 시작부터 지금까지 열애 중…
친구에서 연인으로 발전.

[팩트체크] 윤혜리 기자

(사진. 메이킹 영상 속 번호 교환 사진) 모델 겸 배우 사혜준과 진서우가 3개월째 열애 중이다. 두 사람은 모델 시절부터 알고 지내며 친구로 지내다 이번 봄 방영 예정인 드라마 〈최초의 인간〉에서 각각 남녀 주인공을 맡으면서 서로의 마음을 확인하고 연인으로 발전했다.

복수의 관계자에 따르면 두 사람이 연인으로 발전한 시기는 드라마 촬영 시작하고 얼마 안 돼서이다. 드라마 방영을 앞두고 있던 터라 조심스럽게 만남을 이어왔던 두 사람의 마음은 숨기지 못하고 곳곳에 드러났다고 한다.

특히 서로의 전화번호를 교환하며 웃는 드라마 메이킹 영상 속 두 사람은 이제 막 사랑을 시작하는 풋풋함까지 엿보인다. 진서우를 바라보는 사혜준은 그의 특허인 '멜로 눈깔'이 장착되어 있어 누리꾼들의 매서운 눈에 포착되지 않을 수 없었다. 이후 '원래 연인이었는데 숨겼다'는 의혹부터 '만났다 헤어졌다를 반복했다'는 설까지 SNS 상으로 빠르게 확산됐다.

방송 전부터 핫이슈가 된 드라마 〈최초의 인간〉은 첫 방송 8%에서 시작해 드라마 중반을 넘어선 지금 13%로 점점 상승세를 타고 있다.

[단독] 가족과 애인 간의 재산 다툼으로 편하게 눈 못 감는 故 찰리정

[이미지뉴스] 최강 기자

故 찰리정 씨의 가족이 생전 찰리정의 애인이었던 A씨와 재산 다툼을 벌이고 있다는 사실이 취재 결과 드러났다. 故 찰리정의 유언장이 공개되면서 그 파장이 일파만파 커지고 있는 상태.

유언장에는 故 찰리정의 재산 절반을 애인 A씨에게 상속한다고 명시되어 있다고 한다. 이에 가족측은 '생전 찰리정과 A씨는 사랑하는 사이가 아니었으며 관계가 이미 끝난 사이었고 A씨가 재산 형성에 어떠한 기여도 한 게 없기 때문에 유언장을 인정할 수 없다'며 소송을 준비하고 있다 전했다.

반면 찰리정의 애인이었던 A씨는 가족들의 태도에 분노하고 있는 것으로 알려졌다. '성소수자라는 이유로 가족구성원으로 인정하지 않고 인연을 끊고 살았던 것을 세상 사람들이 다 아는데 이제 와서 둘도 없이 사랑하는 자식이었던 것 마냥 구는 것이 가증스럽다'며 '유언장은 가족들을 향한 찰리정의 확고한 마음이며 그것은 반드시 실행되어야 할 것이다'라며 뜻을 굽히지 않을 것을 예고했다.

이들의 재산 다툼을 보고 SNS 등의 네티즌들 반응은 '죽은 사람만 불쌍하지' '버릴 땐 언제고 이제 와서 가족이래' '돈이 문제야' '버는 놈 따로 있고 쓰는 놈 따로 있냐' '애인이란 놈도 말은 그럴싸한데 결국 돈 보고 저러는 거지'라며 입장 차를 보였다.

이 치열한 공방은 당분간 계속될 것으로 보인다.

[공식] 사혜준 측, 진서우와 열애설 부인… "친한 동료 사이"

[이미지뉴스] 최강 기자

모델 겸 배우 사혜준과 같은 모델 출신 배우 진서우와의 열애설이 불거진 가운데, 사혜준 측이 입장을 전했다.

20일 사혜준의 소속사 짬뽕 엔터테인먼트는 공식 보도자료를 통해 "두 사람은 모델 동기라는 공통분모를 가진 친한 동료 사이일 뿐"이라고 열애설을 부인했다.

그러면서 "문제가 된 드라마 메이킹 영상에서는 서로의 전화번호가 아닌 다른 사람의 전화번호를 전달했던 것"이라고 해명했다.

끝으로 사혜준 측은 "워낙 어릴 때부터 같이 고생하고 또 드라마에 몰입하다 보니 이런 오해를 낳은 것 같다"고 덧붙였다.

사혜준, 진서우 양측 모두 열애설 부인 '사실무근'

[그린뉴스] 이현성 기자

열애설에 휩싸인 배우 사혜준과 진서우 양측 모두가 열애설을 부인하며 '사실무근' 입장을 밝혔다.

사혜준의 소속사 짬뽕 엔터테인먼트는 "사혜준과 진서우는 작품을 함께하고 있는 동료 사이일 뿐 보도된 내용과는 전혀 관련이 없다"라고 밝혔다. 이어 "모델 시절 활동할 때부터 친한 친구여서 서로 살갑게 지낸 모습이 오해를 빚어 열애설로 까지 이어진 것 같다. 진서우 씨 와의 열애설은 절대 사실이 아니다."라고 전했다.

진서우의 소속사 어쏘엑터스 관계자 또한 같은 입장을 밝혔다. "두 사람은 동갑내기 친구일뿐 그 이상의 관계가 아니다. 드라마 촬영을 하며 좋은 현장에서 좋은 케미를 보여주려고 지낸 모습이 오해를 낳게 된 것 같다. 절대 사실이 아니다."라고 말했다.

이날 오전 배우 사혜준과 진서우의 열애설 기사가 났다. 드라마 〈최초의 인간〉 메이킹 영상에서부터 시작된 해프닝은, 누리꾼들의 수많은 상상과 썰에 의해 점점 커져 열애설로까지 제기됐다. 그러나 사혜준과 진서우는 친한 동료 사이였을 뿐 연인은 아니었다.

[단독] 고 찰리정.. 가족과 애인 간의 재산 분쟁 소송 불가피

[넥스트뉴스] 성나연 기자

지난 1일 패션디자이너계의 거장 찰리정 씨가 스스로 생을 마감했다. 찰리정 씨의 죽음으로 패션계와 연예계는 적지않은 충격에 빠졌었다.

고 찰리정 사망 이후 고 찰리정의 유족과 그의 애인 A씨 사이에 재산권 분쟁이 발생한 사실이 뒤늦게 알려졌다.

고 찰리정 씨의 유언장에 따르면 애인 A씨에게도 적지 않은 재산을 상속한다고 적혀있다고 한다.

이에 찰리정의 유족들은 절대 인정할수 없다며 "A씨와 찰리정은 오래전 헤어진 사이다. 이미 관계가 끝났다. 찰리정의 재산에 어떠한 지분도 있지 않다"고 밝혔다. 뒤이어 "애인 A씨는 배우로 활동. A씨가 이미 찰리정의 재산 중 일부를 본인 명의로 돌려놓았다"고 말하며 크게 분노했다. 소송을 통해 찰리정의 재산 전부를 되찾을 것이라는 강한 입장을 전했다.

네티즌들은 '죽은 사람만 불쌍하지', '돈이 무섭다무서워', '한몫 단단히 챙길라나보네', '가족들이랑 생전 등지고 살았나본데 저 정도면' 등 반응들을 보였다.

고 찰리정 씨를 둘러싼 이들 간의 재산 분쟁 소송은 긴 싸움으로 이어질 것으로 보인다.

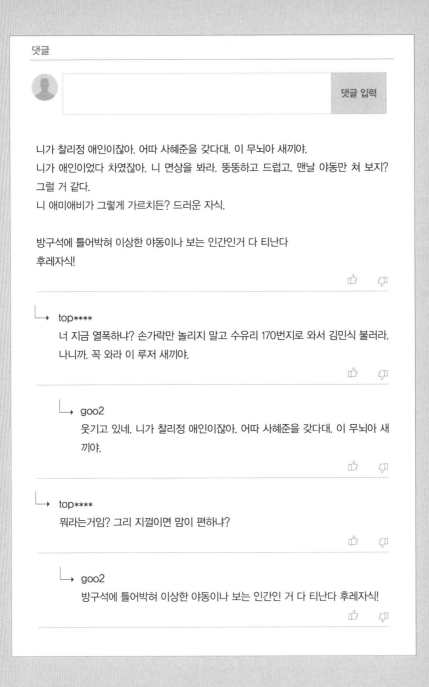

니가 찰리정 애인이잖아. 어따 사혜준을 갖다대. 이 무뇌아 새끼야.
니가 애인이었다 차였잖아. 니 면상을 봐라. 뚱뚱하고 드럽고. 맨날 야동만 쳐 보지?
그럴 거 같다.
니 애미애비가 그렇게 가르치든? 드러운 자식.

방구석에 틀어박혀 이상한 야동이나 보는 인간인거 다 티난다
후레자식!

top****
너 지금 열폭하냐? 손가락만 놀리지 말고 수유리 170번지로 와서 김민식 불러라.
나니까. 꼭 와라 이 루저 새끼야.

goo2
웃기고 있네. 니가 찰리정 애인이잖아. 어따 사혜준을 갖다대. 이 무뇌아 새
끼야.

top****
뭐라는거임? 그리 지껄이면 맘이 편하냐?

goo2
방구석에 틀어박혀 이상한 야동이나 보는 인간인 거 다 티난다 후레자식!

[단독] 故 찰리정 마지막 통화자가 사혜준?

[아웃뉴스] 김수만 기자

올 1월 패션디자이너 찰리정 씨의 죽음 직전 마지막 통화자가 생전 찰리정의 최애 모델이었던 모델 겸 배우 사혜준이라는 이야기가 나와 또 다른 파장이 예상되고 있다.

패션계를 주름잡던 찰리정이 갑자기 사망한 이유에 대해서 소문이 무성했던 지난 1월, 과연 찰리정의 마지막 연인이 누구였을까를 두고 추측이 난무하던 가운데 떠올랐던 배우가 바로 사혜준이었기 때문이다.

경찰은 평소에 우울증과 공황장애를 앓아왔던 정 씨가 삶을 비관해 자살한 것으로 잠정 결론지어 수사를 종결했다.

한편 얼마 전 찰리정 사망 이후 찰리정의 유족과 그의 애인 A씨 사이에 재산권 분쟁이 발생한 사실이 뒤늦게 알려진 가운데 애인 A씨는 배우로 활동하고 있으며 이미 찰리정의 재산 중 일부를 본인 명의로 돌린 정황이 드러나 A씨가 누구인지 초미의 관심을 받고 있는 상태이다.

자신을 찰리정의 애인이라고 밝히고 있는 배우 A씨. 한때 찰리정의 가장 사랑하던 모델이었던 하지만 지금은 배우인 사혜준. 이 둘의 연관성을 의심하는 것은 오히려 합리적인 의심이라는 것은 누구도 반박할 수 없을 것이다.

한 경찰 관계자에 따르면 찰리정이 마지막 보낸 문자메시지는 남녀가 주고받을 만한 애절한 내용이었다고 전했다.

14부

씬1. 정하 집 거실/ 현관

13부 67씬 이후
혜준, 정하와 있다.

혜 준   너한테 기쁜 일이 생겼는데 나한테 전화 안 하구 왜 해효한테 해?

정 하   넌 바쁘니까.

혜 준   바빠두 니 연락 씹은 적 없구 바쁜 중에 짬 내서 너한테 왔어.

정 하   살인적인 스케줄인데두 나한테 최선을 다하구 있어. 근데 있잖아. 나두 최선을 다하구 있어. 잠깐 보는데 편하게 해줘야지. 잠깐 보는데 기쁘게 해줘야지. 잠깐 보는데 밝은 모습 보여줘야지.

혜 준   ....미안해.

정 하   너 지금 행복해?

혜 준   (철렁) .....

정 하   니가 원하는 걸 얻었잖아. 니가 생각한 거 보다 훨씬 더 큰사람이 돼 있잖아.

혜 준   (나 지금 행복한가. 생각 못했다. 일만 했다.)

정 하   아빠 세대 사람 같아. 자식들 먹여 살리느라 자기 삶이라곤 일도 없이 일만 하는!

핸드폰 E

혜준정하	....
정 하	일하러 가야지!
혜 준	(말 받아서 일어나는) 일하러 가야지! (현관으로 가는)
정 하	(기분 나쁜가.) 기분 괜찮아?
혜 준	(자신의 눈치 보는 거 같아) 미안해.
정 하	뭐가 또 미안해?
혜 준	니가 나한테 맞춰주려구 노력하는 거 생각 못했어.
정 하	신경 쓰지 마. 내가 하는 노력보다 니가 하는 노력이 힘든 거 아니까.
혜 준	지금 그 말두 걸려. 난 니가 날 만나면서 누구보다 자유롭구 즐겁길 바랬어. 근데 나 때메 니가 제약을 많이 받는 거 같아.
정 하	대신 사혜준이 사랑하잖아.
혜 준	알면 됐어. 데려다줘. 밴까지.
정 하	웬일루 데려다달래?
혜 준	오늘은 내가 시간이 없어서 도로 데려다주려구 해두 데려다줄 수 없으니까.
정 하	그래 봐야 5분이야.
혜 준	5분! 5분이 어디야? 데려다줄 거지!

씬2. 혜준 집 안방 (저녁)

영남, 민기가 준 봉투에 돈 다시 세어보고 있다. 아이가 된 기분. 아버지한테 돈 처음 받아봤다. 너무 좋다. 이 돈으로 뭐할까. 애숙, 들어온다. 이영 집 일 끝내고.

애 숙	좀 늦었어. 얼른 밥 차려 줄게.
영 남	이거 뭔지 알아? (하면서 돈 보여준다.)
애 숙	(앉으며) 웬 돈이야?
영 남	아부지가 줬어. 광고 촬영하구 받은 돈!
애 숙	얼마야? (하면서 봉투를 가져가려고 하면)

영 남	(안 주며) 80만 원!
애 숙	(치사) 안 뺏어. 얼마 되지두 않네.
영 남	(들떠서) 액수가 문제냐? 아부지한테 돈 첨 받았어. 어릴 때두 엄마가 줬지 아버지한테 받은 기억이 없어.
애 숙	아버님이 어머님한테 주셨겠지.
영 남	암튼 직접 받아본 기억이 없다니까. 이걸루 뭐할까? 당신 뭐 갖구 싶냐? 난 옷 살래.
애 숙	구두두 사.
영 남	당신 옷두 사줄게. 자식 돈은 어렵더니 부모 돈은 좋다. 하나도 안 어려워.

씬3. 짬뽕 엔터 사무실 (밤)

경준, 있고. 민재, 지아 있다. 밥 먹고 있다. 비빔밥. 다 먹었다.

민 재	(빈 그릇 치우며) 자 이제 배부르니까 세상이 좀 좋아 보이죠! 다시 얘기해요 형님.
지 아	(일어나며) 차는 제가 내릴까요?
민 재	좋지.
경 준	(지아에게) 같이 해요.
지 아	같이 할 거까진 없는데.
민 재	형님이 하면 되겠다. 넌 쉬어.
경 준	말루만 한 거예요.
민 재	(속소리 E) 밉상!
경 준	(속소리 E) 부려먹을라구?
경 준	전 아직두 이해가 안되는 게. 어떻게 모욕죄가 성립돼요?
지 아	사실 그 대댓글론 모욕죄 성립이 안 돼요.
민 재	(놀라며, 경준 슬쩍 보며) 그거보다 수위가 더 쎈 게 있어?
경 준	(O.L) 그거보다 더 쎄게 단 거 없어요.

지 아   대댓글은 댓글과 모욕죄 성립 쟁점이 달라요.

점프 시간 경과

지아, 경준 악플을 보여준다.

[top****] 너 지금 열폭하냐? 손가락만 놀리지 말고 수유리 170번
지로 와서 김민식 불러라. 나니까. 꼭 와라 이 루저 새끼야.
└, [goo2] 웃기고 있네. 니가 찰리정 애인이잖아. 어따 사혜준을
갖다대. 이 무뇌아 새끼야.
[top****] 뭐라는 거임? 그리 지껄이면 맘이 편하냐?
└, [goo2] 방구석에 틀어박혀 이상한 야동이나 보는 인간인 거 다
티난다 후레자식!

지 아   ([top****] 수유리170번지로 와서 김민식 불러라) 이 부분에서 티
오피가 수유리에 사는 김민식이다라구 밝혔잖아요.... 이 부분에서
특정성이 인정돼서 이 댓글 밑으루 달린 대댓글은 전부 모욕죄 성
립 돼요.

경 준   앞에 더 심하게 단 대댓글은 티오피가 누군지 모르니까 모욕죄 성
립 안 되구

민 재   (O.L) 이 두 개 때메 고소당한 거네요. 이 댓글은 아주 심하진 않은데.

경 준   왜 남 얘기하는데 끊어요? (지아에게) 별루 심하지 않잖아요 이 대
댓글은.

민 재   결국 형님이 할 말 제가 빨리 해드렸잖아요.

경 준   제가 왜 형님이에요? 대표님이 저보다 훨씬 윈데.

지 아   (O.L) 저 이제 가야 돼요.

민 재   미안. 그래서?

지 아   무뇌아 새끼! 후레자식! 방구석에 틀어박혀 이상한 야동 보는 인
간! 모욕죄 될 수 있어요.

민 재   고집 피우지 말구 사과문 쓰세요. 한 장 말구 여러 장 쓰세요.

경 준   내 입장은 아까하구 변한 게 없어요. 잘못한 거 없어요. 반성문 안

써요.

민 재	혜준이 봐서 하세요. 혜준이 형이 악플 달구 다닌 거 알면 어떻게 되겠어요?
경 준	내가 혜준이 형인 거 내가 안 밝히면 모르구요. 혜준이 욕한 놈한테 사과하구 싶지 않아요.

씬4. 광고 촬영장 밖/ 태수 사무실 안

쉬는 시간. 혜준, 앉아 있다. 메이크업과 헤어, 스탭이 수정해 주고 있다.

치 영	형 피곤하지?
혜 준	괜찮아.
치 영	마무리 촬영만 하면 되니까. 힘내!

핸드폰 E 발신자 '이태수 대표'

혜 준	(받는) 여보세요? (치영, 전화 와서 통화하러 한편으로 간다.)
태 수	혜준아! 이제 진짜 내가 널 도와줄 때가 된 거 같아.
혜 준	무슨 말이에요?
태 수	내일 아침 니 기사 뭐가 나는지 알아?
혜 준	(이건 또 뭐지. 불안한) 뭐가 나는데요?
태 수	만나서 얘기하자.
혜 준	지금 촬영 중이에요.
태 수	그럼 내가 갈게.
혜 준	대표님! 그 기사가 어떤 기산지 저한테 어떤 영향을 줄지 모르겠지만 대표님 도움 받지 않을래요.
태 수	왜?
혜 준	비싼 청구서가 기다리구 있을 거 아니까요. 아무튼 감사합니다. (전

화 끊는)

치 영   (와서) 형! 이제 들어가요. 빨리 끝나면 집에 가서 3시간 정도 눈 붙일 수 있어요.

혜 준   넬 첫 씬은 해효랑 붙지? 해효 맨날 보니까 좋다!

타이틀 오른다.

씬5. 해효 집 거실 (새벽)

해효, 2층에서 내려오는 촬영 준비하러 가야 한다. 손엔 대본 들고 있다. 〈최초의 인간〉 15부. 핸드폰 E 발신자 '김이영씨' 받지 않고서 있다. 이영, 핸드폰 들고 주방에서 나오면서

이 영   왜 안 받아?

해 효   (이영 보는)

이 영   리코타 치즈 샐러드하구 브로콜리 숲 했어. 먹구 가. 니 시간 맞춰 일어나느라 너무 피곤해. 피곤한데두 너하구 잘해보구 싶었어. 엄마 성의 저버릴 거야?

해 효   (보는) 난 요즘 나 자신이 너무 싫어. 시간이 지나면 정리될 줄 알았는데 시간이 지날수록 더 화가 나.

씬6. 사무실 엘리베이터 앞 (새벽) (촬영 중)

혜준(정후), 누군가를 기다리고 있다. 복도 벽에 기대. 자신만만 건들건들. 엘리베이터 열리고 해효(진서),[1] 내린다. 혜준, 해효 보고 반

---

[1]   뒤의 〈최초의 인간〉 인물 소개 참조.

가운 제스처.

해 효	(뜻밖) 뭐하냐?
혜 준	뭐하긴 형 기다리구 있었잖아!
해 효	주시주시주 (주식 넘긴다 그랬더니 대우가 최상급이네. 대사. 못하고 버벅대는) (고개 숙이며 스탭들에게) 죄송합니다.
혜 준	.....

점프 짧은 시간 경과

혜준, 누군가를 기다리고 있다. 복도 벽에 기대. 자신만만 건들건들. 엘리베이터 열리고 해효(진서), 내린다. 혜준, 해효 보고 반가운 제스추어.

해 효	(뜻밖) 뭐머. (스탭들에게) 죄송합니다!
감 독	(E) 야이 새끼야! 연습했어 안 했어?
해 효	...... (카메라 빠지면. 촬영 스탭들.. 감독)
혜 준	(같이 눈치 보이고)
감 독	이게 뭐 대단하게 어려운 씬이라구 대사 하나 숙지 못하구! 몇 번째야 대체? 아이씨!!!!
해 효	....
혜 준	감독님! 잠깐 쉬었다 해요.
감 독	(혜준이가 말하면 누그러지는) 쫌 쉬었다 하자!

씬7. 사무실 (촬영장) 안

혜준, 있고. 해효, 있다. 혜준, 무슨 말을 먼저 꺼내야 할지 말 고르고 있고. 해효, 자신감 떨어지고 NG까지 내서 말하고 싶지 않다.

혜 준	너 무슨 일 있냐? 두 번째 묻는다.
해 효	말하구 싶지 않아.
혜 준	아직두 말하기 싫어? 말을 해야 내가 뭘 하든 하잖아.
해 효	니가 할 게 뭐있냐! 결국 내가 해야 되는 건데.
혜 준	너한테 도움되구 싶어.
해 효	챙피해. 너한테 젤 챙피해. 열등감 뒤얽혀서 너 보기 힘들어.

씬8. 동네 농구대 (회상) (낮)

혜준(중학교 3학년), 농구공을 드리블하며 농구 골대로 향한다. 진우, 혜준의 공을 뺏으려는 해효를 스크린(공격 팀의 선수가 수비 팀 선수의 이동 경로를 가로막고 서는 행위)으로 방어한다. 골대 근처에서 슛을 쏘아 올리는 혜준. 하지만 백보드를 맞고 튕겨나가는 공. 날아가는 공을 해효가 멋지게 점프해서 받아간다.

해 효	(제스처) 나이스!
혜 준	오늘 잘하네!
진 우	나 가야 돼. 진리 생일이라 뷔페 간대. (하면서 겉옷 벗어놓은 곳으로 벤치로 가고)
혜 준	우리두 갈 거야.
진 우	(자신의 점퍼 입고. 3부 씬19의 남자 블루종, 혜준에게 주며) 너 이거 해효 꺼랑 똑같다.
혜 준	(받아서 입으며) 엄마 취향이야.
해 효	잘 어울려.
혜 준	너두 입구 와.
진 우	그래 니네 둘이 같이 입구 다님 쌍둥인 줄 알겠다.

씬9. 한남동 혜준 집 골목 과거 (낮) 3부 씬21

혜준(중학교 3학년), 손엔 농구공 들고. 3부 씬19의 남자 블루종 입고. 애숙을 보고 손을 흔든다. 애숙, 혜준을 기다리고 있었다. 애숙, 혜준을 보고 혜준에게 온다.

애 숙　　(정면승부다.) 엄마 해효네 집으루 일 다녀.

씬10. 혜준 집 혜준 방

혜준(중학교 3학년), 해효 블루종 입고 들어와서 벗는다. 블루종 본다. 도저히 입고 다닐 수 없다. 블루종, 옷장에 집어넣는다.

씬11. 혜준 집 골목 (낮)

혜준(중학교 3학년), 걷고 있다. 뒤에 해효 따라온다. 혜준, 걷다가 뒤를 돌아본다. 해효, 멈춰 선다.

혜 준　　왜?
해 효　　너 왜 나 피해 다녀?
혜 준　　같이 다니기 싫어.
해 효　　왜?
혜 준　　그냥! 가! (뒤돌아 가는)
해 효　　(혜준 따라가는)
혜 준　　(걷는. 뒤에 해효 의식된다.)
해 효　　(혜준 따라 걷는)
혜 준　　(뒤도는) 가랬잖아!!
해 효　　(눈물이 그렁그렁. 눈물이 주루룩. 손으로 눈물 훔치고)

혜 준	왜 울어? (쟤가 우니까 나도 울고 싶다.)
해 효	내가 잘못한 거 있음 말을 해. 다 고칠게.
혜 준	니가 잘못한 거 없어. (감정 오르는)
해 효	근데 왜 나랑 같이 다니기 싫어? (우는)
혜 준	(그냥 눈물이) ......

씬12. 혜준 집 주방 (밤)

애숙(40세), 김밥 만 거 썰고 있다. 앞에 혜준(중학교 3학년), 앉아
있다.

혜 준	(김밥 썬 거 집어먹는)
애 숙	많이 먹어. 김밥 싸줄려구 재료 어제부터 사다놨었어.
혜 준	엄마 힘들면 안 해두 되는데.
애 숙	니가 맛있게 먹으면 엄만 하나두 안 힘들어. (뭔가 생각난 듯 웃긴) 혜준아.. 너 그거 알아? 악어가죽 가방! 물 묻으면 안 된다.
혜 준	(의아) 악어는 물에 사는데 왜 물 묻으면 안 돼?
애 숙	(웃으며) 나두 그렇게 말했어! 엄마가 부잣집들 일 다니면서 배우는 게 엄청 많아.
혜 준	뭘 배웠어?
애 숙	첨엔 엄청 부러웠어. 엄마가 부잣집에서 한번두 살아본 적이 없잖아. 너두 없잖아.
혜 준	나두 없어.
애 숙	별거 없다! 돈 많으면 편해지는 부분이 있긴 한데 혜준이가 있는 우리집이 엄만 젤 좋아.
혜 준	그래서 뭘 배운 거야? 별거 없다구?
애 숙	(O.L) 기죽을 필요 없다구!

씬13. 사무실 엘리베이터 앞 (촬영장) (현재)

혜준, 대본 손에 들고 누군가를 보고 있다. 엘리베이터 앞 한쪽 구석에서 대본에 손을 못 떼고 있는 해효. 치영, 혜준에게 오는.

혜 준　(치영에게 해효) 따뜻한 물 좀 갖다줘!
치 영　탄산수랑 샌드위치 있는데.
혜 준　쟤 기분 안 좋을 때 뭐 먹음 다 올려.

씬14. 혜준 집 안방 (아침)

애숙, 옷 예쁘게 입고 거울 보면서 점검한다. 맘에 든다.

영 남　(밖에서 E) 이제 좀 나와라. (하면서 문 여는)
애 숙　(보는)
영 남　(들어오며) 옷 사러 가는데 왜케 이쁘게 꾸몄어?
애 숙　사혜준 엄마잖아. 혹시 모르니까 잘하구 다녀야지.
영 남　나 위해서 이쁘게 꾸몄다구 하면 어디 덧나?
애 숙　덧나. (나가는)

씬15. 백화점 의류매장 (아침 10시경) (낮)

영남, 재킷 쪽에서 고르고 있다. 옆에 애숙 점퍼 쪽에서 영남 옷 골라주고 있다. 남자, 점퍼 고르고 있다. 직원 옆에서 도와주고 있다.

애 숙　(점퍼 하나 골라준다.) 이거 어때?
영 남　(체크 재킷 골라 보여주면서) 점퍼 말구 재킷 사구 싶어.
애 숙　그래 점퍼는 점퍼야. 재킷이 좀 있어 보이긴 해. (영남이 고른 옷 보

고)

체크 당신한테 안 어울려. (단색 골라주며) 이거 입어.

영 남   맘에 안 드는데.

직 원   (남자에게) 잠깐 저쪽부터 하구 올게요. (영남에게 안내하며) 피팅
룸에서 입어보세요. 사모님이 너무 미인이세요!

애 숙   (미소)

영 남   (뿌듯. 직원 안내 따라 피팅룸 들어간다.)

남 자   (애숙이 집었던 점퍼 꺼내 본다.)

애 숙   (점퍼 쪽으로 온다. 경준이나 민기 옷 고르려. 남자와 눈 마주친다.
자신은 옷 고르는)

남자, 점퍼 다시 꽂고 다른 점퍼 고르는데 맘에 드는 걸 다시 집는
데 애숙도 그 점퍼를 집는다. 서로 어쩌나.

남 자   가져가세요!

애 숙   아니에요 먼저 보세요. (영남, 피팅룸에서 나온다. 두 사람 보는.)

남 자   보시구 아니면 놓으세요. 전 다른 거 고름 돼요.

애 숙   감사합니다. (하면서 옷을 가져오는데)

영 남   (어느 틈엔가 남자와 애숙 사이에 들어온다. 남자에게) 뭐예요?

남 자   네?

영 남   아니 왜 남의 아내는 보구 그래요?

남 자   (황당한) 아니 눈이 있잖아요!

영 남   눈이 있는 건 나두 아는데 왜 이쪽을 보냐구요?

남 자   (억울한) 이쪽을 봐야 되니까 이쪽을 보죠!

애 숙   (영남에게) 왜 그래? (남자에게) 죄송합니다.

영 남   뭐가 죄송해?

남 자   선생님 저두 아내가 있어요!

영 남   근데 왜 혼자 다녀요?

남 자   아니 혼자 다니는 것두 안 돼요? 선생님 허락 맡구 다녀야 돼요?

핸드폰 E 발신자 '내 사랑'

남 자	(핸드폰 보여주며) 내 아내가 전화했네요! (받으며. 나간다.) 여보! 나 지금 옷가게에서 이상한 남자봤어. 우리 담에 꼭 같이 다니자!
영 남	(머쓱)

씬16. 거리 (낮)

영남, 애숙과 팔짱끼고 걸어오는. 영남 손엔 쇼핑백. 애숙 손에도 쇼핑백. 애숙, 기분 좋은.

애 숙	당신 눈에 내가 그렇게 예뻐?
영 남	뭐?
애 숙	생각할수록 웃기네! 평소에 나한테 잘해봐. 엄한데 질투 폭발하지 말구.
영 남	그 남자 이상했어.
애 숙	잘생겼더라.
영 남	잘생긴 사람이 다 얼어 죽었다.
애 숙	밥두 먹구 쇼핑두 하구. 돈 다 썼어?
영 남	장만이네 오라구 했어 집으루. 과일 사갖구 가서 주려구. (하면서 앞에 보이는 건물 전광판에 나오는 헤드라인 '故 찰리정 마지막 통화자 사혜준인가' 나온다. 저게 뭐지. 하고 보는)
애 숙	어 이제 마트만 가면 다 되네. (하다가 영남이 보는 곳 본다.)
영 남	저게 무슨 말이야?
애 숙	(보는)
사람들	(지나쳐 가면서) 사혜준이 찰리정 애인이었네. (스포츠신문 들고 간다. 〈아웃뉴스〉 헤드라인 '故 찰리정 마지막 통화자 사혜준인가')
영 남	(가판대로 가는. 〈아웃뉴스〉 꽂혀 있고)
애 숙	(따라가서 보고 놀라는)

씬17. 사무실 건물 촬영장 밖 (낮)

혜준, 촬영 끝나고 걸어오고 있다. 옆엔 치영. 그 뒤로 메이크업과
스타일리스트, 헤어 스탭들. 건물 전광판에 나오는 헤드라인 '故 찰
리정 마지막 통화자 사혜준인가' 스탭들 전광판 보고. 혜준을 봤다
가 외면. 혜준, 왜 그런가 해서 전광판 보는. 황당하다.
전화벨 E

씬18. 짬뽕 엔터 사무실/ 혜준 밴 안

민재, 핸드폰 통화 중이어서 핸드폰 들고 있고. 전화도 받는.

민 재   잠깐 지아야! 계속 전화야. (핸드폰 들고 전화 받는) 짬뽕 엔터테인
먼트입니다. 아 네! 사실 아니에요. 지금 처리 중에 있어요. 네 네 감
사합니다. (끊자마자. 또 전화벨 E. 전화 코드를 뺀다. 후우. 다시 핸
드폰으로) 어 지아야. 보도자료 내가 보낸 건 검토 끝났음 줘. 그거
기사 내야 돼. 대책 회의 좀 하자.. 고소하려구. 신문사랑 기자 둘
다! 어.. 변호사님 안 되시면 니가 와. 어어. (끊는)

핸드폰 E 발신자 '사스타'

민 재   (받으며) 어 혜준아!
혜 준   기사 봤어?
민 재   어. 걱정하지 마. 고소할 거야. 마지막 통화자 너 아니잖아. 니가 전
화 못 받은 후 며칠 있다가 돌아가셨잖아. 그동안 전화한 사람이 하
나두 없었겠니! 거기다 받지두 않은 문자메시지 어쩌구 저쩌구! 내
가 정말 너무 분통이 터져갖구.
혜 준   문자 받았어.
민 재   받았어? 왜 얘기 안했어?

혜 준	얘기해야 돼?
민 재	그렇게 중요한 걸 왜 얘기 안 해?
혜 준	중요하지 않다구 생각했어. 사적인 대화야.
민 재	(철렁) 사적인 대화라니까 더더욱 알아야겠어. (그렇진 않겠지만) 뭐 서루 뭐 좋다 이런 거 한 거야?
혜 준	(피식) 그렇게 읽힐 수두 있을까.
민 재	보여줄 거야 말 거야?
혜 준	스케줄 끝나구 사무실루 갈게.

씬19. 안정하 스튜디오

정하, 메이크업 마친 수빈 머리를 드라이 해주고 있다. 전문가와 같이. 생각이 있는 듯. 기계적으로 움직이는 듯.

수 빈	언니 예뻐!
정 하	맘에 들어? 다행이다.
수 빈	난 다행인데 언닌 안 다행 같다. 사혜준 걱정돼서 그래?
정 하	정말 슈퍼스타야! 뭐만 하면 실검에 떠!
수 빈	근데 찰리정이 마지막으루 통화한 사람이 사혜준이면 어떻게 되는 거야?
정 하	……. (큰일이다.) 아닐 거야.
수 빈	물어봐 직접.
정 하	직접 묻기가 너무 힘들어. 상처받을까 봐.
수 빈	나 같음 상처받더라두 직접 물어주길 원할 거야. 상대가 사랑하는 여자라면.
정 하	(좋은 생각난 듯) 됐다! 민재 언니한테 물어보면 돼. 내가 왜 이제야 그 생각을 했지?

씬20. 짬뽕 엔터 사무실

민재, 태블릿 PC로 기사 보고 있다. '사혜준 측 "故 찰리정에 관한 허위사실 기사… 법적 대응". 이미지뉴스 최강 기자'.[2] 지아, 태블릿 PC로 다른 기사 보고 있다. '배우 사혜준 측, 고 찰리정과의 관련 기사는 허위사실.. 법적 대응 나설 것. 그린뉴스 이현성 기자'.[3]

민 재	기사는 이 정도면 됐다.
지 아	문자 내용은 뭐에요?
민 재	아직 못 봤어. 언론사 고소 진행은 문자 본 후에 하자.
지 아	고소하구 문자메시지는 상관없어요.
민 재	그렇더라두 이 일에 관련된 모든 걸 내가 확실하게 알구 있어야 돼. 그래야 어떤 변수가 생겨두 잘 대응할 수 있어.
지 아	그럼 내일 팀장님하구 회의는 어떻게 해요? 그대루 진행해요?
민 재	진행해. 고마워 지아야. 언제든 작은 거라두 물어볼 수 있는 니가 있어서 너무 좋아. (일어나며) 너 뭐 줄까? 케잌 있는데 먹을래? (하면서 냉장고로 가는데)

노크 E

민 재	(소리 나는 쪽보고) 들어오세요!
정 하	(들어온다. 손엔 쿠키 사 들고) 언니!
지 아	(정하 보고. 누구지)
민 재	(케잌 꺼내들고) 일찍 왔다.
정 하	너무 걱정돼서. 빨리 왔어요. (하다가 지아 본다. 지아가 누군지 알겠다. 전 여친이다.)

---

2 뒤의 참조 기사 1 참고.
3 뒤의 참조 기사 2 참고.

지 아	(일어나며) 긴밀히 나누실 얘기 있음 제가 빠져드릴까요?
민 재	(곤란) 아아.
정 하	(곤란한 거 알고. 지아에게) 안녕하세요?
민 재	(지아에게) 혜준이 여자친구야!
지 아	아아! (얘구나. 혜준이 여자친구가) 안녕하세요?
민 재	(정하에게 설명해 줘야 되는데 버벅대는) 지금 지아가.. 지아가
지 아	언니 왜 버벅대요? (하면서 자신의 명함 준다.) 정지아 변호사예요. 아직 어쏘구. 일목로펌에서 일해요. 혜준이 사건 맡구 있어요.
정 하	(명함 받고. 자신의 명함 주며) 안정하예요. 메이크업 아티스트예요.
지 아	(명함 받고. 보면. 안정하 스튜디오. 메이크업 아티스트 안정하 전화번호) 본인 샵을 갖구 있어요?
정 하	1인샵이에요. 한 번에 한 분만 소중하게 케어하구 있어요.
민 재	(생각보다 분위기 좋은 거 같아) 둘 다 앉아. 같이 차 마시자.
지 아	전 갈게요! 사무실까지 출장은 잘 안 나오는데 혜준이 일이니까. (정하에게) 좀 더 신경쓰구 있어요.
정 하	(아 네에) ....

씬21. 경준 은행

경준, 대출 신청 올라온 거래처들 서류 검토하고 있다. 핸드폰 진동
E 발신자 '아빠'. 경준, 눈치 보고.

씬22. 혜준 집 거실/ 경준 은행 비상계단

영남, 핸드폰 전화를 안 받는다는 안내음에 전화 끊는다. 옆에 애숙
있다.

애 숙	안 받아?
영 남	어. 일이 바쁜가 봐.
애 숙	그럼 문자라두

핸드폰 E 발신자 '경준'

영 남	경준이다! (받는) 경준아!
경 준	근무 시간에 전화하지 말랬잖아.
영 남	급해서 했어. 너 혜준이 기사 봤어?
경 준	다 봤어. 증권 회사에서 나온 찌라시두 돌아.
영 남	이따 가족회의 하자. 혜준이 시간 안 되면 우리끼리라두.
경 준	저녁에 약속 있어.
영 남	취소해.
경 준	안 돼. 너무 걱정하지 마. 현실적으로 엄마 아빠가 할 수 있는 게 없어.
영 남	그렇다구 가만있어?
경 준	짬뽕 대표가 계획이 있을 거야.

씬23. 짬뽕 엔터 사무실 안

민재, 정하와 있다. 정하가 사온 쿠키와 차 갖고 와서 앉는.

민 재	계획이 없어. 끝났다 싶으면 생각지두 못한 데서 일이 터지니까.
정 하	언니 잘하구 있어요.
민 재	너하구 얘기 길게 하구 싶은데 혜준이네 집 가봐야 돼.
정 하	그럼 일어나요. 언니가 어떻게 할 건지 알았으니까 안심하구 가볼게요.
민 재	혜준이 짬짬이 시간 날 때마다 기쓰구 너 만나는 거야. 어떤 땐 안쓰러워. 잠을 좀 더 잤음 좋겠는데. 넌 그런 사랑을 받구 있는 거야.

정 하	사랑은 받는 거 말구 하는 게 좋은 거 같아요. 받는다는 거 좋은데 고마우니까 눈치 보게 돼요.
민 재	난 솔직히 잘 모르겠다.
정 하	모르는 게 나아요 언니. 그래서 내가 연애 안 하려구 했거든요. 덕질만 하구.

씬24. 버스 안/ 도로

정하, 버스 타고 있다. 핸드폰 연락처에서 혜준 누르려다 만다.
핸드폰 E 발신자 '해효'.

씬25. 광고 촬영장 대기실/ 지아 사무실 복도 끝

혜준, 헤어와 메이크업 하고 있다. 스타일리스트, 준비해 온 옷 여러
벌. 핸드폰 E 발신자 '지아'.

혜 준	잠깐만! (하곤 한편으로 가서 받는) 여보세요?
지 아	니네 사무실 갔었어. 보도자료 냈는데 봤어?
혜 준	봤어. 고마워.
지 아	낼 언니랑 회의할 거야. 넌 안 오지?
혜 준	어 촬영 있어. 나 지금 길게 통화 못 해.
지 아	나한테 너무 인색하다 너. (끊는)
혜 준	......

씬26. 안정하 스튜디오 앞

정하, 오는데. 앞에 해효 서 있다. 정하, 본다. 해효, 본다.

정 하	(담담히 스튜디오 문 열며) 너 일 없어?
해 효	일 끝나구 오는 거거든! 말했잖아!
정 하	배고프면 집에 가지 나한테 달라니까 그러지.

씬27. 안정하 스튜디오 안

정하, 해효와 짜장면 먹고 있다. 해효, 입가에 묻히면서 먹는다.
정하, 입가에도 짜장면 묻는.

정 하	너 굶었니?
해 효	너 묻었어. (하면서 가리키는데)
정 하	(피하는. 휴지 가지러 가는)
해 효	(억울한 그냥 가리키기만 한 건데) 그냥 가리킨 거야. 누가 닦아준 대?
정 하	(휴지 주며) 너나 닦아.
해 효	(받는. 거울 보며 닦는)
정 하	혜준이 어때?
해 효	뭐가 어때?
정 하	기분이 어떠냐구?
해 효	걔야 항상 좋지. 요즘 잘나가는데 웃음꽃이 피었다.
정 하	멘탈 대단하네 혜준이. 그런 기사에 아무런 영향 안 받는구나. 걱정 안 해두 되겠다.
해 효	무슨 기사?
정 하	너 혜준이 기사 못 봤어? 너 친한 친구한테 너무 무심한 거 아냐?
해 효	내 문제에 너무 빠져있어서 딴 거 신경 쓸 여유가 없어.
정 하	아직두 안 풀렸어? 니가 그렇게 심각한 문제두 생길 수 있어?
해 효	심각한 문젠 누구나 다 가질 수 있는 거 아냐?
정 하	미안해.
해 효	아냐. 내 문제가 뭔지 너 모르잖아. 말 안했으니까. 내 탓이니까 미

안할 필요 없어.

정 하	뭐가 문젠데?
해 효	집안 문제?

씬28. 해효 집 현관/ 거실/ 주방

해나, 들어온다. 그 뒤에 진우.

진 우	(들어오며) 괜찮겠냐?
해 나	부딪쳐보는 거지! (안에다) 엄마! (하면서 안방으로 가는)
이 영	(안방에서 나오는) 왔어?
해 나	어! 오빠랑 같이 왔어.
진 우	안녕하세요 어머니!
이 영	(황당) 어 진우야!
해 나	엄마가 우리 교제 승낙했잖아. 오빠두 엄마 알구 밖에서 놀지 말구 집에서 놀자구 했어.
이 영	(속소리 E) 니가 이렇게 나오겠단 거지!
이 영	진우야!
진 우	네 어머니!
이 영	앉자. (해나에게) 넌 가서 먹을 것 좀 갖구 와. 손님 왔는데 대접해야지.
진 우	제가 뭐 손님이에요 어머니?
이 영	손님이야. (앉는)
진 우	(해나에게 어머니 말대로 하라는)
해 나	(주방으로 들어가고)
진 우	(앉는)
이 영	난 해나보단 너랑 더 대화가 잘 될 거 같아.
진 우	(보는)
이 영	진우야! 인생에서 친구는 가족만큼 중요해. 해효 혜준이 너! 초등학

교 때부터 지금까지 친구잖아. 니가 해나와 가족이란 관계를 만들려구 하면 해효는 잃게 될 거야.

진 우 (예상했던 거보다 쎄다.)

이 영 아줌만 니가 우리 집에 오는 건 언제나 환영이었어. 해나가 우리 집에 와서 놀자구 해두 니가 거절했어야지. 그 정도 예의는 있는 줄 알았어. 실망이다!

진 우 죄송합니다.

이 영 (주방으로 가는)

해 나 (차와 망고 깎고 있는)

이 영 원해나! 카드 줘.

해 나 (보는) 지금 없어.

씬29. 해효 집 안방

이영, 들어오는. 성질나는. 앉는다. 해나, 들어온다. 카드 테이블에 놓는다.

이 영 이 정도 머리밖에 못 써? 부모를 이기겠단 애가?

해 나 ....

이 영 지금까지 진우는 괜찮게 생각했었어. 근데 오늘 너 따라오는 거 보니까 엄마 판단이 옳았단 생각이 들어.

해 나 오빠 잘못 없어. 내가 오자구 우겼어.

이 영 지금 어딨어?

해 나 갔어.

이 영 이 집에서 나가야겠단 판단 정돈 할 수 있구나. 그 정도도 안 되면 어쩌나 했는데.

해 나 ......

이 영 넌 나 못 이겨. 느이 아빠 알기 전에 정리해. 느이 아빠까지 알게 되면 그땐 내 인생 자체가 느이 아빠한테 비웃음거리야.

씬30. 경준 은행 밖 (밤)

경준, 나오는. 민재, 기다리고 있다.

경 준   (민재 보고) 아 진짜!

민 재   나야 말루 아 진짭니다!

경 준   저 혼자 간다구 했잖아요.

민 재   저두 가구 싶지 않아요. 경찰서.

씬31. 경찰서 안

김경위 앉아 있다. 그 앞에 경준 앉아 있고. 책상엔 신분증, 고소장, 경준이 쓴 악플이 서류로. 옆에 top**** 있다. 민재, 뒤에 앉아 보고 있다.

김경위   (조서 쓰며) 댓글 어디서 썼어요?

민 재   (재빨리 뛰어오면서) 저 형사님! 댓글이 아니라 대댓글인데요.

김경위   편의상 그렇게 쓴 거예요. 부인이세요?

경 준   (버럭) 형사님!!!

김경위   아 깜짝이야!

경 준   너무하시잖아요. 이 분이랑 저랑 열 살두 넘게 나이 차이가 나는데.

김경위   미안해요. 노안이시네!

민 재   제가 동안이 아닐까요?

경 준   (말 같지 않은. 자신에게 화제 갖고 오며) 주로 집에서 썼어요. (민재 다시 뒤로 가고)

김경위   본인이 쓴 거 맞아요? 읽어보세요.

경 준   웃기고 있네. 니가 찰리정 애인이잖아. 어따 사혜준을 갖다대. 이 무뇌아 새끼야.

top   내가 무뇌아면 넌 새대가리냐?

김경위	(top****에게) 좀 진정하세요. (경준에게) 그렇게 쓴 이유가 뭐예요?
경 준	사혜준에 대해 음해하구 없는 사실을 유포했잖아요.
김경위	(top**** 보며) 그래서 고소 당하시구 반성문 제출했어요. 사과하구 반성문 쓰시면 합의하겠대요.
경 준	전 잘못한 게 없어요.
top	야 너 다시 말해 봐. 잘못한 게 없어? 이 새끼 진짜 또라이네!
경 준	또라인 아저씨가 또라이죠! 사혜준에 대해 뭘 안하구 그런 말을 써요? 애초에 아저씨가 사혜준에 대해 그런 말을 안 썼음 내가 썼겠어요?
top	연예인이 돈을 누구 때메 버는데? 인기 얻는 게 누구 덕인데? 내가 낸 돈으루 잘 먹구 잘살잖아. 근데 욕두 못 먹어?
경 준	그렇게 치면 대한민국 사람 다 서로 먹여 살리는 거예요. 안 엮여있는 사람이 어딨어요? 왜 유독 연예인한테 지랄이에요?
top	니가 연예인이야? 사혜준이 니 동생이라두 돼? 사혜준이 니 동생이면 내가 깨끗이 사과하구 고소두 취하해 줄게. 너 사씨더라! 동생 맞지!!
경 준	(O.L) 사혜준이 동생이면 내가 왜 회살 다녀요? 당장 때려치구 빌붙어 살지! 전 이 사회의 건강성을 지향하는 한 사람의 시민으루 시민운동을 하는 겁니다! 익명성에 숨어서 자신의 비열함을 도덕적 순결함으루 둔갑시켜 남을 비난하는 행동에 대한 저항!!!
top	열사 났다! 운동 실컷 해봐. 난 너 절대 합의 안 해줄 거니까.
경 준	해주지 마요. 벌금 물면 돼.
김경위	악플 범죈 가해자 반성 여부가 중요해요. 피해자분께서 합의 안 해줌 벌금형에서 민사소송까지도 갈 수 있어요.
top	너 내가 콩밥 꼭 먹인다!
경 준	민사로 콩밥 못 먹이거든요!
민 재	(와서) 죄송합니다. 반성문 쓸게요.
경 준	안 써요. 절대 안 써요.

씬32. 짬뽕 엔터 사무실 복도 (밤)

혜준. 걸어오고 있다.

씬33. 짬뽕 엔터 사무실 안

민재, 소파에 앉아 머리 싸매고 있고. 혜준, 들어온다.

혜 준   피곤해?

민 재   문자 보여줘. 그래야 다음 스텝을 어떻게 할지 정하지!

혜 준   아무것두 아니라니까!

민 재   아무것두 아닌 걸 왜 안 보여줘?

혜 준   (핸드폰에서 문자 찾아 민재에게 준다.)

민 재   (본다. 아직 문자 내용은 보여주지 않고. 안도하는) 됐다. 이거 캡처
          해서 나 좀 보내줘.

혜 준   왜?

민 재   공개하려구.

혜 준   공개하지 마. 선생님 명예 지켜드리구 싶어.

민 재   성소수자가 명예가 떨어지는 거 아니잖아. 그렇게 생각함 니가 편
          견이다. 이런 문잔 오히려 인간적이야.

혜 준   다른 방법을 찾아보자.

민 재   쉽고 편한 방법을 두구 왜 다른 방법을 찾아야 돼?

혜 준   사람!이잖아! 비즈니스가 아니잖아.

민 재   좋아. 니가 버티면 나두 버틸 수 있어. 경준 씨 고소당했어. 악질 악
          플러 티오피한테.

혜 준   (왜? 보는)

민 재   너한테 악플 달 때마다 따라다니면서 악플 달았어. 죽어두 잘못했
          다구 안 하겠대. 반성문 안 쓰겠대. 난 경준 씨랑 너랑 그렇게 우애
          가 깊은 형젠지 몰랐어.

혜 준	(기막힌) 나두 몰랐어. 아니 왜? 그러다 회사에 알려지면 어쩌려구?
민 재	내 말이 그 말이다. 다음은 정하 얘기 좀 하자.
혜 준	정하 얘기 뭐?

씬34. 도로/ 혜준 밴 안 (밤)

치영, 운전하고 있다. 혜준, 뒷좌석 있고. 생각에 잠긴.

씬35. 인서트 (14부 씬31)

민재와 혜준, 있다.

민 재	당분간 정하하구 만나는 것두 조심해. 그 기자가 니네 연애 기사 내려구 했어.
혜 준	정하한텐 말하지 마.
민 재	정하 알아. 그 기자 전화 받을 때 내 옆에 있었어.
혜 준	(E) 치영아!

씬36. 혜준 밴 안/ 도로

혜준, 뒷좌석에 있고. 치영, 운전하고 있다.

혜 준	나 정하네 집 근처에 내려주구 너 집에 가. 오늘 고생했다.
치 영	대표님 알면 나 혼날 텐데. 형 집에 꼭 모셔다줘야 된다 그랬어요.
혜 준	대표님이 어떻게 아니? 니가 말을 안 하면.
치 영	그러네! 역시 형은! 리스펙!

씬37. 정하 집 근처

정하, 걸어오고 있다. 주위를 살피면서 누군가를 찾는다. 찾는데 없다. 혜준, 모자 쓰고 있고. 정하 놀려주려고 숨어 있다가 정하 오자 그 뒤로 선다.

혜 준	나 찾니?
정 하	(보고. 미소)
혜 준	(정하의 손잡고 걷는다.)
정 하	야 너 이래두 돼? 누가 보면 어쩔려구?
혜 준	보면 보라지!
정 하	왜 이렇게 깡이 쎄졌어?
혜 준	원래 깡은 있었지! 몰랐어?
정 하	알았어.
혜 준	(미소)
정 하	......
혜 준	(키스하려고 하는데 모자가 걸려서)
정하혜준	(서로 웃는)

씬38. 정하 집 근처 일각

혜준과 정하 걷고 있다.

혜 준	왜 말 안 했어? 파파라치 얘기 그래서 한 거야?
정 하	어. 니가 알면 공개하자 그럴까 봐 안 했어.
혜 준	넌 왜 나한테 화를 안 내? 같이 있어주지 않는다구 왜 짜증 안 내?
정 하	우리 부모님처럼 살기 싫어서. 짜증내구 화내구 싸우면서 왜 살아? 왜 만나?
혜 준	우리 집은 맨날 싸우구 짜증내구 화내면서두 살아. 니가 너무 갈등

	을 두려워하는 거 아냐?
정 하	내가 전에 우리 아빠 세대 같다구 해서 복수하는 거야?
혜 준	(웃는) 갈등이 꼭 나쁜 건 아냐. 서로에 대해 좀 더 이해할 수 있는 계기가 되기두 해.
정 하	그건 좋은 결말이구. 나쁜 결말은 서루 증오하게 되지.
혜 준	너랑 나랑 싸우잖아. 그럼 증오하는 결말은 없어. 왜냐 내가 널 사랑하니까.
정 하	……
혜 준	감동 받았어?
정 하	근데 넌 우리 관계에서 니가 날 보호해야 하구 니가 날 책임져야 하는 전근대적 사고가 자리 잡구 있는 거 같아.
혜 준	아 이 감동파괴자! (먼저 가는)
정 하	(옆에 따라가며) 이제 집에 가서 쉬어.
혜 준	너 피곤하구나.
정 하	내일을 살아야 되잖아요. 아침 7시에 예약 있어. 해효가 소개해 준 이해지 씨가 또 다른 분을 소개해 줬어. 나 요즘 고객이 좀 늘구 있다.
혜 준	7시 다음 타임 내가 예약한다. 되지?
정 하	됩니다 고객님! 근데 해효 무슨 일 있어?
혜 준	나두 몰라.

씬39. 버스 안/ 도로

혜준, 버스 타고 있다. (flash back 14부 씬7 해효, 챙피해. 너한테 젤 챙피해. 열등감 뒤얽혀서 너 보기 힘들어.) 혜준, 버스 창 너머 보고 있다. 버스 안에 있는 사람 직장인, 혜준을 찍는다. 혜준이 모르게.

씬40. 해효 동네 골목

혜준, 올라가고 있다.

혜 준   (N) 이 길을 수없이 올라 다니면서 절망과 희망을 반복했다.

씬41. 한남동 공터

혜준, 자신의 집을 바라보고 있다. 여기서 보면 혜준의 집은 노란 불빛에 잘 보이지 않는다. 해효, 온다. 혜준, 보는.

해 효   집에 가서 쉬지 왜 왔어?
혜 준   여기서 우리 집은 잘 보이지 않는다.
해 효   (근데 뭐... 하면서 보는) ....

씬42. 혜준 미래 심정 정리 몽타주 (인서트) (2부 씬40)

혜준, 집을 나와 동네를 내려다볼 수 있는 곳에 와서 선다. 건너편 부촌과 자신이 서 있는 도시빈민지역 나름의 운치. 저 건너편에 속하고 싶지만 나의 자리는 이곳. 이곳에서 하고 싶은 일을 해서 저곳으로 가겠단 꿈을 꿨다. 이젠 방향을 수정할 때다.

혜 준   (E) 근데 우리 집에서 너희 집 보잖아. 엄청 잘 보여!

씬43. 한남동 공터

혜준과 해효, 있다.

혜 준	같은 동넨데 니네 집 쪽은 우리집 쪽이 안보이니까 신경 안 쓰구 살 수 있지만 우린 안 그래.
해 효	.....
혜 준	신경 안 쓰려구 해두 니네 집 쪽에서 보내는 엄청나게 환한 불빛을 보면서 꿈을 키워. 나두 부자가 되구 싶다.
해 효	....
혜 준	나 중학교 3학년 때 너한테 엄청 챙피했었어.
해 효	(보는)
혜 준	근데 우린 그때 찐친구가 됐잖아. 너 나한테 챙피할 거 없어.
해 효	배경은 배경이구 도움 없이 너랑 경쟁해서 이기구 싶었어. 너란 놈 이 잘나서.
혜 준	고맙다.
해 효	근데 엄마가 내 인생에 깊숙이 개입해 있었어. 모르구 까불었어. SNS 비공개루 돌렸어.
혜 준	왜?
해 효	온전하게 나 자신만의 필드라는 게 깨졌어. 거기에두 엄마가 있었 어.
혜 준	나 아직 아빠랑 못 풀었어. 내가 가진 큰 문제였어 예전에.
해 효	하여튼 부모님들이란! 자신들은 자식들한테 완벽한 줄 안다니까.

혜준, 해효와 자신의 집 동네 보고 있다.

씬44. 혜준 집 혜준 방

밖에서 기척 들리고 혜준 들어온다. 불 켠다.

| 혜 준 | (N) 내 방이다. 그렇게 원하던 내 방을 가졌다. (거실을 지나 침실 로 간다.) 혼자 맘 편히 울 수 있는 방이 필요했다. 이 방에서 한 번 두 운 적이 없다. (침대 위에 엎드리는. flash back 13부 정하, 니가 |

원하는 걸 얻었잖아. 니가 생각한 거 보다 훨씬 더 큰사람이 돼있잖아.) (혜준, 자는 거 같은데 어깨가 들썩인다.)
(N) 행복하다. 소리 내어 울어도 아무도 방해할 수 없는 방을 가졌으니까.

혜준, 엉엉 운다. (F.O)

씬45. 안정하 스튜디오 앞 (아침) (F.I)

혜준 걸어오고 있다. 모자 쓰고. 사람들 알아보지 못하게.

씬46. 안정하 스튜디오 안

정하, 고객 맞을 준비하고 있다. 혜준, 들어온다. 해피트리 보면서.

혜 준	얘 잘 자라구 있네!
정 하	내가 안 먹어두 얜 물 꼭 준다. 앉으시죠!
혜 준	(앉는. 거울 보는)
정 하	얼굴 좀 부었다. 붓기 가라앉는 팩 올려줄게.
혜 준	일 잘하시네요!
정 하	잘합니다!
정 하	(속소리 E) 일상 얘기하는 게 젤 좋다. (팩 가지러 가면서) 고소한다는 건 어떻게 됐어?
혜 준	누나가 변호사 만나구 있을 거야.

씬47. 변호사 사무실 안 (낮)

민재, 유 변호사와 지아와 같이 있다. 대책 회의 중이다. 〈아웃뉴스〉 신문 앞에 놓여있고. 태블릿 PC로 기사 보고 있는 지아, 유 변호사. 기사 중에 '패션계를 주름잡던 찰리정이 갑자기 사망한 이유에 대해서 소문이 무성했던 지난 1월, 과연 찰리정의 마지막 연인이 누구였을까를 두고 추측이 난무하던 가운데 떠올랐던 배우가 바로 사혜준이었기 때문이다. (…) 자신을 찰리정의 애인이라고 밝히고 있는 배우 A씨. 한때 찰리정의 가장 사랑하던 모델이었던 하지만 지금은 배우인 사혜준. 이 둘의 연관성을 의심하는 것은 오히려 합리적인 의심인 것은 누구도 반박할 수 없을 것이다. 한 경찰 관계자에 따르면 찰리정이 마지막 보낸 문자메시지는 남녀가 주고받을 만한 애절한 내용이었다고 전했다.'

유변호사 기사 검토해 봤어요. 명예훼손이 될 만한 부분은 이 부분입니다.

지 아 (자신을 찰리정의 애인이라고 밝히고 있는 배우 A씨. 한때 찰리정의 가장 사랑하던 모델이었던 하지만 지금은 배우인 사혜준. 이 둘의 연관성을 의심하는 것은 오히려 합리적인 의심인 것은 누구도 반박할 수 없을 것이다.) 사혜준을 애인 A씨로 지목하는 이 부분이 명예훼손이 형법 제 307조 일반 명예훼손에 해당돼요.

민 재 기사 내용 다 아닌데 그것만 해당되네요.

지 아 만약 이 기사를 기자가 비방할 목적으로 낸 것이라면 형법 제 309조 출판물 등에 의한 명예훼손죄와 정보통신망법 위반죄로 가중 처벌 받게 돼 있어요.

민 재 이런 기사를 내게 컨펌한 신문사가 더 큰 문제잖아요. 같이 고소하면 안 돼요?

유변호사 개인으루 하세요. 그게 훨씬 기자에게 타격감이 큽니다.

씬48. 〈최초의 인간〉 촬영장 구내식당

혜준, 메이크업 한 상태. 머리도 한 상태다. 극중 인물인 정후로 변신. 깔끔한 수트 차림으로. 〈최초의 인간〉 대본 16부 들고 있다. 스탭들 촬영 준비하고 있고.

감 독	(혜준 옆에 와서) 벌써 나와 있어?
혜 준	현장 좀 익힐려구요.
감 독	이번 주 시청률 더 올라야 되는데. 별일 없는 거지?
혜 준	(미소) 네!
민 재	(오는) 감독님 안녕하세요?
감 독	아 네 이 대표님!

씬49. 〈최초의 인간〉 촬영장 구내식당 밖

혜준, 민재와 있다.

민 재	낼 경찰서 가서 피해자 조사 받으면 고소장 기자한테 갈 거야. 감독님 무슨 얘기 안 해?
혜 준	별 말 없던데.
민 재	드라마 게시판에 너 하차란 글 계속 올라와.
혜 준	그 기사 때문에?
민 재	어... 지금이라두 문자 까자.
혜 준	시간이 지나면 오해는 풀려.
민 재	아우 진짜! 이렇게 손발이 안 맞아서야! 형은 암말 안 하니?
혜 준	아직 못 만났어.
민 재	만나면 설득 좀 해. 다음 주 초에 시간 풀루 빼볼게.
혜 준	그럼 좋겠어. 진우두 한번 만나야 되구 식구들하구 얘기해야 돼.
FD	(E) 10분 후에 숏 들어갑니다.

씬50. 안정하 스튜디오

정하, 손님 가고 난 후에 정리하고 있다. 문자메시지 E.
정하, 본다. '다음주 초에 누나가 스케줄 풀로 비워준대. 너두 비워
놔. 밥 먹구 걷구 얘기하자' 혜준.

혜 준	(E) 다음주 초에 누나가 스케줄 풀로 비워준대. 너두 비워놔. 밥 먹구 걷구 얘기하자.
정 하	(미소) (F.O)

씬51. 혜준 집 앞 (아침) (F.I)

혜준, 나온다. 걷는다. 진우, 동네를 내려다볼 수 있는 곳에 와서 선
다. 잠을 못 잤는지 부스스. 생각이 많다. 건너편 부촌과 자신이 서
있는 도시빈민지역 나름의 운치. 진우, 쪼그리고 앉는다.

혜 준	힘드냐?
진 우	(보며) 힘들다! 어렵다! 답이 없다!
혜 준	우리 진우 형이 안 보는 새 생각할 줄 알구 많이 컸다!
진 우	어떻게 먹구 살아야 되는지 막막하다. 사랑이 사치인 놈이 사랑을 해버렸어.
혜 준	나두 그랬어. 그때 많이 성장한 거 같아 정하 때문에.
진 우	해나는 정하가 아니야.
혜 준	모든 사랑은 성장하게 하는 거 같아. 내가 바쁘구 나서 니들 못 챙겨서 (미소) 하나두 안 미안해.
진 우	야아!
혜 준	니들은 친구니까. 그 자리에 있을 거 아니까.
진 우	그 자리에 있어. 나두 앞에 있는 선택들 결정하구 올게.
혜 준	아저씨랑 아줌마 모시구 식사하구 싶어. 진리두.

진 우	우리 엄마 엄청 좋아하겠다. 근데 너 아냐?
혜 준	뭐?
진 우	아저씨 어깨 다친 거 재발됐나 봐. 일 하시면 안 된대 우리 아빠 말론.

씬52. 혜준 집 밖

영남, 애숙과 혜준의 방 앞에 서서 안의 기색을 살피고 있다. 혜준,
오고 있다. 두 사람 본다.

진 우	(E) 아저씨가 식구들한텐 비밀루 해달랬대. 특히 너한테.
영 남	일어난 거 같아?
애 숙	모르겠어.
영 남	그냥 들어가.
애 숙	(말리며) 아냐! 피곤할 텐데 깨우지 마. 한 시간만 더 있다 전화하자.
혜 준	(오며) 엄마!
애 숙	(보는) 어어! 나갔었어?
혜 준	어! 진우 만났어. 점심에 뭐 해줄 거야?
애 숙	(반색) 뭐 해줄까?
혜 준	아무 거나. 엄마가 해주는 거면 돼. 형 일어났나?
애 숙	아직 자겠지. 월찬데.

씬53. 혜준 집 경준 방 (아침)

경준, 컴퓨터 모니터 보고 있다. 〈최초의 인간〉 시청자 게시판이다.
사혜준 하차하라는 게시글이 한 페이지 두 페이지를 넘는다.

경 준	하차하라구 도배네! 에유 신경 끊어야지! 사경준 너 왜 그래? 니가

언제부터 사혜준한테 관심 있었다구!

노크 E. 문 열리고 혜준 들어온다.

경 준   너너 웬일이냐?
혜 준   왜 말 더듬어? 찔리는 거 있어?
경 준   내가 찔리는 게 뭐 있어?
혜 준   내 방으루 가자. 여긴 큰 소리 나면 식구들 다 알잖아.
경 준   짬뽕 대표가 뭔 말 했냐?

씬54. 혜준 집 혜준 방

혜준, 있고. 경준, 들어오며.

경 준   (새삼스레 둘러보며) 아빠가 진짜 실력 발휘를 제대루 했다 니 방
        에. 내 방두 리모델링두 해주지.
혜 준   괜히 화제 돌리려구 하지 마시구.
경 준   (O.L) 내가 뭘 돌릴라 그러는데?
혜 준   반성문 왜 안 써?
경 준   잘못한 게 없잖아.
혜 준   남 인격 모독했으면 잘못한 거잖아요!
경 준   그거는.... 혹시... 미러링이라구 들어봤나?
혜 준   개소리하지 마시구! 평소에 잘해 나한테! 형이 악플 단 사람 반성
        문 쓰구 지금까지 계속 달아. 2차 고소 명단에 들어가 있어.
경 준   잘했다. 원래 초범은 벌금형 정도루 끝날 수 있지만 재범은 가중죄
        가 더해지잖아. 실형두 살 수 있어.
혜 준   근데 형 때메 합의해 주게 생겼어. 합의 안 해줘야 되는 사람인데.
경 준   해주지 마. 그런 놈은 벌금 먹어야 돼.
혜 준   그 사람 먹음 형두 먹어야 되잖아. 형이 먹는 건 싫어.

경 준	난 진심이야 그 사람한테 단 댓글. 사과하면 내 진심이 거짓이 되잖아.
혜 준	왜 그랬어? 나한테 욕하는 게 그렇게 화가 났어? 형두 나 무시한 적 많잖아.
경 준	너 무시한 적 없어.
혜 준	......
경 준	우리 집이 가난해서 싫었어. 공부 잘했어. 집안의 자랑꺼린데 난 자존감 엄청 낮았어. 화풀이할 때가 필요했어. 그때 니가 내 옆에 있었던 거뿐이야.
혜 준	그러니까 반성문 써! 나한테 쓰는 거야. 그때 나한테 했던 폭력적이구 야만적인 행동에 대해.
경 준	말루 할게.

점프 시간 경과

경준, A4 용지에 반성문 쓰고 있다. 그 앞에 혜준 있다. 반성문 내용은 김민식 씨에게 '저는 선생님께서 단 댓글에 선생님을 비하하고 수치심이 드는 대댓글을 작성해'

경 준	선생님을 비하하고 수치심이 드는 대댓글을 작성해 (쓰면서) 올렸습니다. 그 담에 뭐라 쓰지?
혜 준	그때 선생님의 댓글을 보고 분노가 치밀었습니다.
경 준	아냐. 내 감정이 우선해서 올리는 건 사과가 아니지.. 잘못했습니다! 선생님의 마음에 상철 주는 댓글을 작성하구 이것이 얼마나 인격을 모욕한 심각한 문제인지 인지하지 못했습니다. 오호통재라! 이 모든 것이 저의 우둔하구 아둔한 대가리 탓입니다!
혜 준	(대가리에 웃는) 잘 쓴다!
경 준	(같이 웃으며) 너 알았구나! 여기서 포인트는 대가리야!!

씬55. 신문사 수만 자리/ 경찰서

수만, 기사 작성하고 있다.

윤기자	잘 되가냐?
수 만	그럭저럭요.
윤기자	왜 엄살이야 수만아! 넌 군불 때주니까 빵빵 터트리는구나. 에이준이 이사랑 만나기루 했는데 (전화와서 잠시 말 멈추고)

핸드폰 E

수 만	(발신자 보고. 모르는 번호지만 받는) 여보세요?
경 찰	안녕하세요? 서초경찰서 수사 1팀 한우태 경사입니다. 김수만 씨 맞나요?
수 만	네! (나 기잔데) 저 기자예요.
경 찰	기자면 잘 아실 수두 있겠네! 고소사건이 접수됐거든요. 조사 받으러 좀 와주세요.
수 만	누가 날 뭘루 고소했단 거예요? (하면서 윤 기자 보는)
윤기자	(이거 뭐지)
경 찰	사혜준 씨 명예훼손죄루 고소장 접수됐어요!
수 만	(황당한) 뭐요? (내일 경찰서로 나오셨으면 하는데요.) 다시 전화드릴게요. 아 진짜! 아니.. (윤 기자에게) 진짜 날 고소했대요. 어떻게 기잘 고소해?
윤기자	(발 빼는) 그러게.. 간땡이가 부었네. 변호사 잘 써야 돼. 쉽게 생각하지 말구!
수 만	(이것도 황당한) 팀장님!! 그냥 가세요?
윤기자	더 쎄게 나가! 어디 감히 기자한테! 전에 메이크업 스탭 열애설 풀어!
수 만	단독감 아니라면서요!
윤기자	버림받았음 완존 특종감이지. 사실 사혜준 같은 애가 메이크업 스탭을 계속 사귀구 있겠냐? 신분상승 했는데. 그걸 파봐! 수고해라!

(하곤 간다.)

수 만   (이 배신감 뭐지. 선배가 어떻게 저럴 수 있지.)

씬56. 해효 집 안방

이영, 파우더룸에서 화장하고 있다. 태경, 온다. 외출했다 들어온.

태 경   갑자기 밥은 왜 먹자구 하는 거야? 약속 장소에서 만남 되지 굳이 집에 오란 거야?

이 영   내가 애들한테 가자구 하기 싫으니까. 당신이 하면 좋잖아.

태 경   애들이라면 죽구 못 사는 사람이 왜 그래? 싸웠어?

이 영   싸웠다는 워딩은 올바르지 않아. 호텔에 예약했어. 애들한테 가자 구 해 당신이.

태 경   근데 왜 나만 보면 화가 나는 거 같지?

이 영   (밖으로 나가려. 태경을 스치며) 화가 나니까. 형식적이라두 화목하 게 보이구 싶어. 당신이 있음 내가 그러는 거 애들이 이해할 거야.

씬57. 호텔 레스토랑 안

태경, 이영, 해나, 해효, 밥 먹고 있다. 와인도 있고. 태경만 왕성하게 식사. 나머진 깨작깨작.

태 경   해효 드라마 요즘 인기 있던데. 니 얘긴 잘 없더라.

해 효   ....

이 영   아니야. 언니 친구들이 해효 멋있다구 싸인해 달라구 했어.

태 경   우리 비서가 암말 안 하던데. 젊은 애들한테 인기 있어야지. 해나는 요즘 공부하기 어떠니?

해 나   매번 하던 데루 하구 있어요.

이 영	(속소리 E) 같이 밥 먹자구 한 내가 미친년이다.
태 경	당신 왜 깨작깨작대?
이 영	우리 와인 한 잔씩 하자. 해효! 엄마 한 잔 따라 줘. (잔을 해효에게 내민다.)
해 효	(이영에게 와인 따라준다.)
태 경	난 맥주 마실래.
이 영	(속소리 E) 안 궁금해요. 마시던가 말던가.
태 경	당신 안 마실래?
이 영	(참으며) 지금 와인 마시잖아요. 와인 마시는 사람한테 맥주 마시지 않겠냐구 물어보는 건 와인에 대한 실례예요. (마시는)

씬58. 혜준 집 거실

상 차려있다. 북적북적. 애숙, 밥 갖다 놓고 있고. 영남, 민기, 경준, 혜준 있다. 혜준, 애숙 도와주고 있다.

애 숙	넌 가서 앉아. 피곤하잖아. 경준아!
경 준	에이씨! (일어나는)
영 남	넌 에이씨가 뭐야? 엄마가 말씀하시는데.
경 준	아빠아! 나 진짜 섭섭하다.
영 남	왜 섭섭해? 괜히 그래.
경 준	괜히 그러는 거 아닌데. 혜준이 방만 멋있게 꾸며주구.
영 남	니 방두 해줄게.
민 기	내 방두 해줘라.
영 남	아부진 왜 껴?
민 기	나 돈 줬는데.
영 남	알았어 해줄게.
민 기	(웃는) 혜준이까지 있으니까 너무 좋다. 이게 얼마만이냐!
혜 준	(앉는) 오랜만입니다 사민기 씨! 일은 잘하구 계신가요?

민 기	나 매니저 구했어.
혜 준	어 진짜 누구?
민 기	(영남 가리킨다.)
영 남	내가?
민 기	어 너어. 그냥 아부지랑 다녀. 아부지 힘들어. 아부지 언제 죽을지 몰라. 아부지 나이 많아.
영 남	알았어. 오늘은 넘어가.
민 기	오늘 넘어가면 낼두 넘어가는 거지 뭐.
혜 준	할아버지 매니저두 생기구 이젠 연예인 다 되셨네!
애 숙	우리 집 안에 연예인이 두 명이나 탄생했어요!
경 준	나두 할까?
혜 준	밥이나 날라.
경 준	(혜준에게 으이유 저걸)

씬59. 해효 집 드레스룸

이영, 들어오고. 태경, 들어온다.

이 영	내가 당신한테 뭘 기대한 거야?
태 경	왜 나만 보면 화를 내?
이 영	화가 나게 하잖아.
태 경	당신 상담 한번 받아보는 거 어때? 갱년기 우울증일 수두 (뭔가 날 아왔다. 태경의 얼굴에. 이영의 옷이다.)
이 영	당신 먼저 받음 나두 받을게.

씬60. 태수 사무실 안

태수, 테이블로 온다. 수만, 앉아 있다.

태 수	우리 김 기자님 오늘은 무슨 일루 심기가 불편하신가요?
수 만	저 티났어요? 기분 나쁜 거?
태 수	원래 티 나잖아요.
수 만	저 고소당했어요. 사혜준한테.
태 수	(속소리 E) 너무 나대더라.
수 만	그래서 제가 뭘 했는지 아세요?
태 수	더 쎄게 밟았어요?
수 만	아뇨. 다음 스텝이 진짜 쎈 거 에요!

씬61. 혜준 집 혜준 방/ 짬뽕 엔터

혜준, 외출 준비 끝냈다. 나가려고 한다. 핸드폰 E 발신자 '대표짬
뽕'

혜 준	어 누나!
민 재	너 오늘 정하 만나니?
혜 준	어떻게 알았어?
민 재	만나지 마. 김수만 기자가 니네 열애설 터트렸어. 사진까지 있어.

씬62. 안정하 스튜디오/ 혜준 방

정하, 혜준과 통화하고 있다. 정하, 태블릿 PC에 기사 '[단독] 배우
사혜준 뜨거운 열애중.. 상대는 메이크업 아티스트. 아웃뉴스 김수
만 기자'[4] (정하의 샵과 집을 오가며 찍힌 혜준, 정하 사진) 보고 있
다.

---

4   뒤의 참조 기사 3 참고.

정 하	만나지 말자.
혜 준	이미 기사 난 거 오늘 안 만난다구 기사가 없어지냐! 곧 갈게. 자전거 타러 가자. (끊는)
정 하	....

문 앞 쪽에서 사람 들어오는 소리 들리고.

수 만	저기요!
정 하	(보는) 저희 샵은 철저하게 예약제루 운영하구 있어요.
수 만	저두 지금하겠다는 건 아니에요. 안정하 씨 맞죠?
정 하	네.
수 만	저 아웃뉴스 기자 김수만이에요. (소파에 앉으며) 차 한잔 마시면서 얘기할 수 있어요?
정 하	.....
수 만	누구 기다리는 사람 있어요?

씬63. 안정하 스튜디오 앞

혜준, 오고 있다. 모자 쓰고. 혜준, 들어가려고 하는데. 문이 잠겨 있다. 어디 갔지. 전화한다. 받지 않는다. 문자메시지 E. '오늘 못 만나겠다. 미안' 정하. 혜준, 뭐지. (F.O)

씬64. 짬뽕 엔터 사무실 주차장 (F.I)

혜준의 차, 들어온다. 혜준이 운전하고 있다. 주차하는 혜준.

씬65. 짬뽕 엔터 사무실 복도/ 짬뽕 엔터 사무실 앞 (F.I)

정하, 걸어오고 있다. 짬뽕 엔터 안으로 들어간다.

씬66. 인서트

방송 단신. TV 안에서 앵커.

앵 커   다음은 배우 사혜준 씨의 소식입니다. 사혜준 씨가 광고 계약과 관
         련해 위약금 문제가 불거졌다구 합니다.

씬67. 짬뽕 엔터 사무실 안

정하, 들어와서 앉는다. 차 앞에 놓는 민재.

민 재   얘기 잘해 그럼.
정 하   미안해요 언니. 맘 편히 얘기할 장소가 얘기밖에 없어요. (나가는)
민 재   알아. (하곤 나간다.)

씬68. 인서트

혜준, 짬뽕 엔터 복도 걸어오고 있다. 그 위로 영상.
방송 단신. TV 안에서 앵커.

앵 커   이미지 실추에 관련한 계약조항위반의 건으로 억대의 위약금을 보
         상하라는 광고주들의 손해배상 청구에 따라, 배우 사혜준이 위약금
         을 물어내야 할 것으로 보인다고 밝혔습니다.

씬69. 짬뽕 엔터 사무실 안

정하, 있다. 차 마시면서. 앞에 혜준 앉아 있다.

혜 준	너 만나기 진짜 어렵다.
정 하	어어. 그날 미안해. 기다리게 해서.
혜 준	벌써 몇 번째 미안하다 그래 그걸루. 괜찮아. 계속 전화 통화만 하다가 만나니까 좋다.
정 하	나두!
혜 준	나 이제 니 말대루 좀 쉬려구. 계속 일만 했어. 불안했거든. 이 자리까지 어떻게 왔니 내가.
정 하	열심히 노력하구 성실하게 행동해서 왔지. 이성적이구 남에게 폐 안 끼치구 누구보다 연기에 대한 열정이 강했어.
혜 준	그렇게 들으니까 근사하다. 그걸 알아줘서 고마워.
정 하	오늘은 미안해 아니구 고마워네.
혜 준	......
정 하	사랑해....
혜 준	....
정 하	우리 헤어지자!
혜 준	(철렁)
정 하	(N) 난 내가 쌍팔년도식 사랑을 할 줄 몰랐다.

(끝)

사혜준 _윤정후. 32세. 재벌 3세.

원래 의대 본과까지 인턴까지 마쳤다. 국가자격증 있다.

원래 회사로 들어올 생각 없고 의사 할 생각이었는데. 아버지가 돌아가시고. 할아버지 회사가 위기에 봉착하면서. 젊은 3세 중에서 지분과 회사 경영을 맡기려고 한다. 아버지가 형제 간 암투에서 져서. 억울하게 자살하면서 정후는 아빠의 억울함을 풀기 위해 경영권에 도전한다. 피비린내 나는 이런 형제간의 암투가 싫어서. 의사로 살려고 했는데. 경영에 뛰어들었다. 승부사 기질이 있다. 사랑에는 순수하지만 일에는 냉철하고 피도 눈물도 없다.

원해효 _김진서. 34세.

정후의 사촌형. 어려서부터 경영인으로 길러졌다. 와튼스쿨을 나오고. 마이너스의 손이라고 불린다. 아웃사이더다. 정후의 편에 선다.

진서우 _이지나. 28세. 프리랜서 안무가.

대학에서 현대 무용을 전공하다가 안무 쪽으로 방향을 틀었다. 아이돌 안무를 짜주거나 뮤지컬 안무가로 활동하고 있다. 외유내강이다. 잘 웃고 해맑아 인기가 많다. 말을 하기보단 말을 잘 들어주는 편이다. 소위 흙수저다. 어려서부터 춤을 출 수 있는 경제 환경은 아니었지만 각종 대회에서 수상을 휩쓸어 대학까지 갈 수 있었다. 정후와는 정후네 집안에서 후원하는 뮤지컬 안무를 담당하다가 만나게 됐다. 정후를 사랑하지만 집안의 반대를 무릅쓰고 그 집안으로 들어가고 싶진 않다. 자신의 일을 하면서 멀리서 정후를 응원하면서 살겠다.

사혜준 측 "故 찰리정에 관한 허위사실 기사 … 법적 대응"

[이미지뉴스] 최강 기자

배우 사혜준 측은 허위사실을 기사화한 기자와 악플에 법적 대응하겠다고 지난 7일 밝혔다.

사혜준 소속사인 짬뽕 엔터는 법률대리인을 통해 "최근 사혜준과 故 찰리정의 사망을 두고 허위사실을 마치 사실인 양 보도한 일간지 연예부 기자와 악의적으로 댓글을 단 사람들에 대해서 강력 대응을 하기로 결정했다"며 운을 뗐다.

동시에 "허위사실 유포는 한 사람의 인생을 죽이는 것과 같기 때문이라며 결코 간과할 수 없는 사항이다"라고 주장했다.

그러면서 "처음부터 강력 대응하지 않은 이유는 故 찰리정에 대한 배우 사혜준의 예의였고 또한 모든 게 거짓이었기 때문에 시간이 지나면 진실이 밝혀질 것이다 믿고 기다렸던 것이다"라고 말했다.

이어 "그러나 거짓된 정보가 계속해서 보도되는 현 상황은 망자에 대한 모독뿐만 아니라 개인의 존재와 인격을 악의적으로 해치려는 의도가 있다고 밖에는 여겨지지 않는다"고 호소했다.

그러면서 팬들에게는 악의적으로 허위사실을 유포하는 글을 발견하면 제보해 달라고 당부했다.

한편 이번 대응은 한 일간지 기자가 故 찰리정의 마지막 통화자가 사혜준이고 둘은 서로 연인관계였다는 의혹을 제기한 데 따른 것이며, 지난 7일 소속사는 "해당 의혹은 명백한 허위사실이며 명예훼손"이라고 반박했다.

배우 사혜준 측, 고 찰리정과의 관련 기사는 허위사실..
'법적 대응 나설 것..'

[그린뉴스] 이현성 기자

배우 사혜준 측이 고 찰리정 씨와의 관계와 관련한 기사에 대한 모든 내용을 강력 부인했다.

지난 7일, 고 찰리정 씨의 사망 전 통화기록과 메시지 기록에서 사혜준이 발견됐고, 생전 마지막 통화자는 아직까지 확실하게 밝혀지진 않았지만, 그 마지막 통화자가 사혜준일 확률이 크다는 목소리를 내며 사혜준과 고 찰리정의 관계를 다시 수면 위로 올리는 기사가 보도됐다.

이어 고 찰리정의 유족과 애인 A씨와의 재산권 분쟁이 일어났고, 애인 A씨가 배우 사혜준이라는 악의에 가까운 의심을 합리적 의심이라며 보도했다.

이에 사혜준 소속사 짬뽕 엔터테인먼트는 지난 7일 배우 사혜준과 관련한 기사 내용은 모두 허위사실임을 강력히 밝혔다. "배우 사혜준과 고 찰리정 씨는 디자이너와 모델로서 필드에서 만났고, 완벽한 무대를 위해 서로 자신의 위치에서 최선을 다했다. 더 이상의 악의적 루머는 인내하기 어렵다. 지금까지 사혜준이 쌓아올린 명예를 크게 손상시켰다고 보고 엄정한 법적 대응에 나서겠다"고 전했다.

[단독] 배우 사혜준 뜨거운 열애 중.. 상대는 메이크업 아티스트

[아웃뉴스] 김수만 기자

(정하의 샵과 집을 오가며 찍힌 혜준, 정하 사진)

대중들의 사랑을 한 몸에 받고 있는 탑스타 배우 사혜준이 현재 뜨거운 열애 중이다. 상대는 일반인으로 1인샵을 운영하고 있는 메이크업 아티스트인 것으로 밝혀졌다.

사혜준과 이 여성의 첫 만남은 사혜준의 모델 시절부터 이어져온 것으로 보인다. 모델 사혜준이 배우 사혜준으로 거듭나기 전부터 인연을 이어왔고, 그후 사혜준의 메이크업 스탭으로 최근까지 함께 일했던 것. 현재는 1인 메이크업샵을 운영하고 있다고 전해진다.

이 둘은 동갑내기로 친구에서 연인으로 발전. 1년이 넘는 시간 동안 사랑을 키워 왔다고 한다. 드라마 〈게이트웨이〉부터 영화 〈평범〉, 드라마 〈왕의 귀환〉, 그리고 지금 인기리에 방영 중인 드라마 〈최초의 인간〉의 주인공을 맡기까지 쉼 없이 달려온 배우 사혜준. 그럼에도 불구하고 풋풋하고 열정적인 연애를 이어왔다고 해도 과언이 아닐 것이다. 바쁜 스케줄 속에서도 은밀하게 데이트를 즐기는 두 청춘남녀.

앞으로 배우 사혜준이 사랑을 지켜갈 수 있을지. 많은 팬들과 대중들의 관심이 쏠려있다.

15부

씬1. 안정하 스튜디오 앞 (낮)

14부 씬63에 이어
혜준, 오고 있다. 모자 쓰고. 혜준, 들어가려고 하는데. 문이 잠겨 있
다. 어디 갔지. 전화한다. 받지 않는다. 문자메시지 E. '오늘 못 만나
겠다. 미안.' 정하. 혜준, 뭐지.

혜 준　　　(정하에게 전화하는. 신호음 간다.)

씬2. 카페 안

정하, 수만과 앉아 있다. 앞에 차 놓여있다. 핸드폰 E. 정하 핸드폰
이다. 정하, 혜준일 거라고 예상. 받지 말아야 된다. 수만 앞에선 어
떤 전화도 받지 말아야 한다.

수 만　　　전화 안 받으세요?
정 하　　　(발신자 보면 '혜준'. 통화 거절하고. 무음으로 설정한다.) 김 기자님
　　　　　　하구 얘기할 시간 줄잖아요. 출장 있어요.
수 만　　　단도직입적으루 얘기할게요. 제가 워낙 앞에 설명하는 걸 싫어해
　　　　　　서.
정 하　　　저두 단도직입적인 거 좋아해요. 근데 메이크업을 잘하시네요.

수 만	(혹 들어오니까) 별루 한 거 없는데요.
정 하	별루 한 거 없는데 이 정도면 조금만 더 하시면 아주 예쁠 거 같아 요. 지금두 예쁘시지만.
수 만	(풀어지는) 감사합니다.
정 하	살구색 아이 섀도우 하면 완전 러블리할 거 같아요. 오늘은 좀 그렇 구 언제 시간 되시면 메이크업 하러 오세요.
수 만	지금 영업하시는 거예요?
정 하	네. 오세요. 지인 디씨 해드릴게요. 10%.
수 만	사혜준 씨랑 사귄 지 얼마나 됐어요?
정 하	사귄 적 없는데요.
수 만	안정하 씨 집에서 나오는 사진 찍혔어요 사혜준 씨.
정 하	이거 정식 취잰가요?
수 만	취재죠.
정 하	취재에 녹취는 기본이니까. 녹취할게요. 기자님이나 저나 나중에 다른 소리하면 안 되잖아요. (하면서 핸드폰 녹음 기능 켠다.)
수 만	(만만하지 않네.)
정 하	사혜준 씨는 제가 메이크업을 해주는 연예인 중에 한 분이세요. 물 론 나이가 같다는 공통점이 있어서 친구 같은 기분이 있었던 건 맞 습니다.

타이틀 오른다.

씬3. 짬뽕 엔터 사무실/ 혜준 집 경준 방

민재, 보도자료 작성하고 있다. 컴퓨터로. 사혜준 메이크업 아티스 트 열애설 반박기사. 배우 사혜준과 메이크업 아티스트 A씨는 연인 관계가 아니다. A씨가 사혜준의 메이크업 스탭으로 함께 일을 한 것은 사실이지만,

민 재	(쓰면서) 메이크업 아티스트 A씨는 연인관계가 아니다. A씨가 사 혜준의 메이크업 스탭

핸드폰 E 발신자 '경준씨'

민 재	(발신자 보고. 머리 아프다 이 사람. 받는)

씬4. 혜준 집 경준 방/ 짬뽕 엔터 사무실

경준, 혜준과 정하의 열애설 기사 보면서 전화통화 하고 있다. 댓글 선플 악플 다 있다.[1]

경 준	대표님 이런 기사 하나 못 막구 뭐하세요?
민 재	제가 아니라구 했는데 낸 걸 어떡해요?
경 준	어떡하긴! 해결하셔야 될 분이 어떡하냐구 하심 어떡해요?
민 재	(열 받는) 알았어요. 지금부터 해결할게요. 할 일 너무 많은데 경준 씨까지
경 준	(O.L) 반성문 썼어요.
민 재	웬일이에요?
경 준	사과문 쓰는 대상을 내 인생이라구 놓구 썼어요. 내가 내 인생한테 잘못한 거 엄청 많거든요.
민 재	(뭔 소리야 또) 뭐래...
경 준	뭐라구요?
민 재	알았다구요! 갖다주세요. 변호사 줄게요. (끊는) 아우 증말.. 시어머 니 하나 생겼어.

---

[1] 뒤의 댓글 1 참조. 선플, 악플 모두 있습니다.

핸드폰 E 발신자 '이태수 대표'

씬5. 짬뽕 엔터 사무실/ 태수 사무실

민 재   (발신자 보고) 이분은 또 왭니까? (하고 받는) 네!

태 수   혜준이 기사 봤는데... 왜 아직 반박기사 안 올라와?

민 재   아 정말.... 신경 끄세요.

태 수   어떻게 신경을 꺼? 혜준이 데려올 거야. 나한테 올 때까지 잘 케어
해 줘.

민 재   아니 날 얼마나 무시하면 대놓구 데려오겠단 얘길 해요?

태 수   말루 자꾸자꾸 뱉어놔야 절대루 안 된단 일루 될 수두 있겠다루 변
하잖아. 빨리 반박기사나 올려. 반박기산 빨리 올리면 올릴수록 유
리해.

민 재   혜준이한테 물어봐야 돼요.

태 수   걔한테 물어보면 그러라구 하겠어? 공개 연애한다구 하겠지!

민 재   잘 아시네요.

태 수   김 기자 벼르구 있어. 이거보다 더 쎈 거 준비하구 있어. 쉽게 생각
하지 마.

씬6. 카페 안

정하와 수만 있다. 수만, 태블릿 PC 유튜브 정하 채널 (11부 씬64)
썸네일 '고백' 보여준다. 댓글에 성지순례 왔습니다. 사혜준 여자친
구인 거 맞죠. 언니 예쁜 사랑하세요. 언니 사혜준 바람둥이에요. 진
서우하고도

수 만   이때 고백하려구 했었잖아요. 여자친구인 거. 근데 정지아 씨가 먼
저 선수 치는 바람에 말 돌렸잖아요.

정 하	그동안 제 채널을 구독해 주신 분들께 정말 감사드리구 싶었어요.
수 만	전 정하 씨 편이에요. 사혜준 씨가 뜨구 나서 변했죠? 이전과는 다른 위치가 됐잖아요.
정 하	사혜준 씨는 그런 사람 아니에요.
수 만	이렇게까지 쉴드쳐 주는 이유가 뭐에요?
정 하	기자님이야 말루 절 버림받은 여자루 만들려는 이유가 뭐예요? 전 신파 싫어해요.
수 만	(진짜 만만치 않다.) 정지아 씨 나랑 인터뷰했을 때 사혜준 씨 잊지 못하는 눈치였어요. 얼마나 좋아하면 실명 얼굴 다 까구 인터뷰 해 줬겠어요!
정 하	(그건 맞다.) ......
수 만	지금 정지아 씨하구 사혜준 씬 급이 맞아요. 두 사람이 다시 이어지면 주위 사람 다 환영할 거예요.
정 하	인터뷰 기술이 좋으신 거 같아요. 기분 충분히 상했구 사혜준 씨에 대해 안 좋은 말 하구 싶게 만드시네요.
수 만	......
정 하	다음엔 꼭 예약하구 들러주세요. 기자님 이미지 컨설팅두 해드릴 수 있어요.

씬7. 도로/ 해효 차 안/ 혜준 차 안

해효, 운전하고 있다. 핸드폰 E 발신자 '혜준'

해 효	(받는) 어!
혜 준	너 뭐하냐?
해 효	필라테스 가는 중이야. 넌 오늘 정하 만난다며?
혜 준	못 만났어. 그래서 너 만날까 하구.
해 효	내가 정하 대용이냐?
혜 준	니가 대용이 될 수 있다구 생각하는 거야?

| 해 효 | 작작 좀 해라. 나두 연애하구 싶으니까. |

씬8. 필라테스센터 락커룸 안

도하, 운동 마치고 옷 입었다. 스마트폰 들여다보고 있다. 기사 본
다. '배우 사혜준. 메이크업 아티스트와 열애설에 "사실무근.." 모두
부인. 핫플뉴스 민우성 기자'.[2] 혜준, 들어온다. 서로 본다.

도 하	너두 여기 오는 거 보니까 뜨긴 떴다!
혜 준	넌 여전하다! 여기 오는 걸루 뜬 거 확인하는 거 보니까. (하면서 옷 갈아입으려고)
도 하	난 여전하지 넌 뭐 나랑 크게 다른 인간이냐?
혜 준	다른 인간이라구 한 적 없어.
도 하	너랑 나랑 처음 만났을 때 기억나냐? 난 니가 하두 잘난 척해서 나랑 다른 인간인 줄 알았는데... 너두 닥치니까 내 맘 알겠지!
혜 준	(무슨 말이지?)
도 하	재빨리 반박기사 냈더라 정하랑 열애기사에.
혜 준	반박기사?
도 하	그래 니가 아니라 매니저가 너 모르게 했다 그래야! 사혜준 학습 능력 좋아! (가는)
혜 준	....

씬9. 필라테스센터

해효, 필라테스 하고 있다. 혜준, 들어온다. 옷 갈아입지 않고.

---

2 뒤의 참조 기사 1 참고.

해 효	왜 옷 안 갈아입었어?
혜 준	짬뽕 가봐야 돼.
해 효	오늘 풀루 쉰다며?
혜 준	너 기사 못 봤냐?
해 효	아는 척해야 되냐? 할 말이 없어서 가만있는 중이야. 정하 뭐래냐?
혜 준	연락이 안 돼.
해 효	정하한테 얘기두 안 하구 반박기사 낸 거야?
혜 준	그걸 알아봐야 되는데 누나가 전화 안 받아.

씬10. 광고 회사 미팅룸 안

민재, 본부장하고 같이 있다. 앞에 차 놓고 있다.

민 재	그동안 인사두 못 드리구 해서 들렀어요.
본부장	저 요즘 안절부절입니다. 위에서 뭐라 할지. 아직은 잠잠하세요.
민 재	워낙 단시간에 스타가 돼서 그런지 견제두 심하구 소리두 크네요.
본부장	열애설두 너무 많구 거기다 여러 가지 추문에. 바른 청년 이미지 때문에 우리가 쓴 건데.
민 재	....
본부장	언론 관리 좀 하세요. 이렇게 안 좋은 기사들이 쏟아져 나오면서 우리 기업 이미지하구 연관될까 봐 염려스러워요.
민 재	그렇게 되진 않을 겁니다. 명예훼손으로 고소했어요.

씬11. 광고 회사 미팅룸 밖 복도

민재, 나오고. 곤욕스럽다. 태수, 오고 있다.

태 수	안녕!

민 재	안녕은! 제가 지금 안녕하겠어요?
태 수	광고는 잃기 싫은가부지. 이제 아주 제대루 돈독이 올랐어. 매니저 다 됐네.
민 재	혜준이 믿구 처음 광고모델로 써주셨는데. 혹시 폐 끼칠까 봐 그러죠. 돈이 아니라. 여긴 왜 오셨어요?
태 수	혜준이 밀려나면 우리 도하 디밀어야지. 건전하구 건강한 박도하!
민 재	밀려나는 게 아니라 밀어버리려는 거 아니에요? 이러면서 왜 혜준일 맡겠단 거예요?
태 수	혜준인 스타로서 증명됐잖아. 걔한테 떠도는 추문! 거짓이잖아! 추세라는 걸 막진 못해. 지금 고꾸라지면 내가 건져주겠단 거야.
민 재	그런 심오한 뜻이 있었던 거예요?
태 수	민재 씨까지 같이 우리 회사루 받아줄 수 있어. 혼자서 못 해. 혜준이 재계약했어?
민 재	....
태 수	못했구나! 그런 거야. 애 키워봐야 지가 잘나 큰 줄 알아. 내가 왜 이렇게 됐겠냐! 믿음 신뢰 사랑 이딴 거 결국 돈 없음 아무것두 아냐.
민 재	이 대표님 그렇게 사세요. 전 제 방식대루 살아요.
태 수	혜준이가 민재 씨 공 알아줄 거 같아? 여기 온 거 알아? 반박기사 낸 거 혜준이 허락 못 받았지? 이제 두 사람 균열 시작이야.
민 재	대표님 뜻대론 안 돼요. 우리 끈끈하다구요! 혜준이 위해서 한 행동이에요. 걔가 뭐라구 하겠어요?
혜 준	(E) 왜 누나 맘대루 기살 냈어?

씬12. 짬뽕 엔터 사무실

혜준, 있고. 민재, 있다.

| 민 재 | 반박기사는 시간 싸움이야. 빨리 낼수록 유리해 알아보니까. |

혜 준	좋아. 기사 내기 전에 내 의사는 그렇다치구 정하한테 미리 언질은 줬어?
민 재	정하 이해할 거야. 누구보다 영리한 애야.
혜 준	내 상황에 맞춰 정하 삶이 침해받는 게 싫어.
민 재	아는데.. 나두 내 일을 해야 되잖아. 매니저로서 널 보호하는 게 젤 우선이잖아.
혜 준	누나가 무슨 말 하는지 알겠는데 내 입장에선 이 상황에서 정하를 보호하는 게 젤 우선이야.

씬13. 버스 안

정하, 앉아 있다. 핸드폰을 꺼내 무음 설정을 소리 나는 설정으로 바꾼다. 그랬더니 계속 인스타 알림음 E. 정하, 자신의 인스타 들어가서 본다. 안정하 스튜디오 전경 사진 #1인샵 #꿈 #희망 #한걸음 #감사에 달린 댓글. 해외 팬들이 단 악플. 뱀 그림.. 칼 그림.. 하트 깨진 그림.. '언니 정신 차려요.' '언니는 우리 오빠한테 원 오브 뎀이에요.' '일이나 하지 왜 우리 오빠 꼬셔요? 스탭이면 스탭답게 짜져있던가.' '왜 나대고지랄.' '니가 사혜준이랑 급이 같냐? 진짜 정신 나갔네.' '안정하 아웃.'
'언니 파이팅! 예전 버스킹할 때 본 적 있어요. 진짜 매력있는 언니임.' '사혜준이 반할 정도면 언니가 대단한 거!' 정하, 인스타 알림음 끈다.

핸드폰 E 발신자 '엄마'

정 하	(본다.)

씬14. 정하 집 현관/ 거실/ 필라테스센터

기척 나고. 정하, 들어온다. 핸드폰 E 발신자 '해효'

정 하	(받는) 어 해효야!
해 효	혜준이 만났는데 너 연락 안 된다구 해서.
정 하	연락할 거야.
해 효	너 어딘데?
정 하	집.
해 효	왜 벌써 집에 들어가 있어?
정 하	엄마 온대.
해 효	내 전환 받으면서 혜준이 전환 왜 안 받았어?
정 하	일찍두 따진다.
해 효	내 전화두 안 받아야지. 내가 걱정돼서 니네 집 앞으루 가잖아.
정 하	(웃는) 넌 좋은 친구야.
해 효	그걸 이제 알았냐!

씬15. 정하 집 욕실

정하, 세수했다. 수건으로 얼굴을 닦는다. 거울을 본다.

혜 준	(E) 사랑하는데 미안하다구 하는 건 뭘까?

씬16. 정하 집 거실 (인서트) (회상)

혜준, 정하랑 소파에 편하게 앉아 있다. 테이블엔 과자와 음료수 마신 흔적.

정 하	더 잘해주구 싶은데 못 해서 그런 거 아닐까.
혜 준	더 잘해주면 되지. 미안하단 말을 왜 해? 난 절대 미안하단 말을 하지 않을 거야.

핸드폰 E

씬17. 정하 집 거실 (현재)

핸드폰 E 발신자 '혜준'. 정하, 없다.

정 하	(N) 미안하단 말을 절대하지 않겠다. 그는 그 말을 지키지 못했다.

씬18. 정하 집 욕실

정하, 기초 화장품 바르고 거울 보면서. 노래 부르고 있다. 흥얼대는. 일부러 기분 띄우려는.

정 하	(N) 우린 그때만 해두 사랑을 너무 단순하게 생각했다. 사랑엔 여러 가지 감정이 포함되어 있다.

씬19. 짬뽕 엔터 사무실 주차장/ 혜준 차 앞

혜준, 걸어온다. 핸드폰 전화 중이다. 전화를 받을 수 없다는 안내음 들린다. 혜준, 어쩌지 낭패. 자신의 차로. 차 문 연다. 차에 타는 혜준.

씬20. 짬뽕 엔터 사무실 주차장/ 혜준 차 안

혜준, 머리를 쓸어 담는다. 어쩌지. 기댄다. 정하에게 어떻게 해줘야
할까. 선물 사야겠다. 혜준, 시동을 건다.

씬21. 혜준 집 거실

영남, 애숙과 TV 보고 있다. 12부 씬51의 혜준 인터뷰다.

애 숙	쟤 어떻게 저런 말을 천연덕스럽게 하지? 집에서 보던 애가 아니야.
영 남	그러니까 (나직이) 됐잖아.
애 숙	뭐라구?
영 남	스타됐다구.
애 숙	그래 그렇게 인정을 해.
영 남	고소한 건 어떻게 되가나? 아까 물어보려다 말았어.
애 숙	이 대표가 해결되면 말해주겠지.
영 남	경준이 말대루 큰 회사면 안심이 되겠는데. 잘할 수 있나?
애 숙	나두 걱정되긴 해.
민 기	(방에서 나온다. 외출복 차림이다.)
애 숙	아버님 어디 가세요?
민 기	학원에서 할 말이 있대.
애 숙	아아. (영남에게) 당신 뭐해?
영 남	뭘 뭐해?
애 숙	아버님 나가신다잖아.
영 남	그래서?
애 숙	뭘 그래서야? 아버님 모셔다드려.
영 남	당신까지 왜 그래?

씬22. 혜준 집 주방 (인서트) (회상)

경미, 반찬 한 거 꺼내 주면서. 애숙, 반찬 한 거 뚜껑 열어 맛보는.

애 숙   요즘 경기 안 좋지? 혜준 아빠 일 없어서 속 끓는 거 같아. 내색은
            안 하지만.

경 미   에라 모르겠다! 일이 없는 게 아니라 오빠 어깨 더 쓰면 안 된대. 진
            우 아빠가 오빠 빼놓구 일 다녀.

씬23. 혜준 집 안방 (현실)

애숙, 옷장에서 옷 꺼낸다. 영남, 앉아 있다.

애 숙   아버님 연세 높으셔. 당신 후회한다. 난 엄마 아버지 지금이라두 살
            아계심 내가 진짜 잘해줄 거야. 당신은 아직 기회가 있어.

영 남   (보는) 아버지 운전하다가 계속 그럼 어떡해?

애 숙   그럼 어때!

영 남   어떡하든지 다시 일을 해야지.

애 숙   괜찮아. 내가 벌잖아. 내가 버는 걸루 우리 생활할 수 있어.

민 기   (E. 밖에서) 빨리 나와. 늦어.

영 남   에이! (하곤 옷을 갈아입으려)

씬24. 시니어 모델 학원 사무실 안

민기와 영남 앉아 있고. 테이블엔 시니어 남성의류 브랜드 팸플릿
있고. 영남, 팸플릿 들척이고 있고. 강사, 음료수와 계약서를 갖고
온다. 음료수는 민기와 영남 앞에 놓는다.

강 사	이거 드세요. 이제 아드님이 진짜 매니저 해주시나 봐요. 원래 일 하시던 일은 어떡하시구?
영 남	제가 알아서 할게요. 오늘은 무슨 일입니까?
강 사	그럼 정식 매니저는 아니란 말씀이시네요! 오늘은 일은 아니구 우리랑 전속계약 하시자구요.
민기영남	(서로 보는)
민 기	전속계약이면 어떻게 되는 건데요?
강 사	우리 에이전시하구만 일하셔야죠. 대신 철저하게 관리해 드리겠습니다.
영 남	(매니저도 못하게 되는 건가부다.) 지금두 여기서 일 받아서 하는데 뭐가 달라요?
강 사	(계약서 내민다.) 계약서예요!
민 기	(영남에게 계약서 주며) 니가 봐.
강 사	제일 중요한 조건은 6대 4. 모든 지원을 아낌없이 해드릴게요. 아드님이 생업 놔두구 사 선생님 따라다니지 않아두 돼요.
민기영남	....
민 기	계약 안 하면 어떻게 되는 거야?
강 사	뭐 전처럼 해야죠.
민 기	(계약서 주며) 그럼 난 전처럼 할래. 우리 아들이 매니저 하는 게 좋아.
강 사	아드님하구 저희 매니지먼트하군 질적으루 달라요. 사 선생님! 우린 프로라구요.
민 기	우리 아들이 편해. (영남에게) 가자! (강사에게) 일 있음 연락해.
강 사	아드님 왜 아무 말씀두 안 하세요?
영 남	아부지가 말씀하시는데 제가 뭐라 그래요?
민 기	야 너 그런 말두 할 줄 아냐?
영 남	무슨 말?
민 기	너 지금 되게 내 말 잘 듣는 것처럼 말한다.
영 남	이제부터 한번 해볼라구! 싫어?
민 기	싫진 않지만 너무 갑자기 그러니까 무서워.

영 남	아부지두 전번에 갑자기 그래갖구 내가 얼마나 무서웠는지 알아?
강 사	아 또 시작이다! (버럭) 알았어요!
영 남	(강사에게) 시끄러워요!
민 기	아우 잘했다. 아우 시끄러워!

씬25. 혜준 집 혜준 방 (저녁)

혜준, 들어온다. 양손엔 쇼핑백 들려있다. 스니커즈 두 켤레. 자신의
것과 정하의 것. 정하에게 전화한다.

씬26. 정하 집 거실/ 혜준 집 혜준 방

정하, 국 끓이고 있다. 간보고 있다. 핸드폰 E 발신자 '혜준'

정 하	(망설이다. 밝게 받는) 어 혜준아!
혜 준	어 혜준아? 너 속썩인 거 치곤 너무 목소리가 밝다. 일부러 그래?
정 하	공격적이시네. 바람맞혀 미안해.
혜 준	어디야?
정 하	집!
혜 준	그럼 내가 갈까?

현관 벨 E

정 하	엄마다! 우리 엄만 참 타이밍 잘 맞추는 거 같아.
혜 준	어머니 오신다구 하셨구나. 오늘 여러 가지루 꼬인다.
정 하	그러게.

현관 벨 E

혜 준	빨리 문 열어드려! (하곤 끊는다.)
정 하	(밖에 대고) 나가요! (하면서 나가는)

정하, 현관문 연다. 성란, 캐리어 끌고 서 있다.

정 하	이게 뭐야?
성 란	뭐긴 너희 집에서 며칠 있다 갈려구. (들어온다.)
정 하	......

씬27. 도로/ 미니 봉고차 안 (저녁)

영남, 운전하고 있다. 민기, 조수석이다.

민 기	나 노래 들어두 돼?
영 남	들어!
민 기	틀어주면 안 돼?
영 남	(틀어준다.)
민 기	(미소.. 편하게. 흥얼거리면서)

씬28. 혜준 집 거실

밥상 차리고 있다. 주방에서 반찬 나르는 경준. 주방엔 애숙이 밥 푸고 있고.

애 숙	(경준에게) 다들 식사하시라구 해.
경 준	나 오늘 월찬데.. 쉬는 날인데.. 계속 밥 날라.
애 숙	밥 먹으려면 밥 날라야지. 그동안 니가 너무 편하게 산 거지.
경 준	밥 차려놨는데 혜준인 뭐해? 차려놓은 밥 먹으러 오기두 힘드냐?

씬29. 혜준 집 혜준 방 (밤)

혜준, 스니커즈에 마카쥬하고 있다. 마카쥬에 필요한 물감과 도구. 정하에게 줄 스니커즈와 자신의 스니커즈 앞에 있고. 스니커즈에 정하와 혜준의 만남의 상징 같은 빗속에서 춤추기를 그리고 있다. 우산도 있고. 고양이. 행복. 단순. 소박한 마음. 카잔차키스. 그림 그리고 글씨 쓰는.

씬30. 정하 집 주방 (밤)

정하, 성란과 밥 먹고 있다. 된장국. 여러 가지 반찬.

성 란	(된장국 떠서 먹고) 이 된장 어디서 났어? 산 거 아닌데.
정 하	아빠가 부쳐줬어.
성 란	칫! 이런 데 넘어갔어?
정 하	뭘 넘어가? 아빠잖아.
성 란	내가 너 키우느라 별 고생을 다했는데 넌 느이 아빨 더 생각하더라.
정 하	(말 돌리며) 저 짐은 뭐야?
성 란	며칠 있다 갈 거야. (미소) 너 제대루 잡았더라.
정 하	뭘 잡아?
성 란	왜 멀쩡한 직장 관두구 헤어샵 다니나 했더니. 사혜준 때메 그런 거야?
정 하	무슨 말이야?
성 란	기사난 거 다 봤어. 넌 역시 내 딸이야. 너 같은 똑똑이가 대책 없이 회살 관둘 리가 없지. 엄마가 오해했어.
정 하	(황당한) 엄마아!
성 란	다온이가 완전 사혜준 팬이야. 싸인 하나 받아다 줘. 여자친구 남동생한테 그 정돈 해주겠지!
정 하	싸인 받을 수 있는 사이긴 해. 일하는 사이니까. 근데 내가 안 할 거

야. 그 싸인으루 엄마가 얼마나 많은 상상을 하겠어?

씬31. 혜준 집 거실

민기, 영남, 경준, 애숙, 혜준, 밥 먹고 있다.

애 숙   너무 좋다. 점심 저녁 다 같이 식사하니까.

경 준   어쩌다니까 좋은 거야. 맨날 그래봐. 엄마 밥 차리기 힘들어서 싫다
         그럴 걸.

민 기   넌 왜 매사에 부정적이야?

영 남   부정적인 게 아니라 지 엄마 위해서 하는 말이지.

경 준   아빠가 이제 정신을 차렸나부다. 나 사경준이야. 아빠 큰아들!

일 동   (웃는)

애 숙   정하 이번 주말에 우리 집에서 밥 먹자구 해. 엄마가 솜씨 발휘해볼
         게.

혜 준   좋아. 말해볼게.

경 준   지금 이 시기에 같이 식사하는 게 과연 좋은 선택일까?

애 숙   무슨 말이야?

혜 준   (경준에게) 하지 마.

경 준   알았어.

민 기   (경준에게) 뭐 약점 잡혔냐? 니가 웬일루 혜준이 말에 금방 알았다
         그러냐.

혜 준   형이 철이 들었나 봐요.

영 남   우리 집에 요즘 철든 사람 많네. 아부지두 그렇구.

민 기   사람 변하냐! 원래 그런 사람인데 니가 몰라본 거지.

애 숙   아버님 감사해요.

민 기   뭐가?

애 숙   경준 아빠 취직했잖아요. 아버님 매니저루.

영 남   아이 오바는! 지금 일두 없어.

혜 준	근데 아빠가 매니절 할 수 있나?
영 남	내가 왜 못 해?
혜 준	매니전 상대방의 마음을 읽을 줄 알아야 돼. 지금 이 사람이 필요한 게 뭔가. 알아서 해주는 거.
영 남	나 사람 마음 잘 읽어.
애숙경준민기	(동시에) 당신이! 아빠가! 니가!
혜 준	(웃는)
일 동	(웃는)
영 남	(쓸쓸한) 나 진짜 잘 읽는데.
애 숙	알았어. 밥 먹어.
영 남	..... (혜준 보는)
혜 준	(밥 먹는)

씬32. 혜준 집 밖 (밤)

혜준, 나오는. 뒤따라 영남 나오는.

영 남	저기 야!
혜 준	(뒤돌아보는)
영 남	너 어떻게 됐어? 이 대표 말론 고소한다 그랬는데 그러구 소식이 없어서.
혜 준	시간이 걸리는 일이야.
영 남	그게 다야? 좀 자세히 말해봐.
혜 준	자세히 말할 게 없어.
영 남	(혜준 보는)
	(flash back 7부 씬15 경준, 혜준이 개가 순둥순둥해 다 넘어가는 거 같아두 어떤 건 디게 까탈스럽게 굴어.)
영 남	(E) 너 아빠한테 유감 있냐?
혜 준	아니.

영 남	아빠가 전에 너한테 그런 건
혜 준	(O.L) 다 잘되라구 기 팍팍 죽였지. 이해해.
영 남	이해한다면서 기 팍팍 죽였다 그럼.. 그게 뭐야?
혜 준	뭐긴 아빠 캐릭터 잘 안단 거지. 이제 내 방 가두 돼?
영 남	가!
혜 준	(내려가는)

(flash back 7부 15씬 경준, 내가 중학교 때 걔한테 손 한번 댔다가 지금 깨갱하잖아. 아주 지랄발광이야. 잊지두 않아.)

영 남	진짜 아직 못 잊은 거야? 하긴 나두 못 잊는데 니가 잊길 바라는 게 무리지.

씬33. 해효 집 거실

이영, 백화점 명품 브로셔 보고 있다. 현관 소리 나고 해효 들어온다. 이영, 해효 보고. 해효, 이영 본다. 2층으로 올라가는.

이 영	밥 먹었어?
해 효	어어.
이 영	누구랑?
해 효	혼자.
이 영	같이 밥 먹을 사람 없어?
해 효	아니. (올라가는)
이 영	엄마 조금이라두 너한테 말 붙일려구 하구 있잖아.
해 효	엄마가 지금까지 나한테 한 행동.. 날 사랑해서 했다구 생각했거든. 근데 아냐. 엄만 엄마 인생이 훨씬 중요한 사람이야. 내가 상처받든 말든 엄마 인생이 빛나면 되는 사람이야.
이 영	니 인생하구 엄마 인생하구 나누니까 그렇지. 내가 빛나면 너두 빛

나구 니가 빛나면 엄마두 빛나는 거야. 엄마가 널 나처럼 생각한 게 잘못이야?

해 효 엄마는 엄마구 나는 나잖아. 엄마랑 나랑 성장배경부터 다르잖아. 왜 같다구 생각해?

이 영 널 나만큼 사랑하니까. 누구보다 빛나게 해주구 싶으니까. 니가 내 안에 있을 때부터 결정했으니까.

해 효 그 약발 이제 안 먹혀. (올라가는)

이 영 ....

씬34. 해효 집 안방

이영, 들어온다. 기분이 나쁜. 태경, 침대에 누워 자려다가 이영 보고 놀라 일어나는.

이 영 왜케 놀래?

태 경 나만 보믄 손이 올라오잖아.

이 영 얼마나 아프다구?

태 경 아픈 게 문제가 아니라 두려움이 생기잖아.

이 영 당신두 두려움이 생기긴 하니?

태 경 대체 애들한테 무슨 일이 생긴 거야?

이 영 말하면 비웃을 거잖아. 이제껏 집에서 뭐했냐구 할 거잖아. 다 당신 때문이야.

태 경 자다가 일어나두 내 탓이라구 하겠다.

이 영 어 다 당신 탓이야. 어디서부터 바꿔야 될지 모르겠어. 아니 정확히 알아. 해효 공립 초등학교 입학부터야.

태 경 (이영에게 떨어지는 방어하며) 좋아 해흔 알겠는데 해난 뭐야? 이 상한 놈 사겨? 해효 초등학교랑 연관 있는?

이 영 머릴 좀 더 써봐. (침대에 눕는)

씬35. 해나 학교 도서관 로비 (밤)

진우, 스마트폰 보고 있다. 해나, 나온다. 진우, 본다. 진우, 해나에게 손 흔든다.

해 나 많이 기다렸지!

진 우 아니. 배고프지! 오빠가 너 좋아하는 데 데려갈게.

씬36. 한남동 미슐랭 맛집

해나, 진우와 테이블에 앉아 있다. 메뉴판 보고 있다. 저녁 세트 25만 원이다.

해 나 (메뉴판 위로 얼굴 올리며. 사람들 안 들리게. 진우에게) 너무 비싸.

진 우 알아. 미슐랭 1스타잖아. 너 여기 어머니랑 자주 왔잖아.

해 나 그건 엄마가 돈 냈잖아.

진 우 (속소리 E. 안쓰런) 니가 언제부터 돈 따지구 밥 먹었니!

해 나 그냥 나가자.

진 우 들어오기 전에 말했어야지. 들어올 땐 가만있었잖아.

해 나 그땐 메뉴판 보기 전이잖아. 메뉴판에 가격을 보는 순간 현실 자각했어.

진 우 날 만나면 이런 현실과 살아야 돼.

해 나 슬픈 얘기하구 싶지 않아.

진 우 너한테 내 현실은 슬픈 거야.

해 나 (분위기 바꾸려) 말 계속 할 거야?

진 우 아니. (매니저에게 손짓한다.)

씬37. 혜준 집 혜준 방

혜준, 문자를 작성하고 있다. '엄마가 이번 주말에 우리 집에서 밥 먹자고 하신다' 혜준.

혜 준　(E) 엄마가 이번 주말에 우리 집에서 밥 먹자고 하신다.

씬38. 정하 집 안방

성란, 자고 있다. 그 옆에 정하. 성란의 코고는 소리에 못 자는. 문자음 E. '엄마가 이번 주말에 우리 집에서 밥 먹자고 하신다. 어머니 가셨어?' 혜준.

씬39. 혜준 집 혜준 방 (밤)

혜준, 침대에 앉아 있다. 문자음 E. '식사 초대 고마워. 며칠 있다 가신대' 정하. 혜준, 문자한다. '잘자' 하곤 구석 바닥을 본다. 두 켤레 스니커즈 마카쥬된. 나란히 사이좋게. (F.O)

씬40. 정하 집 문 앞 (이른 아침) (F.I)

혜준이 만든 스니커즈가 담긴 쇼핑백. 걸려있다.

씬41. 정하 집 주방

성란, 밥 하고 있다. 정하, 방에서 나온다.

정 하	밥하는 거야?
성 란	밥 내가 언제 안 했어? 두부 없더라.
정 하	밑에 편의점에서 파는데

핸드폰 E

성 란	일찍부터 누가 전화해? 내가 편의점 가야겠네!
정 하	(전화벨 소리 나는 안방으로 들어간다.)

씬42. 도로/ 혜준 밴/ 정하 집 안방

혜준, 〈최초의 인간〉 대본 16부 안고 핸드폰 들고 전화하고 있다.
신호음 가고 있다.

정 하	(받는) 어어!
혜 준	밖에 나가봐.
정 하	뭐?
혜 준	밖에 나가 보시라구요.
정 하	(뭐지) (전화 끊고) (나가는)

씬43. 정하 집 거실

성란, 혜준이 만든 스니커즈가 담긴 쇼핑백 식탁에 놓고 안에 물건
꺼내져 있다. 마카쥬된 스니커즈. 스니커즈 상자와 카드 있다. 카드
엔 '지금이 행복하다고 느끼는 데 필요한 거라곤 단순하고 소박한
마음뿐이다.' 니코스 카잔차키스. 요즘 내가 꽂혀있는 글귀. 혜준.

정 하	(성란 보고. 저게 뭐지. 아직 뭔지 인식 안 된) 뭐야?

성 란	(카드 주며) 야 얘 대박이다 사혜준!
정 하	(황당) 엄마아!
성 란	안 사귄다며? 사겨두 아주 정신없이 사귀네!
정 하	(화가 나는데) 왜 남의 걸?
성 란	니가 난 년은 난 년이다. 엄만 얼굴만 반반하구 실속 없는 남자 만나서 개고생 했는데. 넌 아니네. 헤어져두 빈 손으루 헤어지진 않겠어.
정 하	아 정말 엄만 하나두 안 변하는구나. 천박해.
성 란	돈 좀 빌려줘.
정 하	....
성 란	자식한테 부모가 천박해 소리까지 들었으면 막장이잖아. 어차피 막장인 거 막장으루 끝내자.

씬44. 경준 은행 휴게실

경준, 스마트폰으로 사혜준 검색하면 기사 젤 먼저 뜬다. '〈최초의 인간〉 시청률 대폭 하락↓ 사혜준 때문인가?. 아웃뉴스 김수만 기자'. 드라마 〈최초의 인간〉의 단단했던 팬덤이 완전히 무너지는 모양새다.[3]

경 준	아 아웃뉴스잖아. 이 기자 그 기자네! 시청률 2.1프로 떨어진 걸 갖구 무슨 대폭 하락이야!

노크 E

경 준	들어오세요.

3 뒤의 참조 기사 2 참고.

민 재	아 맞네. 찾느라 고생했어요.
경 준	대표님 기사 봤어요. 이 기자 그 기자 맞죠?
민 재	맞아요.
경 준	무슨 혜준이 때메 시청률이 떨어져죠? 얘기가 지지부진하니까 떨어졌지. 내가 어제 다운받아 봤는데
민 재	(O.L) 본방으루 좀 보세요.
경 준	본방 봐두 우리 집은 시청률 측정하는 거 안 달아서 소용없거든요. 대체 왜 이런 기사가 계속 나오는 겁니까? 드라마 보면 소속사에서 기사두 막구 그러던데 대표님은 그런 능력 없어요?
민 재	없어요. 반성문이나 주세요.
경 준	(꺼내주는. 3장 썼다.) 아주 모범적인 반성문입니다.
민 재	(가방에 넣으면서 일어나는) 칭찬은 남이 해주는 거예요.
경 준	벌써 가시게요?
민 재	혜준이 촬영장 가봐야 돼요. 계속 시청률 떨어지는데 현장 분위기 좋겠어요?

씬45. 혜준 사무실 안 (촬영 중) (낮)

혜준, 창밖을 바라보고 있다. 메이크업, 헤어, 슈트까지 완벽한. 500원짜리 동전을 꺼낸다. 던졌다. 잡는다. 앞쪽이 나오면 긍정 뒤쪽이 나오면 부정. 잡은 손 펴면 '학'이다.

혜 준	(피식) 운명이 있나!
감 독	(E) 오케이 컷!
혜 준	(긴장 풀리는)

카메라 빠지면. 스탭들 있고. 치영, 있다. 혜준 스탭들 있고.

| 치 영 | 수고하셨습니다! (하면서 혜준에게 간다.) |

혜 준	누나 온다 하지 않았어?
치 영	잠깐 화장실 갔어요.

씬46. 촬영장 화장실 안

스탭1, 2 있다. 손 씻는.

스탭1	방송 2주 남기구 이게 무슨 날벼락이냐 사혜준 때메!
스탭2	이제 캐스팅하려면 배우들 뒷조사해야 돼. 온갖 지저분한 일에 다 끌려나오잖아.

화장실에서 물 내리는 소리 들리고. 민재, 나오는

스탭1	감독님이 점잖아서 말을 안 하지만 얼마나 속이 상하겠니!
스탭2	사혜준 그렇게 안 봤는데.
민 재	(O.L) 그렇게 안 봤는데 죄송합니다.
스탭1,2	(멋쩍은)
민 재	사혜준 씨가 요즘 구설수가 많은 건 다 소속사 대표인 저의 불찰입니다.
스탭1	가볼게요. (하면서 나가는)
민 재	예의상으루두 미안하단 말 안 하시네! 김 기자 진짜!

씬47. 신문사 수만 자리/ 일각

수만, 고소장 보고 있다.[4] 심각한. 윤 기자 들어왔나 윤 기자 자리 보

---

4 뒤의 고소장 참고.

고. 없네. 윤 기자, 수만 자리를 피해서 자신의 자리로 가려는데. 수
만, 윤 기자 만나려고 했던 참이어서. 수만, 윤 기자 보고. 그쪽으로
간다. 윤 기자, 피하고 싶은데 딱 걸렸다.

수 만	팀장님!
윤기자	어어.
수 만	변호사한테 알아봤는데 명예훼손 판결나올 확률 높다구 합의가 좋
	겠대요.
윤기자	그래 합의해. (가려는)
수 만	팀장님! 회사 법무팀에서 사혜준네랑 얘기하면 안 돼요?
윤기자	이게 회사 소송이냐? 법무팀까지 나서게! 너 그러다 위에 알려지면
	책상 빼야 돼.
수 만	(황당) 팀장님!
윤기자	(가는)
수 만	언젠 더 쎄게 가라며!

씬48. 경찰서 안

이 경사, 문서 보고 있다. 수만, 테이크아웃 커피 놓는다.

이경사	(보는)
수 만	(미소) 경사님! 사혜준 문자메시지 넘겨요 저한테!
이경사	(커피 주며) 이거 갖구 가!
수 만	거래 할래요?

씬49. 식당

혜준, 치영, 민재, 밥 먹는다. 치영은 밥 다 먹고 스마트폰 보고 있었

다. 기사 본다.[5]

치 영	형 기사 또 떴다!
민 재	넌 밥 먹구 말하면 안 되냐?
치 영	밥 먹었잖아요.
민 재	너 말구 우리! (숟가락 놓으며) 아 진짜!
혜 준	무슨 기산데?
치 영	형 때메 시청률 떨어진다구!
혜 준	아침하구 똑같은 기사잖아.
민 재	똑같은 기사면 괜찮아? 그러지 말구 문자메시지 풀자. 상황을 전환시킬 수 있어.
혜 준	아직 더 참을 수 있어. 이번 일 끝나면 좀 쉴래.
민 재	웬일이야? 쉬라구 해두 안 쉬더니. 지금 들어온 작품 많아. 차기작 검토 안 해?
혜 준	안 해.

씬50. 도로 혜준 밴 안

혜준, 뒷좌석에 있다. 문자 확인하고 있다. 정하에게 온. 마카쥬한 스니커즈와 카드 찍은 사진. '고마워.' 정하. 혜준, 보고. 미소.

치 영	형은 강철 멘탈인가 봐.
혜 준	내가? 아닌데!
치 영	흔들리질 않잖아. 형은 진짜! 리스펙!
혜 준	누가 흔들리질 않는데? 밤마다 운다.
치 영	진짜?

---

5 뒤의 참조 기사 3 참고.

혜 준	치영아! 눈으루 보이는 게 다가 아냐. 형이 또 밤마다 우니까 낮엔 웃는 거야.
치 영	것두 멋져! 리스펙!

씬51. 안정하 스튜디오 (밤)

정하, 해피트리에 물주고 있다. 정성껏.

혜 준	(E) 꽃말이 뭔지 알아?

인서트

혜 준	(해피트리 보며, 정하 보고. 해맑게) 행복을 주는 나무!

해피트리 제자리에 있고. 정하, 옆에서 혜준과 찍은 사진보고 있다. 넘기다 한 사진에 눈을 고정한다. 핸드폰으로 핸들에 손 올린 혜준 찍는. (flash back 6부 씬44 혜준 미니 봉고 안. 정하, 좀 비현실적인 거 같아. 니가 이 안에서 운전하고 있는 거! 혜준, 왜 그렇게 느끼지? 정하, 지금 우리가 함께 있는 것두 현실인지 디게 헷갈려. 지금을 기록하구 싶어.)

정하, 집에 가려고 불을 끈다.

씬52. 정하 집 현관/ 거실

성란, 소파에 누워 자고 있다. 텔레비전 켜져있다. 들어오는 소리 나고 정하 들어온다. 정하, 성란 본다.

씬53. 정하 어린 시절 안방 (인서트)

정하(9세), 머리 감고 물에 젖은 머리를 드라이 타올 해주고 있는
성란.

성 란   (좋아 죽는다.) 우리 정하! 이제 머리두 혼자 감을 수 있네.

정 하   ......

성 란   가만있어. 엄마가 로션 발라줄게. (하면서 어린 정하 얼굴에 로션
발라주고 있다)

정 하   (N) 그때 느꼈던 따뜻함. 엄마를 용서할 이유는 이거 하나루 충분
하다.

씬54. 정하 집 욕실

정하, 핸드폰 주소 목록에서 민재를 찾아 통화 버튼 누른다. 신호음
가고

민 재   (F) 어 정하야!

정 하   언니! 혜준이 스케줄 언제 비어요? 할 얘기 있어요.

정하, 거울 속의 자신 본다. (F.O)

씬55. 짬뽕 엔터 사무실 안 (F.I) (14부 씬69)

혜준, 앉아 있다. 정하, 있다. 차 마시면서.

혜 준   너 만나기 진짜 어렵다.

정 하   어어. 그날 미안해. 기다리게 해서.

혜 준	벌써 몇 번째 미안하다 그래 그걸루. 괜찮아. 계속 전화 통화만 하다가 만나니까 좋다.
정 하	나두!
혜 준	나 이제 니 말대루 좀 쉬려구. 계속 일만 했어. 불안했거든. 이 자리까지 어떻게 왔니 내가.
정 하	열심히 노력하구 성실하게 행동해서 왔지. 이성적이구 남에게 폐 안 끼치구 누구보다 연기에 대한 열정이 강했어.
혜 준	그렇게 들으니까 근사하다. 그걸 알아줘서 고마워.
정 하	오늘은 미안해 아니구 고마워네.
혜 준	......
정 하	사랑해....
혜 준	....
정 하	우리 헤어지자!
혜 준	(보는. 철렁) ....왜?
정 하	(본격적으로.. 담담히) ...사랑하면 미안하단 말은 절대 하지 않겠다는 말 기억해?
혜 준	......
정 하	나 만나면서 미안하단 말 몇 번 했는 줄 알아?
혜 준	....미안해.
정 하	..... (감정 오르는) 니가 그 말 할 때마다 난 왜 니가 얼마나 힘들까란 생각이 먼저 드는지 모르겠어. 내가 아는 사혜준은 자신이 한 말은 꼭 지키는 사람이니까.
혜 준	(감정 전이되는) ......
정 하	니 감정까지 고스란히 내가 받는 거.. 이제 안 할래.
혜 준	(눈물) ....
정 하	(눈물 참고) 널 사랑하기 전 일상으루 돌아갈래.
혜 준	....
정 하	어머니께 죄송하다구 전해줘. 식사 초대. (일어나는)
혜 준	(일어나는)
정 하	왜?

혜 준	데려다줄게.
정 하	괜찮아.

씬56. 짬뽕 엔터 사무실 복도/ 엘리베이터 앞

혜준 정하, 걸어오고 있다. 아무 말도 없이. 혜준, 갑자기 받은 이별 통보에 아직 현타 오지 않은. 정하, 현실 같지 않은 현실이다. 혜준, 엘리베이터 버튼 누른다. 두 사람 아무 말도 없이 엘리베이터 앞에 서 있고. 엘리베이터 문 열린다. 정하, 엘리베이터 타는. 혜준도 같이 타려고 하는데.

정 하	(엘리베이터 안에서) 이제 그만!
혜 준	(타려다 뒤로 빠지고 보는)
정 하	(혜준을 보는)
혜 준	(정하 보는)

엘리베이터 문 닫힌다. 정하 사라지고, 혜준 혼자 남는다. (F.O)

씬57. 유튜브 방송 (인서트) (F.I) (11부 씬54)

치기 어린 진행자, 방송하고 있다. 썸네일 '찰리정의 마지막 메시지 는 사혜준에 대한 원망!' 인원이 실시간 삼만이 넘고 있다. 실시간 댓글. 무슨 내용일까? 진짜 사랑해? 연애질한 문자라니. 솔직히 토 나온다. 으으 사랑의 밀담인가 보네 개궁금. 사혜준하고 찰리정하 고 사귄 거 맞나보네! 이거 뻥카 아냐? 찰리정 마지막 죽으면서 사 혜준 생각한 거야 야 찐사랑이네. 죽는 순간까지 구애하다니 처절 하다. 니가 말하는 걸 어떻게 믿어요! 문자 사진 공개해라!! 그래서 문자 내용이 뭐냐고요?!!!!!

진행자 아 삼만 넘었네요. 전보다 사혜준 인기가 떨어졌네. 계속 안 좋은 얘기 도배되는데 버틸 수가 없지. (사혜준 그만 좀 우려먹어라!!! 곰탕이냐!! 인간이 인간을 사랑하는 게 죄냐 사랑의 문자든 아니든 뭔 상관이여!!! 이런 인간은 콩밥 먹어야 돼. 허위사실 유포로 사혜준 고소해라) 문자 내용 밝혀지면 사혜준 끝이에요. 근데 그거 사필귀정이지. 이용해 먹구 버리면 양아치 아닙니까! (또 속았네. 보여 달라구 문자! 니만 알지 말구)

카메라 빠지면.

씬58. 짬뽕 엔터 사무실

민재, 태블릿 PC로 방송 보고 있었다. *끄고*. 캡처한 찰리정의 마지막 문자메시지와 혜준 문자 본다. (날짜 2020년 1월 1일 수요일. '혜준아.. 축하한다. 해냈구나. 널 사랑했어. 넌 날 거절했어. 두 번이나. 니가 거절했을 때 알았어. 날 사랑하진 않지만 날 존경한단 거. 위안이 된다 니가 날 존경한다는 거. 구차한 인생이지만 사혜준의 존경을 받았으니까 그래도 의미 있지 않았을까. 마지막으로 목소리 듣고 사과하고 싶었어. 미안하다.' / 2020년 1월 2일 오전 10시. '늦었지만 새해 복 많이 받으세요', 혜준. 민재, 공유를 누른다. 혜준의 동의와 상관없이 이 논란을 끝내야 한다.

씬59. 수만 신문사

수만, 단독 기사 본다. 기사 '사혜준 측 찰리정과의 마지막 문자 공개. 이미지뉴스 최강 기자'.[6]

윤기자 (오는) 사혜준네는 이미지뉴스 최강이랑 친한가 봐. 계속 단독 주

	네 얘네한테.
수 만	(저걸 선배라고. 믿고. 단독만 찾고)
윤기자	넌 뭐 없냐?
수 만	사혜준네서 고소당한 거 말이에요.
윤기자	(말 돌리며) 점심을 너무 짜게 먹었나 봐! 물 마셔야겠다! (급하게 가는)

씬60. 카페

지아, 앉아 있다. 차 마시면서. 수만, 들어온다. 지아, 보는. 수만, 앉는.

수 만	내가 늦은 거 아닌데. 만나자구 해서 놀라진 않았어?
지 아	반말하시는 건 여전하시네! 첨에 되게 거슬렸었어요.
수 만	지아 씨 처음부터 호감이라 내 식으루 친근감 표현한 거예요.
지 아	저에 대한 호감 가진 분이라 법조인으루 조언을 드리자면. 합의하시는 게 좋아요.
수 만	그렇다구 하더라.
지 아	저한테 말씀하심 돼요. 합의 진행할까요?
수 만	아직 결정 못 했어.
지 아	왜 그렇게 혜준이한테 적대적이에요?
수 만	난 얍실한 사람 딱 질색이야. 에이준 이태수 이사 회사 망할 때 쌩까구 지금 짬뽕 대표랑 날랐잖아.
지 아	(황당) 언니이! 언니 소리 절로 나오네.
수 만	왜?
지 아	이 언니 진짜 귀엽다! 사실 관곌 잘못 알구 있어요. 이태수 대표님

---

6 뒤의 참조 기사 4 참고.

이 혜준이 모델비 계속 떼먹어갖구 얼마나 고생했는지 알아요? 물론 본인이 회사가 잘되면 준다구 했죠.

수 만   뭐?

지 아   그때 내가 사기꾼이라구 했는데. 내 말 안 듣구.

수 만   말두 안 돼.

지 아   제가 계속 언니 기사 체크하구 있거든요. 더 때리구 싶으신가 본데 그러다 경합범으루 더 쎄게 처벌 받을 수 있어요.

수 만   ......

지 아   회사에서 언니 보호해 주지 않아요. 판결 받으면 나가라구 할걸요. 의욕에 넘친 개인 일탈루 조직에 해 끼쳤다구.

수 만   (니가 그렇다면 난) 정하 씨 만났어요. 되게 똘똘하더라. 놀랐어. 사혜준 씬 여자 복이 많은가 봐.

지 아   걔가 워낙 자기 여자한테 잘하거든요. 진심으루 사랑하구 있다구 느끼게 해줘요. 합의하구 싶으심 연락해 주세요. (일어나서 가는)

수 만   ....

씬61. 술집 (낮)

태수, 들어온다. 누군가 찾는다. 수만, 술 마시고 있다. 테이블엔 술병들. 태수 몫의 잔.

태 수   (앉는) 역시 술 마실 줄 아네 김 기자! 술은 낮술이 최고지!

수 만   (술잔 주는) 드세요.

태 수   (잔 받고) 일은 잘 풀려? (알아서 술 마시면서 얘기하는)

수 만   그럴 리가 있겠어요? 회사에서 쌩까요.

태 수   안타깝네요. 잘 해결될 거예요. 아님 나와 유튜버 해요. 그동안 습득한 연예계 뒷얘기만 풀어두 대박날 거예요.

수 만   (O.L) 안 날 거 아시잖아요.

태 수   나긴 힘들지! 워낙 그쪽두 경쟁이 심하니까.

수 만	근데 왜 대박날 거라구 사람 부추겨요?
태 수	우리 김 기자 오늘 예민하네! 고소당한 후유증이 크구나! 긴 인생 보면 별거 아냐.
수 만	(노려보는)
태 수	(속소리 E) 쎄하다!
수 만	왜 거짓말 했어요? 사혜준이 이사님 배신한 거 아니잖아!! 알아봤더니 이사님 유명하더라 신인 모델들 돈 떼먹는 걸루.
태 수	내가 배신했단 말은 안했잖아. 뺏겼다 그랬지. 내 입장에선 그렇게 말할 수 있잖아. 난 반성했다. 혜준이한테 잘해주구 싶다구두 했잖아 다시 데려와서. 김 기자가 자신이 듣구 싶은 대루 듣구 해석한 걸 갖구 나한테 뒤집어씌우면 안 되지!
수 만	세상에서 젤 나쁜 놈이 가해잔데 피해자 행세하는 거야.
태 수	진정해. 왜 갑자기 사회정의를 부르짖는 투사 코스프레하구 그래?
수 만	이사님! 영화 베테랑 봤어?
태 수	봤지! (대사 뱉는) 내가 돈이 없지 가오가 없냐?
수 만	(O.L) 내가 돈이 없지 가오가 없냐?? 기자가 우스워???
태 수	(놀란) ....
수 만	내가 에이준 박살 낼 거야! 박도하!! 내가 계속 조질 거야!!! (일어나는) 술값 내! 돈 없어 난! (가는)
태 수	(황당한) 우와 이거 뭐야! 개또라이다! 쟤 진짜 무서워!

씬62. 해효 집 거실 (낮)

이영, 안방에서 나온다. 해나, 이영 보고 피해서 주방으로 들어간다.
이영, 언제까지 얘하고 이렇게 지내야 되는지.. 베란다로 가려는데.
애숙, 세탁실에서 나온다. 손엔 걸레 들고 있고.

이 영	(애숙 보고) 혜준 엄마! 차 한 잔 만들어줄래?
애 숙	(속소리 E) 그거 내 일 아닌데. 해줄까 말까!

이 영	해줘. 인간적으루 사람이 넘어졌을 때 일으켜주는 거야.
애 숙	저두 넘어졌어요. 혜준이 때메 충격 받아서.
이 영	혜준이 스캔들이 왜 자기가 넘어진 거야? 자긴 부모랑 자식이랑 삶을 독립적으루 분리해 놨잖아. 혜준이 잘되니까 생각이 달라진 거야?
애 숙	....그러네요. 생각이 달라진 거 같아요.
이 영	어머!
애 숙	진짜 예리하신 거 같아요. (하면서 주방으로 가는)
이 영	차 갖다줄 거지!

씬63. 해효 집 주방

해나, 아이스크림 먹고 있다. 식탁 위에 아이스크림 애숙, 들어오며.

애 숙	해나 있었구나. 학교 쉬는 날이야?
해 나	아줌마! 외로워요.
애 숙	(피식) 연애라두 해. 맨날 학교 집 도서관하지 말구.
해 나	돼지같이 살쪄갖구 엄마한테 복수하구 싶어요.
애 숙	(웃는) 넌 엄말 너 자신처럼 사랑하는구나.
해 나	제가요?
애 숙	살 갑자기 찌면 건강에 안 좋잖아. 그거 너 자신한테 나쁘게 하는 건데 엄마한테 나쁘게 하는 거라구 생각하잖아.
해 나	(띵! 그러네.)
애 숙	자식한테 모든 걸 다 건다 그러는 거 헛수곤지 알았는데 그건 아니네.
해 나	그러게요. 생각보다 더 깊숙이 엄마랑 연결돼 있는 거 같아요.
애 숙	무슨 일인지 모르지만 피하지 말구 엄마랑 얘기해. 자꾸 자꾸 얘기하면 약해질 수밖에 없어 부모는.
해 나	우리 엄말 몰라서 하시는 소리예요.

씬64. 해효 집 테라스/ 밖

이영, 차 마시고 있고. 해나, 밖에서 이영 보고 있다. 해나, 테라스로
들어간다.

해 나   엄마!

이 영   설득 안 돼.

해 나   졌어!

이 영   (보는) 다른 작전이야? 백기투항하구 설득하려구?

해 나   아 이것두 안 되는구나. 진짜 엄말 이길 수 있는 방법은 없는 거야?

이 영   없어.

해 나   (나간다.)

씬65. 혜준 집 현관/ 거실

혜준, 들어온다. 민기, 주방에서 나온다.

민 기   너 웬일이야?

혜 준   오늘 하루 다 쉬는 날이야. 엄마 없어?

민 기   엄마 오늘 일 나갔어. 기운이 왜 없어?

혜 준   그냥.

민 기   정하 좋아하지? 우리 집에서 밥 먹는 거.

혜 준   ...좋아해. 근데 시간을 다시 정해야 돼.

민 기   그날 바쁘대?

혜 준   어 많이 바쁜가 봐.

씬66. 혜준 집 혜준 방

혜준, 들어온다. 침대에 눕는다. 밖에서 노크 E. 혜준, 꿈쩍 안 하는데. 민재, 들어온다.

민 재 혜준아...
혜 준 (일어나는)
민 재 (침대 방까지 들어와서) 피곤해?
혜 준 오늘 일정 없잖아.
민 재 나 사고 쳤어.

씬67. 연예 토크프로 스튜디오 안

세트장 화면 자막 '사혜준과 찰리정의 그 마지막 이야기' 떠있다.

MC 오늘 아주 싱싱한 뉴스 하나를 소개해 드릴게요. 김수만 기자! 사혜준 씨에 대한 소식을 젤 먼저 전하셨었는데요.
수 만 그래서 그런지 제 전공을 사혜준 씨라구 알구 계시는 분들이 많더라구요. 사혜준 씨 측에서 보내온 문자메시지 전문입니다.

화면에 찰리정의 문자메시지 전문 밑엔 문자메세지 캡처본 뜬다.

수 만 진작 공개했다면 많은 억측과 악플을 받지 않았어두 됐는데요. 고 찰리정 씨에 대한 사혜준 씨의 존중이 드러나 보이는 행동이었습니다. 사혜준 전공자로서 마음이 따뜻해졌습니다.

카메라 빠지면.

씬68. 혜준 집 혜준 방

TV 화면 안에서.

수 만   고 찰리정 씨에 대한 사혜준씨의 존중이 드러나 보이는 행동이었습니다. 사혜준 전공자로서 마음이 따뜻해졌습니다.

혜 준   (TV 끈다.)

민 재   너한테 미리 말하지 않은 건 니가 못 하게 할 거 아니까.

경 준   (밖에서. 들어오는) 혜준아! (하면서 안으로 들어온다.)

민 재   (경준 보고) 아아

경 준   (민재 보고. 손엔 스마트폰 들고 있다.) 대표님 와 계셨네! 또 대책 회의 하시는 거예요?

민 재   무슨 대책 회의요?

경 준   핫이슈 톡톡 방송 나가고. 게시판 개판이에요. 사혜준 자기 욕먹는 거 싫다구 개인 문자 공개했다구!

민 재   (의외 당황) 좋은 말두 있겠죠?

경 준   좋은 말두 많죠.

민 재   근데 왜 나쁜 말을 말해요?

경 준   좋은 말은 이슈가 안 되잖아요. 이런 일이 있음 나하구 의논하지. 문잘 풀더라두 이렇게 풀면 안 되지.

민 재   형님은 뭐가 그렇게 맨날 못마땅해요?

혜 준   계속 똑같은 패턴인 거 같아. 터지고 반박하면 정리되는 게 아니라 다른 논란이 오구. 그래서 기다리자구 했던 거야.

민 재   난 지금 이 선택이 최선이라구 생각했어. 아직 우리 재계약 전이야. 니가 무슨 선택을 하든 받아들일게. (F.O)

씬69. 안정하 스튜디오 (F.I)

정하, 고객 맞을 준비하고 있다.

| 지 아 | (E) 정지아예요! 저두 안정하 씨에게 메이크업 받을 수 있나요? |

문 열리는 소리 나고. 정하, 보면. 지아, 서 있다.

정 하	이쪽으로 앉으세요.
지 아	(앉는) 오늘 오후 재판 있어요.
정 하	부드러우면서 고급스러운 분위기 어떠세요?
지 아	좋아요. 혹시 내 실력 의심할까 봐 얘기하는데 준비 다 했어요. 외모두 준비의 하나라 생각해요.
정 하	그럴 줄 알았어요. 지아 씨 되게 프로 같아요.
지 아	고마워요. 저하구 혜준이 신경 쓰지 않아두 돼요. 친구니까.
정 하	남녀 간에 친구가 돼요? 더구나 전 여친이?
지 아	(한방 먹은)
정 하	쿨하지 못해서 전 못 할 거 같아요.
지 아	정하 씨 신경 쓰이면 안 만날게요.
정 하	아뇨. 저두 이제 전 여친이에요.
지 아	(놀란. 보는)

씬70. 태수 사무실 안

태수, 골치 아픈 듯 머리 싸매고 있다. 태블릿 PC 기사엔 '[단독] 배우 박도하 병역 4급 판정.. 입대 시기 아직 미정. 아웃뉴스 김수만 기자'.[7]

| 태 수 | 아 김수만! 아아!! 얘는 적으루 두면 안 되는 애야. 내가 왜 그랬을까? 내가 왜? |

---

[7] 뒤의 참조 기사 5, 댓글 2 참고.

문 걷어차며 도하, 들어온다.

도 하	형!!!
태 수	(보는. 올게 왔다.)
도 하	김수만 기자 형이랑 맨날 붙어 다닌 기자 아냐? 군대 기사가 왜 나?
태 수	도하야.. 걱정 마. 형이 다 알아서 하니까. 넌 운동이나 해. 다음 작품 준비해야 지.
도 하	형 믿어두 돼?
태 수	믿어두 되지. 형만 믿어.

씬71. 필라테스센터 (낮)

해효, 필라테스 하고 있고. 도하, 들어온다.

도 하	너 나 피해 다니냐?
해 효	(몸동작 푼다.) 내가 널 왜 피해 다니겠냐?
도 하	촬영 안 하냐?
해 효	끝났어!
도 하	니네 잘 나가다가 꼴 좋게 됐다 사혜준 때메! 시청률 팍 떨어졌더라.
해 효	재미가 없어서 떨어진 거야.
도 하	한결같이 쉴드 치네! 해효야! 난 너랑 내가 한 뼘은 가까워진 거 같은데 아니냐? 서로 바닥을 봤잖아.
해 효	....
도 하	아 갑자기 운동하기 싫어지네 너 보니까. 너 나랑 같이 놀자. 내가 좋은 데 데려갈게.

씬72. 룸살롱 밖 복도

도하, 오는. 그 옆에 해효. 해효, 마뜩찮은. 앞에 종업원.

해 효 좋은 데가 여기야?
도 하 익숙해지면 정말 좋다. 프라이빗해!

씬73. 룸살롱 안

양주와 안주들. 해효, 도하와 있다. 테이블엔 도하 스마트폰. 도하,
해효에게 술 따라 준다. 여자들 들어온다.

여 자 오랜만이다 오빠! 섭섭하다 진짜!
여자1 나 안 보구 싶었어?
해 효 (일어나는) 난 갈게.
여 자 오빠 왜 그래요? 우리가 맘에 안 들어?
해 효 맘에는 드는데 제가 할 일이 있어서.

씬74. 해효 집 해효 방

해효, 노트북 보고 있다.. 화면엔 대한민국 해병대 포털사이트. 메뉴
에 해병대 모집 클릭하면. 병사 모집 지원 안내 나온다. 연령. 학력.
신체요건 등 지원 자격 유심히 보는.

씬75. 변호사 사무실 복도/ 사무실 앞

혜준, 걸어오고 있다. 사무실 안으로 들어간다.

씬76. 변호사 사무실 안

민재, 앉아 있다. 혜준, 들어온다. 민재, 보는. 민재, 혜준 보는.

민 재 지아 아직 안 왔어. 법원 들어갔대.

혜 준 (앉는) 언제 왔어 누난?

민 재 좀 전에. 니 스케줄 정리하구 있어. 중요한 거 빼곤 다 안 잡을게.

혜 준 어어. 재계약에 관한 건 다음 주에 정리하자.

문 열리며, 지아 들어온다.

지 아 아 미안! 좀 늦었어요. 간단한 거였는데 변수가 생겼어요. 오늘 오 시라구 한건 김수만 기자가 합의를 요청해 왔어요.

민 재 (혜준에게) 어떻게 할래?

혜 준 (지아에게) 어떻게 했음 좋겠니?

지 아 합의하는 게 좋다구 생각해. 내가 김 기자 겪어봤는데 나쁜 사람 아 니구 너에 대한 초기 정보가 잘못 입력돼서 그런 기사들을 쓴 거 같 아.

혜 준 ...합의 진행해.

지 아 김 기자쪽에서 합의서 초안 보내면 팀장님 컨펌 받고 보여줄게. 니 가 합당하다구 생각하면 최종 날인 절차 밟을게.

혜 준 고맙다. (일어나는)

지 아 다른 얘기 좀 할래?

씬77. 변호사 사무실 건물 옥상

혜준, 지아와 앉아 있다.

지 아 우리두 이제 스물여덟이다. 너 처음 만났을 때 스무 살이었는데.

혜 준	많은 일이 있었어.
지 아	넌 내 청춘의 가장 아름답구 빛나는 기억으루 기록될 거야.
혜 준	고맙다.
지 아	이제 진짜 널 떠난다. 심정적으루. 굿바이!
혜 준	......
지 아	정하 씨 만났어. 좋은 친구더라. 동갑이구. 너랑 상관없이 친구하구 싶어.

씬78. 혜준 차 안/ 도로

혜준, 음악 나오고 있고.

정 하	(E) 사랑하면 미안하단 말은 절대하지 않겠다는 말 기억해?

씬79. 혜준의 미안해 플래쉬백 몽타주

8부 씬74 혜준, 미안해. 문자 답두 제때 못 해서.

11부 씬35 혜준, 함께 있는 시간 많이 못 내서 미안해.

12부 씬29 혜준, 미안해 정하야.

13부 씬14 혜준, 미안해. 씬67 혜준, 미안해.

14부 1씬 혜준, 미안해.

씬80. 도로변 정차 할 수 있는 곳/ 혜준 차 안

혜준, 울고 있다. 정하가 혼자 끙끙대고 있었을 마음이 자신의 아픔 처럼 다가와. (F.O)

씬81. 안정하 스튜디오 밖 (밤) (F.I)

정하, 나와서 문을 잠그고 있다. 혜준, 멀리서 모자 쓰고 보고 있다.
정하, 문 다 잠궜다. 혜준, 가는. 정하, 걸으려고 하는데 혜준을 본다.
두 사람 마주보고.

정 하　　안 바빠?
혜 준　　안 바빠. 촬영 다 끝났어.
정 하　　여긴 왜 왔어?
혜 준　　난 너랑 못 헤어져!

정하 보고. 혜준, 정하를 보는 애절한 눈빛.

씬82. 도로/ 혜준 차 안

비 내리고 있고. 혜준, 운전하고 있고. 정하, 조수석. 음악 흐르고 있
다.

(끝)

댓글 1/ 악플

[댓글 입력]

아니 사혜준 얘는 찰리정 애인 아님? 메컵 스탭은 또 뭐야? 진짜 이상한 놈이다.

찰리정이랑 그렇고 그런 사이 아님? 마지막 통화도 했대매. 참 재밌게 산다 사혜준. 진짜 깬다!

찰리정 기사 난 지 얼마나 됐다고 왠 스탭이랑 열애설? 얘는 스탭 킬러야 뭐야. 은근 더럽네.

얘는 뜬 지 얼마나 됐다고 연애질이냐? 보기 싫다.

팬들 조공으로 먹고사는 주제에. 열애? 양심도 없지! 팬들한테 미안해해라.

같은 연예인도 아니고 왠 메컵 스탭? 진짜 격 떨어진다!

사혜준 진서우랑도 열애설 나지 않았음? 여기저기 여자 꼬시고 다니나? 개별로다.

메컵 스탭 꼬셔 연애나 하고 자빠졌네. 시간 많은가 보다. 사혜준 인기 떨어지는 소리 들린다!

사혜준 또 열애설이야? 지겹다. 한 여자만 만나!

👍 👎

사혜준 진짜 별볼일 없다. 스탭이랑 사귀고. 연애할 시간에 군대나 갔다와라!

👍 👎

사귀든 말든 알고 싶지 않다!! 이런 거 기사 좀 내지 마라!!

👍 👎

사혜준 양성애자구먼. 그래서 찰리정 자살한 거 아냐??

👍 👎

메컵에 예비 변호사에 찰리정까지 여기저기 다 찝쩍대며 다니는 거 아니야? 사혜준 드러.

👍 👎

청춘남녀가 연애 좀 할 수도 있는 거지! 뭘 난리들이야! 하여간 기레기들 ㅉㅉ. 사혜준 응원함!

뜨기 전부터 만났다던데. 사혜준 완전 사랑꾼이네. 남자로서 졸멋짐!

아니 연예인은 연애하면 안되는 거임? 사랑하겠다는데 그런가 보다 하면 되는 거지.

사혜준이 애인이라니.. 저 여자는 뭔 복이야. 왕부럽. 이쁜 사랑하길!

사혜준 팬으로서 건강한 연애 응원한다! 변치 말고 오래 만나길!

왠지 선남선녀일듯. 완전 보기 좋다!

보통 스탭들은 담당 연예인 욕하던데. 애인 사이로 만나는 거면 사혜준 실제 성격 되게 좋은가 보다. 잘 만나길!

담당 메이크업과 사랑이라니 로맨틱하네.

사내커플~~~ 완전 귀여워~~~~~

오래오래 예쁜 사랑 다 하세요~~ 응원합니다~~!!

배우 사혜준. 메이크업 아티스트와 열애설에 "사실무근.." 모두 부인

[핫플뉴스] 민우성 기자

최고의 인기를 누리고 있는 배우 사혜준이 최근 일반인을 상대로 난 열애설에 관한 내용을 모두 부인했다. 그의 열애설 상대인 여성 A씨는 일반인으로, 1인샵을 운영하고 있는 메이크업 아티스트라고 밝혀졌다. 하지만 사혜준 측은 이번 열애설 또한 적극 반박하며 '사실무근' 입장을 밝혔다.

사혜준의 소속사 짬뽕 엔터테인먼트는 "배우 사혜준과 메이크업 아티스트 A씨는 연인 관계가 아니다. A씨가 사혜준의 메이크업 스탭으로 함께 일을 한 것은 사실이지만, 배우와 스탭 그 이상의 관계는 절대 아니다. 같이 일한 것은 몇 달 남짓. 최근 A씨가 1인샵을 오픈하면서 일적인 부분 모두를 정리했다"고 전했다.

이어 열애설 기사에 찍힌 사진에 대해서는 "마지막 출근날 송별회를 해주었고, 그 자리엔 둘뿐만 아니라, 매니저와 스탭들, 다수 지인들과 다같이 함께 있었다. 팀 분위기가 매우 좋았다. 사혜준과 A씨가 동갑이고 친구처럼 서로 편하게 대한 모습이 오해를 빚어 열애설로까지 이어진 것 같다. 절대 사실이 아니다"라고 강하게 말했다.

〈최초의 인간〉 시청률 대폭 하락↓ 사혜준 때문인가?

[아웃뉴스] 김수만 기자

드라마 〈최초의 인간〉의 단단했던 팬덤이 완전히 무너지는 모양새다.

어제 방송된 〈최초의 인간〉 시청률이 2.1%나 대폭 하락하면서 시청률 하락의 원인을 두고 배우 사혜준이 언급되고 있다.

1회부터 10.9%라는 높은 시청률을 자랑하며 쾌조의 시작을 보여줬던 〈최초의 인간〉은 8회에선 17.9%라는 기염을 토한 바 있다.

그렇게 고공행진을 예상했던 최초의 인간은 드라마 주인공 윤정후 역을 맡고 있는 배우 사혜준의 연이은 스캔들과 계속되는 故 찰리정과의 구설수로 제동이 걸리기 시작하면서 급기야 어제는 최저 시청률을 기록하게 된 것.

사실상 배우 사혜준이 드라마에 큰 영향을 주고 있는 것으로 봐도 무방하다. 이처럼 난항을 겪고 있는 〈최초의 인간〉은 이달 말로 종영한다.

고 소 장

(고소장 기재사항 중 * 표시된 항목은 반드시 기재하여야 합니다.)

1. 고소인*

성 명 (상호 대표자)	사혜준		주민등록번호 (법인등록번호)	930514-1******
주 소 (주사무소 소재지)	서울시 용산구 한남동 (현 거주지)			
직 업	배우	사무실 주소	서울시	
전 화	(휴대폰) 010 **** **** (자택) (사무실)			
이메일	shj93@			
대리인에 의한 고소	☐ 법정대리인 (성명 :) ☐ 고소대리인 (성명 : 법무법인 일목, 02-3467-8492)			

※ 고소인이 법인 또는 단체인 경우에는 상호 또는 단체명, 대표자, 법인등록번호(또는 사업자등록번호), 주된 사무소의 소재지, 전화 등 연락처를 기재해야 하며, 법인의 경우에는 법인등기부 등본이 첨부되어야 합니다.

※ 미성년자의 친권자 등 법정대리인이 고소하는 경우 및 변호사에 의한 고소대리의 경우 법정대리인 관계, 변호사 선임을 증명할 수 있는 서류를 첨부하시기 바랍니다.

2. 피고소인*

성 명	김수만		주민등록번호	-
주 소	서울시 (현 거주지)			
직 업	기자	사무실 주소	서울시 중구	
전 화	(휴대폰) 010 **** **** (자택) (사무실)			

이메일	kimsm@
기타사항	

※ 기타사항에는 고소인과의 관계 및 피고소인의 인적사항과 연락처를 정확히 알 수 없을 경우 피고소인의 성별, 특징적 외모, 인상착의 등을 구체적으로 기재하시기 바랍니다.

3. 고소취지*

고소인은 피고소인을 출판물 등에 의한 명예훼손죄 및 정보통신망 이용 촉진 및 정보보호 등에 관한 법률 위반죄(명예훼손)죄로 고소하오니 처벌하여 주시기 바랍니다.

4. 범죄사실*

가. 피고소인은 2020. 05. 07. 고소인을 비방할 목적으로 일간지 〈아웃뉴스〉 기사를 통해 "고소인이 故 찰리정의 애인인 A씨일 가능성이 높다."라는 내용의 허위 사실을 적시하여 공연히 고소인의 명예를 훼손하였다.

나. 피고소인은 2020. 05. 07. 고소인을 비방할 목적으로 〈아웃뉴스〉 인터넷 기사를 통해 "고소인이 故찰리정의 애인인 A씨일 가능성이 높다."라는 내용의 허위 사실을 적시하여 공연히 고소인의 명예를 훼손하였다.

5. 고소이유

피고소인은 2020. 05. 07. 〈아웃뉴스〉 신문에 "고소인이 故 찰리정의 애인인 A씨일 가능성이 높다."라는 내용의 기사를 기재하였습니다(증 제1호증 2020. 05. 07.자 아웃뉴스 지면 신문기사).

그러나 위와 같은 신문 기사는 사실에 부합하지 않는 허위 사실입니다. 피고소인은 신문을 통해 거짓의 사실을 공공연하게 드러내어 고소인의 명예를 훼손하였으므로, 피고소인에게는 형법 제309조 제2항에 따라 명예훼손죄가 성립합니다.

또한 피고소인은 같은 날 위와 같은 내용의 기사를 인터넷 기사로도 게재하였습니다(증 2020. 05. 07.자 아웃뉴스 인터넷 신문기사).

피고소인은 고소인을 비방할 목적으로 정보통신망을 통하여 공공연하게 거짓의 사실을 드러내어 고소인의 명예를 훼손하였습니다. 따라서 피고소인에게는 정보통신망이용촉진 및 정보보호 등에 관한 법률 제70조 제2항의 죄가 성립합니다.
설령 피고소인에게 고소인을 비방할 목적이 인정되지 않는다 하더라도 위와 같은 피고소인의 행위는 형법 제307조 제2항에 따라 명예훼손죄가 성립합니다.
피고소인은 언론인으로서 객관적인 사실을 바탕으로 기사를 작성하여야 할 책무가 있음에도 사실 여부에 대한 제대로 된 확인 없이 고소인의 사회적 명예를 심각하게 훼손시킬 수 있는 사실을 대중이 쉽게 접할 수 있는 신문 기사를 통해 전파하였습니다.
고소인은 피고소인의 추측성 기사로 인해 엄청난 정신적 피해를 입고 있으며, 더 이상의 피해는 도저히 견딜 수 없는 상황입니다. 이에 고소인은 귀서에 피고소인을 고소하기에 이르렀습니다. 부디 피고소인을 철저히 조사하시어 엄히 처벌하여 주시기 바랍니다.

6. 증거자료
(✓해당란에 체크하여 주시기 바랍니다)

□ 고소인은 고소인의 진술 외에 제출할 증거가 없습니다.

□ 고소인은 고소인의 진술 외에 제출할 증거가 있습니다.

☞ 제출할 증거의 세부내역은 별지를 작성하여 첨부합니다.

7. 관련 사건의 수사 및 재판 여부*

(✓ 해당란에 체크하여 주시기 바랍니다)

① 중복 고소 여부	본 고소장과 같은 내용의 고소장을 다른 검찰청 또는 경찰서에 제출하거나 제출하였던 사실이 있습니다 □ / 없습니다 □
② 관련 형사사건 수사 유무	본 고소장에 기재된 범죄사실과 관련된 사건 또는 공범에 대하여 검찰청이나 경찰서에서 수사 중에 있습니다 □ / 수사 중에 있지 않습니다 □
③ 관련 민사소송 유 무	본 고소장에 기재된 범죄사실과 관련된 사건에 대하여 법원에서 민사소송 중에 있습니다 □ / 민사소송 중에 있지 않습니다 □

기타사항

※ ①, ②항은 반드시 표시하여야 하며, 만일 본 고소내용과 동일한 사건 또는 관련 형사사건이 수사·재판 중이라면 어느 검찰청, 경찰서에서 수사 중인지, 어느 법원에서 재판 중인지 아는 범위에서 기타사항 난에 기재하여야 합니다.

8. 기타

드라마 〈최초의 인간〉.. 3주 연속 시청률 하락. 누구의 잘못인가?

[아웃뉴스] 김수만 기자

인기리에 방영중인 드라마 최초의 인간이 3주 연속 시청률 하락 중이다. 탑스타 반열에 오른 사혜준과 진서우가 주연인 드라마 최초의 인간은 시작 전부터 화제를 모으며 방영부터 지금까지 팬덤을 모으며 인기 드라마의 행보를 걷고 있었다. 하지만 무슨 이유인지 대박 드라마로 반등하지 못하고 계속해서 시청률 하락을 보이며 대중들이 등을 돌리고 있다.

그 이유는 무엇일까? 일각에선 남자주인공을 맡고 있는 배우 사혜준의 지속된 루머 때문이 아니냐는 의견이 분분하다. 최근 고 찰리정 씨와 관련된 각종 루머로 이미지에 타격을 입은 사혜준. 찰리정 씨와의 사건 이후에도 끊이지 않는 잡음과 열애설까지 터져 골머리를 썩고 있는 것으로 보인다.

그 영향은 고스란히 방영 중인 드라마 〈최초의 인간〉에 타격이 온 것이라는 여러 관계자들의 분석이다.

믿고보는 배우 반열에서 추락하고 있는 사혜준. 앞으로 그의 행보가 어떻게 펼쳐질지 귀추가 주목된다.

사혜준 측 찰리정과의 마지막 문자 공개

[이미지뉴스] 최강 기자

짬뽕 엔터테인먼트가 배우 사혜준과 故 찰리정 디자이너와 나눈 마지막 문자메시지를 전격 공개했다.

공개된 문자 내용에는 작년 사혜준의 최우수상 수상을 축하하는 메시지로 시작한다. 또한 성소수자였던 故 찰리정이 사혜준에게 구애를 했던 것은 사실로 밝혀졌으나 둘이 연인 사이였다는 소문은 거짓으로 드러났다. 사혜준이 찰리정의 두 번의 구애를 모두 거절했기 때문이다.

문자 말미에 찰리정은 사혜준이 자신을 존경한다는 말이 진심임을 알았고 구차한 자신의 삶의 큰 위안이며 의미였다고 미안하다는 사과를 남기고 끝을 맺는다.

이에 사혜준은 찰리정에게 '늦었지만 새해 복 많이 받으세요'라고 답문을 했다.

이로써 그간 찰리정과 사혜준을 두고 벌였던 추측과 기사들은 모두 억측이고 거짓이었음이 입증됐다. 또한 찰리정 사건으로 배우 이미지에 적잖은 타격을 입은 사혜준은 이번 공개로 인해 그동안 받았던 오해를 벗고 예전의 이미지로 돌아올 수 있게 되었다.

이번 공개는 계속해서 문제가 된 사혜준과 찰리정의 향한 허위기사와 무분별한 악성 댓글을 차단하고 바로 잡기 위한 특단의 조치로 보여진다.

[단독] 배우 박도하 병역 4급 판정.. 입대 시기 아직 미정

[아웃뉴스] 김수만 기자

배우 박도하가 병역 4급 판정을 일찍이 받고 사회복무요원으로 대체복무를 해야 하는 것으로 밝혀졌다.

박도하는 병무청 신체검사에서 4급 판정을 받았다. 과거 골수염을 앓고 치료를 받았지만 두 번 이상 재발해 만성 골수염으로 진단을 받았다고 한다.

소속사 에이준 엔터테인먼트는 보도자료를 통해 "차기작을 검토 중이며 입대 관련 사안은 최종 결정된 바 없다"고 설명했다. 이어 "아직 입영통지서가 나오지 않았다. 입대 시기가 결정되면 병무청의 결정에 따라 바로 입대를 하겠다"는 입장을 밝혔다. 박도하의 나이는 93년생 올해 기준 28세(만 27세). 끝까지 입대 시기를 늦출 경우 입영까지는 최대 2년 반 정도가 남은 것. 아직 박도하에겐 군대라는 큰 산이 남아있는 것으로 보여진다.

댓글 2

댓글 입력

얘 아직도 군대 안감?

일반인들은 절대 못 뺀다. 머리 쓰네 박도하.

아니 그렇게 아픈데 영화는 어떻게 찍었대?

411

그냥 좀 빨리 갔다와라! 진짜 쪽팔린다.

👍 👎

같은 남자로서 군대는 갔다 와야 함.

👍 👎

박도하 좀 실망임. 왠 공익이냐 어이없네.

👍 👎

올해 제대한 사람임. 박도하 개부럽네.

👍 👎

역시 연예인은 공익 가기 쉽지.

👍 👎

골수염 진짜 아픔. 나도 공익감.

👍 👎

병무청이 바보냐. 4급 나올만 하니까 나왔겠지.

👍 👎

아픈 사람한테 뭐라 하지 맙시다.

👍 👎

갈 때 되면 가겠지. 다들 왜케 열폭이야.

👍 👎

16부

씬1. 짬뽕 엔터 사무실 복도/ 엘리베이터 앞

15부 56씬에 이어

혜준 정하, 걸어오고 있다. 아무 말도 없이. 혜준, 갑자기 받은 이별 통보에 아직 현타 오지 않은. 정하, 현실 같지 않은 현실이다. 혜준, 엘리베이터 버튼 누른다. 두 사람 아무 말도 없이 엘리베이터 앞에 서 있고. 엘리베이터 문 열린다. 정하, 엘리베이터 타는. 혜준도 같이 타려고 하는데. 정하, 제지하고. 혜준, 타려다 뒤로 빠지고 보는. 정하, 혜준을 보는. 혜준, 정하 보는. 엘리베이터 문 닫힌다. 정하 사라지고, 혜준 혼자 남는다. (F.O)

씬2. 한남동 공터 (밤) (F.I)

혜준, 그네에 앉아 있다. 여러 가지 생각 중. 진우, 다른 쪽의 가드에 앉아 있다. 여러 가지 생각 중.

진 우   답은 정해져 있는데. 어떻게 해야 될지 모르겠어.

혜 준   답이 뭔데?

진 우   나두 너처럼 되는 거지 뭐겠냐! 이상하게 해효하구 있을 땐 별루 못 느꼈거든 내가 가난하단 거.

혜 준   실제루 가난하진 않잖아 니네 집은.

415

진 우	그러니까. 근데 왜 해나한테만 가면 쪼그라드는지 모르겠어. 첨에 시작할 땐 안 그랬거든.
혜 준	만나면 만날수록 책임감이 생겨서 그럴 거야.
해 효	(와서 두 사람 보고) 니들 뭐하냐?
혜준진우	(보는)
진 우	(혜준에게) 니가 얘 불렀냐?
혜 준	어.
해 효	나 불러서 유감이냐? (하면서 진우 옆 가드에 기대는)
진 우	(일어서며, 혜준에게) 자리 바꿔.
혜 준	왜?
진 우	(혜준 독촉하며) 아 일어나 일어나
해 효	아 증말 기분 나쁘게 가만있는 나한테 왜 그래?
진 우	너희 어머니 진짜 무섭다! 너 보니까 어머니 생각난다! 내가 그날 생각하믄 아직두 지린다!
해 효	가족은 건들지 말자. 너 아주 내 동생 엄마! 이 시끼가 진짜! (때리려고 하는 시늉하면)
혜 준	(중간에서 막아주는) 그렇다구 뭘 얠 치기까지 하냐?
진 우	(그네에 앉는) 내가 해나한테 얼마나 맞았는지 알아? 오빠 닮아갖구.
해 효	걔가 왜 날 닮아?
진 우	아 미치겠다. 나 집에 갈래.
해 효	야 나 오자마자 가면 내가 뭐가 돼?
진 우	너 뭐 되라구 가는 거야! (가는)
해 효	(어이없는 미소) 재 우리 엄마한테 엄청 당했나부다! 저래 갖구 해나랑 계속 만날 수 있겠냐!
혜 준	살두 빠진 거 같아. 엄청 힘든가 봐.
해 효	넌 안 힘들어? 진짜 정하랑 헤어질 수 있어?
혜 준	아직 현실감이 안 느껴져. 자주 만나지 못했잖아. 지금두 여느 때랑 똑같이 언제든 연락하면 만날 수 있을 거 같아. 그러다 마지막 정하 얼굴 떠오르면 힘들어져. 너무 미안해.

해효	니 상황이 복잡하긴 하잖아. 정하 널 위해 헤어지겠다구 한 걸 거야.
혜준	그런 걸까?
해효	지금 정하 선택하면 니가 감당해야 될 것들이 너무 많잖아. 잃을 수두 있구.
혜준	근데 계속 그런 생각이 들어. 사랑하는 사람 하나 못 지키면서 내가 누굴 위로하며 누군가에게 의미가 되겠다는 건가.
해효	.....
혜준	날 사랑하구 날 지지해 주는 사람들두 내가 정하를 지킨다면 자신들두 지켜주리라 믿지 않을까. 진심은 통하는 거니까.
해효	......

씬3. 도로/ 혜준 차 안 (밤) (15부 씬82)

비 내리고 있고. 혜준, 운전하고 있고. 정하, 조수석. 음악 흐르고 있다. 혜준은 운전하고 가면서 왠지 생각보다 정하의 결심이 굳건하다는 것을 느낀다. 설득할 수 없는 절망감이 들지만 그래도 끝까지 해보자는. 정하는 혜준이 자신을 만나러 온 것을 보고 안도감과 이제 진짜 이별이구나란 예감이 들었다.

정하	(N) 우린 아무 말도 하지 않았다. 말은 하지 않았지만 그날의 작은 움직임도 다 기억하고 있다.

씬4. 전망 좋은 곳/ 혜준 차 안

혜준과 정하 차 안에 있다. 밖을 본다. 이제 비 그쳤다.

혜준	(긴 침묵을 깨고) 잘 지냈어?

정 하	(될 수 있으면 이별이나 감정에 대한 얘긴 피하고 싶어 여러 가지 잡다한 일상 꺼내 말하는 중) 잘 지내려고 하구 있어. 축하해. 이번 작품 대박난 거. 중간에 여러 가지 시끄러운 일 많아서 시청률 떨어져서 맘 졸였는데 역시 사혜준은 될놈될이야.
혜 준	(정하의 마음 느끼고) ....
정 하	이제 비 그쳤나 봐.
혜 준	여기 도착했을 때 그쳐있었어.
정 하	(알았구나) ......
혜 준	....
정 하	답답해. (나가는)
혜 준	......

씬5. 전망 좋은 곳

정하, 서 있다. 혜준, 서 있다. 혜준, 정하를 보는. 정하, 혜준을 보는.
이제 더 이상 피할 수 없다.

혜 준	드라마나 영화에서두 중요한 사건이 일어나기 전엔 미리 복선 깔거든. 넌 그런 것두 없이 바루 헤어지자 그러냐? 내가 뭘 잘못했는지 알려줘야 고칠 거 아냐?
정 하	잘못한 거 없어.
혜 준	근데 왜 갑자기 해고해? 너 이유 없이 해고하면 노동청에 간다. 사랑하는데 이유 없이 헤어지자 그럼 난 어디루 가야 돼?
정 하	억울해?
혜 준	억울해. 누군가를 보호하구 책임지구 싶은 건 전근대적 사고 아냐. 인간이 사랑하면 갖게 되는 보편적 감정이야.
정 하	보호하구 책임지구 싶어 하는 마음 너무 감사했어. 전근대적 사고라구 폄하한 건 너한테 기대구 싶어져서 그랬어.
혜 준	기대면 되잖아.

정 하	기대는 삶에 대해 엄청 부정적이야. 엄마가 떠오르거든. 좀 더 시간이 필요해.
혜 준	....
정 하	예측 불가능한 사람 싫어하는데 내가 예측 불가능한 사람이 될 수두 있다는 거 알았어. 불안하게 하는 사람 싫어하는데 내가 불안하게 할 수두 있다는 거 알게 됐어. 약속 지키는 거 좋아하는데 약속 지킬 수 없는 사람 될 수 있다는 거 알게 됐어. 안정 좋아하는데 불안정한 것두 좋아졌어. 널 사랑하면서 난 계속 변하구 복잡해졌어. 그리구 이런 내가 좋아.
혜 준	나두 너 만나면서 많은 것들이 성장했구 변했어.
정 하	샵 낸 지 얼마 안 됐어. 내 이름으루 된 브랜드 갖구 싶단 꿈 있어. 넌 니 꿈을 이뤘지만 난 지금 시작이잖아.
혜 준	(맞다.) ....
정 하	우린 타이밍이 안 맞아. 어긋난 타이밍을 맞추려구 노력하다 결국 멀어질 거야.
혜 준	노력할게.
정 하	니가 이래서 내가 널 지켜주구 싶은 거야. 기억 나? 널 만나기 전까지 어떤 남자두 사랑하지 않았단 거! 그런 내가 널 사랑하게 됐어.
혜 준	....
정 하	미안해하지 마.
혜 준	....사랑해.
정 하	알아. 이제 우리한텐 잘 헤어지는 일이 남아 있어.
혜 준	내 꿈을 이룰 때 넌 나와 함께 해줬는데 난 왜 못하게 해?
정 하	사랑해서 얻은 수많은 감정과 인생에 대한 성찰.. 그거 니가 나한테 준 거야. 그거면 돼.
혜 준	니가 이러니까 내가 너한테 더 미안하구 뭐든 다해주구 싶다구.
정 하	내가 왜 이러는 지 알아?
혜 준	왜 이러는데?
정 하	너한테 아름답게 기억되구 싶어. 기억해 줘. 우리가 함께한 모든 시간.

| 혜 준 | ...... |

타이틀 오른다.

씬6. 진우 스튜디오 안 (낮)

스포츠 의류 룩북 화보 촬영이 한창이다. 트레이닝복을 세트로 입은 민기. 자연스러운 포즈다. 진우, 반사판 들고 있고. 무진, 찍고 있다. 뒤에 영남 있다. 스타일리스트도 있다.

무 진	좋아요.. 역동적으루 좀 움직여 보죠.
민 기	(움직이는)
무 진	아 건 자연스럽지가 않은데. (잠깐 멈추고) (모니터 보러 오는)
영 남	(모니터 보는)
민 기	(진우에게) 너 내려. 힘들겠다.
진 우	네! (반사판 내리는)
영 남	(무진에게) 작가님.. 정면두 좋은데 (포즈 잡으며) 측면이 더 멋있어요.
무 진	알아요. 제가 알아서 할게요. 매니저세요?
영 남	네.
무 진	애정이 넘치시나 봐요. (민기에게) 이건 됐구. 다른 옷 입어보세요.
민 기	(오는)
영 남	물 줄까?
민 기	아냐 괜찮아.

스타일리스트, 다른 점퍼를 준다. 민기, 입고.

| 영 남 | (진우에게) 넌 왜 기운이 없어 보이냐? 어디 아파? |
| 진 우 | 아녜요. |

무 진	다 아시는 분들이야? 넌 왜 암말두 안 했냐?
진 우	혜준이 아버님이세요. 할아버님이시구!
무 진	(반색) 혜준이! 사혜준! (영남에게. 공손하게) 안녕하세요?
영 남	(받으며. 새삼스레) 아 네에!
무 진	내가 얘한테두 말했는데.. 제가 인물 사진두 잘 찍구
진 우	(O.L) 돈 되는 건 다 찍어요. 혜준이 찍구 싶대요.
무 진	(못마땅하지만) 그만둔다구 빠져갖구 왜 말을 가로채?
영 남	너 그만둬?
진 우	저두 제 일 하려구요. 언제까지 남의 밑에서 일하겠어요?
무 진	얘가 혜준이랑 해효 민구 이러는 거예요. 친구라 지한테 올 줄 알구. (영남에게) 아버님! 할아버님 찍은 거 보시면 제 실력을 알게 되실 겁니다. 혜준 씨 우리 스튜디오랑 한번 일해 볼 수 있게 다리 좀 놔주시면 안 될까요?
영 남	제가 다리가 짧아서 웬만한 건 다 안 닿아요.
무 진	저두 짧아서 알거든요. 짧아두 닿긴 다 닿는 거. 아버님! 그런 식으루 거절하심 맘이 상합니다.
영 남	작가님! 혜준이보다 제가 강력하게 밀구 있는 (민기 가리키며) 모델이에요. 앞으루 5년 봅니다. 확 뜨는데.
진 우	아저씨! 말두 안 돼요. 전 3년 봅니다.
민 기	(웃는) 진우야... 너 스튜디오 차리면 할아버진 무조건 너한테 갈 거야.
무 진	그러심 안 되죠 어르신. 공평하게
영 남	(O.L) 인맥으루 해야죠. 진우야 아저씨가 혜준이한테두 팍팍 밀어줄게.
진 우	감사합니다!
무 진	(황당) 인맥이 뭐가 공평한 거예요?
영 남	작가님! 재랑 나랑 알구 지낸 지 거의 30년이에요. 30년 서루 감정 시간 돈 들였는데 3시간두 안 본 사람하구 똑같이 대하면 안 되죠. 작가님두 좋은 인맥을 쌓으세요. 끼리끼리 만나는 거예요.
무 진	그럼 저두 이제 그 인맥에 껴주세요.

진 우	(끼어들며 영남에게 O.L) 아저씨! 혜준이 오늘 뭐해요?
무 진	(진우에게) 야 너 가서 일 해. 어르신 중앙에 서주세요.
영 남	작가님 측면!
무 진	걱정 마세요 아버님! 어르신은 어느 쪽이든 다 다르구 다 좋아요!
영 남	너무 긍정적이시다!

점프

민기, 여러 포즈로 사진 찍히는. 여러 가지 스포츠 의류 입고. 모자
도 쓰고.

씬7. 태수 사무실 안

태수, 태블릿 PC로 기사 보고 있다. '〈최초의 인간〉 21.5%로 종영.
실패 없는 믿보배 사혜준 신드롬. 아웃뉴스 김수만'.[1]

태 수	사혜준! 이렇게 또 살아나네! 얠 어떻게 데려오지?

문 열리고, 도하 들어온다. 성질 나있는.

도 하	형! 큰일 났어.
태 수	(속소리 E) 저 모지리... 나의 모지리.
태 수	(대수롭지 않게) 무슨 큰일!
도 하	민정이 있잖아. 걔가 협박을 하네!
태 수	민정이가 누구야?

---

1 뒤의 참조 기사 1 참고.

노크 E

도 하	왔나부다. 내가 여기루 오라 그랬거든. (밖에다) 들어와.
술집여자2	(들어오는) 안녕하세요 오빠들!
태 수	니가 여길 왜 왔냐?
민 정	(도하) 오빠가 (태수) 오빠하구 얘기하라는데.
태 수	무슨 얘길?
민 정	내가 아무리 술집에 나가지만 인간적으루 모욕하는 건 너무 하잖아.
도 하	내가 무슨 모욕을 했다구?
민 정	무식하다구 했어 안 했어?
도 하	무식하잖아. 팩트를 말해두 모욕이냐?
민 정	나만 무식해? 오빠두 무식하잖아.
태 수	(도하에게) 잠깐 보자.

씬8. 태수 사무실 밖

태수, 도하와 있다.

도 하	위자료루 5억 달래.
태 수	(기막힌)
도 하	형이 처리해줘.
태 수	대체 쟤랑 뭐했냐? 따루 만났어?
도 하	(펄쩍) 아니! 다 형 때문이야. 놀기에 젤 안전한 곳이라며?
태 수	니가 이렇게 중독식으루 많이 드나들 줄 알았냐?
도 하	내가 원래 뭐든 하면 열심히 하거든. 데려간 형이 잘못이지 내 잘못이야?
태 수	지금까지 쟤랑 했던 통화 문자 다 보여줘.
도 하	(핸드폰 주는)

씬9. 태수 사무실 안

태수, 있고. 이걸 어떻게 해야 하나. 민정, 스마트폰 보고 있다. 럭셔리한 옷이나 여행지 사진 보고 있는. 스마트 폰에 녹취 기능 켜져있다.

태 수	녹음기 어딨어? 핸드폰이야?
민 정	(보는)
태 수	녹취하구 있잖아. (내놓으라는 손 내미는)
민 정	(스마트폰에 녹취 기능 끈다. 보여준다.)
태 수	(핸드폰 가져와서 확인) 이거 누구랑 하는 거야? 너 혼자 해?
민 정	혼자할 리 있겠어? 그동안 도하 오빠랑 나랑 함께 한 행동 메시지 다 공유하구 있지.
태 수	경찰에 신고할 수두 있어.
민 정	오빠 이런 스캔들 터져서 날라간 남자 배우들 보면서 배운 게 없어? 이런 건 무조건 막는 거야. 아님 신고해. 난 잃을 거 없어.
태 수	잃을 게 왜 없어? 감방 가야 되는데. 너 지금 다 녹음되구 있어. (하면서 녹취되는 볼펜 앞에 놓는다.)
민 정	(기막힌)
태 수	그래두 심심하진 않겠다. 친구들하구 같이 가니까.
민 정	……
태 수	도하가 딴 건 개싸가진데 자기 팬들한텐 진짜 잘해. 팬덤 굉장히 견고해. 스캔들루 무너지는 건 강력한 팬덤이 없는 경우구 도하는 달라.
민 정	…….
태 수	니네 주구 받은 문자 사진 다 봤거든. 타격은 있겠더라. 근데 얘가 유부남두 아니구 지금 사귀는 여친두 없는데 뭐가 문제냐? 술집 여자 사랑한 게 죄냐?
민 정	…..

씬10. 경준 은행 휴게실 (낮)

경준, 차 마시고 있고. 노크 소리 들리고 민재 들어온다. 초콜릿 쇼핑백 들고.

민 재   안녕하세요?

경 준   전화루 말씀하심 되지 뭘 오신다구 하세요?

민 재   그래두 고소라는 큰 사건인데 얼굴 보구 결과 보고 해야죠. (초콜릿 쇼핑백 주며) 이건 당 땡길 때 드세요.

경 준   (받으며) 감사합니다. 혜준이하구 재계약 때메 저한테 잘 보일라 그러는 거죠?

민 재   (그런 점도 없지 않아 있지만) 아니거든요.

경 준   짬뽕은 이름 바꾸면 안 돼요?

민 재   안 돼요. 아 정말 형님은.. 아니 경준 씨.. 고소인 측에서 고소취하서 제출했구요. 곧 사건 종결될 거예요.

경 준   사람들은 왜 팩트 폭행을 당하면 승질을 낼까요?

민 재   내가 살았다면 좀 살았는데 경준 씨두 참 특이한 성격이에요.

경 준   칭찬이죠?

민 재   (표정은 아니지만) 칭찬이에요.

경 준   언표일치! 말과 표정! 일치해 주세요.

민 재   네... (좋은 표정 지으며) 됐어요?

경 준   됐어요 빼면 됐어요. 점심 드셨어요? 같이 드실래요?

민 재   병 주구 밥 주시네!

씬11. 혜준 집 혜준 방

혜준, 있다. 테이블 위에 정하에게 받은 책. 〈선물〉. 자신의 준 책. 마카쥬한 신발 있다. 재계약서도 있다. 책은 책꽂이에 꽂고 신발은 보관함에 보관한다. 혜준, 재계약서 보고 넘기면 뒤에 싸인란 있다.

(flash back 13부 씬26 민재, 세상에서 젤 싫은 게 인간관계 앞세워서 일하는 거야.) 혜준, 계약서 본다. 민재의 싸인 되어 있다. 자신의 싸인은 없다. flash back 13부 씬26 민재, 센 척하구 있지만 떨려. 니가 떠난다구 해두 널 잡을 거야.)

애 숙	(E) 혜준아!
혜 준	(보면)
애 숙	(김밥하고 홍삼차 갖고 들어와서 테이블에 놓는다.) 너 좋아하는 김밥 쌌어.
혜 준	김밥은 언제나 옳지!
애 숙	뭐 보구 있었어?
혜 준	계약서. (하곤 계약서 한편으로 놓는다.)
애 숙	정하 바쁜 거 끝났음 날짜 다시 잡을까?
혜 준	(김밥 먹다가...)
애 숙	왜? 싸웠어?
혜 준	아니. 내가 싸우구 싶어두 걔가 안 싸워.
애 숙	(아무래도 이상한) ..헤어졌어?
혜 준	(먹는)
애 숙	(마음 아픈)

씬12. 혜준 집 주방

애숙, 주방 치우고 있다. 혜준, 평상복 차림이고. 16부 씬11에서 먹은 그릇 갖고 와서 놓는.

애 숙	어디 가?
혜 준	오랜만에 도서관 가려구.
애 숙	저녁 먹기 전에 들어와. 넬은 아침 일찍 해효네 집에 가야 돼서 못 볼지두 몰라.

혜 준	(앉으며) 난 이제 엄마가 해효네 집 일 그만뒀음 좋겠어.
애 숙	(보는) 왜?
혜 준	엄마 아들 부자야.
애 숙	니가 부잔 거랑 엄마가 일하는 거랑 상관없는 거야.
혜 준	상관있어. 내가 돈 벌구 싶은 이유 중에 엄마 편안하게 살게 해주구 싶은 것두 있었어.
애 숙	아직 일할 수 있구 젊은데 놀구 먹을 순 없어.
혜 준	놀구 먹음 어때? 놀고 먹을 수 있는 삶을 가질 수 있는 건 아무나 안 돼.
애 숙	인간은 죽을 때까지 일하는 게 맞다구 봐.
혜 준	노동만이 건전한 삶이라구 믿는 거야? 이제 우리한텐 돈이 많이 생겼구 돈이 생기면서 선택할 수 있는 일이 많아졌어.
애 숙	너한테 신세지기 싫어.
혜 준	그러다 건강 나빠지면. 지금두 허리 아프구 무릎 아프다구 하잖아.
애 숙	나 그런 말 한 적 없어.
혜 준	일어날 때 으그그.. 허리 두드리는 거 많이 봤어. 엄마가 날 사랑한다면 이번만은 내가 하자는 대루 해줘.
애 숙	…….

씬13. 안정하 스튜디오

정하, 유튜브 녹화하고 있다. 썸네일 '마지막 인사'

| 정 하 | 그동안 안정하 채널을 사랑해 주신 여러분께 감사드립니다. 지금 올리는 영상이 마지막 영상입니다. 채널은 놔두겠습니다. 영상도 많이 못 올리고 무엇보다 제 가치관이 변했어요. 안정을 추구하는 삶에서 불안정한 삶을 즐기기로 했답니다. |

카메라 빠지면

씬14. 해효 집 해효 방 (낮)

해효, 태블릿 PC로 정하 채널 보고 있다.

정 하   그래서 더 이상 이 채널을 계속 운영할 수가 없어졌어요. 절 성장하게 해주신 여러분께 진심으로 감사드립니다.

해효, 보고 채널 끈다. 해효, 쿠폰 본다. 12부 씬30 정하가 발급한 여러분이 남자친구예요. 1회 사용권. 본다.

씬15. 안정하 스튜디오 (낮)

정하, 손님 맞을 준비하고 있다. 해효, 들어온다.

정 하   니가 쿠폰의 주인공인 줄 몰랐어.
해 효   나 말구 그 한 사람두 왔었어?
정 하   아직! 1년 유통기한이니까 그 전엔 오실 거야. 오늘 스케줄 뭐야?
해 효   스케줄 없어.
정 하   근데 왜 이걸 써?
해 효   핑계? 니가 나 만나기 불편해할까 봐.
정 하   불편하긴 해. 하지만 먹곤 살아야지. 일을 마다하진 않을 거야.
해 효   (미소) 역시 안정하다!
정 하   오늘 쿠폰 나중에 써. 다음 작품 정했어?
해 효   아니. 군대 가려구.
정 하   (보는) 아아 군대.. 가긴 가야지.
해 효   아직 아무한테두 얘기 안 한 거야.
정 하   아무한테두 얘기 안 한 걸 너한테 한다. 이거 되게 친밀감 들게 한다.
해 효   친밀감 들라구 한 얘기 아냐. 이미 친하잖아.
정 하   너 군대 갈 때 내가 머리 밀어줄까? 예전에 한 번 밀어줄려다 실패

한 경험이 있어서 이번엔 꼭 밀어주구 싶다.

해 효   (어이없는)

문자음 E. 해효, 문자 본다. 단톡방이다. 혜준, 진우, 해효. '나 오늘 쉬는데. 오랜만에 밤에 농구 할까?' 혜준. '농구는 밤 농구가 최고지' 진우.

혜 준   (E) 오랜만에 밤에 농구 할까?

씬16. 진우 스튜디오

진우, 스튜디오 정리하고 있다. 문자 온다 E. '너 늦게 끝나니까 니 시간에 맞춰' 혜준. 진우, 답 문자한다. '해효 뭐하냐?' 진우.

씬17. 동네 농구대 (밤)

해효, 드리블을 하며 밀고 들어오고 있다. 해효의 공을 뺏으러 오는 진우. 스핀무브(드리블하며 몸을 회전하는 기술)로 가뿐하게 진우의 수비를 뚫고 가는 해효. 하지만 혜준의 수비에 막힌다. 혜준, 손으로 툭 쳐서 해효의 공을 빼앗고 드리블하고 달려 슛을 쏜다. 골 들어간다. 각자 리액션.

점프

음료수 마시면서 앉아 있는 혜준, 해효, 진우.

진 우   니들 안 바쁘냐? 계속 밤에 호출이다.
혜 준   호출할 때마다 나오는 너는 뭐냐?

진 우	니들은 스타잖아. 나랑 같냐?
해 효	내가 무슨 스타냐? 스타는 혜준이지.
혜 준	......
진 우	가만있는 거 봐라. 지두 지가 스타 줄 아는 거야. 담엔 뭐하나?
혜 준	담엔... 글쎄 .
해 효	워커홀릭이 웬 글쎄야?
혜 준	군대 갈까 봐.
진 우	(믿기지 않는) 미친놈! 말이 되는 소릴 해라.
해 효	(나는 갈 만하지만.. 넌 왜? 더 누릴 수 있는데)
혜 준	왜 말이 안 돼?
진 우	너 청개구리야? 그렇게 전에 가라 그럴 땐 안 가더니. 지금 가면 돈 손해가 얼만데! 왜 가? 갑자기?
혜 준	계속 생각하구 있지 군대는. 갑자기겠냐?
해 효	나두 그래 그건.
진 우	넌 지금 가두 되지만 혜준인 다르잖아. 미룰 수 있을 때까지 미뤄야 된다구 전에두 말했잖아.
해 효	(넌 지금 가두 되지만에 맘 상했지만. 혜준에게) 돈두 돈이지만 군대 갔다 오면 서른이잖아. 그럼 더 이상 청춘 역할은 못하지 않겠냐!
진 우	나 진짜 궁금해서 그러는데.. 혜준이 같은 탑스타면 일 년에 얼마 벌어?
해 효	난 모르지. 탑스타가 아니니까.
혜 준	난 말하구 싶지 않아.
진 우	돈 빌려달라구 안 할 게. 말해봐.
혜 준	에휴... 집에 가야겠다. 낼은 홍보대사 위촉식 가야 돼서. 아침에 일찍 일어나야 돼.
해 효	먼저 가. 나 얘랑 얘기 좀 하다 갈게.
진 우	나 왜?

씬18. 혜준 동네 공터

혜준, 걸어오는. 공터에서 해효 집 쪽 본다.

혜 준   (N) 꿈을 이뤘구 숙제 하나는 남았다. 숙제는 빨리 할수록 맘이 편해진다.

씬19. 혜준 집 안방

영남, 씻고 들어온다. 애숙, 잘 준비하고 있다.

애 숙   혜준이가 일 관두라구 하는데 어떡하지?

영 남   뭘 어떡해? 관둬야지.

애 숙   뭐?

영 남   걔가 우리 빚두 갚아주구 집두 사줘서 월세 안 내게 해줬잖아. 그럼 말 들어야지.

애 숙   참 현실적이야 당신은. 옛날에 혜준이한테 그런 거 민망해서 인정하기 힘들 텐데.

영 남   인정할 건 인정해야지. 참 희한한 게 이렇게 금방 뜰 걸 왜 그땐 그렇게 안 됐지? 아 증말!

애 숙   다 때가 있나봐.

노크 E

애 숙   어어.

혜 준   (문 열고)

애 숙   너 언제 들어왔어?

혜 준   지금... 우리 가족회의 좀 해요. 날짜 잡아서 알려주세요.

영 남   가족회의 할 일 있어? 뭔데?

혜 준	그때 말씀드릴게요. (하고 나간다.)
애 숙	무슨 일이지?

씬20. 술집

해효, 진우와 술 마시고 있다. 빈 술병들. 둘 다 취기 오른

해 효	우리 엄마가 너한테 심하게 했어두 미워하지 마.
진 우	미워 안 해. 해나 어머니시잖아.
해 효	야아 너 나보다 해나가 먼저야?
진 우	먼저지 그럼. 니가 먼저냐?
해 효	.....난 니가 어떤 선택을 하더라두 널 지지할 거야.
진 우	당연한 걸 갖구 폼재구 말하구 있어! 어디 가는 놈처럼.
해 효	여기까지 최대한 내 맘을 정제해서 품위 있게 말한 거구. 너 아까 좀 재수 없었거든.
진 우	뭘?
해 효	혜준인 군대 나중에 가두 난 지금 가두 된다구? 난 못 떠서 지금 가두 된단 거야?
진 우	(웃는) 이래야 원해효지! 우리 해효! 맘 상해쩌요? 형이 잘못했어요. 한 잔 하세요. (술 따라주는)
해 효	그따위루 또 말해라! (하면서 마음 풀면서 받는)

씬21. 해효 집 주방

이영, 와인 한 잔 마시는. 해효, 들어오는. 냉장고로 문 여는.

이 영	(술 냄새에) 너 술 마셨어?
해 효	마셨어. (물 꺼내는)

이 영	누구 만났어?
해 효	애들 만났어. 혜준이랑 진우.
이 영	니 친구들... 참... 너 대단하다. 엄만 이해가 안 돼. 혜준이 보면 속 안 뒤집혀?
해 효	뒤집혀! 화두 나!! 열심히 정말 열심히 했는데 왜 난 이 정도밖에 안 되나? (감정 오르는) 내가 쟤보다 부족한 게 뭔가! 아무리 봐두 없어. 전에 혜준이랑 나랑 어딜 가잖아. 그럼 나한테 관심이 집중됐었어. 근데 지금은 아냐. 기분 어떨 거 같아?
이 영	(애도 스트레스 받긴 받았구나.) ....
해 효	근데 엄마.. 난 내가 좋아. 내가 후진 인간은 아니더라구. 혜준이 잘 되길 바랐구 잘돼서 진심으루 기뻐해 줬어. 혜준이랑 연결해서 열등감 안 가졌구 나두 될 거란 희망 아직두 갖구 있어.
이 영	......
해 효	엄마 아들 잘 키웠어. 엄마 실패하지 않았어.
이 영	(뭉클) .....

씬22. 해효 집 안방

태경, 누워있다 잠자려고. 이영, 들어온다. 해효가 대견하기도 하고 자신이 정말 잘 키운 거 같다. 그치만 분한 것도 사실이다. 소파에 앉는.

태 경	(다시 일어나는) 아깐 흐림이었는데. 지금은 맑음 같은데.
이 영	당신 내 눈치 봐?
태 경	자다가 죽을지두 모르는데 눈치 봐야지.
이 영	(피식) 진작 때려줄 걸 그랬어.
태 경	해효 들어왔어?
이 영	내가 자식을 아주 잘 키웠어. 해효는 성품이 아주 훌륭해. 좋은 성품은 쉽게 얻어지는 게 아냐.

태 경	잘 안 되니까 합리화 시키는 거야? 평생을 연예인에 목매더니 꼴 좋다.
이 영	말 좀 이쁘게 해! 해효 매니지먼트 회사 계약 끝나면 내가 전면으루 나서야 되겠어.
태 경	공부나 더 하라 그래. 석사학위라두 있어야 학교에 자릴 주잖아.
이 영	영원해 엔터테인먼트 어때? 내 이름이랑 애들 이름이랑 한자씩 합친 거야. 해나는 회사 고문 변호사!
태 경	잠이나 자! 암튼 포기를 몰라!
이 영	자식을 어떻게 포기해!!!

씬23. 해효 집 해효 방

해나, TV 보고 있다. 맥주 마시면서. 과자랑. 해효, 들어온다.

해 효	너 남의 방에서 뭐하냐?
해 나	내 방엔 텔레비전이 없구 아래층엔 내려가기 싫구.
해 효	진우랑 지금 헤어졌어.
해 나	(TV 끈다.) ……
해 효	오빠는 중립이야.
해 나	중립이란 건 엄마편이란 거야. 오빠가 엄마 영향 엄청 받구 그 영향 아래 있는 거 알아.
해 효	넌 아냐?
해 나	아냐. 더 심해. 엄마랑 백화점 가구 싶어. 버스에서 내려서 집까지 올라오는 데 20분도 더 걸려.
해 효	진우 좋은 놈이야.
해 나	알아. 자본주의의 힘두 대단하다는 것두 알아. 내 일상을 되찾구 싶어.
해 효	니가 어떤 선택을 해두 오빠 지지해 줄게.
해 나	그 소리 진우 오빠한테두 한 거 아냐?

해 효   맞아. 선택은 니들 몫이구 응원하는 건 내 몫이야. (F.O)

씬24. 나눔행복 홍보대사 위촉장 수여식장 밖 (낮) (F.I)

혜준, 안내 직원에 따라 수여식장으로 가고 있다. 혜준 뒤엔 민재 있다. 보호라인 쳐놓은 팬들, 혜준 사진 찍고. 혜준, 손 흔들고. 리액션 해주면서. 안으로 들어가고 있다. '잘 생겼어요' '오빠'

씬25. 나눔행복 홍보대사 위촉장 수여식장 안

'2020 한국사회복지협회 나눔행복 홍보대사 위촉식' 현수막 보인다. 무대엔 수여식 준비 다 되어 있고. 혜준, 민재와 들어온다.

민 재   (혜준에게) 수여식 끝나구 Ovn 프로연예 인터뷰 있어.

혜 준   (알고 있다. 긍정)

사회자   (E) 내빈 여러분 제자리에 착석해 주시기 바랍니다. 이제 곧 수여식 시작하겠습니다.

점프

혜준, 위촉장과 꽃다발 들고 있다. 협회장 옆에 서 있다. 기자들 플래시 터트리고 기념사진 찍고 있다. 활짝 웃는 혜준. 협회 이사진들도 올라와 함께 찍는다.

점프 시간 경과

혜준, 인터뷰하고 있다. 리포터 있다. 마이크엔 '프로연예' 프로그램 명 붙어있고. 카메라 뒤에 민재 있고.

리포터	'사혜준 사전엔 성공만 있다'란 말 들어보셨어요?
혜 준	처음 듣는데요!
리포터	계속 들으실 거예요. 최초의 인간 끝나구 첫 인터뷰시잖아요.
혜 준	감사합니다.
리포터	출연하는 드라마마다 대박 행진인데요. 비결이 있나요?
혜 준	(어이없지만 좋은. 미소) 무엇보다 시청자들께서 사랑해 주셔서 가능한 일이었어요. 또 함께 일한 제작진과 배우들 모두가 잘해서 사랑받을 수 있었다구 생각합니다.
리포터	마지막으로 앞으로 계획에 대해 한 말씀 해주세요.
혜 준	아직 정해진 건 없습니다. 현재를 즐겁게 지내려구 하구 있습니다.

씬26. 해효 집 주방

애숙, 청소하고 있다. 현관에서 들어오는 기척 들리고 경미 손에 반찬 담은 쇼핑백 들고 들어온다.

경 미	언니? (하면서 쇼핑백 테이블에 올려놓는다.)
애 숙	오늘 반찬해 오는 날이구나.
경 미	(반찬통 꺼내며) 갈치찜 해달라구 해서 양념해 왔거든. 다슬기국꺼리하구.
애 숙	(화구 비켜주며) 해 여기서!
경 미	해효 엄마 어딨어? 오늘까지만 하구 관두려구.
애 숙	왜? 싫증났어?
경 미	아니. 진우가 못 하게 해. 계속 징징대서. 심심풀이루 시작한 건데 애 빈정 상하면서까지 해야 되나 싶어.
애 숙	아아 혜준이만 그러는 거 아니구나.
경 미	언닌 진작 그만뒀어야지. 눈치두 없어. 해효 엄마두 언니 보기 그럴 걸. 자기 자식은 못 나가는데 혜준인 뒷받침 없이두 우주대스타잖아.

씬27. 해효 집 드레스룸

이영, 외출하고 들어와서 옷 갈아입고 있다. 액세서리 풀고. 노크 E

이 영	네!
경 미	(들어오는)
이 영	오셨어요?
경 미	갈치찜 지금 올려놨어요. 다슬기국두.
이 영	좀 있다 해야 저녁에 먹기 딱 좋은데.
경 미	(속소리 E) 그만두기루 한 거 잘했어.
경 미	다른 사람 구해보셔야 될 거 같아요. 전 이제 못하게 됐어요.
이 영	(속소리 E) 진우 얘기 들었나부다.
이 영	알았어요. 그동안 애쓰셨습니다.
경 미	(속소리 E) 잡지두 않네.
경 미	네 안녕히 계세요.
이 영	너무 섭섭해하지 마세요. 진우 어머니두 저 같은 입장이면 똑같이 하셨을 거예요.
경 미	무슨 말씀인지 잘 모르겠네요. 섭섭은 뭐구? 똑같이는 뭐예요?
이 영	진우한테 얘기 들으신 거 아니에요?
경 미	(속소리 E) 진우가 그만두라구 해서 자존심 상했구나. 근데 말을 요상하게 하네.
경 미	얘기 들었어요.
이 영	(속소리 E) 아무렇지두 않네. 뭐지?
경 미	저야말루 해효 어머니께 드리구 싶은 말이요. 너무 섭섭하게 생각하지 마세요. 우리 진우가 내가 힘들까 봐 제 건강 생각해서 그만두라구 한 거니까. 자존심 상한 거 알겠는데 말은 우리 똑바루 해요.
이 영	(헐...) .....
경 미	그럼 안녕히 계세요.
이 영	뭐야...

씬28. 해효 집 주방/ 거실

애숙, 화구에서 끓고 있는 갈치찜 불을 끈다. 이영, 거실로 나온다.
태블릿 PC 들고. 소파에 앉는다. 애숙, 다음 일 하러 세탁실로 가려
나가는. 나가다가 이영 앉아 있는 거 본다. 이영, 나오는 애숙과 눈
마주친다.

애 숙	갈치찜 다 돼서 제가 껐어요.
이 영	고마워. 진우 엄마 갈 때까지 기다렸다 나왔어.
애 숙	(어떻게 할까. 말해야 되는데. 나중에 말할까. 오늘 경미가 말했으니까) 저기!
이 영	왜?
애 숙	아녜요. 나중에 말할게요.
이 영	해! 그렇게 말하구 안 하면 더 궁금하잖아.
애 숙	저 아무래두 일 그만 다녀야 될 거 같아요.
이 영	왜 그래 나한테?
애 숙	시간 드릴게요. 사람 구해보세요.
이 영	진우 엄마랑 나 골탕 먹일려구 짰어? 진우 엄마 관두는 건 아쉽지만 참을 수 있는데 혜준 엄마 관두는 건 못 참아.
애 숙	그래서 저두 웬만하면 다니려구 했는데. 혜준이가...
이 영	(속소리 E) 혜준이 나오면 질 수밖에 없다.
애 숙	관두라구 해요. 고생한다구.
이 영	자기가 돈이 없는 것두 아니구 돈 많이 준다구 해두 안 먹히는 거 알아. 근데 혜준이만 중요하구 난 자기한테 아무것두 아냐?
애 숙	(속소리 E) 뭐래? 누가 보면 사귀는 줄 알겠네.
이 영	그만두는 건 싫어. 일주일에 한 번만이라두 와.
애 숙	(어떡하나) 저 오늘 빨리 일 끝내구 갈게요.
이 영	마음대루 해. 관두는 것만 하지 마.

씬29. 혜준 동네 (저녁)

영남, 누군가를 기다리고 있다. 깔끔하게 입고 있는. 손엔 쇼핑백도 들고 있다. 장만, 온다.

장 만   (보며) 이게 누구야?

영 남   (겸연쩍어) 이제 일 끝났냐?

장 만   형은 신수 좋네. 훤해. 내 말 듣길 잘했지. (걸으며)

영 남   반백수야. 일이 아직 많진 않아 아부지.

장 만   잘되겠지 앞으루. 혜준이한테처럼 초치지 말아.

영 남   안 그래. (쇼핑백 주며) 이거!

장 만   (받는) 뭔데?

영 남   아부지가 광고한 건강음룐데 주더라구. 너 주려구 챙겨놨지.

장 만   (좋은) 잘 먹을게.

영 남   우리 집 가서 같이 밥 먹자구 하려구 해두 오늘 가족회의 있어서.

경 준   (E) 아빠!

영 남   (보는)

경 준   (와서. 장만에게) 안녕하세요?

장 만   경준이 장가 안 가냐?

경 준   요즘 미혼들한테 그런 거 물어보면 벌금 물어요. 만 원부터 시작이에요.

장 만   안 물을게!

일 동   (웃는)

씬30. 혜준 집 혜준 방

혜준, 세수하고 나왔다. 경준, 들어온다.

경 준   너 오늘 왜 가족회의 하자구 했어? 나한테만 먼저 말해봐.

혜 준	왜?
경 준	(실은 자기 차 사고 싶다.) 혹시 할아버지 차 사주려구 그러는 거냐?
혜 준	할아버지 차 사달래?
경 준	아니 난 니가 아부지 지금 차 바꿔주려구 가족회의 소집한 줄 알았지?
혜 준	그건 그냥 바꿔주면 되지 회의까지 왜 소집해? 형이 갖구 싶은 거 아냐?
경 준	(맞다.) 난 SUV가 좋더라.
혜 준	돈 벌어 타.
경 준	돈 언제 벌어?
혜 준	벌구 있잖아.
경 준	너한텐 금융컨설턴트가 꼭 필요해. 돈은 굴리는 걸 잘해야 돼. 니가 이 집 산 거 좋은 투자 아냐. 해효네 쪽 집을 샀어야지. 언제 재건축 될 줄 알구?
혜 준	해효네 쪽 집 사려면 대출받아야 됐어.
경 준	원래 대출받아 사는 거야 집은.
혜 준	빚지는 거 싫어. 아빠가 그러잖아. 가만있어두 하루 지나면 이자는 움직인다구.
경 준	나 공부하면 안 돼?
혜 준	공부해. 그걸 왜 나한테 허락 맡아? 형이 알아서 해야지.
경 준	회사 다니기 싫어.
혜 준	대체 하구 싶은 말이 뭐야?
경 준	니 자식으루 입양되구 싶어.
혜 준	으유!!
경 준	부러워서 그래. 올라가서 밥 먹자.

씬31. 혜준 집 거실

혜준, 민기, 애숙, 경남, 영남, 있다. 테이블엔 제철과일과 차.

민 기   오랜만에 식구들끼리 다 만나서 밥 먹구. 가족회의 자주 하면 좋겠다.

영 남   (혜준에게) 무슨 일이야?

애 숙   그래 궁금하다 뭐야 갑자기?

혜 준   군대 가려구!

일 동   (황당. 갑자기. 서로 리액션)

민 기   영장 나왔어?

혜 준   아니.

경 준   미룰 수 있을 때 까지 미뤄. 왜 지금 가려구 해?

혜 준   어차피 가야 되잖아.

경 준   가라 그럴 땐 안 가구 안 가야 될 땐 간다 그러네.

애 숙   결과적으루 가라 그럴 때 안 가서 잘됐잖아.

경 준   물 들어올 때 노 젓는다구 지금은 노 젓을 때야. 군대 갔다 오면 흐름 끊겨.

영 남   무슨 흐름?

경 준   짜장면 먹다가 누가 와서 나갔다 들어와 그 짜장면 다시 먹구 싶어 안 먹구 싶어?

영 남   불어터져 안 먹구 싶지.

혜 준   예를 들어두 어디서.. 내가 짜장면이야?

경 준   넌 너무 단기간 확 뜬데다 팬덤두 아직 강력하지 않잖아. 갔다 오면 훅 가서 맨땅에 헤딩부터 다시 시작해야 될지두 몰라.

애 숙   난 그런 거보다 니가 이렇게 이루기까지 많이 힘들었잖아. 이제야 인정받아서 사람들한테 사랑두 많이 받구 즐거웠잖아. 즐길 수 있을때까지 즐기다 군대 갔음 좋겠어.

영 남   군대 다녀옴 이제 청춘이라구 할 순 없다.

혜 준   청춘이 꼭 20대만은 아니잖아.

민 기	그건 맞아. 할아버지 70댄데 청춘이다.
영남경준	(동시에) 아부지! 할아버지!
민 기	난 얘 그때 재작년에 군대 간다 그랬을 때 하두 울어서 지금은 덤덤해.
경 준	근데 너 우리가 반대하면 안 갈 거야?
혜 준	아니.
경 준	(버럭) 니 맘대루 할 거면서 왜 우리한테 물어?
혜 준	내가 언제 물었어? 간다구 했지.
애 숙	(혜준에게) 너 은근히 독재스타일이야. (영남에게) 당신 닮았어.
영 남	왜 가만있는 나한테 그래?
애 숙	쟤 봐봐. 맨날 통고하잖아. 지가 결정 다 해놓구.
민 기	그럼 경준이 나 닮구 혜준인 영남이 닮은 거냐?
혜준영남	아냐! 아니야!
혜 준	아빠는 왜 아냐? 내가 닮은 게 싫어?
영 남	너는 왜 아닌데? 날 닮은 게 싫으냐?
경 준	내가 볼 때 아빠가 오바야. 혜준이가 아빠 닮았다 그럼 얼씨구나 해야지. 얘가 우리 집 권력 1순윈데.
혜 준	형 너는.. 내가 왜 1순위야? 할아버지 계신데?
경 준	모든 권력은 돈에서 나오는 거야.
영 남	(일어나는)
경 준	어디 가?
영 남	다 끝났잖아.
경 준	아빠 아빤 내가 아빠 닮았다 그럼 좋았겠지!
영 남	날 닮아 뭐하냐! 엄마 닮아야 좋지.

분위기 갑분싸.

| 혜 준 | (이게 아닌데) |

씬32. 혜준 집 안방

영남, 들어오는. 애숙, 따라 들어오는.

애 숙   당신 때메 분위기 엉망 됐잖아. 진심두 아니면서 말은 좋다. 날 닮
            으라구!

영 남   진짜야. 혜준이가 날 닮았냐? 아버지랑 자기 닮았지.

애 숙   당신 닮은 데 많아.

영 남   됐어. 쟤는 날 닮지 않아서 잘된 거야. 앞으루두 아부지처럼 해맑게
            사는 게 좋아.

씬33. 혜준 집 주방

혜준, 16부 씬31에 테이블에 있던 것 가져와 치우는. 경준도.

경 준   너 아빠 미워하는 거 아니지?

혜 준   (담담히) 내가 왜 아빨 미워해?

경 준   아빤 아빠 나름대루 최선을 다해 우리한테 했어.

혜 준   우리?

경 준   아니 나! 나두 편애 받는 거 부담스러웠어. 어떤 땐 니가 부러웠어.
            자유로웠잖아.

혜 준   결과적으루 보면 그랬을 수두 있겠다. 근데 아빠랑 거리감 있는 건
            있어. 친밀감이란 게 쌓이는 거잖아. 하루아침에 친하자 해서 생기
            는 거 아니잖아.

씬34. 혜준 집 혜준 방

혜준, 들어온다. 테이블에 있는 계약서 본다.

씬35. 짬뽕 엔터 사무실

민재, 태블릿 PC로 배우들 연기하는 거 보고 있다. 신인배우들.
문자메시지 E. 민재, 본다. '다음주 금요일에 계약 결정해요' 혜준.
영상 스톱하고.

혜 준	(E) 다음 주 금요일에 계약 결정해요.
치 영	(들어오는)
민 재	아 깜짝이야. 넌 왜 이 시간에 왔어?
치 영	놓구 간 거 있어서. (자신의 책상 위에 올려있는 케이크 상자 갖고 들고)
민 재	낼 올 때 들구 들어가면 되지.
치 영	상한단 말예요.
민 재	치영아... 너 다시 배우 할 생각 진짜 없어?
치 영	없어요. 먹는 거 포기하는 것두 싫구 대사 외우기두 싫어.
민 재	(어이없는) 낼 혜준이네 집 일찍 가.
치 영	형이 오지 말래. 자기 차 타고 온대요. 형 아직 재계약 안 했죠? 형 이 자기 혼자 움직일 때 많아요. 대표님 긴장하세요. (가는)
민 재	이 없음 잇몸 사는 거지 뭐. (영상 다시 플레이하는) (F.O)

씬36. 해효 집 앞/ 진우 차 안 (아침) (F.I)

진우 차 와서 선다. 해나, 나오는. 학교 가려고. 진우, 창문 열고. 해
나, 차 타는.

해 나	(타는) 언제 왔어?
진 우	지금! 안전벨트 매!
해 나	어어! (하면서 벨트 매는) 이제 시간 많아 스튜디오 관둬서?
진 우	아냐. 틈틈이 스튜디오 자리 알아보구 다니구 있어. (차 움직이는)

씬37. 도로/ 진우 차 안

진우, 운전하고 있고. 해나, 조수석에 있다.

해 나	오빠 스튜디오 차리는 데 내가 도와줄 건 없어?
진 우	공부 열심히 해서 변호사 돼.
해 나	그게 어떻게 오빨 도와주는 거야?
진 우	서로 바쁘니까 못 만나두 덜 힘들잖아.
해 나	(아직 모르는) 우리 왜 못 만나?
진 우	(준비해 온. 담담히) .....이제 니 일상으루 돌아가. 우리 서로 사랑했 잖아. 그거면 된 거야.
해 나	....
진 우	우리가 지금 부모님이나 주변 환경을 무시하면서 서로를 선택할 만 큼 강하지 못하잖아.
해 나	.... (눈물)
진 우	울지 말구.
해 나	안 울어. (눈물 닦는)

씬38. 안정하 스튜디오 앞

정하, 와서 문 열고 있다. 여자, 오는.

여 자	(미안한) 제가 너무 일찍 왔나요? 진서우 씨 소개루 예약한 이진아 예요.
정 하	아니에요. 제가 더 일찍 나왔어야 했어요. 진서우 씨면?
여 자	탑스타 진서우 씨요! 최초의 인간에 출연했었잖아요.
정 하	(알겠다.) 아 네! (문 열어주며) 들어가시죠!

씬39. 안정하 스튜디오 안

정하, 여자 메이크업 해주고 있다. 거의 다했다. 거울 보게 해준다.

정 하 　맘에 드세요?

여 자 　네.

정 하 　근데 진서우 씨가 절 어떻게 알구 추천해 주셨대요?

여 자 　사혜준 씨가 부탁했다구 하던데요. 안정하 씨랑 사귄 거 아니에요?
　　　　여자친구라 그랬던 거 같은데.

정 하 　(혜준이가...) 아니에요.

여 자 　걱정 마세요. 아무한테두 얘기 안 해요.

정 하 　(미소) 헤어는 컬을 풍성하게 해드릴게요.

씬40. 짬뽕 엔터 사무실 복도/ 짬뽕 엔터 사무실 앞

혜준, 오고 있다. 혜준, 문 열고 들어간다.

씬41. 짬뽕 엔터 사무실

혜준, 민재와 있다. 민재, 계약서 보는데 서명란에 혜준이 서명은 없
다. 민재, 계약서 앞에 놓는다.

민 재 　니가 계약 안 한다구 해두 너에 대한 응원은 계속 할 거야.

혜 준 　군대 갈래.

민 재 　(황당) 엥? 더 미룰 수 있어. 내년에 가두 돼. 너 광고 재계약 앞두
　　　　구 있는 것만 일곱 개야. 마크 제임스 감독 시나리오 보내준다구 했
　　　　어. 내년에 헐리웃 진출할 수두 있어.

혜 준 　정리해 줘.

민 재	내가 널 어떻게 말리겠니! 근데 왜 지금이야?
혜 준	지금이 가장 빠른 때니까. 내가 원하는 걸 얻었어. 사혜준이란 이름 얻었어. 2년 공백.. 두렵지 않아.
민 재	군대 다녀와서 다시 얘기하자. (계약서 들고 책상으로 간다.)
혜 준	누나!
민 재	(보면)
혜 준	생각해 봤는데 짜장보단 짬뽕이야!
민 재	뭐?
혜 준	(다가오며) 계약기간은 군대 포함해서 3년! 어때?
민 재	4년! 3대 7!
혜 준	비용 회사 부담!
민 재	콜!

씬42. 태수 사무실 복도/ 도하 차 안

태수, 오고 있다. 뒤에 장군, 태수 보고 급하게 오는.

장 군	이사님! 왜 전화 안 받으세요?
태 수	엘리베이터 안에 있어서 안 터졌나봐. 왜?
장 군	김수만 기자 연락 왔어요.
태 수	(김수만에 벌써 골치 아픈) 뭐라는데?
장 군	도하 아버님.. 빚투 확인한다면서. 제보가 많대요.
태 수	(열 받는) 잠깐 기다리라구 쓰지 말라구 해.

핸드폰 E 발신자 '박도하'

태 수	(받는) 어 도하야!
도 하	형 대체 뭐하는 사람이야? 기사 봤어?
태 수	벌써 기사 났어? 김수만 얘 진짜!

씬43. 신문사 라운지

수만 차 마시면서 태블릿 PC로 자신의 기사 보고 있다. '[단독] 박도하 아버지 빚투. 아들 핑계대며 돈 빌려.. 소속사는 묵묵부답. 아웃뉴스 김수만 기자'. 차 마시면서.[2]

태 수	자신이 쓴 기사가 엄청 맘에 드시나 봐요.
수 만	(보는) 오랜만이에요 이 이사님!
태 수	김 기자님 소식은 기사루 항상 봐서 맨날 보는 사람 같아요.
수 만	제 기사가 사람들 주목을 끌긴 끌죠.
태 수	도하 나랑 상관없어요. 난 도하 망하면 다른 연예인으루 갈아타면 돼요. 타겟을 잘못 정했어요. 도하한테 피해주구 싶진 않아요.
수 만	안 속아요. 이사님은 남에게 피해주는 거 마음 안 아파하잖아요.
태 수	김 기자님은 나 같은 사람 아니잖아요. 나 같은 사람이 되구 싶어요?
수 만	(이 인간이 진짜) ......

씬44. 도로/ 버스 안

정하, 버스 타고 있다. 이어폰으로 음악 들으면서.

해 효	(E) 할 말 있어. 별마당으루 와. 책 보구 있을게.

씬45. 코엑스 별마당 (밤)

정하, 별마당에 들어선다. 사람들 많다. 3부 씬12 혜준이 정하를 기

---

2 뒤의 참조 기사 2 참고.

다리며 책을 보던 자리에 해효가 서 있다. 해효, 정하를 향해 손을 흔든다. 정하, 해효를 향해간다.[3] 정하, 이 자리에 있기 싫다. 혜준이 가 너무 보고 싶다.

정 하	우리 나가자!
해 효	책 좀 더 보구!
정 하	미안해. 나 먼저 갈게. (나가는)
해 효	......

씬46. 별마당 밖 버스 정류장

정하, 버스 정류장으로 향하고. 그 옆에 해효 있다. 정하, 이 길도 혜 준과 걷던 길이다.

해 효	무슨 일 있어?
정 하	아니.
해 효	근데 왜 갑자기 집에 가겠대?
정 하	미안해. 할 말 있다구 했지? 뭔데?
해 효	별거 아냐.
정 하	뭔데?
해 효	군대 간다구.
정 하	전에 말했잖아.
해 효	(속소리 E) 내일 가.
해 효	아아 말했지 전에.
정 하	(앞에 보고. 자신이 탈 버스 왔다) 버스 왔다! 미안! (하면서 버스 탄다.)

3 플래시백 들어갈 수 있어요.

해 효   (보는)

정하, 버스에 타서 좌석을 찾아 앉는. 해효, 보는.

씬47. 정하 집 주방/ 거실

정하, 냉장고에서 캔맥주 꺼내 딴다. 거실로 가서 TV 튼다. TV에서 혜준 나온다. 16부 씬25. 연예 프로그램 인터뷰. TV 안에서. 테이블 아래 혜준이 준 선물 상자 있다. 마카쥬된 스니커즈.

혜 준   (어이없지만 좋은. 미소) 무엇보다 시청자들께서 사랑해 주셔서 가 능한 일이었어요. 또 함께 일한 제작진과 배우들 모두가 잘해서 사 랑받을 수 있었다구 생각합니다.

리포터   마지막으로 앞으로 계획에 대해 한 말씀 해주세요.

혜 준   아직 정해진 건 없습니다. 현재를 즐겁게 지내려구 하구 있습니다.

정하, TV 끈다. 시선을 내리면. 선물 상자 보인다. 상자를 연다. 신 발을 신는다. 일어선다.

정 하   (흡족한) (신발 신고 걸어보는) 오우 편하다! (테이블 위에 캔맥주 집어 한 모금 마시곤 창가로 간다. 신발 신은 채. 창밖을 보는)

씬48. 해효 집 해효 방

해효, 입대하려고 옷 입고 가방 들고. 거울 본다. 침대엔 카드 놓여 있다. 'TO 엄마'라고 쓰여 있다. 마음을 다진다.

씬49. 해효 집 거실

이영, TV 보고 있다. 해효, 가방 들고 2층에서 내려온다.

이 영   (오며) 무슨 촬영인데 포항까지 내려가?
해 효   넬 올라와서 말해줄게.
이 영   알았어.
해 효   엄마!
이 영   어?
해 효   (이영을 안는다.)
이 영   (좋은) 알았어. 엄마 너의 좋은 성품에 가치를 두기루 했어.
해 효   사랑해.
이 영   나두. (F.O)

씬50. 혜준 집 혜준 방 (아침) (F.I)

혜준, 자고 있다. 문자음 E. 단톡방이다. 혜준, 진우, 해효. 문자음 E 문자음 E. 혜준, 문자 확인해 본다. '나 해병대 간다. 훈련소 앞 이발소 왔다.' 해효. 'ㅋㅋㅋ아침부터' 진우. '군대는 내가 너보다 빠르다' 해효. '너 진짜야?' 진우. '왜 이딴 짓을 한 거야?' 진우. '부모님 아셔?' 진우.

씬51. 해효 집 거실 (낮)

이영, 핸드폰으로 해효에게 전화하면서 안방에서 나오는. 신호음 가는데 받지 않는다.

이 영   앤 왜 전활 안 받아? 아직 촬영 중인가! (하면서 2층으로 올라간다.)

씬52. 해효 집 해효 방

침대 위에 카드 놓여있다. 이영, 들어온다.

이 영   암튼 깔끔해. 정리하구 나갔네. (하면서 침대 위에 있는 카드 보고. 이건 뭐지?) 투 엄마! 나한테 쓴 거네. (하면서 카드 열어본다.)

카드엔. '내 힘으로 성공할 수 있단 오만을 깨주신 엄마. 이젠 부모님의 배경도 내가 가진 힘이란 걸 인정합니다. 군대 가는 건 저 혼자만의 결정입니다. 해병대 지원했어요. 잘 다녀오겠습니다.'

해 효   (E) 내 힘으로 성공할 수 있단 오만을 깨주신 엄마. 이젠 부모님의 배경도 내가 가진 힘이란 걸 인정합니다. 군대 가는 건 저 혼자만의 결정입니다. 해병대 지원했어요. 잘 다녀오겠습니다.

인서트
해효, 16부 씬49 이후. 집에서 나와 버스 정류장까지 걸어간다. 버스 정류장에서 서울역 가는 버스에 올라간다. 버스 타고 좌석에 앉는 해효. 창밖을 보는 해효.

이 영   (해병대 지원했어요에서 감정이 오르면서. 잘 다녀오겠습니다. 어떡하나. 군대를 그것도 해병대를 이렇게 가면 어떡하나. 잘못되면 어떡하나.)
해 효   (E) 엄마 실패하지 않았어.
이 영   (감정 터지는) ..... (F.O)

씬53. 혜준 집 혜준 방 (낮) (F.I)

16부 씬52에서 한 달쯤 지난. 혜준, 진우에게 주고 갈 옷들 쇼핑백에 담고 있다.

진 우	(들어온다.) 뭐하냐?
혜 준	군대 가기 전에 너 옷 줄 것 정리하구 있었어.
진 우	(와서 보며) 이건 명품이네.
혜 준	너 스튜디오 오픈 하는 날 입으라구.
진 우	고맙다 친구야!
혜 준	이것만 있는 줄 아냐?
진 우	또 뭐가 있어?
혜 준	(돈 봉투 준다.) 스튜디오에 필요한 거 사!
진 우	(감동. 껴안는) 혜주나아아아! 넌 역시 센스가 있어. 선물은 현금이 최고지!
혜 준	아줌마 아저씨 오셨냐?

씬54. 혜준 집 거실

상 거의 차려져 있고. 민기, 영남, 장만, 진리, 경준, 혜준, 애숙, 있다.
애숙, 와서 앉고. 혜준, 다들 마실 물 갖고 와서 놓고 앉는.

진 리	(혜준 보면서) 오빠 빛이 나! 주위가 다! 엄마가 왔어야 했어.
진 우	그래서 엄마 대신 니가 덕질 하냐?
장 만	(O.L) 니네 엄마 왔음 이 정도에서 안 끝나지. 사진 찍자구 난리났다!
진 리	역시 아빤 엄말 잘 알아.
장 만	아부지 한 말씀 하세요.
민 기	한 말씀할 게 뭐가 있어? 나야 이렇게 다 모이면 좋아.
경 준	할아버지 위상이 1년 사이에 많이 올라가셨네요.
애 숙	넌 그런 말을 지금 꼭 하구 싶니?
민 기	괜찮아. 맞는 말인데 뭐.

진 우	아저씨 어깬 괜찮으세요?
영 남	(저 자식은 눈치 없게. 식구들 모르는데) 내 어깨 뭐? 내 어깨야 (어깨 움직이며) 항상 튼튼하지. (흔들다 살짝 아픈)
애 숙	튼튼하지 않은 거 다 알아. 재수술 전까지 간 것두 알아.
민 기	나두 알아.
혜 준	나두 알아.
진 리	아저씨 우리 다 알아요.
영 남	(장만에게) 야 넌 말하지 말라니까.
경 준	(O.L) 왜 나만 모르는 거야? 온 동네 다 아는데.
민 기	(O.L) 이제 먹자. (하면서 숟가락 드는)
일 동	(먹기 시작하고)
혜 준	감사합니다!
진 리	오빠! 한마디 해. 군대 가면 이렇게 모이는 거 몇 년 있어야 되잖아.
진 우	휴가 있어. 오빠 군대 보내봤으면서 왜 모른 척해?
진 리	혜준 오빠 목소리 듣구 싶어서 그랬어.
경 준	요즘 군대는 핸드폰두 할 수 있어. 나 때 비하면 천국이야.
진 우	(O.L) 천국이지 형. 우린 외부하구 아주 단절된 군복무했잖아.
영 남	군대 얘기 나오면 우리두 빠질 수 없다.
장 만	맞아 형! 우린 30개월이었어. 니들은 18개월이잖아.
진 우	(O.L) 아빠 난 21개월이었어.
진 리	(O.L) 그만해. 군대 얘기 진절머리나. 남자들 모이면 군대 얘기야.
경 준	너두 다녀오시면 많이 하시게 될 거예요.
일 동	(웃는)

씬55. 혜준 집 혜준 방

혜준, 인스타에 게시물 올리고 있다. 팔로우 11,2백만. '2020. 09. 07. 일. 밤 10시. 인스타 라이브 방송을 하려고 합니다! 항상 응원해주시는 팬 분들에게 드리고 싶은 말이 있어요. 함께해주세요!' #사

혜준 #다혜준다 #아낌없이주는나무 #SaHyejun #810 #기억하고함
께해줘

씬56. 태수 사무실 안 (낮)

태수, 도하와 있다. 앞에 차 놓여있고. 마시고 있는.

도 하 나두 군대 갈까 봐. 아님 형하구 헤어질까 봐. 김수만 기자! 형하구
친했잖아. 근데 형을 공격하잖아.

태 수 널 공격하는 거야 내가 아니라. 널 질투하구 시기해서.

도 하 기자가 날 왜 질투해?

태 수 부러우니까.

도 하 (맞다.. 부러워한다 모두들) 사람들이 인정을 안 해. 난 꽁으루 된
줄 알아. 아버지 때문에 얼마나 개고생했는데 생물학적 부모라는
걸루 엮어서 날 보내버리잖아.

태 수 다 잘생겨서 그래 니가. 노력해서 얻은 것만이 가치 있다고 생각하
거든. 얼굴은 노력으루 잘 생겨진 게 아니잖아. 노력 암만 해두 얻
을 수 없는 건 얻을 수 없어.

도 하 그건 맞아 성형해두 나 같은 외모는 나올 수 없어.

태 수 그럼.. 군대는 미룰 수 있는 데까지 미루는 거야. 혜준이 군대 감 니
세상이야. 혜준이 군대 갔다 오믄 풋풋한 느낌 다 사라져. 넌 어차
피 풋풋한 느낌 다 사라질 때 군대 갈 거니까 괜찮아.

씬57. 코엑스 별마당 (이른 아침)

사람들 없다. 한편에선 청소하시는 노인 분 외에. 혜준, 사람들 없는
시간에 왔다. 모자 쓰고 있다. 사람들이 알아볼까 봐. 우울하면 오던
곳에서 사랑하는 여자를 만났다. 그 여자는 지금 내 곁에 없다. 혜

455

준, 3부 씬12 정하를 기다리며 책을 보던 자리에서 정하가 자신에게 다가왔던 방향을 본다.[4] 혜준, 이곳도 사람들이 없는 시간에만 와야 한다. 눈에 띄면 안 된다.

노 인 (와서) 미안한데... 사인해 줄 수 있어요?

혜 준 뭐가 미안하세요?

노 인 혼자 있는 시간 방해하구 싶지 않은데. 우리 손주가 엄청 좋아해요. 기쁘게 해주구 싶어서. 미안해요.

혜 준 손자 분 이름이 뭐예요?

노 인 김힘찬이요!

혜준, 사인해 준다. 다시 예전으로 돌아갈 수 없다. 다른 세계로 진입했다.

씬58. 혜준 집 혜준 방 (밤)

혜준 책상에 앉아 있다. 셀카 삼각대 있고. 핸드폰 꽂는다. 핸드폰 켜고 인스타그램 들어가는. 라이브방송 버튼 누른다. 라이브방송 화면 나오고. 팬들이 물밀듯 들어오는. 댓글 창엔 오빠 완전 기다렸어요. 사혜준!!!. 안녕하세요!!!. 오빠 너무 떨려요ㅜㅜ. 라이브방송 이라니ㅜㅜ 너무 좋아. 완전 보고싶었어!. 근데 무슨 말을 하려고 하는 거예요ㅜ. 사혜준 사랑해♥. 사혜준 포에버♥. 하 개잘생겼어!!. 드디어 실방 영접!!.
LUV HJ♥. I miss you so much. It's so cute. just love♥. 중국팬들 들어왔다. 중국어... 일본팬들 들어왔다. 일본어.. 화면엔 하트가 계속 날아다니고 있다. 접속자 19만. 계속 오르고 있다.

---

4 플래시백 들어갈 수 있어요.

혜 준	안녕하세요? 사혜준입니다. 이곳은 제 방이에요. 어릴 때 갖고 싶은 1순위가 제 방이었어요. 그 꿈을 얼마 전에 이뤘어요. 방이 생기니까 자신과 대화할 수 있는 시간이 많아졌어요. 지금까지 나 자신에게 가장 감사한 사람들이 누군가... 여러분입니다. 사랑해 주시고 응원해 주시는 분들 때문에 사회가 인간에게 줄 수 있는 순기능에 감사하게 됐습니다. 육군에 입대해서 국가에 대한 의무를 수행할 수 있게 되어 기쁩니다. (F.O)

씬59. 도로/ 정하 차 안/ 안정하 스튜디오 (낮) (F.I)

2년 후
정하, 운전하고 있다. 경쾌한 음악. 블루투스 통화하고 있다.

정 하	고객님 명단 다시 정리 좀 해놔. 지금 방송국 들어갔다가 5시쯤에 샵으로 갈게.
수 빈	오늘 촬영하는 건 언제 방송해?
정 하	2주 후에.

핸드폰에 통화 들어온다. 발신자 '뷰티팡팡 이혁 피디'

정 하	피디님 전화 들어온다. 어어. (통화 전환하고 받으며) 네 안정하입니다. 네에... 야외 촬영이요? 가능하죠.

씬60. 카페 프라이빗룸 밖 복도

혜준, 걸어오고 있다. 그 옆에 민재.

민 재	우리가 먼저 가 있어야 돼.

혜 준	걱정 마. 30분 일찍 왔어. 그렇게 좋아?
민 재	너무 신나! 미안해 사랑해 작가님 작품을 얼마나 하구 싶었는데. 이제야 하게 된다!
혜 준	수다 너무 떨지 마. 할아버지 시상식 가야 돼.
민 재	미리 말씀드려놨어. 한 시간 뒤에 일어나야 된다구!
혜 준	일 잘하네! 맘에 들어. (미소. 문 열며) 자 들어가시죠!

씬61. ○○컨벤션 홀

'제15회 리스타트 아카데미 시상식' 현수막 걸려있고. 시니어 모델들, 각 가족들 있다. 사회자(강사) 있다. 김 할배 있고. 리스타트 아카데미 대표 있고. 민기, 경준, 애숙, 영남, 있다. 꽃다발 갖고 있고. 민기, 좀 떨리는. 혜준, 들어왔다. 가족들 찾는다.

사회자	유구한 전통을 자랑하는 리스타트 아카데미 공로상을 수상하도록 하겠습니다. 데뷔 후 4년 동안 꾸준하게 다방면에서 활약을 해주셨고,
경 준	할아버지 떨려요? (영남, 걱정스레 보고 있고)
민 기	괜찮아.
애 숙	물 드릴까요?
민 기	아냐. 화장실 가면 안 돼.
혜 준	(온다. 나직이) 저 왔어요.
애 숙	여기 앉아.
혜 준	(앉는)
사회자	특히 광고주 분들의 사랑을 듬뿍 받아 공로상의 주인공이 되셨습니다. 사민기 선생님!

민기, 가다듬고.. 민기 앞으로 나간다. 대표 민기에게 상 전달한다. 꽃다발도. 민기 받고. 대표랑 가벼운 포옹. 강사와 눈 마주친다. 활

짝 웃는.

사회자	리스타트 아카데미가 낳은 최고령 스타십니다.
민 기	(마이크 앞에 선다.) 감사합니다. 저는 인생 허투루 살았습니다.
영 남	……
민 기	근데 운이 좋아서 우리 아들을 낳았습니다. 저 때문에 즈이 아들이 엄청 고생했습니다.
영 남	(왜 저래 감정 오르는) ……
민 기	영남아.. 아빠가 로또 되면 주려구 했는데. 로또가 안 된다!
일 동	(웃는)
민 기	이젠 허투루 살면 안 된다는 걸 압니다. 하루하루 누구보다 제 아들 영남이에게 살아온 만큼 저두 갚구 싶습니다. 죽을 때까지 갚을 수 있을지 모르겠지만 최선을 다해 갚겠습니다.
영 남	(눈물이 흐르고 있는)
민 기	이 상을 내 아들 영남이한테 바칩니다!

씬62. 혜준 집 안방

영남, 울고 있다. 그동안 부모에 대한 원망, 열등감, 그로 인해 자신
이 한 행동들. 민기에 대한 연민과 사랑.

애 숙	(들어온다.) 그만 울어.
영 남	(추스르며) 뭘 얼마나 울었다구.
애 숙	시상식장에서 계속 이러잖아. 엄청 불효자 같잖아. 요즘 당신 아버님한테 잘하잖아.
영 남	혜준인 뭐해?
애 숙	혜준인 왜 찾아?

씬63. 혜준 집 혜준 방

혜준, 방 정리하고 있다. 영남, 들어온다.

혜 준   (보는)

영 남   할 얘기 있어.

혜 준   (앉는. 별 얘기 아니다 싶어. 가볍게) 뭔데?

영 남   미안해.

혜 준   (왜? 갑자기) .....

영 남   너무 후회돼. 너 힘들 때. 아빠가 힘이 돼주구 응원해 주지 못해서.

혜 준   다 지난 일이야.

영 남   아빠가 열등감이 있어서 그랬어.

혜 준   (철렁) ....

영 남   젤 후회되는 건 너한테 손 댄 거야. 너 미워서 그런 거 아냐. 뒷받침 해주구 싶은데 해줄 능력은 안 되니까. 나한테 화가 나서 견딜 수가 없었어. 니가 내가 감당하기엔 너무 잘났구 대단하니까 지레 겁먹 었어.

혜 준   나두 미안해.

영 남   니가 나한테 뭐가 미안해? 잘한 거밖에 없어 넌. 고등학교 졸업 이 후 니 용돈 니가 벌어 썼잖아.

혜 준   (감정 오르는) ....아빠 미워한 적 많아.

영 남   괜찮아. 아빤 미워해두 돼. 아빠가 잘못했는데 뭐. 미안해하지 마.

혜 준   아빠가 날 위해 그랬다는 거 알아.

영 남   그거 알면 됐어. 그건 진짜야. 아빠 그건 진짜였어. 말이 서툴러서 그렇지.

혜 준   이렇게 말해 주니까 다 풀려.

영 남   ......

혜 준   이제라두 아빠가 인정해 주니까 마음이 편해져. 아빠한테 인정받구 싶었어.

영 남   이럴 땐 안아야 되냐?

혜 준	안는 건 아닌 거 같아.
영 남	그래 그건 아니다.
혜 준	(활짝 미소)
영 남	(활짝 미소)
혜 준	(N) 이십 대엔 부모의 영향에서 벗어나는 과도기적인 시기다.

씬64. 해효 집 거실

해효, 2층에서 내려온다. 운동복 차림이다.

이 영	(주방에서 나오는) 어디 가?
해 효	애들하구 잠깐 보기루 했어.
이 영	니들은 참 여전하다.
해 효	부럽지! (하고 나가는)

씬65. 한남동 공터 골목/ 공터 (밤)

혜준, 올라가고 있다.

혜 준	(N) 이제 삼십 대의 시작이다. 누구의 탓도 할 수 없는 나이가 찾아
	왔다.

진우, 그네에 앉아 있다.

혜 준	다소곳하게 앉아 있다! 거기 너 지정석이냐?
진 우	(일어나는) 아닙니다. 앉으시죠.
혜 준	왜 그래?
진 우	그냥 잘해주는 거야.

혜 준	그냥 왜 잘해주는데?
진 우	너 우리 스튜디오에서 개인 촬영하면 안 돼?
혜 준	돼.
진 우	진짜? 뭐 이렇게 쉬워?
혜 준	사진 촬영이 뭐가 어렵다구.
해 효	그러게 뭐가 어려워서 말을 못하냐! 나두 해줄게.
진 우	아니 이 미친놈들아! 니들 몸값이 얼만데 다 해준다 그래?
해 효	얘 어떻게 된 거 아니냐!
혜 준	그러게! 우리가 너한테 내야 되는 거야.
진 우	아.. 그렇구나. 하아 근데 니들 앞에 서면 주눅 들어.
혜 준	제발 주눅 좀 들어.
해 효	아직 너무 살았어. 좀 더 죽여. (혜준에게) 넌 머리 많이 자랐다.
혜 준	나랑 제대한 지 얼마나 차이난다구! 꼭 지가 위라구 확인하구 싶어 한다니까.
해 효	확인하구 싶어. (다가가며) 니들 내 몸 보여줄까?
진 우	(피하며) 됐어.
해 효	나 요즘 액션스쿨 다니면서 엄청 좋아졌단 말야. 보여줄게.
혜 준	(피하며) 나두 됐어.
해 효	(따라다니며) 너두 같이 하자.
혜 준	난 멜로 찍어서 근육 너무 많음 안 돼.

서로 장난 웃으며 (F.O)

씬66. 비원 (낮) (F.I)

촬영 준비하는 스탭들. 혜준, 스탭들에 둘러싸여 있다. 메이크업과 헤어, 민재와 있다.

씬67. 비원 주차장

정하, 자신의 차에서 내린다. 메이크업 박스 갖고 내린다. 혜준이 준 마카쥬된 신발 신고 있다. 조수석에서 수빈 내린다. 수빈도 메이크업 박스. 한편 주차된 차량엔 〈사랑은 비를 타고〉 드라마 제목.[5]

수 빈   우리 말구 딴 촬영두 있나 봐.

정 하   이 피디님 오시기 전에 먼저 들어가서 좀 둘러보자.

씬68. 비원 일각

혜준, 촬영 시작 전 기다리면서 산책하고 있다. 앞에 정하와 수빈 보인다. 메이크업 박스 들고오는. 혜준, 정하와 눈이 마주친다. 서로 우연에 놀란.

혜 준   (미소)

정 하   (미소)

수 빈   (혜준에게) 안녕하세요?

혜 준   (반갑게) 오랜만이다!

수 빈   언니 갔다 와.

정 하   어딜?

수 빈   두 사람 인사라두 해야 되잖아.

---

5   드라마 〈사랑은 비를 타고〉 - 경성시대가 배경이다. 김동훈(사혜준 분). 23세. 경성제대 법학과. 낮엔 모범 생 밤엔 모던보이. 고관대작의 아들. 친일파. 그 시대에도 낭만도 사랑도 고뇌도 애국심도 있었다. 사실 한 량처럼 보이면서 항일운동을 하고 있었다.

씬69. 비원 담길

혜준, 정하와 걷고 있다.

혜 준   (정하 신발 보고) 너 이 신발..!

정 하   아아 이 신발 너무 편해! 촌스럽게 헤어졌다구 선물 받은 신발 신
            지 말란 건 아니지!

혜 준   아니지!

정 하   내가 미련 있다구 생각하는 건 아니지? 혹은 못 잊어서 이 신발을
            신었다구 생각하는 건 아니지?

혜 준   넌 짧은 시간에 생각두 많이 하구 말두 많이 한다.

정 하   그래서 싫어?

혜 준   싫진 않아..

            하면서 서로 걷는

정 하   군대 갔다 언제 온 거야?

혜 준   넌 나 제대한 지두 몰랐냐? 방송에 엄청 나왔을 텐데.

정 하   내가 요즘 연예 프롤 못 보거든. 먹구사는 게 바빠서.

혜 준   말은 잘한다.

정 하   말도 잘하지!

            공백 없는 친구처럼 일상처럼 스며들어 걷고 있는.

            (끝)

〈최초의 인간〉 21.5%로 종영.
실패 없는 믿보배 사혜준 신드롬..

[아웃뉴스] 김수만 기자

드라마 〈최초의 인간〉이 화제성과 시청률 모두를 잡으며 인기리에 막을 내렸다.

〈최초의 인간〉은 탑스타 사혜준과 진서우가 동시에 남녀 주인공을 확정 지으며 시작 전부터 화제를 모은 바 있다. 그 기세를 모아 시작부터 종영까지 시청자들의 뜨거운 사랑을 듬뿍 받았다.

방영 막바지 남자 주인공 윤정후 역을 맡은 배우 사혜준에 관련한 여러 루머들이 떠돌아 드라마의 인기가 주춤하나 싶었지만, 언제 그랬냐는 듯 위기를 발판으로 삼고 뛰어올랐다.

결국 미니시리즈 드라마에선 좀처럼 나오기 힘들다는 21%대의 자체 최고 시청률을 기록하며 유종의 미를 거뒀다.

특히 사혜준은 사랑엔 순수하고 일 앞에선 승부사로 돌변하는 소신있는 재벌 3세 윤정후 역을 완벽히 소화해 또 하나의 '인생캐(인생캐릭터)'를 완성했다.

드라마 〈게이트웨이〉로 데뷔해 〈최초의 인간〉까지. 믿보배 신드롬의 새로운 신화를 쓰고 있는 배우 사혜준. 벌써부터 사혜준의 차기작에 관심이 쏠리고 있다. 앞으로 그의 행보에 귀추가 주목된다.

[단독] 박도하 아버지 빚투. 아들 핑계대며 돈 빌려.. 소속사는 묵묵부답

[아웃뉴스] 김수만 기자

배우 박도하가 부친의 빚투 사건에 휩싸인 가운데, 소속사가 묵묵부답으로 일관하고 있다. 지난 20일 한 온라인 커뮤니티에 '탑스타 배우 아버지의 사기'라는 글이 올라왔다. A씨는 자신이 사기 피해자이고, 최근 영화 〈평범〉과 Ovn 드라마 〈잡아라〉로 지금까지 승승장구하며 배우 생활을 한 탑스타 남자 배우의 부친이 사기꾼이라고 주장했다. 그리고 아웃뉴스 취재 결과 이 탑스타는 배우 박도하인 것으로 밝혀졌다.

A씨의 주장에 따르면 남배우의 아버지가 5년 동안 아들의 이름을 팔며 1억 5천이 넘는 돈을 계속해서 빌리고 다닌 것으로 밝혔다. 박도하의 아버지 B씨는 차용증을 작성하고 매달 돈을 갚기로 했으나 약속과 달리 연락처를 바꾸며 연락 두절됐다고. 또 A씨가 이자를 제외한 원금만 받겠다는 제안에도 돈을 주지 않았으며 5년간 30만 원만 갚았다고 토로했다.

그는 "박도하 아버지가 5백만 원씩, 많을 땐 천만 원을 빌려갔다. 아들 핑계를 대면서 돈을 빌려 갔다. 아들이 공인이고 하니까 거짓말을 할 거라는 생각은 안 했다"고 말하며 강한 분노를 드러냈다.

빚투에 대해 배우 박도하의 소속사는 아직까지 공식 입장을 내놓지 않고 있다.

갑작스런 빚투 논란에 대중들은 '헐 박도하', '진짜 몰랐을까?', '왠지 알면서 묵인했을 거 같음', '왜 부모 빚을 자식이 갚냐!', '박도하도 은근 불쌍하네' 등 상반된 반응을 보였다.

하명희 대본집 2

청춘기록

1판 1쇄 인쇄 2020년 11월 20일
1판 1쇄 발행 2020년 11월 25일

지은이 하명희

발행인 양원석　**편집장** 최두은
디자인 이은혜, 김미선　**영업마케팅** 양정길, 강효경

펴낸 곳 ㈜알에이치코리아
주소 서울시 금천구 가산디지털2로 53, 20층 (가산동, 한라시그마밸리)
편집문의 02-6443-8844　**도서문의** 02-6443-8800
홈페이지 http://rhk.co.kr
등록 2004년 1월 15일 제2-3726호

ISBN 978-89-255-8958-9 (04810)
　　　978-89-255-8960-2 (세트)